文春文庫

# ゲバラ覚醒

## ポーラースター1

海堂尊

文藝春秋

# ゲバラ覚醒

## POLAR STAR★1

ポーラースター

目次

# ゲバラ覚醒

## POLAR STAR 1

ポーラースター

# 1　医学生

## 一九五一年十月　ブエノス・アイレス

……苦しいよ、ママン。

声にならない声。身体は金縛りにあったように動かない。

展翅板（てんしばん）に貼り付けられた蝶は、たぶんこんな気持ちなのだろう。

水底から見上げた時には、水面はあんなに光り輝いていたのに、水面に浮かび上がったとたん、息苦しさの暗黒に押し潰されそうになる。

それは羊水から生まれ出たばかりの胎児の、初めての呼吸に似ていた。

なんでそんな風に思ったのだろう。

羊水の中にいた頃の記憶なんて、とっくになくしているはずなのに……。

ふとみると、顔なじみの黒い輪郭が隣に佇んでいる。

目を細める。

そう、コイツはいつもこうやって笑うのだ。

もがくのをやめ脱力すると、身体はふわりと軽くなる。上昇するにつれて視線の真下には、ぼくの身体、ぼくの街、ぼくの国、そしてぼくの大陸の輪郭が見えてくる。

成層圏を越え、青と白の惑星、輝く地球を天空から見下ろしていると、ゆっくり下降が始まり加速度と共に、下方に横たわるぼくの抜け殻に向かって急降下する。

ぽっかり目を開く。

そこは薔薇の香りがする、柔らかいベッドの上だった。

目を開けて、上半身を起こす。

冷や汗をかき、吐き気もするけど、発作は予感だけだった。

ほっとして、再び柔らかいベッドに沈み込む。目を閉じて薔薇園の空気に身を浸す。

隣の白く滑らかな肌に、あと少しで指先が届く。でも眠っている彼女を起こしたくないから、唇に触れるのをためらう。代わりに羽毛布団からはみ出して優雅な曲線を描く肩に指を滑らせる。白い肌の鍵盤で奏でようとしたのはショパンのマズルカの一節だ。

祖国ポーランドを思い、ショパンは、哀愁を帯びた三拍子の舞曲マズルカを五十曲以上作った。それは心情を書き留める詩の断片のようにして作られた。その中の一曲、二十九番変イ長調の切ないメロディを聴いていると、女神に捧げる曲のように思われた。

この曲とその由来をぼくに教えてくれたのは、ぼくが幼い頃に住んでいた避暑地、アルタ・グラシアに、スペイン内戦から逃れて亡命してきた有名なピアニストだった。

マヌエル・デ・ファリャさんはぼくが初めて出会ったピアニストという人種だった。ご自宅で挨拶代わりに披露してくれたのが「火祭りの踊り」という、熊蜂がうなりを上げているような激しい自作の曲で、次に弾いてくれたのが、穏やかなこの曲だった。

その曲に魅せられ、ぼくも弾いてみたいと申し出た。一流のピアニストにいきなり弟子入りを志願したようなもので、後から思えばずい分無謀な話だ。

それまでぼくは音楽に惹かれたことはなかった。でもなぜかその時、ショパンのこの曲だけは弾いてみたい、と思い込んでしまった。小学生のぼくの申し出に、ファリャさんは誠実に応えてくれた。でも三回目のレッスンで、冒頭の一節だけ何とか片手で弾けるようになったぼくは、ピアニストとして死刑宣告された。

「君の願いは叶えてあげたいが、ちと難しいかな。まず君は家にピアノがないから、おさらいができん。それにリズムに乗れないし、自分が弾く音を聴き取れないようだ」

一流人は幼い相手にも容赦ない。ぼくは奈落の底に突き落とされた気分になったけど、その指摘は大いなる愛だった。才能のないジャンルで無意味な時間を浪費するという、人生における最悪の投資を避けることができたからだ。

「君には音楽の才能があまりにもなさすぎる。だから君にはきっと、何か他の才能があるのだろう。その埋め合わせがないとあまりにも不公平すぎるからな」

ファリャさんに言われて、ぼくの音楽的素質のなさはそこまでのものか、と愕然とした。でもそこまで言われたから、ぼくは早々に方向転換できた。ぼくの音楽家生命は断ち切られてしまったけれど、代わりにファリャさんは他の可能性を見せてくれた。

ファリャさんは詩の一節を教えてくれた。その煌めきに魅せられて作者を尋ねた。彼は少しためらった後、詩人の名を告げた。そして「スペインが生んだ、もっとも偉大な吟遊詩人（トロバドール）だよ」と小声で付け加えた。

家に戻るとママンの書棚を漁り詩人の本を見つけた。若き詩人が『聖体へのオード』という、神を冒瀆するかのような賛歌をファリャさんに献じたため困惑して詩人と距離を置いたこと、そのせいでスペイン内戦の時に詩人の窮地を救えなかったことを今も悔いているらしいことを知ったのは、ぼくの一家がコルドバを離れた頃だ。

こうしてぼくの中にスペインの詩人、フェデリコ・ガルシア＝ロルカが棲みついた。

スペイン内戦が終わった半年後の一九三九年十月にファリャさんはアルタ・グラシアに亡命してきた。そして七年滞在した後、一九四六年十一月に亡くなると、亡骸は本人の希望で故郷スペインへ帰った。

解剖学の世界的権威ペドロ・アーラ博士が、その指に防腐処置を施した。

お葬式に参列した時、ぼくはファリャさんのお姉さんにお願いして防腐作業の様子を見せてもらった。秀でた額、黒縁の眼鏡で哲学者みたいなアーラ博士は、ファリャさんの指が今にもマズルカを弾き出しそうな出来に仕上げた。

きっとあの指は今もカディスの海を見ながらお気に入りの曲を弾いているのだろう。

指先で肩に触れると、彼女はうん、と呟き寝返りを打つ。肩の稜線が消え、雪原のように白い背に、彼女が貝殻骨と呼ぶ、愛らしいふくらみが出現する。

あわてて不埒な指を引っ込める。

ゆうべは思う存分に触れた肌なのに、朝を迎えると降り積もった雪が一夜で風景を変えてしまうように、目の前には見知らぬ女神が現れている。

敬虔なカトリック教徒の彼女は、眠る時もクロスを彫った金のブレスレットを外さない。初めは煩わしかったけれど、祖母の形見だと聞いてからは気にならなくなった。

神学部に通うエリーゼと昨夏出会ったぼくは、一発で彼女にイカれてしまった。三度目のデートで唇を重ね、二週間後に彼女の寝室に入ることを許された。ただしこの家の主である彼女のパパ、セニョール・ピサロにはまだお目通りしていない。

白い背中の中心を走る背骨を鍵盤に見立てて指を這わせる。

ピアニストとしては死刑宣告されてしまったけど、マズルカの冒頭の一節のメロディラインだけは片手で弾ける。

美しい旋律でぼくの、エリーゼへの慕情をまっすぐに伝えたい。でも現実は思うようにはいかない。エリーゼはぽっかりと大きな眼を開けると、くすぐったそうに身をよじり、眠そうな声で言う。

「ダメよ、エルネスト。いたずらしないで。朝のまどろみは美容に大切なんだから」

君のために愛の歌を弾いていたんだよ、という言い訳に応えるように、金のブレスレットがちりん、と鳴る。ぼくは低い声で悲劇の吟遊詩人が歌った一節を口ずさむ。

誰もお前を知らない。だれひとり。
けれども私はお前を歌う。
私はおまえの横顔と、そのやさしさを歌い続ける。

（内田吉彦訳）

エリーゼは体を反転させ、ぼくの目をのぞき込む。

「素敵な詩ね。エルネストが作ったの？」

「残念だけどぼくじゃない。『イグナシオ・サンチェス・メヒーアへの哀歌』という、スペインの詩人の詩の一節さ。でもいつかこれよりも素晴らしい詩を君に捧げるよ」

「ほんと？　うれしい」

「君への愛の詩を一篇書き上げたら、武器商人として食い扶持を稼ぎながら砂漠を彷徨い火酒で喉を灼き、ざらついた詩の一篇も生み出せずに野垂れ死にする。墓碑銘には、生涯に一篇の詩しか書かなかった詩人と刻まれる。ぼくの人生なんてそんなものさ」

「ランボーみたいになりたいのね。それじゃあたしと一緒には暮らせないわよ」

悪戯っぽい口調。淡いブルネットの瞳がぼくの奥底をのぞき込む。

私淑する詩人を言い当てられた照れ隠しに、人差し指で唇に触れる。

目覚めたエリーゼの唇はもう聖域ではない。そんな風に戯れていると二十三歳の身体は勢いを取り戻し、エリーゼの中にもう一度もぐりこみたくなる。小さく悲鳴を上げたエリーゼは、シーツを口元まで引き上げてくすくす笑う。目元が微笑で細くなる。

蜂蜜のような時を、突然のノックの音が打ち砕く。扉の外から野太い声が響く。

「エリー、ひとりで何をぶつぶつ言っているんだ？」

「大変、パパよ」

小声で言ったエリーゼはぼくから身体を引きはがし、シーツを巻きつけ立ち上がる。

囁き声の警報を片耳で聞きながら、ぼくは体を反転させせベッドの下に転がり込む。

エリーゼはドアにゆっくり歩み寄る。ベッドの下からの狭い視野に、白いシーツがふわりと広がる。

かちゃり、という音と共に扉が開き、スリッパを履いたけむくじゃらの脛が見えた。

〈オラ、セニョール・ピサロ（こんにちは、ピサロの旦那）〉。

スリッパに〈サルード（挨拶）〉。どんな時も礼儀正しくがわがゲバラ家の家訓だ。

「寝起きのレディの部屋をのぞくなんて礼儀知らずよ、パパ」

エリーゼのきっぱりした声が響く。シーツを身にまとった娘の剣幕に気圧され、臑毛の足が後ずさる。セニョール・ピサロはぼそぼそと言う。

「話し声が聞こえたものでね。それよりエリー、また裸で寝ていたのか」

「裸じゃないわ。お祖母さまのブレスレットをつけているもの。いけないかしら」

ちりん、と金のブレスレットが鳴った。

「いけなくはないが……ちと、はしたないな」

セニョール・ピサロはもごもごと何か言ったが聞き取れなかった。

扉が閉まりスリッパの足音が遠ざかっていく。どさり、という音と共に頭上のベッドが揺れる。視界に逆さまに現れたエリーゼの、ブロンドの髪が滝のように煌めく。

「ああ、びっくりした。でも、もう大丈夫よ」

ベッドの下から這い出したぼくはまるで〈クラカチャ（ゴキブリ）〉だ。失われた自尊心を取り戻そうと、ゆったりした足取りで窓際に歩み寄る。

十月。南半球では冬が終わり、春を迎えつつある。

庭のジャカランダは紫色の花を咲かせ始め、チューダー様式の庭園の彼方に地平線が霞む。敷地の左手にポロの競技場が二面、右手にライム畑の小作人が住む長屋が見える。名門・ピサロ家はブエノス郊外の小村カンパーニャに居を構える。この家には生け垣がない。寝室の壁に貼られたピサロ家の地所の地図では、ピサロ家の地所とカンパーニャ村とが重なっている。つまりカンパーニャは〈アルデア・ピサロ（ピサロ村）〉の別称で、ピサロ家の大邸宅はその中心だから、生け垣を植える必要がないわけだ。

大地主（エスタンシエロ）の名門ピサロ家は、村を取り巻く広大なワイナリーも所有し、その境界線は地図上の子午線のようにどこまでもまっすぐに延びている。

そんなピサロ家の栄華をぼんやりと眺めていると、掛け時計が目に入った。

「もう七時だって？　ヤバいヤバい。一限はペグ教授の解剖学なんだ」

カンパーニャはブエノスから七十キロ西にあり、エリーゼは毎日お抱え運転手付きの自家用車で通学している。ぼくは夜中にバイクを走らせこの家を訪問した。

夜は道もがら空きだけど、朝の通勤時間帯は渋滞するかもしれないから時間が読めない。特にブエノス市街の混雑は、大都会の常で気紛れだ。

でもぼくの足はバイクだから、今すぐ出ればたぶんぎりぎりで間に合うはずだ。

「エルネストみたいにいい加減な人が、落第せず進級できたなんて奇蹟だわ」

エリーゼの評に肩をすくめる。医学生はサボり魔が多いし、ぼくもそんなサボり魔のひとりだけど、ぼくは落第なんてドジは踏まない。来秋の卒業を目指し、今のうちにできるだけ単位を取ろうと思っていた。ぼくには秘密の計画があった。

「のんびり屋さん、急がないと遅れるわ。支度ができたら、ゆうべあなたがやってきた、あのバルコニーから出て行って」

エリーゼは歌うように言う。彼女が目を遣ったバルコニーの手すりには、小鳥が三羽とまっていて、小首を傾げてしきりに目配せし合い、おしゃべりに夢中だ。

「音も立てずに二階に忍び込んでくるなんて、エルネストってネコみたいね」

いつの間にか、きちんとたたまれていたブルーのシャツに腕を通し、折り目のついた黒ズボンを引き上げながら、鏡の中のエリーゼに言う。

「そうだよ、ぼくはネコの生まれ変わりなんだ。ネコはいのちを七つ持っているから、七回ドジらなきゃ死なないんだよ」

スリム・タイを締めると、乱れ髪を細い指で梳いて整えてくれたエリーゼは、ぼくの左耳に光る片耳だけの銀の星のピアスに触れ、白い裸体を寄せてくる。

大きな姿見に、ふたりが映る。

「今日はお洒落してるのね」

「ああ、記念撮影があるからね」

ぼくの答えには反応せず、エリーゼは頰にキスをした。

「大好き。浮気しちゃいやよ、エルネスト」

ちりん、と金のブレスレットが鳴る。ぼくはキスのお返しをする。

ぼくは浮気なんてしない。アマンダにだってソフィアにだって、誰にでも本気だ。

チャオ、と言ってバルコニーから身を投げる。両手で縁にぶら下がり、右手で雨樋を摑もうとした瞬間、ぼくはぎょっとして動きを止めた。

　エリーゼの部屋の真下は居間だ。窓ガラス越しに今まさに焼きたてのトーストにかじりつこうとしていたガウン姿のセニョール・ピサロの姿が見えた。ぼくはとても驚いただけど驚きの度合いからいえば、セニョールの方が勝っていただろう。

　闖入者と目が合い、固まっているパパに、雨樋を摑もうとした手を離し、人差し指と中指を揃え敬礼を投げる。愛嬢を健やかに育ててくれた父親への表敬だ。

　両手を離し自由落下。どさり、と着地し子犬のように納屋の陰のバイクにまろび寄る。窓が開く音、怒鳴り声。今朝のセニョール・ピサロはご機嫌斜めのようだ。

　罵声が届かない場所まで一目散、バイクに飛び乗るとエンジンを掛けてスロットル全開。愛車の咆哮が朝の静寂を切り裂く。次の瞬間、ぼくは風になった。


　アルゼンチン。母国の名を口にすると胸が甘くうずく。

　銀を意味する国名は隣国ボリビアの銀に憧れていたという史実が由来らしい。

　第二次大戦が終わって六年。アルゼンチンは今だに戦争の特需景気に浮かれている。陸軍はドイツびいきだったが、大戦が終結する年に米国に脅され、連合国側についた。おかげで労せずして戦勝国の一員に名を連ね、特需で経済は繁栄した。いいことずくめのわが国を象徴しているのが、今やアルゼンチンの顔になったペロン大統領だ。

　ただしラテンアメリカの社会構造的な宿痾（しゅくあ）である、富の偏在と流動性の欠乏は更なる格差をもたらし、市民の不満は鬱積し街角には不穏な気配が漂っている。

農業大国アルゼンチンは、ペロン大統領の指導の下、工業国へ転換しようとしている。だがその裏では職にあぶれた人々が都市に流入し、巨大なスラムができる。

それが三百万人都市ブエノスアイレスの裏の顔だ。

わがゲバラ家もそのエリアに落ち込む一歩手前だ。移り気なパパと浪費家のママンは、毎日がフェスタみたいな新婚生活を送った。結婚にあたりママンは大地主の実家から、かなりの相続を受け取ったけど、似た者夫婦の二人はそれを早々に食い潰した。

二人の家庭が破綻せずに今日まで保ったのは奇蹟だ。職を転々としたパパは最近、建築事務所の口を得て生活は安定した。でもその安定もいつまで続くかわからない。

エグゾースト・ノイズを響かせ、海岸通りを駆け抜ける。ぼくは持って行き場のない怒りを抱えながら、スラムの濁った風を吸わないように息を止めた。

レコンキスタ通りとサンマルティン通りに挟まれたブエノス大学の正門は、ビアモンテ通りに面している。古びて灰色がかった石造りの門構えは歴史を感じさせる。

ブエノス・アイレスは南米のパリと称されているけれども意外に地味で、着飾った繁華街から一歩外れると街の色彩は中世の灰色に塗りつぶされる。

門前にバイクを乗り捨て、階段教室に飛び込んだ。

同級生の視線が集まる中、最前列に着席する。隣の指定席に座るのは優等生ベルタだ。

彼女に挨拶すると、後ろから肩を叩かれた。

「〈オラ(やあ)〉、エルネスト。朝帰りかい？　お疲れのところ申し訳ないけど、今度の旅行のスケジュールの確認をしたいんだ」

ピョートル・コルダ＝イリノッチはユダヤ系ロシア人の家系で、そばかすを鼻の頭に載せた顔には愛嬌があるが、灰色の瞳の向こうに凍土の憂愁が見え隠れする。気さくで誰とも分け隔てなく接する人気者。ぼくより数年早く医学部に入学したはずなのに、なぜか今は同級生だ。そのピョートルは熱心に話を続ける。始業の鐘まであと三分。

「十二月の試験を終えたらすぐ出発したいんだが、スケジュール的に問題あるか？」

「いや、夏休みだから問題ないだろ」

そう言いながら何かが引っ掛かった。だがそれが何かは思い出せない。

ピョートルは机の上に大判の南米大陸地図を広げた。

「大まかなスケジュールを立ててみた。ブエノスから海岸沿いにバイア・ブランカ、サンマルティン・デ・ロスアンデスとたどりアンデス越えで出国、隣のチリはバルディビア、バルパライソと北上し、チュキカマタ銅山の労働者状況を視察する。第二の訪問国ペルーはチチカカ湖とクスコを見学しサンパブロのハンセン病療養所でボランティアで医療貢献し、コロンビアの首都ボゴタを抜けベネズエラのカラカスを通り、南米大陸最北端の岬でカリブ海にタッチしUターン、という南米縦断旅行はどうだ？」

地図に赤線を引きながら、ピョートルは壮大かつ緻密にして粗雑な旅行行程を一気に描き上げてみせた。惚れ惚れとしたぼくは言う。

「素晴らしいね。これだけの計画を立てるのは苦労しただろう」

「大変だったけど、そこを何とかするのがこのピョートル様だろ？」

便利屋ピョートルと呼ばれる彼は、いつも生返事なのに、確かにどんな無理難題も何とかしてしまう。彼が調達できないのは自分の試験の点数だけだとも言われる。

大言壮語の気はあるが、有言実行なのだから、ほら吹きという評価は不当だ。

「ピョートルは今すぐにでもツアーガイドになれそうだね」

お世辞を言いつつ、こころの中で『この日程を計画通りにこなせたらね』と付け加える。なにせピョートルとの気まぐれ旅行は計画こそ立派だけど、宿は事前予約せずその街に着いてから探し、見つからなければ誰かの家にお世話になるか納屋に潜り込むか、最悪は野宿という具合で、いつも行き当たりばったりなのだから。

「それなら出発は十二月十二日に決定だ。それが俺たちの革命記念日だ。それまでにすべき課題はわかっているよな？」

「もちろん。単位をまとめて取り卒業を確実にすること。旅行費を稼ぐこと。愛車の整備とまあ、そんなところでしょうか、〈コマンダンテ（指揮官）〉・コルダ？」

「〈エスタ・ビエン（OK）〉。その三つの課題、こなせるか？」

「当然だよ。割りのいいバイトを見つけたんだ。タンカーの石油積み込みの船員で一ヵ月間船に乗り、ブエノスとカリブ海を二往復する。バイト料はいいし船上では勉学に集中できる。そうすれば出発前の期末試験はバッチリだし、一石二鳥だろ？」

ピョートルは両手を広げて言う。

「〈ブエノ（素晴らしい）〉。さすがエルネスト、変なことを考えるな。まあ、とにかくこの革命旅行は絶対に成功させようぜ」

ピョートルはウインクする。彼はこの旅行計画を革命旅行と呼んでいる。ピョートルにとっては革命遂行の下見で、ついでにノンポリでプチブルの良家の子息であるぼく（ピョートルがある日揶揄するように言ったこの長い形容は、信じられないけど今のぼくの客観的状況にぴったり当てはまっていた）を忠実な同志に仕立て上げようという目論見もあるようだ。

十九世紀末に東欧のユダヤ人を南米に移民するための協会ができ、彼の祖父はそれに応募した。ロシア革命を嫌い南米に逃れた祖父の神経をわざと逆撫でするかのように、ロシア移民の三代目はトロツキーに心酔している。

ピョートル曰くロシア革命の正嫡はレーニン＝トロツキーのラインで、スターリンは革命を貶める存在なのだそうだ。トロツキーが後継したらプロレタリアート革命は今とは違っていたはず、という持論を展開し、〈トロツキスト〉という呼称が異端の蔑称として使われている現状に忸怩たる思いを抱いている。トロツキー暗殺が報じられた時は、亡命先のメキシコシティで〝要塞の家〟に籠もった彼が暗殺されるはずがない、これは粘着質のスターリンの目を欺く大掛かりな国際謀略だと言い立て周囲の失笑を買った。

中米では人気のトロツキーの威光は、南米大陸の南端には及ばなかったようだ。

ピョートルは政府に楯突いて投獄され、半年近く棒に振り進級が遅れたため、それ以後は学業にはすっかり投げ遣りになった。一介の医学生が刃向かっても軍隊には勝てないよ、と言っても耳を貸さない。武装蜂起を夢見る革命戦士にとって、学生弾圧をした当事者が選挙で圧勝して大統領になっているという現状は悪夢なのだろう。

彼の反骨精神は純粋で、彼の前でペロン大統領の話をしようものならたちまち呪詛の嵐になる。竹を割ったような性格の好男子にしては珍しいことだ。

　でもここで言いたいのは、現在の独裁者の話題さえ避ければ、ピョートルは満点だということだ。かつてピョートルはブエノス大の学生運動のリーダーだった。出会った頃、高校生のぼくには大学生の彼がたいそうな大人に見えたものだった。

　学生議長だった彼が企画した講演会で、ぼくはこの国の独裁者ペロンを初めて見た。

　その後、奇妙な因縁もあって、ペロンに対する感情は複雑怪奇で、実はピョートルよりもこじれていたりする。

　去年の夏休み、そんなピョートルと旅行に出かけた。アルゼンチン北限を目指して、自転車に小型モーターを搭載した〈アセーロ（鋼鉄）〉号で五千キロ走破した。

　一緒に旅し途中で別れ、ぼくは六年前に大震災があったサンファンに、ピョートルはウルグアイのハンセン病療養所へ向かった。被災地の復興は全然進んでおらず、震災直後にペロンが復興の陣頭指揮を執ったことも、もう誰も覚えていなかった。

　その初代〈アセーロ〉号は現在、エルネスト記念館に陳列中だ。平たく言えば物置に安置してある。旅から戻り小型モーターの会社にオーバーホールをお願いしたら、旅行についてもいろいろと聞かれた。なので旅立ち前に級友に撮ってもらった写真を添えて送ったら、自転車雑誌の広告に使いたいとオファーされた。

　雑誌の見開き頁を飾ったその写真は、今もお気に入りの一枚だ。

　写真のモデル代に加え、旅行記も掲載してくれたので原稿料も頂戴した。

そんな臨時収入が、ぼくの人生観を変えた。人がやらないことをやり、見たことがない風景を撮り、聞いたことのない物語を書いて食べていけたら幸せだ。

そんな考えに魅入られたぼくは、次なる冒険を目論んで、アルゼンチン一周から一気に南米大陸縦断旅行へとスケールアップしたわけだ。

授業開始の鐘が鳴ると、ピョートルは地図を畳んでポケットにしまう。

「一限は解剖学だったよな。とっとと退散するとするか。何しろクソ真面目なペグ教授には二回も追試を食らったから、どうも苦手でね」

「熱心ないい先生だけどね。今日の授業では記念撮影をするらしいんだ」

ピョートルはふうん、と目を細める。

「だから珍しくネクタイなんか締めてるのか。お前たちの代はすごいな。ペグ教授が授業の記念撮影するのは優秀な代だけで、この前記念撮影したのは三年前だ」

お前たちの代だなんてひとごとみたいに言うけれど、同じ学年を何度もやったせいか、今は彼自身がこの学年の一員だということは綺麗さっぱり忘れているようだ。

扉が開き、分厚い教科書を抱えた小柄なペグ教授が教室に入ってくると、ピョートルは瞬時に姿を消した。苦手というのは本当らしい。

ペグ教授の後ろに従った助手は、白い布に包まれた荷物を載せた台車を押している。甘い刺激臭が漂ってきて、つん、と鼻をつく。教壇に立ったペグ教授は言う。

「今年の学年はここ二、三年では一番の出来で正直ほっとしている。今日は諸君と共に解剖学を学んだ証に記念撮影したい。その前に特別ゲストを紹介しよう」

助手が白い布を取り、ぼくたちは息を呑む。そこに裸体で横たわっていたのは中年の、冴えない感じの男性だった。彼は微動だにしない。それは死体だった。ペグ教授が言う。

「解剖実習を充分にできなかったのは、独裁政権が教育予算を削減したせいだ」

「くたばれ、ファシスト・ペロン！」

野次に教室はしん、となる。六年前、教授も参加した『憲法と自由の行進』という大衆デモに同調した学生に、当時のファレル政権は強権を発動、大学規制法を適用した。バリケードに立てこもった学生千六百名を逮捕した際、女学生がひとり殉教した。それが引き金で軍事クーデターが勃発しファレル大統領は辞任、影の実力者の閣僚ペロンも失脚した。だが剛腕ペロンは、民衆のクーデターもどきの行動によって死地を切り抜け、今や独裁者としてアルゼンチンに君臨している。軍人のくせに労組を掌握し人気が高いペロン大統領も、ブエノス大では今だに反感が根強い。でも大学も一枚岩ではなく、弁舌爽やかな大統領を支持する日和見連中もいたりする。ぼくは、とある悩ましい個人的事情のために、そのどちらにも属せず、ノンポリ学生の仮面を被っている。

「本日の最終講義で実際の解剖を諸君に見せることで、実習の代わりにしたい。真面目に授業を受けている者ほど、ご遺体から得られる恩恵は大きいだろう」

銀色に光るメスを手に、死体に歩み寄ったペグ教授はふと立ち止まると階段教室の底からぼくらを見上げた。

「うっかり忘れるところだった。解剖を始める前に、まず記念撮影だった」

ぼくたちは階段教室の底に安置された死体を前に行儀良く椅子に座ると、ペグ教授はぼくの隣に腰を下ろした。

助手がカメラのピント調整に手間取っている間に、ペグ教授はぼくに訊ねる。

「君はこの学年で一番だったが、どうしてそんなに解剖学に熱心なのかね？」

「解剖は医学の土台で、医学は社会の基礎だと思っているからです」

これはあまりにも通り一遍の回答かな、と思い直したので、本音を添えてみた。

「かつて偉大な解剖学者の手技を見て感動したんです。亡命先で亡くなった音楽家の遺体を母国に送り返す時、その手に防腐処置を施す様子を見学させてもらったんです」

露出した鼠径部の動脈からホルマリンと塩化亜鉛とパラフィンの混合液をゆっくりと注入している、解剖学者の真摯な表情を思い出す。

「アーラ博士がファリャ氏に行なった施術を見たのか。それは得難い経験だ。博士はモスクワでレーニンの遺体の保存状態の調査を依頼されるような世界的権威だからね」

ペグ教授が誰の防腐処置かを即座に言い当てたのには驚かされた。どうやら、あれは解剖学者の間では相当有名な案件のようだ。

「難関の解剖学の試験をクリアしたら卒業は目前だ。君は何科の医者になるのかな」

「内科医です」と迷わず答えたぼくを、フラッシュの光が照らす。うっかり間違えて焚いてしまったフラッシュを助手が付け直している。

「君には外科医の方が向いているように思えるがね」とペグ教授は首を傾げる。

「自分が喘息持ちなので、内科医になって同じ病気で苦しんでいる人を助けたいんです。アレルギーの大家ピサーニ先生のところで無給研究員のお手伝いもしています」

ピサーニ先生はぼくを家族同様に扱い、奥さんも手作りの料理をご馳走してくれる。だから卒業したらピサーニ先生の病院に雇ってもらうのは選択肢のひとつだった。

ぼくの人生に暗い影を落とした喘息だったけれども、ひとつだけいいこともしてくれた。喘息のせいで二十歳の時の兵役召集が不適格となったことだ。

「卒業後の進路をそこまで明確に考えているのは結構だ。それを聞いて安心した。だがひとつ忠告しておく。友人は選びたまえ。籠の中の悪い林檎はいい林檎を腐らせる」

悪い林檎とは、ピョートルのことだろう。友を貶されむっとしたが抗議はしない。いくら説明しても彼のよさをわかってもらえないことはわかっている。ペグ教授は、薄いグレーの目でぼくを見た。解剖遺体をチェックするような冷ややかな視線だ。

「君はありきたりの医者にはならない、いや、なれない気がする」

それってどういう意味ですか、と尋ねようとしたけれど助手が、準備が出来ましたと告げたため、機を失した。フラッシュが光る。準備が出来ていなかったと級友が文句を言うが、助手はペグ教授に一礼し、そそくさと部屋を出て行った。

教壇に向かうペグ教授を見ながら、隣の優等生、ベルタが囁く。

「エルネストって変わってるわ。死体との記念撮影にあんな嬉しそうに笑うなんて」

言われて初めて気がついた。そうか、ぼくは笑っていたのか。

ぼくにとってお医者さんは英雄だ。そんな英雄に一歩近づいたのだから笑顔になるのは当然だろう。

講義室から退出すると、扉の前で待ち伏せていたサッカー部マネージャーのソフィアが抱きついてきて「エルネストは週末の対抗戦には出るわよね？」と言う。

「もちろんだよ。宿敵・コルドバ大学との決戦だからね」

「じゃあその後の約束も覚えてる？　試合の後はあたしとデートするって」

ソフィアが取った腕をさりげなく外し頭の中のスケジュール帳をチェックする。

「そうだっけ？　試合の翌日は試験だから、ちょっと難しいかも」

ソフィアはぼくの腕をつねりながら言った。

「最近冷たいね。巻き毛のお姫さまに夢中だという、あらぬウワサも聞いたけど」

それは〝あらぬウワサ〟ではないけど……。ぼくはしらばっくれて答えた。

「そんなことないさ。今度の期末試験では単位を八つも通さなくちゃならないんだ」

「呆れた。試験を理由に女の子の誘いを断るなんて、エルネストはいつからそんなクソ真面目になったの？　ほったらかしにしたらどうなっちゃうか、わからないわよ」

ふん、と鼻を鳴らし拗ねたソフィアを、ぼくは背後から抱きしめる。

「ぼくは君を拘束したくない。そしてぼくも自由でありたい。それだけだよ」

そこへ、教科書を胸に抱えたベルタが通りかかり、ぼそりと言う。

——調子に乗っているとエリーゼにバレるわよ。

優等生のベルタはクールだ。そんな彼女の態度を恋愛感情の類かと勘違いしたこともあったけど最近、ベルタの視線がママンと似ていることに気がついた。

彼女の目にはぼくは目の離せないやんちゃな弟に見えるのだろう。

親切で有用な、だけど現実には対応不可能なアドバイスを聞いたソフィアは、ベルタの後ろ姿を睨みつけて、周囲に聞こえるような大声で言う。

「何よ、つんけんしちゃってさ。だから女医のタマゴって嫌いなのよ」

ぼくはソフィアの頰に小さなキスをすると、ベルタを追いかけて呼び止める。

「ちょっと待ってよ。ベルタ姐さんに頼みたいことがあるんだけど」

立ち止まって振り返るベルタは、警戒した表情を浮かべている。

「エルネストが妙に礼儀正しい時って、とんでもない頼みごとをしたい時なのよね」

門を出るとジャカランダの紫色の花が咲き乱れていた。ぼくは頭を掻いて言う。

「さすがベルタ姐さん、よくわかっていらっしゃる。でも皆勤賞の優等生には無茶なお願いではないよ。来週から一ヵ月ほど休むんだけどその間、代返を頼みたいんだ」

「また？　しかも今度は一ヵ月も？　代返は構わないけど、エルネストは必修十二教科のうち四教科しか通ってないのに大丈夫なの？」

もっともな反応と、ごもっともな質問だ。来週から一ヵ月のバイトなんて序の口で、年末から三ヵ月留守にするだなんて告白したら、生真面目なベルタは卒倒しかねない。

「心配ないさ。今回は勉強ができるバイトだし、留年どころか十二月には残り八科目を全部取って早期卒業を目指す。そうすれば三月に国試を受けて医者になれるからね」

「呆れた。留年寸前なのにそんな夢みたいなことが可能だと思ってるの？」

「ぼくの集中力は知っているだろ？　前回、三週間サボって自転車旅行した時も姐さんは代返をしてくれたし、直後の試験も六教科全部通したじゃないか」

それにあの時は旅立ちの写真まで撮ってくれたよね、と言うと、ベルタは何も言い返せなくなった。それが雑誌の広告ページに掲載された例の写真で、おかげでぼくはブエノス大ではちょっとした有名人になれたのだった。

「ぼくの単位数まで把握してくれているなんて、ママンが二人いるみたいだ」

「茶化さないで。エルネストは不真面目すぎるわ。マルクスには興味があるっていうから、学生集会に誘ったのにすっぽかすし……」

「だってあれはアカの集会だろ？　ぼくはマルクスは好きだけどアカは苦手なんだ」

スペインに行って、すっかり人が変わってしまったデメトリオ叔父さんが吐き捨てた呪詛が甦る。〈サノバビッチ（くそったれ）・スターリン〉。ベルタはため息をつく。

「わかったわ。代返はしてあげるけど、何だかミルフィーユが食べたい気分だわ」

「もちろん、それくらいは喜んで奢らせていただきますよ、〈セニョリータ（お嬢さん）〉」

行きつけのミモザ・カフェは、いつもはがらがらなのに今日は満席だった。近くの喫茶店も一杯だ。通りにはポンチョ姿の男性が溢れ、街角のあちこちにはブロンドの女性の肖像写真が貼られているのに気づいて、ベルタはボヤく。

「せっかくエルネストがご馳走してくれるっていうのに、この〈ビッチ（牝犬）〉のせいね。大統領夫人に成り上がっただけでは飽き足らずに、今度は副大統領になりたいだなんて、何て図々しい女なのかしら」

そのポスターには『ペロン／エバ・ペロン　祖国のために選択の投票』とでかでかと書かれていた。

副大統領に立候補した大統領夫人を支援する労働総同盟が、公開民政議会と銘打つセレモニーを開き、列車やバスも無料でその日は休日になるという。そのためブエノスには田舎からお上りさんが大挙押し寄せていた。労組の政治動員というヤツだ。

「くたばれ、ファシスト・ペロン、ビッチ・エビータ」

ベルタが優等生らしからぬ罵声をポスターに浴びせたのも、無理からぬことだ。ペロンは前ファレル政権で大学の学生運動を弾圧した中心人物だった。でも街角に貼られた大統領夫人の笑顔は、ベルタの侮辱程度ではかすり傷ひとつ負わない。

「エルネストは、人気者の大統領夫人の集会には行くつもりなの？」

「まさか」と、苦笑する。でもペロンが絡まない集会なら出掛けていたかも。ぼくとエビータの因縁を考えれば、それくらいはしてもよかっただろう。

日曜日のコルドバ大学との定期戦ではぼくのゴールが決勝点となり、三年ぶりに勝利した。試合後の祝勝会で先輩たちは感涙にむせび、ソフィアはぼくの側にべったり張り付いた。勝利の立役者としてしこたま飲まされたぼくは記憶をなくした。

目覚めると隣ではソフィアが寝息を立てていた。そろそろとベッドを抜け出すと、ソフィアは、ううん、と言い寝返りを打つ。彼女を起こさないよう、後ろ手でドアを閉め自宅に向かう。寄宿舎に入っているので朝帰りはバレない。

市内に自宅があるのに寄宿舎に入れたのもママンのおかげだ。

いい年をしてママンだなんて甘ったるい呼び方だと呆れられるかもしれないけど、

幼い頃にすり込まれた呼び名は簡単には変えられない。アルゼンチンの上流家庭ではフランス語を話すのがステイタスで、母親をママンと呼ぶのは歴史の残滓だ。そのママンはぼくのためにいつもできる限りのことをしてくれる。「棒ほど願い針ほど叶う」という成句があるが、ママンに頼むと、「針ほど願い棒ほど叶う」となる。

医学部に入学した時、何がほしいかと聞かれて、「自由」と答えた。

具体的には何？　と重ねて尋ねられたので「下宿とバイク、かな」と答えた。

下宿は生活の自由、バイクは行動の自由だ。ママンは三日後、寄宿舎の鍵をくれた。自宅は大学に近いから寄宿舎に入るのは難しいので、とてもびっくりした。

そして一ヵ月後に渡されたモーター付自転車が初代〈アセーロ〉号だった。

ぼくが感謝を伝えようとすると、トランプでソリティアをしていたママンは遮った。

「いいの。これは罪滅ぼしなんだから。パパは私を、母性が薄い女だと言って責めたわ。でも仕方ないわ。私の軽率な行為がエルネストを危ない目に遭わせたんだから」

カードをめくる手が止まる。考え込んだママンが気づかないので、ハートのクイーンを動かした。するとカードは全部ひっくり返った。ご機嫌になったママンに言う。

「でもおかげで今のぼくがあるんだから、そんなに悪くはなかったよ」

幼いぼくたち兄弟が、貧しくてもいじけずに育ったのは、ママンの前向きな明るさと才覚のおかげだった。だからパパはママンに頭があがらない。

そんなパパが唯一、ママンを責めることができる材料が、ママンがぼくの健康を害する原因を作ったという幼い日の川遊びの一件だ。

ぼくの病気は、パパの正当性を担保する切り札だった。でも、そんな風にお互いの正当性を主張し合う夫婦は、お世辞にも仲がいいとは言えないだろう。

ママンは煙草を取り出すと、かつてブエノスの社交界で顰蹙を買ったという挑発的な仕草で火をつけ、紫煙をたなびかせた。

「あなたは身体が弱かったクセに危険を顧みない冒険者だったから、いつもはらはらさせられたわ。私はエルネストが無事生き延びてくれればそれでいいのよ」

「心配しないで、ママン。ぼくにとって今の人生はオマケみたいなものだから、それを味わい尽くしたい。そのためにできるだけ自由でいたいだけなんだ」

ママンは煙草をもみ消した。そしてぼくの頰にキスをして部屋を出て行った。


寄宿舎住まいで気が向いたら実家に戻るという、優雅で気儘な大学生活を満喫していたぼくは最大の関門、解剖学の単位を取れた今、いよいよ年末の大旅行について両親に報告しなければならないタイミングになった。

たぶんママンは反対しない。ましてパパが反対できるはずがない。

息子のぼくから見れば、パパこそ永遠の放浪者なのだから。

今のパパは建築の仕事で定職を得ているけれど、ママンに言わせれば「堅実なパパなんてちっとも面白くない」のだそうだ。皮肉にもママンの評価と反比例してパパの評判は上がり、そこに自慢の息子がブエノス大医学部に入学したので今は得意の絶頂だ。

久しぶりにぼくが帰宅すると我が家は一気に華やいだ。幼稚園の弟のロバートはぼくにまとわりついて離れようとしない。でも二つ下の妹のセリアはぼくと距離を取る。ひょっとして、ぼくの不行状を耳にしたのかもしれない。この年頃の女の子はそういうことには興味津々のクセして、潔癖ぶりたがるものだ。

面倒臭いのでセリアには構わないことにした。

それにしても両親は名前をつけるセンスがなさすぎる。息子や娘に自分や親戚の名前をつけたので、ややこしい。長男のぼくはパパと同じエルネスト。長女はセリアでママンと同じ。でもって次男のロバートはパパのパパ、つまり父方の祖父の名で、次女のアナ・マリアはママのママ、母方の祖母の名だ。家族内に同じ名前の人間が何人もいると本当に困る。親戚はパパをドン・エルネストと呼び、ぼくを〈ペケーニョ（ちっちゃな）・エルネスト〉だの〈エルネスティト〉だの、あげくの果てに更に略して〈テテ〉などという、よくわからない渾名で呼んだ。

別の名にすれば、そんなややこしいことにならずに済んだのに。

ぼくが戻ったと聞き、家から足が遠のいていたパパも顔を見せた。久しぶりに家族が勢揃いした団欒。パパは時々、何か言いたげな目でぼくを見たけれど、和気藹々とした雰囲気を壊したくないのか、ピクルスやビールと一緒に言葉を飲み込んでいる。

ぼくは久々にママンの料理に舌鼓を打つ。寄宿舎に入って唯一残念なのは、ママンのご自慢のプディングを食べる機会が減ったことだ。でもそんなことは絶対に言わない。ひと言、口に出そうものなら、ぼくは家庭という蟻地獄の底に引きずり込まれ、食い殺されてしまう。

コーヒーを一口すると、パパは口髭を擦りながら言った。

「エルネスト。話があるんだが」

『そら、来たぞ』と思いながら、しぶしぶ耳を傾ける。

「先日、仕事の取引先のさる方から、お前がご両親の許可を得ずに、その、何だ、妙齢のお嬢さんのお部屋に出入りしているというウワサを聞いたのだが」

なんだ、そっちか。

セニョール・ピサロは娘の部屋に忍び込んだ不逞の輩の身元捜査を命じぼくにたどりつき、パパが仕事相手だと知ってその立場を笠に着て害虫の駆除に乗り出したわけだ。

でも、いつもなら防波堤になってくれるママンも顔を伏せて何も言わない。

プディングを一口食べながら、思った。

これはまずい。

いや、プディングの味じゃなくて。

ぼくは言った。

「ウワサは本当だけど不真面目な気持ちじゃない。ぼくはエリーゼと結婚したいんだ」

「結婚だと?」「結婚ですって?」

パパとママンが同時に言う。相当驚いたようだ。妹のセリアは、呆れ顔でぼくを見ている。でも正直、その言葉に一番驚いたのはぼく自身だった。

結婚するのか、このぼくが?

でもこうなったら仕方がない。勢いで言葉を続ける。

「近々結婚を前提として、正式に交際を申し込みにいこうと思っていたんだ」

「そうか。真剣なお付き合いなら、パパもとやかく言うつもりはない」

しどろもどろになったパパを横目で見ながらママンを見た。ママンは目を逸らす。

正直言えば、自由を束縛する慣習の結婚なんて、爪の先ほども考えたことがなかった。

でも結婚するなら相手はエリーゼ以外に考えられない。はずみで言ったことだけど、言葉に出したら、ずっとそう考えていたように思えてきた。ただし憧れの君に手が届かないから、手近な女性で折り合いをつけようとしただけかもしれないけど。

「本気なのね？」

ママンがぽつんと言う。本音を見透かされた気分になって、あわてて弁明する。

「本気だよ。でも彼女はカンパーニャ村を丸々所有する大地主（エスタンシエロ）のひとり娘だから、ぼくなんかとは釣り合わないかもしれないけど」

パパとママンは微妙な表情になる。贅沢好きだがお金に反感を持つ、貴族的な心情の持ち主という点では似た者夫婦の二人には、我が家が先方に釣り合わないという考えは微塵も浮かばなかったようで、結局、ピサロ家が大地主の大金持ちだという事実にはノーコメントだった。平静を保つよう見せかけながらパパが尋ねた。

「先方にはいつ、申し込むつもりなんだ？」

「エリーゼの誕生日にしようかなと思っている。彼女はクリスマス・イブ生まれで毎年、クリスマス兼バースデイ・パーティを開くんだ」

「二ヵ月後か。わかった。それまでは節度を持っておつきあいしろよ」

「もちろんだよ、パパ」

大切なお得意さまだもんね、という皮肉は口にせず、子羊みたいにうなずいた。

ぼくは小さく息を吸うと、話を変えた。

「ところで、ひとつお願いがあるんだ。先日解剖学の試験にトップ合格したから、卒業に必要な単位は残り八科目で余裕が出来たから、年末にピョートルと南米大陸縦断旅行に行きたいんだよね。資金援助をしてもらえると助かるんだけど」

「若者の冒険は大いに結構だが、どのくらい行くつもりだ？」

「十二月中旬から三ヵ月の予定だよ」と言うとパパは渋い顔になった。

「それは大掛かりだな。そんな長期の旅行だと、相当掛かるだろうから、充分な援助はしてやれないかもしれんな」

パパには重大な欠点があった。新事業の立ち上げはうまいけど、忍耐力と継続力と経済観念に欠けるのでたちまち破綻する。そのため我が家の経済状況はいつも苦境だった。

でもぼくは粘り強く交渉する。

「援助はちょっとでいいんだ。来週から一ヵ月バイトするつもりだし」

「一ヵ月バイトをした挙げ句、三ヵ月も冒険旅行に出掛けたりしたら留年しないか？」

「大丈夫。勉強もみっちりできるバイトだし十二月の試験では単位をひとつでも落としたら旅行はナシにする。残り八科目を全部パスしてきっちり卒業を決めれば、三月に旅行から戻って国家試験を受けて、来年度には医者になるつもりだよ」

ぼくは堅実な計画であることを懸命に強調した。

「医師の国家試験は、本当に受かるんだろうな？」

「単位を全部通しておけば、まず大丈夫だよ」

「わかった。それなら援助しよう。だがその話は変だな。例のお嬢さんに結婚を申し込むのはイブなんだろう？　十二月中旬に出発したらプロポーズできなくなるぞ」

指摘されはっとする。引っかかっていた何かは、エリーゼの誕生日だったのか。

ピョートルと話した時は結婚なんて考えもしなかったから、ころりと忘れていた。

このまま計画を進めていたらとんでもないことになるところだった。

「〈グラシアス〉、パパ。ピョートルと相談して、うまくやるよ」

経済的支援を引き出したらもう用はない。家族は大好きだけど、狭苦しい家に縛り付けられるのはまっぴら御免だ。ぼくは立ち上がる。

でも呪縛はすでに名前に刻印されている。ぼくはエルネスト・ゲバラ＝デラセルナで、父エルネスト・ゲバラ＝リンチの名字と、母セリア・デラセルナ＝デラジョサの名字が刻まれている。パパが自分の名を息子につけたのは、それ以上にいい名前を思いつかなかったからだ、としきりに言い訳していたけど、ぼくにはそれが、自分の見果てぬ夢を息子に託したという意図にしか思えなかった。

こんな風にしてぼくのアイデンティティは、生まれ落ちた時から家系や血縁、そして他人の思惑にがんじがらめにされている。そのことにうんざりしながら今、新たなしがらみに身を投じようとするなんておかしな話だな、と我ながら呆れた。

深夜、寄宿舎に戻ると、ノックもせずにピョートルが部屋に入ってきた。彼は隣の部屋だ。見せたいものがあると言われ、彼の部屋に入った途端目を見張った。部屋の中にテントが張られていた。これじゃあキャンプ場だと呆れつつ、テントの中に入ってみた。ピョートルも続いてテントに入り、ごろりと横になる。

ぼくは、三角錐のように尖ったテントの天井を見上げながら言う。

「これなら野宿しても大丈夫だね。何だか、急にわくわくしてきた」

「組み立てに五分しかかからない、最新式の優れものだぜ。これをお前の愛車で携行できるか、今すぐ確認したいんだ」

ピョートルはテントを出ると収納を始めた。謳い文句通り五分で収納を終えた。

寄宿舎の中庭に出る。おぼろ月の下、愛車ノートン五〇〇が月桂樹の根元にうずくまっている。多気筒全盛の現在、単気筒エンジンのオートバイは完全に時代遅れだけど、そんな世評をぶっ飛ばすくらい、目の前のコイツの存在感は圧倒的だ。

英国はバーミンガム生まれの鋼鉄の獣は、以前の持ち主が一万キロ走行して、充分なウォーミングアップを済ませた後にぼくの元に届けられた。

テントと二つの寝袋を手に愛車に近寄ると、ピョートルは黒いボディを撫でる。

「コイツなら南米大陸もひとっ飛びだ。コイツは〈アセーロ〉二号と名づけよう」

「いいね。文句なしだ」

初代〈アセーロ〉号の自転車が竹馬なら、五十馬力の二代目は鋼鉄の馬だ。

二人の若者と野宿用のフル装備を載せても息切れせずに南米大陸の北の果て、カリブ海まで運んでくれるだろう。でもテントと寝袋を装着してみると、鋼鉄の肉体美を誇る〈アセーロ〉一号が着ぶくれした虚弱児みたいに見えた。そこはかとない不安にかられるぼくの隣で、〈アセーロ〉二号の勇姿をうっとり眺めているピョートルの横顔を見ながら、スケジュールについて相談するのは今しかないと意を決し口を開いた。

「南米大陸縦断旅行の出発っていつにしたんだっけ？」

「期末試験が終わってすぐの十二日だ」

ピョートルの即答は気合いが入っている。ぼくはおずおずと質問を重ねる。

「そうすると十日後のイブの頃は、どのあたりにいるのかな」

「最低でもチリの国境は越えたい。急がないが、ゆっくりしている余裕もないからな。最大の目的地、アマゾン河流域のサンパブロ療養所までは結構距離があるし、道も悪いらしいから、たどり着くまで相当時間が掛かりそうだ」

ピョートルは計画はきちんと立てるが、計画通りにいかなくてもあまり頓着しない。今回の旅行の大義名分はサンパブロ療養所の訪問ボランティア活動だったから、そこさえ押さえておけば、戻りが新学期にズレこんでも教授連に言い訳ができる。だから他はどうでもいいというスタンスだ。

やることに万事ソツがないピョートルが立てた綿密な計画を、ハナから引っ繰り返すお願いをするのはさすがに少しばかり気が引けた。

けれどもこれは、ぼくの人生を左右する一大事なんだから、仕方がない。

「あのさ、実はイブの夜にカンパーニャにいたいんだけど」

「カンパーニャは逆方向だから通らないぞ。一体どうしたんだよ、エルネスト」

「実はイブはエリーゼの誕生日なんだよね」

消え入りそうな小声で答えると、ピョートルは渋い顔になる。

「そりゃあ一大イベントだな。でも彼女の誕生日は毎年やってくるが、俺たちの冒険のチャンスは今回の一回こっきりだぞ」

「わかってる。でもその日、エリーゼにプロポーズしようと思っているんだ」

ピョートルは口笛を吹いた。

「それなら仕方ない。旅立ちは延ばそう。一緒にカンパーニャに行って、プロポーズの翌朝に出発すればいいさ」

「〈ムチャス・グラシアス（本当にありがとう）〉、ピョートル。恩に着るよ」

「礼には及ばないさ。俺が追試になれば、自分のための延期になるからな」

「矛盾するみたいだけど、そうならないことを祈っているよ」

ぼくは朧月に照らされた〈アセーロ〉二号の黒いボディを、そっと撫でた。

☆

一週間後。

ぼくは大西洋を航行するタンカーの船員になっていた。

正確に言えば、石油の積み降ろしの臨時雇い兼船医見習い、だ。

臨時船員の主な仕事は石油積み降ろしだけど、ぼくが医学生だと知った船長は、船医見習いという肩書きを追加して、バイト料も上乗せしてくれたのだ。

船医を雇えば費用がかかるけど、医学生で代用すれば安上がりだ。こっちとしても、ギャラがアップするので文句はない。何せぼくはまだ一人前の医者ではないのだ。

航路はアルゼンチン南部のリバダビアを出発してブエノス・アイレスや対岸のウルグアイのモンテビデオ、ブラジルのサンパウロ、リオデジャネイロ、レシフェと北上し、仏領ギアナ、スリナム、ガイアナを経てベネズエラに至る。ベネズエラのラグアイラで石油を積んで北上し、ドミニカ共和国のサントドミンゴに立ち寄り大西洋を南下する。

大西洋に面した南米大陸沿岸をたどる、壮大な船旅だ。

石油積み降ろしの時は目も回る忙しさだったけれど、それ以外は甲板磨きくらいしか仕事がないので時間は余り試験勉強が捗った。南風が旅心を刺激したけれど、目の前には殺風景な船室の壁、眼下は単調な大海原の風景なので勉強に集中するしかない。

その上、冒険旅行の費用も稼げるのだから、まさしく一石二鳥だ。

ゆっくりした低周波みたいな揺れに船酔いしたが、三日もすると慣れた。

洋上での無為の日々は、エリーゼの肌の感触を思い出して、無聊に耐えた。

海洋航行ならではの光景にも出会った。

石油を満載しカリブ海を航行中、船室で勉強していたぼくを呼ぶ声がした。

「おい、クソ真面目な医学生、とっとと甲板に上がって来い」

急いで船内の暗い階段を駆け上がる。

鋼鉄の扉を押し開けると、明るい陽射しに包まれた。

強い風が、びょう、と髪を乱す。頭上には真っ青な空。

舳先に立った船員の元に駆け寄ると、彼が指さす方を見た。

「うわあ」

海面が黒く盛り上がり、ぞわぞわと蠢いている。

目を凝らすと数百頭の巨大な生物がひしめいて群れていた。

「コイツらはジンベエザメという、世界最大の魚類なんだぜ。ふだんは一匹で大海原を漂っているんだが、この時期になるとなぜか群れてこの海域に集まってくるんだ」

ジンベエザメの群れはタンカーに寄り添って泳いでいたが、やがて航路から外れると、夕陽の沈む方角へ向かっていった。その方向に黒々とした島影が見えた。

「あれは〈カイマン・ベルデ(緑のワニ)〉だよ」

その言葉を叙事詩の韻律のように口ずさみ、深呼吸する。

海風に吹かれていると意識が遠のき、身体がふわりと中天に舞い上がる。

群れ飛ぶカモメと風に吹かれながら、天空から黒々とした群れを見下ろしていると、夕闇の中、ジンベエザメの群れは緑のワニの口に呑み込まれていった。

それがキューバ本島を指すあだ名だと知ったのは、ずっと後のことだ。

バイト料を手にしたぼくは、十二月の期末試験では全科目合格した。

最後の難関、外科学の口頭試問をぎりぎりでパスして校舎を出た。これで卒業は決まったので、三月に少し厄介な医師国家試験をパスすれば秋口には一人前の医者になる。

ぼくの火事場の馬鹿力を以てすれば、それもクリアできるだろう。

ぼくは口笛を吹く。

世の中、なるようになるものだ。

頭上には青い空が広がっている。これでぼくの冒険旅行の邪魔をするものはなくなり、こころおきなく三ヵ月間、南米大陸を放浪できる。

厳しい条件をクリアしたぼくは、この旅は宿命なのだと確信した。

でもそんな宿命論をピョートルに語れば、笑い飛ばされてしまうに違いない。

彼は生来の〈デラシネ(根無し草)〉だから、深夜、死の淵に歩み寄り、深い闇を覗き込んで立ち竦んでいるぼくの絶望なんて、永遠にわからないだろう。

でもたぶんそれはおあいこだ。ぼくだってピョートルの悲しみや痛みを理解していないのだから。

人は誰も、他人のことなんて、爪の先ほどもわからないものなのだろう。

その時のぼくの眼には、青空に投影された南米地図の旅程しか映っていなかった。

# 2　真夏のクリスマス

一九五一年十二月　カンパーニャ

　ぼくは試験を一発で通したけど、ピョートルは二科目追試で、考査を終えたのは十二月二十日だった。予想通り出発延期は自分のためだったな、とピョートルは苦笑した。

　イブ前日、自宅に戻ったぼくは、両手いっぱいの花束を買った。グラジオラスやカンナ、ヒマワリといった、あまり花束に使わない真夏の黄色い花でまとめてみた。誕生パーティでは赤い薔薇や白いカスミソウが定番だから黄金の花束は目立つだろう。

　細々と準備をしているとママンが部屋にきて「吸入器は持ったわね？」と訊ねた。

　リュックの一番取り出しやすいポケットを指さす。ぼくが命綱を忘れるはずがない。それは百も承知のママンがそう尋ねたのは声を掛けるきっかけが欲しかったのだろう。

　ママンは、花瓶に挿した花束についてはノーコメントで、ぼくの肩に手を置いた。

「明日はうまく行くといいわね」

　うなずいたけども正直言えば首尾よくいくのを望んでいるのかどうかは疑問だった。小作からのあがりを数え、美しい新妻と戯れ、馬で領地を見回り、いきつけの酒場でいつもの顔ぶれと一杯やるという大地主の生活は、ぼくには退屈な檻にしか見えない。

ママンは、上の空になったぼくの両肩を摑んだ。

「エルネスト、よく聞きなさい。プロポーズされた時の女の子の気持ちはね……」

そう言って視線を宙に走らせたママンは、目を伏せた。プロポーズされる女性心理をアドバイスしようと過去を振り返り、自分がきちんとプロポーズされていなかった事実に気がついたのだろう。ママンがパパとの結婚を決意したのは、プロポーズされたからではなく、ママンのお腹にぼくがいたからだ。

気まずい沈黙が流れ、結局ママンは何も言わずに部屋を出て行った。


翌日、正午。玄関のチャイムが鳴った。

ベッドに寝転んでいたぼくは跳ね起きる。リュックを肩に掛け、ハトロン紙に包んだ花束を摑み階段を駆け降りる。玄関の扉を開け放つと逆光の中、勢揃いしたゲバラ一家、両親と兄弟姉妹たちに囲まれた友の笑顔があった。ピョートルは携行品一式を受け取ると、底光りするボディの〈アセーロ（鋼鉄）〉二号に装着しながら、ゲバラ一家に旅行計画の斬新さと安全性を喋り続けた。ママンは熱心な聴衆だった。

「くれぐれも三月の国家試験までに必ず戻ってくださいね。この子ときたら糸の切れた凧みたいで、風に吹かれてどこかに行きっぱなしになってしまいそうなんだもの」

「お任せください、お母さん。この旅行はペルーのハンセン病専門のサンパブロ療養所でボランティアをしながら、未来の医療の道を模索するのが主目的ですから」

「でも、そんな遠いところに勤めることになっても困るんだけど」

ママンは安心するのと、不安になるのと、両方の色を浮かべながら言う。

名前も聞いたことがない、船で三日も遡らなければたどりつけないアマゾン河のほとりの療養所で働くなんてとんでもない、と考えるのは、女親としては当然だ。

「それもご心配なく。療養所に興味があるのは俺です。エルネストはアレルギーの大家、ピサーニ先生の下で働きたがっています。でも療養所の実態を知ることは視野を広げて、医師のキャリアにプラスになるので誘ったんです」

「そう言えばお母さまのお加減はどう？　この旅行には納得しているの？」

ピョートルは肩をすくめた。

「反政府運動で投獄されるよりはマシだ、と言って諦めています。具合はよくなくて、自分はもうすぐお父さんのところに行くから自由にやりなさい、と言われてます」

ママンは安心した表情を浮かべたけれども、今度は重装備の旅支度、縦長で重そうなリュックやバイクの両脇に装着されたテントや寝袋を眺めて、別種の不安を訴える。

「キャンプみたいね。まさか野宿するつもりなの？」

ピョートルは両手を広げ、大仰な身振りを交えて言う。

「とんでもない。これはいざという時の備えです。長旅ですので宿が取れなかったり、人家のない場所で夜になることも、たまにはあるかもしれないので、準備しておくだけです。お母さんが買ってくれたオートバイは頑丈ですから、何の心配もありません」

その〝たまにはあるかも〟という事態が旅の基本だったりする。徹底的に節約して、できるだけ長く旅するというのが、この冒険旅行のコンセプトなのだから。

反政府デモの首謀者だったピョートルが投獄され、その後は留年を繰り返している事情をよく知っているママンは、不安そうな表情になる。パパが歩み寄るとぼくの肩を抱いて、庭の片隅に連れて行った。小声で「これを持って行け」と言う。

小口径の拳銃ベレッタ。灰色の銃身を見て射撃練習をした時のことを思い出す。引金を引いた時の衝撃、轟音、はじけ飛んだ空き缶。

受け取ったベレッタの安全装置がかかっていることを確かめて、ポケットにしまう。思い直してリュックを開け、ボルヘスとネルーダの詩集の間に滑り込ませた。

ネルーダの詩集は読み込んでボロボロだけど、ボルヘスのはフランス装のアンカットのままだ。しかも見返しに著者のサインがある。

二冊の詩集の間に置いた瞬間、言葉の火花で発火し暴発してしまうかも、なんていう不条理なことが思い浮かんだのも、異質な言葉の電位差のせいだったのかもしれない。

細々とした心配事を言い立ててピョートルを辟易させているママンの横を通り過ぎ、〈アセーロ〉二号に歩み寄り、ぼくは両手に花束を抱えタンデムシートに座る。

「エルネスト、発作が出たら、すぐ帰ってきなさいね」

広大な南米大陸の縦断旅行に出発したら、隣町にいるみたいに気楽に帰ってこられるわけがないのに。どんなに気丈に見えても母親だ。

ピョートルがバイクに跨がりエンジンを掛けた。振動が尾骨を通り脳天を突き抜ける。

「それじゃあ、行ってきます」

ぼくが告げると、ピョートルはスロットルを回す。

家族の声が背中で風に吹き散らされる中、〈アセーロ〉二号は雄々しく発進した。

一九五一年十二月二十四日。二十三歳のイブの日、ぼくは長い旅に出発した。


道は空いていた。これだと午後三時には着いてしまう。誕生パーティは午後六時からだから早すぎる。そう言うとスロットルをゆるめたピョートルが振り向かずに言う。

「なあエルネスト、本当に今夜、誕生パーティでプロポーズするつもりなのか？」

「もちろんさ。何で今さらそんなことを聞くんだよ」

「エルネストが自信満々なのはわかるけど、みんなの前で断られたら立ち直れないぜ。大体、エリーゼのパパは大地主（エスタンシエロ）なんだろ？　そんな手堅い人生を送っているような人って、俺たちみたいな風来坊は嫌いじゃないのかなあ」

そんな風に指摘されてみると、プロポーズを断られるはずがないという、根拠のないぼくの自信がぐらつき始める。エリーゼは、ぼくと過ごした時間よりもはるかに長い時間を、大地主（エスタンシエロ）のパパと一緒に過ごしてきたのだ。

「確かにみんなの前でプロポーズを断られたら針のむしろだな。どうしよう」

いきなり弱気の虫に取り憑かれたぼくを見て、ピョートルは腕時計を見た。

「それならパーティ前にプロポーズを済ませてしまう、というのはいかがかな？　首尾良くいけばパーティの主賓になれるだろうし、失敗したらさっさとトンズラすればいい。どっちに転んでもいい、ナイスなアイディアだろ？」

確かに素晴らしい提案だ。でも〝どっちに転んでも〟とは言うけど、明らかに片方には転びたくない。少し考えてうなずくと、ピョートルはヘルメットをかぶり直す。

「では、ピサロ邸に直行します。到着予定時刻はイチゴーサンマル、午後三時半」

半時間後に人生の分かれ道がやってくるかと思うと、急に胸が締め付けられた。


ピサロ邸の間取りは知っていたけれど、いつも二階のバルコニーからの訪問なので、玄関は初めてだ。大きな花束を抱えて呼び鈴を鳴らすと、エリーゼの声が応じた。

ほどなく顔を出したのは、エリーゼによく似ていたけれどずっと年上の女性だった。

「あら、エリーゼのお友達？　誕生パーティが始まるのは二時間後なんですけど」

艶を含んだ声はエリーゼにそっくりで、初対面でもエリーゼのママだとわかった。

一気に緊張が高まり、しどろもどろになる。

「あの、今日はエリーゼのお誕生日パーティにお招きに与りありがとうございます」

頭を下げると、花束の黄色いグラジオラスが、ピサロ夫人を直撃しそうになった。

優雅な身のこなしで花束の強襲をさりげなくかわした夫人は言う。

「これをエリーゼに？　それなら本人に受け取らせましょう。エリーゼ、お友達よ」

「はーい、今、行きます」

とん、とん、とん、と軽やかな足音と共にドレス姿のエリーゼが姿を現した。

ぼくの姿を認めると、頬をドレスの色と同じピンク色に染めて微笑する。

「エルネスト、こんなに早くに来てくれてありがとう。素敵な花束ね。居間でお母さまとお茶でもしていらして。私はもう少しお支度に時間がかかりそうだから」

ぼくはうなずいて花束を手渡す。その後どうしていいか分からず、もじもじした。するとと足下で、こん、と小さな音がした。見るとドングリが転がっている。

振り返ると扉の斜め後方、二人の女性から死角の場所で、ピョートルが親指を立てていた。サッカーの試合でのサイン、〝ゴールポストまで突っ走れ〟だ。

ありがとう、ピョートル。あやうく、不戦敗になってしまうところだったよ。

目をつむり深呼吸。そして目を開けエリーゼをまっすぐ見つめた。

「エリーゼ、お願いがあります。ぼくと結婚してください」

声の大きさに自分でもびっくりした。黄色い花束の中で微笑んでいた大きな瞳が見開かれた。エリーゼはくるりと向きを変え、花束を抱えて階段を駆け上って行った。

ピサロ夫人は一瞬、頬をこわばらせたが、すぐに品の良い微笑を浮かべて、あらまあ、と言う。エリーゼの背中を呆然と見送るぼくに優しい声を掛けた。

「エリーは驚いてしまったのね。私も夫にプロポーズされた時はあんな風に逃げ出してしまったものよ。少し時間をくださいね。それまで居間で寛いでいてくださいまし」

居間で紅茶を出すと、ピサロ夫人も姿を消した。それから一時間以上、ぼくは居間でほったらかしにされた。今頃、二階では女性二人が唐突でぶしつけなぼくの申し出を協議中だろう。ピョートルは〈アセーロ〉二号に跨がり口笛でも吹いているに違いない。

ヤツの口車に乗って軽率な行動に出たことを、唇を嚙み締めて後悔した。

しばらくして、玄関のチャイムが鳴り、野太い声が響いた。

「戻ったぞ、マリアンヌ」

聞き覚えがある声。小柄で小太り、真っ白なガウンを着て向こう脛に剛毛が生えているこの家の家長セニョール・ピサロだ。ピサロ夫人の小声がして、回りかけた扉のノブの動きが止まる。続いて階段を上る荒々しい足音が聞こえた。

ふだんのピサロ氏は、帰宅したらこの居間で一服するのだろう。

壁に掛かった肖像画を眺め、胸の勲章を十三まで数え、ばかばかしくなって止めた。

夕陽の赤光が窓の外の風景をエッチング版画みたいな煉瓦色に塗り替える。パーティの準備に勤しむメイドの足音が廊下を行き来している。チキンの焼けた匂い。クリスマスだから七面鳥か。いや、七面鳥は感謝祭だ。焼きたてのパンの匂いも漂ってくる。

パーティ会場は居間の隣の大広間らしい。

空腹を覚えた。ずっと空腹だったのか、それとも今空腹になったのかはわからないけど、どちらかに決める必要もない。掛け時計の針は五時を回っている。小一時間もすれば招待客が続々と訪れて、チャイムを鳴らすだろう。彼らは晒し者のぼくを見て傍らの人に事情を聞き、憐憫の微笑みを浮かべるに違いない。

プロポーズに失敗した直後の青年の顔を見るなんて、滅多に見ることができない素晴らしいショーだろう。悲観的な妄想に捉われ、ぼくはため息をついた。

居間の扉が開いた。パーティ開始二十分前。

入ってきたのは正装したピサロ夫妻で、その後ろにはピンクのドレスを着たエリーゼがしずしずとつき従う。

ピサロ一家が、ぼくの目の前のソファに並んで座る。エリーゼは顔を伏せたまま、ぼくと目を合わそうとしない。セニョール・ピサロはぼくを睨みつける。ピサロ氏には、ぼくは悪名高きギャング、ガルシアノよりも極悪非道な大悪人に見えただろう。

膝頭が震える。脛毛が濃いピサロ氏は、咳払いをした。

「君とはどこかで会ったことがあるような気がするな」

ぼくも小さく咳払いをする。

「気のせいだと思います。ぼくは、お目にかかるのは初めてです」

「そうかもしれん。バルコニーにぶら下がり、家長である私に向かって〝あかんべえ〟をするような不届き者に、この家の敷居をまたぐ度胸など、あるはずがないだろうからな。私の思い過ごしだったようだ。気にしないでくれたまえ」

ぼくはうつむいた。あれは〝あかんべえ〟じゃなくて、敬礼だったんだけど……。

でも何か気の利いた言葉を返さなければ、と思い、小声で応じる。

「ええ、気にしません。ぼくも時々寝ぼけると、亡くなった祖父が食卓にいるのを見たりしますから」

隣で夫人がくすりと笑う。ピサロ氏がじろりと睨む。

夫人は肩をすくめ、小さく舌を出した。

「パーティの時間も迫っているから単刀直入に伺おう。先ほど君は、娘に唐突な申し出をしたと聞いたが、本気かね」

ジョークです、と言って逃げ出したかった。でも今さらそんなことはできない。だからといってさっきの言葉を繰り返す気力もないぼくは、小さくうなずくしかなかった。

「わがピサロ家では、成人すれば女子も一人前として扱うのが家風だ。エリーゼは二十歳になった。だから君の申し出に対しエリーゼ自身に答えさせる。さっき二階で話をしたが、私たちも彼女の結論は聞いていないのだ」

決定権を手渡されたエリーゼは顔を上げた。右手を胸に当て、苦しそうに胸を上下させていたけれど、ピサロ夫人にうながされ、薔薇の花びらのような唇を開いた。

「エルネスト、本気だったのね。とっても嬉しいわ。プロポーズ、お受けします」

瞬間、ぼくは何を言われたのか、わからなかった。

ピサロ夫人に穏やかな声で「これからは家族の一員ね」と言われて初めて、奥深いところから喜びが湧き上ってきた。ブラボー、と言ってエリーゼを抱きしめる。

ピサロ氏が咳払いしたので身体を離し、改めてプロポーズを受け入れてくれたエリーゼの美しい顔を見つめた。今この瞬間、世界一の果報者になった気がした。

「娘の部屋に忍んでくるような不届き者との交際など認めたくないが、正式に結婚を申し込むのであれば話は別だ。医者をめざし日夜勉学に励んでいる前途有望な青年だとも聞く。御尊父には以前、ブエノスの事務所の施工をお願いしたが仕事ぶりは誠実で信頼できる。あの方のご子息なら大丈夫だろう。娘の信頼を裏切らないでくれ」

ピサロ氏が立ち上がりながら言うと、隣でピサロ夫人が微笑を浮かべる。

「あなた、堅苦しいお話はそのくらいで。ちょうどいいから、今夜のパーティで二人の婚約をお披露目しましょう。エリー、素敵な誕生日になりそうね」

そしてエリーゼに言う。

「もうすぐパーティが始まるけど、ゲバラさんと打ち合わせをしてから顔を見せなさい。先に始めているから、少し遅れて二人揃って大広間に来てちょうだいね」

ピサロ夫人は、不満げな表情のピサロ氏の背中を押しながら部屋を出て行った。両親が姿を消すと、ぼくはエリーゼに抱きついて、あらゆる場所に接吻の雨を降らせた。

エリーゼはくすぐったそうに身をよじりながら「お化粧が崩れちゃう」と言って抗ったが、それは本気の抵抗ではなかった。

会場は花束で一杯だったけれど、ぼくの黄色い花束が一番目立っていた。

あちこちの会話はピサロ氏の仕事関係が多い。エリーゼの友人は所在なげな女子学生が数名だ。エリーゼの誕生パーティだが、実態はピサロ家の社交パーティだった。

そう気づいた途端、猛烈な空腹を思い出した。燃料補給に専念しようと人混みをかき分けバイキングのテーブルにたどり着くと、後ろから肩をたたかれた。

「どうやらうまくいったみたいだな、エルネスト」

咳き込んだぼくに上品な淑女が顔をしかめた。だがすぐにぼくの失態に興味を失い、元の相手との会話に戻った。その隙に口にしたローストビーフを嚥下して振り返る。

「悪い。ピョートルのことを忘れてた。招待状もないのによくもぐりこめたね」

「婚約者の友人だと言ったらフリーパスさ。それでお前の首尾も確認できた。今夜は俺のことなんか忘れていいぞ。俺もご馳走にありつければ文句はないからな」

　こんな風に機転が利くヤツが世の中を変えていくんだろうな、と感心しているうちに、ピョートルは空っぽになった皿を手に側を離れた。残されたぼくは周囲を見回す。

　ペロン、という単語が聞こえたので振り向くと、二人の紳士がワイングラスを手に会話していた。ひとりはお年を召した恰幅のいい紳士で、もうひとりは痩せて背が高く丸眼鏡の中年男性だ。ぼくはさりげなく彼らの傍らに寄って聞き耳を立てる。

　恰幅のいい、お年を召した男性がグラスを呷って言う。

「一月の総選挙で圧倒的勝利を収めたペロンのヤツめは、我が世の春を謳歌しておる。最近は十九世紀のアルゼンチンを暗黒時代に追いやったロサスの復権など言い出して、我々の神経を逆撫でばかりしおるわ」

「ペロンは厄介な男です。六年前の四五年の政局がヤツを追い落とすチャンスでした。ペロンが首をすげ替え大統領にしたファレルは無能で、二十五万人の反政府デモで追い詰められ、ブエノス再閉鎖、報道管制、大学弾圧などの悪手を連発したため、アバロス司令がクーデターを起こし辞職させました。ところがファレルはおとなしく辞任したのに肝心のペロンは辞職勧告に署名しておきながら、直後にラジオで思いをぶちまけ粘られて、逆効果になりましたからね。結果的にはヤツの逮捕がやりすぎだったわけです」

　中年の丸眼鏡の紳士の言葉に、太った年配の紳士は首を横に振った。

「ペロン逮捕は悪手ではなかった。ふつうはあれでお陀仏になるはずなんだが、忌々しい〈ビッチ（売女）〉が全部ひっくり返しおった。しかしさすがに今回は呆れてものも言えんよ。まさかあの〈ビッチ〉が副大統領に立候補するまで増長するとはな」

老年の紳士は吐息をついて続けた。

「そりゃあ、鉄道をタダにして無料バスで田舎者を引っ張ってきてタダ飯を食らわせれば、誰だって熱狂的に支持するだろうて。半年前の労働総同盟の公開民政議会という茶番は見るに堪えなかったが、軍部の反対で潰されたのは、かろうじて政府内にも良識のかけらが残っていたことの証明だな」

太った老年紳士の激烈な言葉に、痩せて背の高い、丸眼鏡の中年男性がうなずく。

「あの〈ビッチ〉は確かに節操がありませんが、反射神経がいいことは認めざるを得ません。労働者の大規模デモを組織してペロンを釈放させ、〈カサ・ロサダ〉のバルコニーで寸劇をやらせて、翌日のゼネストを聖ペロンの日と祝日にし、現在のヤツの権勢を確立させたのは、まさにビッチ・エビータの力なんですから」

ぼくはびっくりして、食べかけのローストビーフの皿を落としそうになった。まさかこんなところでペロンの悪口、聞き様によっては賛辞を耳にするとは思わなかった。話にきき耳を立てていたけれど、この流れだと、ぼくが大切に想う女性の好ましくないウワサになりそうだったので、話に割って入った。

「労働者の支持を得ようと努力するのは、普通選挙制度では当然でしょう」

ふたりの紳士は突然割り込んできた不作法な若造に眉をひそめる。だが狭量な対応をするのも大人げないと考えたのか、中年の男性が教えを垂れた。

「だがその悪平等の選挙制度のせいでアルゼンチンは没落したのだ。かつてアルゼンチンの土地所有者は千八百人程度だった。なのにスラムの賤民や、上着も買えない〈デスカミサドス〉の貧乏人に我々と同じ一票を与えたため、地に足が着いていない急進党が政権を握り、アルマジロ野郎が大統領になった。あの時代が元凶の始まりだ」

「アルマジロ野郎って誰ですか」と素朴に尋ねると、太った年配の紳士が答える。

「一九一六年から二二年、二八年から三〇年の二期、大統領だった急進党のイポリト・イリゴエンだ。引っ込み思案の性格と顔がアルマジロそっくりなので、そう呼ばれた。一期目は〈デカダ・フレスコ（清新な十年）〉と言われたが、二期目には耄碌していて、ウリブル将軍のクーデターで退任した。その時、保守党はウリブル将軍を支持して復権した。だから早々にドイツかぶれの軍隊を解雇したのは正解だったのだ」

　若い方の丸眼鏡の男性がうなずいた。

「三二年の選挙で大勝した保守党のフスト大統領は、反政府的な公務員や教員をパタゴニアの強制収容所に送り、ブエノスの空気は相当よくなりました。その後オルティス、カスティリョと三代続いた保守政権の十年を〈デカダ・インフアメ（最悪の十年）〉などと言う連中もいますが、我々には〈デカダ・オロ（黄金の十年）〉でしたよ」

「政府の方針に合わない公務員を収容所に送るなんて、人権侵害です」

　ぼくは二人の会話に違和感を覚えて言う。青臭い反論に二人の紳士は顔をしかめた。

「君はお嬢さんのご学友かな。生意気な口を利く前に勉学に励むべきだな」

　老人の上から目線の言葉にかっとした。反論しかけた時、背後で声がした。

「公務員や組合員の収容所送りはやりすぎです。それが統一将校団（ＧＯＵ）という、将校の秘密結社に大義を与え、ラミレス将軍のクーデターになったんですから」

振り返ると、会話に割って入った人と目が合った。その人は驚いた顔になる。

「サロン随一の論客のタレス氏とマジョルガ氏相手に正論をぶつ、恐れ知らずの若造は誰かと思ったら、坊やじゃないか。なぜこんなところにいるんだい?」

若い丸眼鏡の人がうすら笑いを浮かべ、同年配の新入者に言う。

「この坊やはディアス氏の知り合いだったのか。道理で青臭い理屈をこねるのがお上手なわけだ」

立ち話への新規参加者、ブルーノ・ディアス＝アレハンドロさんはママンのサロンの常連だ。でも、こうしてみるとママンのサロンよりもピサロ家のパーティの方が似合う。ブエノス郊外に広大な農地を持つ地主の跡取りのひとり息子は、間もなく五十に手が届くのにいまだ独身だ。

「この坊やはここにいてもおかしくないんです。あのデラセルナ家の一族ですから」

顔を見合わせた二人の紳士の間に一瞬、侮蔑の色が見て取れた。没落しつつある同業者に対する哀れみの視線だ。二人に向かって、ブルーノさんは言った。

「ペロンは、親ナチであることを止めようとしたラミレス大統領を、辞表の代筆までして首を切りました。言論の自由を求めた百五十人の知識人が署名した宣言文が新聞に載ると、文部大臣は署名した教授の解雇を求め、拒否した学長を更迭しました。あの時、母校ブエノス大も酷い目に遭いました。そんな時に救済の手を差し伸べなかったから、保守党は政権を奪えなかったのです」

母校ブエノス大の先輩、ブルーノさんの嘆きを聞き後輩のぼくも黙っていられない。

「一九四七年にノーベル医学賞を受賞する生理学者ウーサイ教授は、『これが私の最後の授業である。次の授業は陸軍大佐が担当だ』という言葉を残して大学を去りました。医学部に入学したのにウーサイ教授の授業を受けられなかったのは本当に残念です」

「君は医学生なのかね」と二人の紳士は驚いたように目を見開いた。

「〈シ〉(はい)。来年三月の国家試験に合格すれば医師になります」

燕尾服の年上の紳士はその話題にはそれ以上触れず、太鼓腹を突き出して言う。

「ファシストのペロンが、労働者の代表だ、などとでかい顔をするのは実にけしからん。労働法を改変し貧乏労働者の人気取りをしている。選挙では貧乏人も地主も同じ一票という悪平等のせいで、貧乏人を図に乗らせた結果が今のアルゼンチンの惨状なのだ」

老年の紳士に、ブルーノさんは舌鋒鋭く言い返す。

「それは違いますよ、マジョルガさん。保守党の失策が、ペロンを怪物にしたのです。一九四五年十月、ファレル失脚の死地からペロンが復活した翌年の総選挙で保守党は、蛆虫国家・米国を頼った。忌々しい青本『アルゼンチン情勢に関する合衆国協議書』を前面に押し立てたため『プレイドンか、ペロンか』なんてキャッチフレーズを敵陣営に献上した。プレイドンは前の米国大使だから『地主階級は米帝国主義のパペットだ』などと言いたい放題されてしまっては、もはや勝ち目はありませんでしたね。それにしても我々大地主(エスタンシエロ)だって反米だったわけですし、ペロンは親ナチで第四帝国を作ろうとしたというウワサもあったくらいだから、その辺りを衝けば楽勝だったのに、誰があんな愚策を考えたのでしょう。そう思うと今でも腸が煮えくり返ります」

ブルーノさんの勢いに気圧され、常連客は黙り込んだ。ママンのサロンで聞き慣れたブルーノ節を耳にして、少し気が晴れた。ブルーノさんと同年配の丸眼鏡の男性が言う。

「ブルーノ君の言うことが正しいとして、我々はこれからどうすればいいのですか」

「ペロン人気は絶大です。ヤツは社会主義政権が総力を挙げても十年かかると言われた労働者保護法を一年で通した。労働者から神のように崇められるわけです。憎き仇といえども優れている点は素直に認めて弱点を攻める。それしか戦いようはありません」

白けた空気が流れた。ペロンは親ナチでも独裁者でもない。単に愛されたがりの無節操漢だ、というぼくの確信を伝えたかったけれど、結局黙っていた。

それにしてもブルーノさんという人はママンのサロンでも、正反対の雰囲気のピサロ家のパーティでもどっちでも浮いちゃうんだな、と思わず笑ってしまった。

ざわめいていたパーティ会場が静まった。大広間の一段高い舞台にピサロ氏が立ち、咳払いをすると、ぱらぱらと拍手がわいた。ピサロ氏はよく通る声で堂々と話し始める。

「お集まりのみなさん、今宵は愛娘エリーゼの二十歳の誕生パーティにお集まりいただき、ありがとうございます。今日の晴れの日にみなさんに重大なご報告があります」

周囲の人はみな、ピサロ氏の口元を注視している。ぼくはこっそり唾を飲み込む。

ピサロ氏はもう一度、咳払いすると、タキシードの胸を反らして言う。

「わが娘、エリーゼ・ピサロ＝マルティネスがブエノ建築事務所所長のご令息、エルネスト・ゲバラ＝デラセルナ氏と婚約を交わしたことを、謹んでご報告いたします」

おお、というどよめきの中、視線がエリーゼに集中した。バラ色のドレス姿のエリーゼは微笑を浮かべる。聴衆は一斉に女神のハートを射止めた幸福者の姿を探し始めた。

「ゲバラ君、こちらへ」

ステージ上のピサロ氏が手招きすると、会話を交わしていた紳士たちも目を丸くした。ひりつくような視線を背中に受けながら、ワイングラス片手に登壇する。

「よ、ご両人。婚約おめでとう」

タイミングよくピョートルの掛け声が響く。その声につられまばらな拍手があった。壇上で振り返ったぼくは、大勢の視線に見つめられた。突然主役の座を射止めた新参者を敵視する棘のある視線も多そうだ。燕尾服姿の老紳士が聞こえよがしに言う。

「没落したデラセルナ家の農園を吸収すれば、ピサロ家は安泰ということですな」

ピサロ氏の眉がぴくりと上がる。聞こえないふりをしてぼくの肩を親しげに抱いた。

「とうとう我が家にも待ち望んでいた息子ができました。みなさん、エリーゼの大人の仲間入りと共に、新しい家族を迎えたピサロ家に祝福をいただけますことを」

先ほどよりも盛大な拍手が会場に満ちた。ピサロ氏はぼくの肩を抱いたまま、小声の早口で言う。

「もっとにこやかな顔ができないのかね。わがピサロ家では、社交は最低限の教養なのだよ」

急に息苦しくなった。

エリーゼとの結婚は望んだけど、ピサロ家の一員になんてなりたくない。どこで間違えたのだろうと考えていたら、薔薇色に頬を染めたエリーゼが微笑を投げてきた。

以後は散々だった。ブルーノさんにからかわれるのはまだいいとして、上流階級の紳士連中から散々当てこすりを言われたのには参った。特に、会話を交わしていた太った頑固親父がエリーゼの〈コンパドレ〉だったのはショックが大きすぎた。

カトリック信者にとって、洗礼に立ち会う代父は、両親に次いで権威ある存在だ。

老紳士は先程の意趣返しのように、ゲバラ家が無神論者だということに拘り続けた。

「するとわが娘、エリーゼ嬢ちゃんの婿殿に〈コンパドレ〉はいないのかね。おお、何たることだ。お二人の結婚式の際は、婿殿の代父と知り合いになれると喜んでいたのだが残念だ。エミリアノ、こんな婿殿でピサロ家は大丈夫なのかね」

ピサロ氏は顔をしかめて、言う。

「ピサロ家では二十歳になれば一人前として扱う。マジョルガが心配してくれるのはありがたいが、私はエリーゼを信頼している。まあ、私には苦渋の選択ではあるがね」

本人を前に、苦渋だなどと言うなんて失礼きわまりないが、カトリック教徒の世界では、「〈コンパドレ〉がいない」＝「救いようのない異教徒」という方程式が成り立つから仕方がない。この時だけはママンの無宗教を呪った。洗礼しかしなかったママンと、この小言爺いの〈コンパドレ〉は、果たしてうまくやれるのだろうか。

そんな雑念に囚われていたら何だか疲れてしまい、パーティの途中で社交は切り上げ、部屋の片隅でピョートルとワインを飲んだくれた。

最後の酔客が呂律の回らない挨拶を済ませて姿を消した時は、深夜になっていた。

ピサロ家の人たちは、長かった一日を吐息で締めくくった。

「では、ぼくたちもこれで失礼します」

ピョートルがぼくの腕を取って挨拶すると、ピサロ夫人が言う。

「コルダさんは、ここにはどうやってお越しになったの？」

「百万馬力、単気筒の鉄の馬に跨がってやってまいりました」

百万馬力じゃなくてたったの五十馬力だぞ。でもピョートルのそのジョークは天然のピサロ夫人には空振りだったようで、夫人はあっさり受け流した。

「そんなに酔っていらしては運転は無理だわ。今夜はうちに泊まっていらっしゃいな。いいわよね、あなた。ゲバラさんは息子で、コルダさんは息子のお友だちですから」

「正式に結婚していない男女が、同じ屋根の下に寝泊まりするのは不謹慎だ」

「あなたは厳しすぎますわ。エリーはもう大人なのよ」

渋面になったピサロ氏に、ピョートルがすかさず言う。

「我々は明日から南米大陸縦断旅行に出発しますので、やはり今夜は失礼します」

ぼくたちの宿泊に難色を示していたピサロ氏は、その言葉を聞いて顔色を変えた。

「旅行だと？　婚約したら話し合わなければならないことがたくさんあるし、君のご両親にご挨拶もしなくてはならん。諸々明日から取りかかろうと思っていたのだ。出発は延期したまえ」

ぼくはピョートルと顔を見合わせた。従うべきか、拒絶すべきか。

ぼくはピョートルに自分の意志を目で伝えると、彼の返事を待たずにうなずいた。

「わかりました。出発は延期します。ではぼくたちはどうすればよろしいでしょうか」

「離れの書斎に泊まりなさい。女中に寝袋を用意させる」

ピサロ氏はあっさり言った。母屋でなく離れ、しかも寝袋とは何という扱いだろう。でもいくら考えてもこれ以上の解決策は浮かばない。即断即決で適切な判断をするとは長年領地を支配してきた名門ピサロ家の当主だけのことはある。ピサロ氏は続けた。

「君たちは明日のミサはどうする？」

敬虔なカトリックであるピサロ家にとって、クリスマスといえば当然ミサなのだろう。

「ゲバラ家は無宗教でして」

ぼくの言葉に、ピサロ氏は目を見開く。信じられないという気持ちが丸見えだ。ピサロ氏がそう考えるのは当然で、アルゼンチンの伝統を支えてきた柱の一本はカトリック教会だ。つまり明らかにゲバラ家は異端なのだ。

「ピサロ家の一員は、主のお言葉に従わねばならん。明日は一緒にミサに出なさい」

やはり無神論者のピョートルと顔を見合わせる。きっとぼくとコイツは明日は揃って、ゆうべは飲み過ぎてミサに出られませんでした、なんて言い訳をするんだろうな、と考えた。でも、いちゃつくこともままならないなんて、これでは婚約した意味がない。

そう思って目配せをすると、エリーゼは頬を染めてうつむいた。

よし、これで二階のバルコニーの窓には鍵はかからないぞ。

ピサロ夫人は、そんなぼくたちを流し目で見た。

「今夜はママも久しぶりに、エリーの部屋で一緒に寝ようかしら。こんな夜は女同士で一晩、語り明かしたいわ」

エリーゼは「嬉しいわ、お母さま」と言い、ちらりとぼくを見た。

これで不埒な婿殿の思惑は封殺された。ピサロ家では夫人が一番の傑物のようだ。

大富豪の書斎らしく、壁一面に立派な装丁の書物がびっしり並べられていた。

ピョートルは一冊を取り出すとぱらぱらとめくり、口笛を吹いて元に戻した。

「ちんぷんかんぷんだ。まるで異国の物語だぜ」

召し使いから受け取った寝袋に身体をすべり込ませながら、ぼくは言った。

「悪いけど、南米縦断旅行の出発は数日延期していいかな」

「エルネストの人生がかかっているなら仕方ないさ。でも明日のミサは出ないぞ」

「もちろんさ。ぼくも欠席するよ」

そう答えながら、あやうく発作を起こしそうになった。公認の婚約者になった晩に、婚約者の家の離れで喘息になるなんて縁起でもない。

「しかし離れの書斎に泊めるというのは歓迎されているのか、それとも招かれざる客なのか、よくわからないぞ。一体どっちなんだい、婿殿よ」

ピョートルがそう訊ねるので、ぼくは答えた。

「まあ歓待されている方なんじゃないかな。この大邸宅の敷地の西の外れにはライム畑の労働者の長屋もあって、そこにぶちこむという選択肢もあるからね」

「そうか。まあ、婿殿だけなら歓迎されるんだろうけど」

そう言いながらピョートルも寝袋にもぐり込むと、感心したように言う。

「さすが名門大地主（エスタンシエロ）、これは寝袋界のフェラーリ、最高級品だ。ショップで見て欲しかったヤツだけど、値段を見て諦めたんだ。しかし前回は途中から別行動。今回は逆走に延泊の挙げ句、出たくもないミサに誘われるとは、俺たちの旅はどうしていつも一筋縄でいかないのかなあ」

「ごめんね、ピョートル。ぼくがわがままなせいで」

「いや、エルネストはちっとも悪くないさ」

二言三言、言葉を交わしているうちに、ぼくたちは眠りの国へ誘われた。

この時、この延期はせいぜい一晩か二晩だろうとたかをくくっていた。

でもぼくたちは年が明けてもまだ、ピサロ家の敷地内をうろついていたのだった。


大学がクリスマス休暇になったのをいいことに、ぼくとエリーゼはわずかな時間と空間の隙間を見つけては睦み合った。蜂蜜のように濃密な時間の中にいると、時の流れはゆっくりになり、やがて止まってしまう。そこから一歩外に出ると、相当の時間が過ぎていて驚かされる。やがて悠然と構えていたピョートルも、ピサロ家で新年のお茶会をして三度目のミサのお誘いをドタキャンした頃から苛立ちを隠さなくなった。

「ミサのお誘いを断る口実もそろそろ尽きるぞ。婚約者と離れがたいのはわかるけど、革命旅行の旅立ちが女性のせいでぐだぐだになってしまうのはどうなんだよ」

まったくもっておっしゃる通り。今日こそエリーゼに別れを告げ旅立とうと思う。でもエリーゼの微笑を目にし、白い肌に触れると、今度はピョートルの言葉がすっ飛んでしまう。そんな風にずるずる出発を先延ばししていたら、新年も一週間が過ぎた。

ある日、業を煮やしたピョートルが宣言した。

「エルネストが一緒に来るか、来ないかはもうどうでもいい。俺は明朝、出発するぞ」

「そんなの一方的すぎるぞ。二人で一緒に行こうって約束したのに」

「一週間以上も足踏みさせられたんだぞ。これ以上待ったら旅行自体が飛んでしまう。俺との革命旅行か、麗しい婚約者の金のブレスレットを取るか。お前の気持ち次第さ」

もっともだ。どちらも捨てがたかったが、浮かんでくる未来図は正反対だ。

ピョートルと旅立てば、自由気儘だけど食事や寝る場所には困るだろう。少なくとも毎朝焼きたてのクロワッサンをたらふく食べられる、今の安楽な生活とはおさらばだ。

エリーゼと暮らすのは素晴らしいだろう。でもセニョール・ピサロが、家督を守る義務や先祖代々の伝統を叩き込もうと手ぐすね引いて待ち構えている。大嫌いなミサにも出なければならないし、パーティで退屈な輩の政治談義にもつき合わされるだろう。

そうなるとエリーゼと享楽的に暮らせても、割に合わない気もする。

そんな風に決断しかねていると、ピョートルは優しい目をして言った。

「エルネストは大げさすぎるんだよ。彼女と別れるわけじゃない。少し離れるだけだ」

ピョートルの言っていることはもっともだけど、旅立てば別れになる予感がした。

そんなことはありえない、と自分に言い聞かせる。

ぼくはピサロ氏の書斎を出て、エリーゼを午後の散歩に誘うべく母屋に足を向けた。

真夏の森では木の枝が網目のように錯綜し、蔦の葉がレースを縁取りしている。梢に残る赤い果実を指さし、あの実は渋いから小鳥も食べないのよ、とエリーゼは言う。

「エリーゼ、話があるんだけど」

軽いステップで落葉を踏みながら、エリーゼは両手で耳を塞ぐ。

「いやよ。聞きたくない」

「中身もわからないのに、聞こうともしないなんて、おかしいだろ」

「エルネストは、旅に出たい、と言うつもりでしょう?」

ぎょっとした。どうしてわかったんだろう。エリーゼは続けた。

「そりゃわかるわ。この頃のエルネストはいつも上の空で、何だか苛々してたもの。あなたは私の所にとどまり続けるような人じゃない。火酒を口に含んで灼熱の砂漠を彷徨うボヘミアンは、旅立ったら最後、退屈な田舎娘の許には二度と戻らないでしょう」

「そんなことないよ。ピョートルとの旅の出発を延ばしたのは、君と離れたくなかったからだもの。そんなぼくが君のところに戻ってこないはずがないだろう?」

エリーゼは淋しそうな微笑を浮かべた。

「ううん、私にはわかるの。旅立つ時はお別れの時よ。だから行かないで。あなたは私にプロポーズし、私はそれを受けた。あの時からエルネストはピサロ家の一員なのよ」

エリーゼの肩を抱くと身体は小さく震えた。白い腕に金のブレスレットが揺れる。

「明日の朝食後、結婚式について話し合いましょう。いなかったら婚約は解消よ」

エリーゼはぼくの手をふりほどき、母屋へ走り去る。

視界の中で遠ざかっていくフィアンセの後ろ姿を、ぼくは呆然と見送った。


東の空が白み始めた。身支度を終えたピョートルは立ち上がる。

「それじゃあ俺は行くぜ。エルネストは、美しい奥方と末長くお幸せにな」

一晩中まんじりともしなかったぼくは、寝袋から這い出した。

「やっぱりぼくも行く。でも十分だけ待ってくれ。エリーゼにさよならしてくる」

「一週間以上待ったんだ。十分くらい待ってやる。でも日の出までだからな」

ぼくは書斎の扉を開け、夜明け前の薄闇の中を走り出す。勢いをつけバルコニー下の雨樋に手を掛けてひょいと飛び乗る。足場の位置は身体に刻み込まれている。すい、とバルコニーに身を翻し窓を押し開ける。

鍵はかかっていなかった。

足音をひそめて部屋に忍び込むと、寝息を立てているエリーゼの枕元に立つ。

素裸で眠るエリーゼの、シーツからこぼれた白い乳房に目を奪われる。

固く目を瞑り、耳元にささやきかける。

「ぼくは旅に出るけど、戻ったらすぐ会いにくる。だからちょっとの間、さよならだ」

身体をかがめ頰に唇を寄せた。エリーゼは、うん、と声を上げ寝返りを打つと、背中を向けて再び寝息を立て始める。その寝姿を見つめていたら、何だか泣きたくなった。

チリに着いたら手紙を書くよ、と走り書きをした紙を鏡台の上に置いた。

ふと見ると、ふだんは片時も外さない金のブレスレットがひっそりと置かれていた。

ぼくはそれを手に取ると、とっさにポケットに入れた。

「君だと思って大切にするよ。旅が終わったら真っ先に返しにくるから」

そう言いながら後ずさり、バルコニーに出た。

朝の空気に包まれた、広々とした庭を眺める。

初めてこの部屋を訪れたときは、ジャカランダの紫の花が咲き乱れていた。春になればまた一斉に花開いて、あのむせかえるような甘い香りに包まれるのだろう。

〈アスタ・ルエゴ〉。

バルコニーから飛び降りると、ピョートルが待っている離れへ走り出す。

さっきまで白く輝いていた地平線は光を失い、曇天から雨粒が落ち始めた。

バイクに跨がったピョートルは、ぼくの姿を認めると、にっと笑う。

「五分遅刻だぞ。婚約者に泣きつかれたのかい?」

「いや、寝顔にキスしてきただけだ」

「ふうん。そんなんでよかったのか?」

「仕方ないよ。起こしたら引き留められたかもしれないから」

ピョートルはエンジンを掛け、顎でくい、と指図する。

荷物を持ち、タンデムシートに跨がりヘルメットを被る。次の瞬間〈アセーロ〉二号は弾丸のように発進した。胸ポケットの金のブレスレットが、ちりん、と鳴る。

強烈な加速度を身体いっぱいに受け止めながら、未練を背中に置き去りにする。ぼくはちょっぴり孤独になり……、
そして途方もなく自由になった。
今、ぼくの目の前には、未知の世界が目一杯に広がり、ぴかぴかに光っている。

バルコニーに、三羽の小鳥がやってきて、いつものように朝のお喋りを始めた。

バイクの音に一瞬、さえずりを止め、小首を傾げて周囲を見回したが、やがて爆音が遠ざかると、また熱心に井戸端会議を再開した。

エリーゼはベッドの中で、子猫のように身体を丸めて寝息を立てている。

目尻に残る一筋の涙の跡は、まだ乾いていなかった。

☆

一九五二年新年、南米大陸縦断旅行に出発したぼくたちは、スケジュールの遅れを取り戻すべく先を急いだ。でも二日目の夕方、荒野のど真ん中で立ち往生してしまった。石畳の道の穴を避けようとして尖った石を踏み、後輪のタイヤが盛大にパンクした。パンク修理に手間取り、今夜は野宿だ、とピョートルは宣言した。野宿は避けたいので路傍に〈アセーロ〉二号を置き、草むらに分け入り夜露をしのぐ場所を探す。

五分ほど歩くと、黒々とした建物が見えた。人の気配はない。

鍵は掛かっておらず扉を揺すると簡単に開いた。悪意なき不法侵入は緊急避難と言う、などと法学を囓ったピョートルがもっともらしい理屈をつけた。

建物は納屋らしく、藁と家畜の臭いが交じっていた。一瞬、いやな予感がしたけれど、背に腹は代えられない。ランタンに火を点すと水筒の水を鍋に入れマテ茶を淹れた。

「あ、これはエリーゼのパパの寝袋じゃないか」

寝袋を広げたぼくが呆れ声で言うと、ピョートルは舌を出す。

「あんまり寝心地がいいんで餞別代わりに頂戴し、代わりに俺たちの寝袋を置いてきた。どうせ親父さんは使わないだろうから、寝袋だって俺たちに使われた方が本望だろ」

勝手に決めるなと言いたいが、祖母の形見を無断拝借したぼくに彼を非難する資格はない。寝袋にもぐりこむと身体がほんのり温まる。出発前の安逸な生活との落差は酷いけれど、ピサロ氏がぼくたちを離れで寝袋で眠らせたおかげで、苦にならなかった。結果的にピサロ氏の冷徹な対応はぼくたちのためになったわけだ。人生というヤツは何が幸いするかわからないな、などと話しているうち、ぼくたちは眠りに落ちていた。

ぽっかり目を開ける。天井が黒々とのしかかってくる。

嫌な予感が的中した。ここは〈マロス・アイレス(悪い空気)〉だ。

胸郭に空気が入らない。細々とした空気の流れが虎落笛のように気管を震わせる。肩を上下させ、気管に空気を押し込もうとする。ふだんは意識していない呼吸を、努力しないとできないという状態は死を予感させる。冷や汗が流れる。

気を抜くと呼吸を忘れそうになるので、全身全霊で呼吸に集中する。
幼い頃からの友、喘息発作だ。ここしばらく、影を潜めていたのに……。
肌身離さず持ち歩いている吸入器に手を伸ばそうとして思いとどまる。吸入するには
お湯を沸かさなければならず、ピョートルを起こしてしまう。
ぼくは暗闇の中、目を閉じて死の淵を散策する。
怖くはない。幼い頃から見慣れた光景だ。
喘息は成人すれば軽快したり、時に自然治癒することもあると医学部で学んだから、
すっかり油断していた。久々の発作は環境が激変したせいだろう。
仕方がなく、古い顔馴染みが突然訪ねてきたのだと思うことにした。
納屋の天井は、幼い頃、喘息で苦しんだ時に見上げた、子ども部屋の天井と似ていた。
まあ、天井なんてものはどこも代わり映えはしないのだろうけど。
視野をふと、影がよぎる。
——久しぶりだね。
黒い影は目を細めた。そうだ、コイツはいつもこんな風に笑ったんだっけ。
足下には看病に疲れ切って、まどろむママンの白い顔が見える。
視線をめぐらせると男性の顔が浮かんだ。リアルな幻影が、突然口をきいた。
「発作か？」
ぼくは夢の国から帰還した。
「ごめん。起こしちゃったね」

「馬鹿野郎。苦しいならとっとと吸入しろ」

ピョートルはランタンを灯す。ぼくはのろのろ身体を起こし、リュックから吸入器を取り出し水筒の水を入れる。沸騰する音と共に、白い蒸気がゆらめき立ちのぼる。

顔を寄せ蒸気を吸い込むと、少しずつ気管が開き、呼吸が楽になる。

しばらくして、だいぶよくなった、と言うと、ピョートルは立ち上がる。

「よし、それなら出発するか」

「まだ夜中の二時だぞ。こんな真夜中に出発するなんて、正気の沙汰ではないよ」

ぼくが言うとピョートルは答えた。

「発作が出たのは、この納屋にアレルギー源があるからだ。だったら一刻も早くここを離れた方が賢明だ。どうせ〈アセーロ〉二号のパンク修理で、街に行くんだから、今すぐ出発した方が合理的だ」

「喘息に対する説明には説得力があるね。本物のドクターに諭された気分だ」

「見くびるなよ。こう見えても俺は、ドクトルのタマゴなんだぜ」

ぼくは力なく笑った。

「知ってるよ。でもそこは、〝俺たち〟って言ってほしかったな」


納屋から出ると、吹きすさぶ風が身体に突き刺さる。

見上げると満天の星。ギリシャ神話をなぞった星座の知識がないのが残念だ。

〈アセーロ〉二号は、後輪のタイヤがぺちゃんこになっている。見事なパンクだ。

エンジンを掛け、そろそろと押す。ガソリンがもったいないけれど仕方がない。

ピョートルがハンドルを握り、ぼくは後ろから押す。強風の中、二人の若者は黙々と、鉄屑寸前の金属の塊を蘇生させるため、丘の頂上へ運ぶ。ふと思いついて尋ねる。

「ねえ、ピョートルはどうして医者になりたいの？」

「何をいまさら。困っている人の役に立てるなんて最高だろ。お前は違うのか？」

ピョートルの言葉には一点の曇りもない。ぼくは口ごもりながら言った。

「ああ、ぼくは違う。喘息の発作の度にもう死ぬんだと思った。ぼくにとっては人生はおまけみたいなもので、それなら誰かの役に立ちたいと思ったんだ。でも本当はもっとなりたいものがある。英雄の偉業を歌う吟遊詩人（トロバドール）になりたいんだ」

〈アセーロ〉二号を押していたピョートルは、歩みを止めて振り返る。

「吟遊詩人（トロバドール）とは、またずいぶん古くさい商売を引っ張り出してきたもんだな。行動派のエルネストがイリアスやオデュッセイアみたいな、カビくさい英雄の叙事詩を書きたかったとはねえ」

「詩はカビくさくないよ。手の届かない高い目標を目指し歩き続けるのが英雄で、彼らは宝石みたいに輝く。でもそんな彼らも磨かれなければ宝石だとわからない。たとえばピョートルは、アルゼンチン建国の父サンマルティンは英雄だと思う？」

「当たり前だろ。彼の戦略なくしてアルゼンチンは独立できなかったんだから。銅像は南米のあちこちにあるし、棺は五月広場のカテドラルに安置されている。命日は国民の祝日で、紙幣の肖像画にもなっている。わがアルゼンチンが誇る英雄だ」

「でも彼は母国に居場所がなく、失意の隠遁生活でフランスの片田舎で生涯を終えた。その偉業は忘れられ、再評価されたのは死後の一八八〇年代になってからなんだよ」

「それは知らなかった」

「そんな埋もれた英雄を発掘するのも吟遊詩人(トロバドール)の役割なんだ。泥まみれの原石を磨いて、物語という陳列棚に飾れば、過去の英雄の輝きは人々にとって希望の光になるんだよ」

「つまりお前は英雄という宝石を見つけ出し、それを研磨したいのか。病気を治すのも素晴らしいことだろうけど、人々を希望の光で照らすのも大切だ。でも今のご時世に、英雄なんているのかよ?」

「ああ、世界中を見回せば大勢いるさ。たとえば、中華人民共和国を建国した毛沢東、インドシナで宗主国フランス相手に戦っているホーチミン、インドの初代首相になったネルーとかね」

「今の英雄はアジア限定なのかよ」

「そんなことはないさ。ひょっとしたらペロンもそのひとりかも。ぼくは嫌いだけど」

　その名を聞いて、ピョートルは渋い顔をする。ぼくはすぐに付け加える。

「でもピョートルだって立派な英雄だよ。おかしいと思ったら行動し、牢獄にぶち込まれても理想を守る。困っている人を助けたいという気持ちも全然ブレないからね」

　最初は「俺が英雄だって?」と笑っていたピョートルも、最後は真顔で聞いていた。

「それくらいでいいなら俺にも資格があるかもな。外国で医師として働きながら、南米大陸で革命を起こしペロンを叩き潰したい。今回の旅行はその下見でもあるんだよ」

まじまじとピョートルを見た。彼に母国に対しここまで愛想をつかさせたのは、ぼくにも責任がある。二度とペロンに逆らわないと約束させたのは、このぼくなのだ。

ぼくはそうした思いを込め、詩の一節を口ずさんだ。

　ぼくは今日死ぬだろう　それは運命だ
　だが意志の力で弾丸の謎を解き　銃剣の呪いを乗り越えてみせる
　やがてぼくは死ぬ　それは運命だ
　だが戦いに死ねば　記憶は名前よりも長く残り続けるだろう

「それって、どこかの有名な詩人が、サンマルティンあたりを讃えた詩かい？」

ぼくは首を振る。

「ぼくが作ったピョートルの歌だよ。ぼくが十六歳で何もできなかったあの騒動の時、いつか言葉を銃弾にしてぶっ放し、非武装革命の狼煙を上げてやると決心したんだ」

ぼくの告白にピョートルはぼくをしげしげと見た。それから目を閉じて言う。

「エルネストはロマンチストなんだな。非武装革命なんて甘ちゃんの夢物語だよ。最後にものを言うのは武力なのさ。たった一発の銃弾が第一次大戦を引き起こしたように。そして俺が牢屋にぶち込まれた、あの時の騒動のように、な」

油紙に包みリュックの底に沈めたベレッタの存在を、ぼくはひっそりと思い出す。非武装主義者なのに武器を携行しているなんて大いなる矛盾だな、と思いながら言う。

「ピョートルがバリケードを築いて政府に反抗し牢獄に入れられた時、ぼくは何もできなかった。でも大人になってあの時のピョートルの年齢を越えた今になっても、たぶんぼくはあの時のピョートルのようなことはできないだろう。いつも道に迷ってばかり。真夜中にパンクしたバイクを押しながら歩くのがお似合いなんだ」

ぼくはそこで言葉を切った。

見上げると満天の星が降るようだ。

街路に溢れる労働者の人波、彼らの心情に火を点す、燃えるような檄を思い浮かべながら、ぼくは続けた。

「でも、たとえ一発の銃弾で吹き飛んでしまう甘い夢だとしても、ぼくは非武装革命の可能性に賭けてみたい。だってぼくはかつて『非武装革命が実現した現場』を見たことがあるんだから」

ピョートルは、ぼくが口にした重要な単語を聞き流して微笑する。

「わかったわかった。そこまで言うならエルネストは吟遊詩人(トロバドール)になって好きに歌え。俺が物語の主人公になってやるからな」

その時、山の端が白く輝き始めた。夜明けだ。

「ちょっと喋り過ぎたようだな。こんな所でグズグズしていても未来はない。さあ、出掛けよう。〈バイア・コン・ディアス〉、神と共に前進あるのみ、だ」

そう言ってピョートルは再び〈アセーロ〉二号を押し始める。

〈バイア・コン・ディアス〉は「さよなら」という意味だぞ、と思いつつ「さよなら」

は過去との決別ということだと思えば辻褄は合うな、と妙に納得させられる。

そんなかっこいい言葉をタイミングよく口にして、さりげなく行動できるから、お前は英雄なんだよ、とピョートルの背に無言で語りかける。

ぼくたちはバイクを押し続ける。

その重量が腕や肩に、そして疲れ切った足腰に、天罰のようにのしかかってくる。

坂道はどこまでも続き、天まで届いてしまいそうだ。

でも、やがていつかは、ぼくたちも坂の頂上にたどり着くだろう。

その時、坂の向こうには、どんな景色が見えるのだろうか。


その晩、ぼくたちはとても遠くまで行った気がしていた。

でも驚いたことに、ぼくたちの冒険旅行はまだ三日目で、ぼくたちが地図に残した足跡は母国アルゼンチンを、一歩も出ていなかった。

# 3　美しい季節

## 一九三一年〜一九四四年　コルドバ

青春は〈ラ・テンポラーダ・ベレーサ（美しい季節）〉とひとは呼ぶ。

バイクで疾駆していると風の中、思考は薄くなり思い出が立ち上る。二十三歳の若者が人生を振り返るなんて早すぎるとは思うけど、今のうちに書き留めておかなければ、古い記憶は失われていく。だからぼくは手帳を買い、思いつくまま昔の物語を書き連ねることにした。たぶん〝自叙伝は思い立った時に綴るのが吉〟なのだ。

陽がきらきら反射する水面を、水底から眺めているというのが、一番古い記憶だ。

水底の記憶は美しかった。たぶんぼくが二歳か三歳の頃だ。ひょっとしたらママンがぼくを河に放り込んだ時の記憶かもしれない。

三歳の夏、ラプラタ河の水辺で泳ぎを教えようとしたママンのスパルタ教育が、ぼくの喘息発作の原因になったというのがゲバラ家の定説だ。それはママンの落ち度とされ、気が強い〈モガ（モダンガール）〉のママンも、そのことを非難されると何も言い返せず黙ってしまう。

でもぼくはママンを恨んではいない。

医学生になってよかったのは、ママンの原罪に医学的根拠がないとわかったことだ。アレルギー学で喘息の機序を学んだ日にぼくは、喘息の原因は体質だと告げた。

するとママンはさみしそうに笑った。

「不当でも非難は受け入れるわ。エルネストが元気に育ってくれれば、それでいいの」

一九三一年、ゲバラ家はぼくの喘息治療のため、医師に勧められ首都の北西約七百キロの避暑地コルドバに移住した。コルドバにはママンが相続した農園があった。それにしてもスペイン語で「良い空気」を意味する〈ブエノス・アイレス〉が、現実は喘息によくない〈マロス・アイレス〉(悪い空気)だというのは皮肉なものだ。

ゲバラ家の都落ちはイリゴエン大統領がクーデターでブエノスを追われ、軍部と保守党が結託した保守党政権時代、〈デカダ・インファメ〉(最悪の十年)の時期と一致していた。パパはぼくのため、仕事を投げ打った。もっともそれはパパ自身の願望でもあったはずだ。もともとパパは安定した生活を毛嫌いしていた。でもパパは発作で苦しむぼくにひと晩中添い寝をして、子供心にもいつ寝ているのだろうと不思議に思ったくらいだから、誰よりもぼくのためを第一に思ってくれていたことは間違いない。

ぼくが最初に覚えた言葉は〈インジェクション〉(注射)だ。そんな風に人と違う人生のスタートを切ったぼくは、あまり子どもらしくない忍耐強さを身につけた。

苦しくても歯を食いしばり我慢する、鬱陶しい性格になったのは喘息のせいだ。

呼吸すらままならないのがその病気の本態だから、泣きわめいても何の助けにもならないということを、幼くして骨身に染みて知っていたのだ。

幼い頃、ぼくはたぶん、〈ムエルテ（死）〉のそばまで行ったことがある。

その晩、医師が何回も往診し、パパとママンがぼくを代わる代わるのぞき込んだ。

その時、部屋の片隅でぼくを見つめているヤツに気がついた。小柄で薄暗い闇みたいなヤツ。輪郭はぼやけているのに目だけはぴかぴか光っている。

ソイツは、にっと微笑みかけてきた。

目がうっすら細くなったから、そう思っただけかもしれない。

〝まだ早いよ〟とソイツは言った。

すると息苦しさが遠のいて、深い井戸の底に落ちるようにして眠りに落ちた。

目が覚めると発作は治まっていた。上半身を起こすと目眩がした。

両手を組み合わせベッドにもたれていた、ママンが目を開けた。

「おお、エルネスト。目が覚めたのね。もう大丈夫よ、心配ないわ」

窓の外は真っ暗だった。ぼくはママンに尋ねた。

「ママンはぼくのために神さまにお祈りしてくれたの？」

「いいえ、神さまには祈らなかった。私は神さまを信じていないの」

「どうしてママンは神さまを信じないの？」

「神さまを信じないのではなくて、神さまなんていないと思っているの。もし神さまがいるのなら、世の中に不幸せな人がいるはずないでしょう？」

その告白は幼心には衝撃だったけれど、納得はできた。

「パパは神さまを信じてるのかなあ」

「わからないわ。信じているように見えるけど、こころの底ではどうかしら。でもね、神さまを信じるか信じないかはその人の自由よ。だから他の人の神さまを冒してはいけないの。神さまを信じる人にとっては、神さまはそこにいるものなの」

言葉に陰りが見えた。両親は諍いが多く仲がよくないと子供心にも感じていた。でもその時、ママンは大切なことを教えてくれた。神さまは、人の心の中に住んでいるけれど、人の心の中は他の人にはわからない、ということだ。

いたりいなかったり、神さまって不思議だな、と思いながら目を閉じた。

こうしてぼくはパパとママンの子どもらしく、幼くして筋金入りの無神論者になった。だって、お祈りしなくても死なずに済むなら、神さまなんていらないじゃないか。

喘息発作に苦しむぼくは、やがて対応術を覚えた。発作が起こったら意識を身体から切り離し、苦しんでいる自分を天井から見下ろすのだ。

死ぬのかな?

死ぬかもしれないね。

死ぬとどうなるのかな。

動かなくなる。話ができなくなる。ご飯を食べられなくなる。

それだけ?

たぶん。あと、ママにキスしてもらえなくなる。

ふうん、それだけかあ。

怖い？

いや、全然、と強がった後で本音をこぼす。

でもやっぱり、ちょっと怖いな。

自分自身との会話なのに、ときどき黒い影が話し相手になっているように思えた。

こうして幼い日、ぼくは神さまを切り捨てた。祈っても発作が治まるわけではない。跛行者に杖が必要なのか、それとも杖があるから跛行者になるのか。それはわからなかったけど、幼いぼくは、そんな風に神さまのことを考えていた。

☆

自叙伝においては、人生の始まりの〈ナシミエント（誕生）〉と終わりの〈ムエルテ（死）〉が書かれることはない。でも自叙伝を〈ムエルテ〉の予感から語り始めたぼくが、人生の始まりである〈ナシミエント〉について触れないのはバランスが悪い。そして〈ナシミエント〉について話そうとすれば、それはパパとママンの物語になるだろう。

それは意味のないことではない。なぜならぼくは遺伝子だけでなく精神的、環境的にもパパとママンの〈アマルガム（融合物）〉なのだから。その証拠にエルネスト・ゲバラ＝デラセルナというぼくの名前には、父方のゲバラ姓と母方のデラセルナ姓が記されている。それがスペイン語の名前の特徴だ。

ママンの実家のデラセルナ家は大地主(エスタンシエロ)の名家で、祖先にペルー最後の〈ヴィレイ(副王)〉もいた。祖父は穏健な、大地主の総領息子だった。祖母は夫を内助の功で支えた賢妻だった。祖母の部屋には豪奢な造りの本があって、ぼくは部屋に入り浸った。中学進学のお祝いに『ドン・キホーテ』をもらった。それは、今もぼくのお気に入りで本棚に鎮座している。

そんな二人の一粒種がセリア・デラセルナ＝デラジョサ嬢、つまりママンだ。

良妻賢母の家風を拒絶するように、ママンの自己主張は激しかった。カトリック系の良家のお嬢様学校の厳格さに嫌気がさし、反動で無神論者に走るという極端さだ。

女性のくせに自動車免許を取り、くわえ煙草で真っ赤なスポーツカーを乗り回すお転婆娘。長い髪を上品にまとめることが淑女の嗜みだった時代、短く切り揃えた下層階級の髪型で社交界にセンセーションを巻き起こした、派手で浮いた存在だった。

人前で足を組む、なんて下品な振る舞いも〈モガ〉の走りだったママがやると優雅にみえたものさ、とは当時ママンにベタ惚れしていたパパの言だ。

若く颯爽としたママンの姿が目に浮かぶ。

ぼくのパパ、エルネスト・ゲバラ＝リンチは、スペイン系の父とアイルランド系の母の間に、十一人兄弟のちょうど真ん中の六番目に生まれた。父方のゲバラ家はスペインのバスク出身で、母方のリンチ家はアイルランド系移民の家系だ。ゲバラ家の先祖にはヌエバ・エスパーニャの副王もいたからデラセルナ家と比べても遜色はない。

曾祖父は一攫千金を夢見てカリフォルニアのゴールドラッシュに加わった。

曾祖父の息子の祖父ロバートは米国籍を持ち、ゴールドラッシュの夢破れ、金鉱を探すべく地理学者になり探検家を名乗った。実体は地図作成の現地調査員というところだ。祖父はぼくが生まれる二年前に亡くなったので話をしたことはない。でも生きていたらぼくは祖父が大好きになっただろうし、祖父もぼくを気に入ってくれたはずだ。

父方の祖母は祖父の愚痴ばかりこぼした。ろくに家に帰らず子供の世話は母親任せのあんな男になったらダメ、とお題目のように呪詛を聞かされ続けたパパは、皮肉にもそんな祖父そっくりの人生へ導かれた。〝そうなる勿れ〟というのは陰画による教導だ。祖母はその陰画を強く太い線で描き、却って祖父の絵姿をくっきり浮かび上がらせ、皮肉にもパパに対する最高の案内役になってしまったのだ。

パパは職業をころころ変えた。道路人夫、財務省書類作成補助官、砂糖キビ農場の季節労働者などをしたが、中には祖母が死ぬほど嫌った地図作成補助員もあった。さすがに探検家と書くのは憚られたようだけど、一攫千金を夢見るリンチ家の血筋をしっかり受け継いでいた。アイディアマンで何かを立ち上げる時が一番輝いていたが、事業を継続するのは苦手だった。

気まぐれなパパと甘やかされたママンは、出会ってすぐに恋に落ちた。名門お嬢様学校を卒業したての五歳年下のママンをパパは強引に奪った。「熱烈な求愛にほだされて三日で結婚を決めたのは一世一代の不覚だったわ」とは現在不遇をかこつママンの言。

形式張ったことを嫌う二人が、結婚式という形式的な儀式を挙げたのは、二十歳になったばかりのママンのお腹に早々に居座っていたぼくのためだ。なのに何が気に入らなかったか、厳粛な式の最中、ぼくはママンのお腹を蹴っ飛ばし続けていたという。

結婚前の愛娘の妊娠を隠すため祖父は、ミシオネス州カラグアタイの小村に身重の彼女を〝隔離〟し、ラプラタ河上流で対岸にウルグアイの原野が広がる小村のマテ茶畑を相続させ、生計を立てられるように計らった。けれども地味に農業をやるような性質ではないふたりは、マテ茶の経営は他人に委せ、ブエノスとカラグアタイを往復する生活になり、臨月のママンはロサリオという辺鄙な港町でぼくを産んだ。そのことを伝え聞いた温厚な祖父は、珍しく激怒した。お産は安全ではない。パパはママンの状態を尊重すべきだった、と後年医学生になったぼくは、祖父の怒りの正当性を理解した。

けれども、ママンがぼくをロサリオで産んだのには他に理由があった。ぼくの誕生日は六月十四日ということになっているけれど、本当は五月十四日生まれだ。

結婚前の妊娠というスキャンダルを隠すため、産まれた日を一ヵ月遅らせて、しかも早産とした。そうしたズルをやってくれる知り合いの医者がロサリオにいたわけだ。

誕生日は六月十四日だと言われ長い間、自分は双子座だと思っていた。けれど本当は牡牛座だった。その事実を知らされたのは大学生になった頃で、気がつくとぼくには誰よりも強く双子座の性質が発現していた。星占いなんてそんな程度のものだ。

こんな風にして、この世界に生まれ落ちた時からぼくは、ある種の欺瞞と二重性という着ぐるみに包まれていた。そんないざこざはあったものの無事ぼくが生まれると、祖父はパパとあっさり和解し、孫を抱く好々爺に変身した。

でも蝶よ花よと甘やかされて育ったママンにとって、結婚生活は大変だったようだ。ママンは家事が苦手だったし、パパは色々な業種に手を染めどれも長続きしなかった。最初はちょっと成功し、事業を拡大すると破綻するというパターンの繰り返し。結婚したら少しは落ち着くかと思いきや、移り気に拍車がかかり、ぼくが小学生になってからも三回は職を変えた。無職の時期は癇癪を爆発させママンも負けずに言い返すという、ゲバラ家の夫婦喧嘩はコルドバの街の名物だった。でも生活のレベルは落としたくないという点ではふたりの意見は一致した。こんな調子だったから、かなりの額だったママンの持参金は、コルドバに引っ越した頃には見事にすっからかんになっていた。

破綻寸前のゲバラ家がなんとか立ち行けたのも、ママンの明るい性格と才覚のおかげで、ママンが行き詰まらずに済んだのは気晴らしのソリティアのおかげだ。

パパが事業に失敗した理由は、今ではとてもよくわかる。パパは、お金を稼ぐという行為を心底軽蔑していたから、お金の方でもパパを敬遠したのだ。

幸か不幸か、ぼくの身体にもそんなパパの血が流れている。

☆

一九三四年、六歳。

お隣の国ボリビアとパラグアイの間でチャコ戦争が起こる。チャコ地方の原野の領有をめぐる国境紛争だった。ミシオネス農場はパラグアイの国境近くなのでパパはパラグアイ贔屓で、義勇兵として駆けつけるんだと息巻いたが結局、戦場には行かなかった。ぼくはコルドバのサンマルティン小学校という、英雄の名を冠した小学校に入った。そして悪ガキのギャング団のリーダーになって、罪のない悪戯をたくさんした。

授業は退屈だった。授業は理解が遅いヤツに合わせるから、授業中は居眠りするか、大空に浮かぶ雲を目で追っていた。なのに喘息発作で学校は休みがちで、着実に進む授業についていけなくなりそうになった。そんなぼくの窮地を救ってくれたのはママンの個人授業だ。ぼくは読み書きと計算の基礎はママンに教わった。

読書家だったママンは、つきっきりで家庭教師をしてくれた。それは小学校の授業とは全然違っていた。小学校の授業はこんな調子だ。

——ミランダ、昆虫にはどんな種類がいますか。

——ええと、セミとバッタと、蝶々と蜘蛛と……。

——ミランダ、蜘蛛は昆虫ではないわよ。

——でも小さくてもぞもぞ動いて、見ると気持ち悪くなるんですけど。

——昆虫の定義は授業でやったわ。どんな特徴だった？　思い出して。

ぼくは「昆虫とは足は六本で身体は頭、胸、腹の三つにわかれている生物で、羽があり空を飛ぶものもいます」という満点の答えを心の中で披露するが、サラ先生がぼくを当てることはない。ぼくがサラ先生の授業に退屈していることを知っていたからだ。

ママンのレッスンは全然違っていた。

——昆虫は節足動物の一種だけど、節足動物には他にどんなものがいるかしら？

——昆虫以外では蜘蛛とか、かな。

——正解。でもそれだけじゃないわ。昆虫類、甲殻類、蜘蛛類、多足類、つまりエビとかカニとかムシとかクモとかムカデが節足動物の代表よ。その特徴は？

——身体が頭、胸、腹の三つにわかれて硬い殻に覆われていて……。

——正解だけどどうせなら体節制、外骨格、節のある付属肢、と学術用語で覚えた方がいいわね。授業は少しずつ高度になるけど、最初からゴールを覚えれば後がラクになり自由な時間ができるわ。やりたいことをやりたいときにやれるのが一番の贅沢なの。

　そんな調子で補習をしながら、人生を生き抜く知恵も教えてくれた。ママンに教わった極意のいくつかは、後にぼくの基本原則になった。

　読書の習慣もそのひとつだ。

ある晩、喘息発作に耐えながら、暗い天井を見上げていたぼくに、ママンは言った。こういう時は本を読むといいわ。本は知らない世界に連れて行ってくれる。あなたとお話しするために、どんな時でもやってきてくれる、誰よりも忠実な友達なの。

　喘息発作で小学校を休んだ夜はママンに補習してもらい、〈リブロ（本）〉という先生の総合科目を受けた。そんな風にしてぼくは、喘息発作に苦しみながら読書するという離れ技を身につけた。呼吸がままならない時には、酸素代わりに文章を吸収した。やせ馬ロシナンテに跨がりスペインの荒野を駆け、ネモ艦長の潜水艦に乗って深海の世界を探索した。

　ママンは文化的な素養を開拓してくれたが、パパは冒険の実技を叩き込んでくれた。

週末はハイキングに出掛けた。ニジマスを釣り焚き火で焼いて食べた味は、思い出すだけで今でも空腹が癒される。パパは探検家の祖父に教わったサバイバル術を、余すところなくぼくに伝えてくれた。でもそれは好意的な解釈で、単にボーイスカウトのノリが好きだっただけかもしれない。

拳銃も撃たせてもらった。衝撃。破壊力。この指で引金を引いた経験は、ぼくに決定的な影響をもたらした。それを前にしたら空威張りの言葉なんて一発で吹き飛んだ。

幼い頃からそのことを知りながら、ぼくはいまだに非武装革命を支持し続けている。

いや、知っていたからこそ意固地になって支持し続けたのかもしれない。

☆

一九三八年、ぼくが十歳になったある日、外国で戦争が起こっていることを知った。戦争は二年も前から始まっていて、その頃には連日詳細な報道がされた。居間にあった鉱石ラジオは驚くべき存在で、箱の中から聞こえてくる声が世界のニュースや嘘っぱちの物語を伝えてくれた。その様子はどこか〈リブロ（本）〉と似ていた。

ある日、聞いたことがある地名に気づいてパパの書斎から大判の地図を持ち出した。地理学者兼探検家の祖父の労作は、それが海を隔てたスペインという国の地名だと教えてくれた。そしてラジオはフランコ将軍率いる右派反乱軍と、アサーニャ大統領が指揮する人民戦線軍という二チームが戦っていることを教えてくれた。

ぼくは模造紙に地図を写し、ラジオから流れる戦況を赤と青の虫ピンを立てて書きこんだ。サッカーでウイングのトーマを囮にぼくが中央に走り込むという得意の戦術と似た局面が出現した時は思わず、「ビバ・フランコ」と叫んでしまった。

病弱な腕白坊主という二重性があったぼくは、子どもらしからぬ遊戯に身をやつした。パパがその禁じられた遊びに気がついたのは、夕食の食卓に流れるニュースを聞きながらぼくが何気なく「これで人民戦線軍は叛乱軍の落とし穴に嵌まるね」と言った時だ。

「エルネスト、どうしてそんなことがわかるんだ？」

「パパもラジオのニュースを聞いてるんでしょ？　そうしたら今回のブルネテ攻略戦で人民戦線が勝利しても、それは囮の動きにつられたものだってわかるはずだけど」

パパの驚愕は倍増した。ぼくにはパパの驚きの方が意外だった。会話を重ね、子ども部屋の壁の戦況地図にたどりついたパパは、その地図を見て腕組みをして唸った。

「エルネスト、この地図は本当にお前が作ったのか？」

当たり前だよ、妹のセリアに作れるはずないだろ、と言うと、そういう意味ではないんだが、とパパは呟いた。そして訊ねた。

「エルベ河はどうなりそうかな」

「人民戦線が勝ちそうだけど、勝ったとしても守り続けるのは難しいと思うな」

パパは遠い目をして「そうか、難しいか」と呟くと、ぼくの頭を撫でながら言った。

「ひょっとしたらお前はデメトリオに似ているのかもしれない。でも正直に言えばその才能は日の目を見ない方が、お前にとって幸せだとパパは思うんだが」

パパの下の弟のデメトリオ叔父さんは、ぼくが小さい頃時々遊んでくれた。けれども、今は遠い国に人助けに行っていると聞いた。どうもパパはぼくの才能を喜んでいないように思えた。なのでぼくは、地図を眺めていると上空を飛ぶ鷹のようにいろいろなものが見えるという、おかしな性癖については黙っていた。

そんな子どもらしからぬ遊びも、六年生に進級した一九三九年四月に突然終わった。ラジオがぴたりと戦況を報じなくなり、コルドバに大勢のスペイン人がやってきた。そのひとりが、ぼくの音楽人生に死刑を宣告した代わりにいろいろなことを教えてくれた音楽家だった。ラジオの報道の裏側で人の命が紙くずのように失われていたこと。美しい言葉で詩を綴る若い詩人ロルカもそのひとりだったこと。ラジオ放送が途絶えたあの日に戦争が終わったこと。

そしてすぐに、もっと救いのない、世界中を巻き込んだ戦争が始まったこと。

やがて語ることに疲れ果てた音楽家の心臓は鼓動を止め、永久保存された彼の指だけが祖国に帰っていったのだった。

一九四一年。中学生になったぼくは校庭でボールを蹴り、教室の片隅でチェスをした。ぼくは相手の王様を理詰めで追い詰めるチェスというゲームに夢中になった。学校に時々チェスマスターが指導にくるようになって一層夢中になった。最初は手ほどきしてくれたパパにこてんぱんに負かされた。悔し泣きするくせに、ぼくを勝たせようとしてパパが手抜きをすると癇癪を起こした。ズルは死ぬほど嫌だった。

やがてぼくの腕は軽々とパパを超え、連戦連敗のパパは、少しは手加減してくれよ、と泣きついてきたけれど、もちろん容赦はしなかった。

一九四二年の新年は極東の小国・日本の真珠湾攻撃の話題でもちきりだった。日本の同盟国ドイツも米国に宣戦布告すると、ナチスにシンパシーを感じていた人も多かった米国は一転して参戦、第二次大戦が全世界に拡張した。スペイン内戦の時と違い、ラジオニュースで戦線を追うという遊びはしなかった。縮尺の問題もあって地図上では戦闘領域が芥子粒みたいになるか、あるいは場所がわからなかったからだ。

そんな中、ゲバラ家に暗い影が差した。スペイン内戦で国際旅団に参加していたデメトリオ叔父さんが帰国し、一時我が家に身を寄せたのだ。内乱に義勇兵として参加した叔父は、ラジオで戦況に夢中になったぼくにとって英雄だった。けれども話を聞こうとすると、デメトリオ叔父さんはひどくうろたえ、逆上してぼくを怒鳴りつけた。

「なんだってんだ、このガキは。この俺にあの地獄を思い出せっていうのか?」

怯えて言葉をなくしたぼくの肩をママンが抱き、パパは取りなしてくれた。

「この子は子どもながら共和国を応援していたから、スペインの戦況に興味があるんだ。国際旅団は素晴らしいんだろ?　俺もコイツらがいなかったら志願してたよ」

デメトリオ叔父さんは、震える手で煙草に火を付け、煙を吸い込んだ。

「始めの頃はそうだった。でも共産党の連中が主導権を取ろうとしておかしくなった。俺たち義勇兵はファシストと戦うため出掛けていったし、スターリンもそのつもりで裏で糸を引いていた。なのにあの赤熊野郎は寝返りやがって不倶戴天のヒトラーと手を握り、義勇兵を見殺しにした。その後はもう、逃げ場のない地獄だったさ」

そう言ったデメトリオ叔父さんは黙り込む。やがてぼくの頭を撫でながら言った。

「市民革命を台無しにしたのはモスクワの偏狭さで、義勇兵のこころを折ったのはクレムリンのエゴだ。坊主はまだわからないだろうが、大きくなったら俺の言葉を思い出せ。偉そうなことを言うヤツは疑ってかかれ。でないとソイツに食い殺されるぞ」

よくわからないままうなずく。やがてデメトリオ叔父さんは欧州の戦場に舞い戻り、消息が途絶えた。一度戦場にハマったら普通の世界に戻れないんだ、とパパは言った。

でもぼくはラジオで夢中になった戦争の裏側で起こっていたことを初めて知って、まったく別のことを考えていた。自分の国でなくても、意志さえあれば世界中どこででも人々のために戦うことができる、ということだ。

ぼくの中で、国際旅団や義勇兵という言葉が燦然とした光を放って煌めいた。

☆

風光明媚で湿気が少ないコルドバは快適な避暑地で、オペラハウスや石造りの公会堂もあり、公会堂ではコンサートや映画、芝居が掛かり文化的な香りも漂っていた。

その頃、初めて舞台劇を見た。ブエノスで大当たりした『運命のキス』という舞台の、最初の地方巡業がコルドバ公会堂での公演だった。

田舎の富農の家でのラブ・アフェアは他愛もないメロドラマで、どたばた劇だった。悲劇的なシーンなのに観客は笑い転げた。でもぼくはちっとも面白くなかった。そんな冴えない芝居を、ひとりの少女が救っていた。

ブルネットの髪、青い目、透き通るような白い肌。

演技は下手だけど、華奢な身体からは抑えきれないエネルギーが迸り出ていた。

見て、見て、もっともっとあたしを見て。

舞台上で、少女は全身全霊で叫んでいた。ぼくは食い入るように彼女の一挙手一投足に集中した。時折、闇夜の蛍のように赤い光が少女の顔を横切った。

それが何か知りたくて、ぼくは瞳を凝らした。

芝居が終わりトイレに駆け込んだぼくは、両親が待つ席に戻ろうとしたが、人波に流されカーテンの向こうの小部屋に押し込まれた。半べそをかきながら、人波が途切れるまでやりすごそうと覚悟した時、背後で低い声がした。

「坊や(ニーニョ)、ここは楽屋と言って、お客さんが入っちゃダメな場所なのよ」

振り返った途端、息が止まるかと思った。ぼくが目で追い続けた少女がそこにいた。

少女にまとわりついた赤い光の正体はピアスとわかり、謎が解けて嬉しくなった。

「あの、外はお客さんが大勢いて、押し込まれちゃったんです」

蚊が鳴くような声で言い訳する。少女はカーテンの間から顔を突き出し、引っ込める。

「確かにこれじゃあ動けないわね。仕方がないわ。しばらくここにいてもよくてよ」

気取った言い方をして立ち去りかけた少女は、振り返るとぼくの顔をまじまじと見た。

「あら、あなたは最前列でパパとママと一緒に、あたしの芝居を見て大笑いしていた坊やじゃない。失礼しちゃうわ。一生懸命に演じたお芝居を見て笑い転げるなんてさ」

誤解です。笑っていたのはパパとママンで、ぼくではありません。

そう言いたかったけど、冷静に無実を証明するには緊張しすぎていたぼくは何も言えず、しょんぼりうなだれてしまう。すると少女は言った。

「あら、冗談よ。あたしたちはお客さんに喜んでもらえれば、それでいいの」

パパとママンの不作法を赦してもらえてほっとしたぼくは、口がなめらかになる。

「パパとママンは笑っていたけど、ぼくはお姉さんが綺麗だなと思って見てました」

大胆な告白。初対面の女性にずいぶんなことをやらかしたわけで、今思い出しても赤面ものだ。でもその時は誤解を解きたい一心でそんなことを口走ってしまったのだ。

「ありがと。たったひと言であたしを痺れさすなんて、坊やはすごいジゴロね」

少女はにっこり笑うが、その言葉にどう答えればいいのか、わからなかった。

少女は再びカーテンから顔を突き出すと振り返る。

「もう戻れるわよ。急いだ方がいいわ。ご両親が心配しているわよ」

少女に背中を押され、楽屋から外に出た。振り返ると少女はカーテンの隙間から顔を出し、小さく手を振った。赤い蛍の光が尾を曳いて少女の笑顔にまとわりつく。

ぼくは手を振り返し、両親の元に駆け戻った。

翌日、ぼくは熱を出し学校を休んだ。

三日後の楽日。ぼくはひとりで芝居を見に行った。

前回は生まれて初めての観劇、今回は生まれて初めての冒険だ。見知らぬ夫婦の後ろに従い、ぼくはこの人たちの子供です、みたいな顔をして入場した。

心臓が早鐘のようにばくばく打った。

いけないと思いつつ、両親の会話から今夜が最終公演だと知っていてもたってもいられなくなってしまったのだ。幼い恋ごころのエネルギーは凄まじい。

もう一度逢いたいと思い詰めたのは、少女の名を知りたかったからだ。でもパパが買ったお芝居のプログラムに少女の名前は載っていなかった。

首尾良く場内に潜り込むと前回と同じ最前列の席に座る。周囲を見回すと空席が目立ち、特に最前列は芝居が見にくいためか、がらがらだった。すると今度は、少女のお芝居は人気がないのかな、などと心配になり始めた。まったくいい気なものだ。

開演ベルが鳴り幕が上がった。オープニングで主役の浮気男が女性を追い回すシーンでは、退屈のあまり眠くなった。そんなぼくが目を覚ましたのは、光り輝くようなブルネットの少女が、赤い蛍を従えて姿を現した時だ。

雇い主に迫られた可憐なメイドは、蝶のようにひらりひらりと身を躱し、舞台の上を駆け回る。少女は、最前列のぼくを見て目を見開き、台詞を少しとちった。

ぼくは少女の姿を食い入るように追い続けた。

芝居が終わると関係者みたいな顔をして楽屋に足を踏み入れた。

すると女優が駆け寄ってきた。

「また来てくれたのね、坊や。今日はパパとママは来なかったの？」

「今日はひとりで来ました」

「パパがチケットを買ってくれたの？」

黙り込んだぼくを見て、すべてを察した少女は、ぼくの頭を拳でこつんと叩いた。

「今回は黙っていてあげるけど、こんなこと二度としちゃダメよ。わかった？」

ぼくはこくんとうなずく。幼い女優は歌うように続けた。

「でもそこまでしてあたしのお芝居を見に来てくれたなんて嬉しいわ。お芝居を二度も見にきてくれる人なんてこれまでいなかったんだもの。坊やがいてくれたおかげで、あたしは前の芝居を思い出して、あの時こうすればよかったと思った部分をやり直した。そうしたらお芝居がものすごく変わったの。ひょっとしたら坊やはあたしに、とっても大事なことを教えてくれたのかもしれないわね」

一気に喋った少女の耳元で、赤いピアスがゆらゆら揺れる。ぼくは唾を飲んで言う。

「ぼくはお姉さんを応援してます」

「ありがと。それなら坊やはあたしのファン第一号ね」

そう言って少女は沈黙した。そして自分が沈黙してしまったことに気がついて、あわてて言う。

「坊やは将来、何になりたいの？」

それは年上の女性が話の接ぎ穂に困ったときに少年によくするような質問だった。

少し考えて答える。

「建築家になって両親に新しい家を建てます。そしたらお姉さんにも建ててあげます」

「ありがとう。坊や(ニーニョ)って優しいのね」

「ぼくは坊やではありません。エルネストと言うんです」

「あら、ごめんなさい。エルネストか。いい名前ね。あたしはジャスミン。ジャスミン・エバ＝ドゥアルテよ。いつか世界中の映画館を、私を見に来るお客さんでいっぱいにしてみせるわ。だからこれからも応援してね」

少女はぼくの頬に唇を寄せた。ぼくのファーストキスは、ふんわりと花の香りがした。

ぼくは何度もうなずいた。これでやっと少女の名前を知ることができた。

間抜けなぼくは、彼女が自己紹介しなければ名前をまた聞き忘れるところだった。

ほっとしたぼくは満足しそれ以上、たとえば彼女の住所や電話番号だのを聞くのを忘れた。でもそれでよかった。コルドバの片田舎の少年に女優の精神的パトロンが務まるはずもなく、何よりコルドバでは二度と少女にお目にかかれなかったのだから。

後日、少女は約束を守った。ただしそれは映画館ではなくてもっと凄いところ……、大統領官邸前の五月広場を観客でいっぱいにしてみせたのだ。

☆

一九四三年。

二月にドイツ軍がスターリングラードでソ連の赤軍と極寒に敗北し、九月にはイタリアが降伏し、枢軸国が次第に劣勢になる中、ゲバラ家はブエノスに舞い戻った。ぼくがブエノスの高校に合格したのだ。その学校は宗教色が薄く、ママンの趣味に合っていた。ママンはコルドバの農園を手放し、ミシオネス州のマテ茶農園も売り払った。

無職になったパパは不安がり、よく癇癪を起こすようになった。

喘息持ちの少年は逞しく育ち、サッカーの試合では〝ブレーキの壊れたウイング〟というあだ名を頂戴するくらい走りまくった。プレー中の喘息は吸入器でやり過ごして、夜中の喘息は、そろそろ読書の時間だよと告げる友として扱った。

ぼくは学校図書館にある古典を読破し、家の蔵書も次々に撃墜していった。

上流階級の習いとして、ママンにはフランス語の嗜みがあり、ぼくに手ほどきしてくれた。ぼくが英語よりもフランス語の方が達者なのはそのせいだ。

ママンの書棚にはフランスの原書もあり、ぼくはマラルメ、ヴェルレーヌ、コクトー、ヴァレリー、ボードレールやアポリネールなど詩人の世界にのめり込んだ。

中でもアルチュール・ランボーは一等のお気に入りになった。触れると火傷しそうな言葉と、詩を投げ捨て武器商人になり砂漠を彷徨した若き晩年の姿に惹かれ、数少ない詩を暗誦した。

ランボーこそ最後の、そして最高の吟遊詩人(トロバドール)だと確信したぼくは、拙いながらも自分でも詩を作り始めた。

そんなぼくの高校時代は、ふたつの街の印象と分かちがたく結びついている。

陰鬱な灰色の首都ブエノス・アイレスと、華やかな色彩あふれるラ・ボカだ。

ブエノスの地図は四方八方に伸びた鉄道網が街の中心で焦点を結んだ、蜘蛛の巣のようだった。鉄の折れ線の上を冷凍牛肉を詰めたコンテナ車が往来し、港にたどりつく。そこから出発する欧米航路の船は、行きは牛肉や牛皮をいっぱいに詰め込み、帰りは巨万の富を積んで戻ってくる。

薔薇が咲き誇り、灰色の石膏の天使が街路を見下ろす〈ベル・ヴィユ（美しい街）〉ブエノスは、パリへの憧れに身を焦がす少女だ。南米のパリになりたいという望みは叶い、ネオンを眺めながらラバージェ通りをそぞろ歩きしていると、シャンゼリゼ通りにいるみたいに華やかな気分になる。

もっとも、本物のシャンゼリゼには行ったことはないんだけど……。

憧れの国フランスが日本にかぶれジャポニスムが盛んになったのに影響され、ママンも深い興味を示し、ぼくも日本の文化に惹かれるようになったのもその頃だ。

こんな風に文化面ではパリに私淑しながら、政治は北の巨人・合衆国を中途半端に模して、五月広場にホワイトハウスならぬ〈カサ・ロサダ（ピンクハウス）〉を建てるという、どこかしらちぐはぐなメンタリティ。

そんなブエノスに、一攫千金を夢見て農村や海外から人々が押し寄せた。

麗しの首都に舞い戻ったゲバラ家も、そんな新参者と見做され、気位の高いママンは愚痴をこぼした。加えてブエノスの気候はぼくの喘息には好意的でなかった。そもそもコルドバに引っ越したのは避暑地の気候が喘息にいいと医者に勧められたからで、ブエノスへの帰還はアドバイスに逆行した。でもママンのささやかな不満とぼくの喘息の悪化を除けば、ブエノスでの生活は概ね良好だった。ただ、ブエノスの暗鬱な曇り空の下にいると、コルドバの青い空を思い出し時々切なくなってしまう。

もうひとつの象徴的な街は、街中を蛇行しているラプラタ河に沿って河口に向かうと、境界線を引いたように突然出現する色鮮やかな街、〈ラ・ボカ〉だ。

カラフルなのは色彩だけではなく、イタリア、スペイン、ドイツ、フランス、アラブからの移民が住むメルティング・ポットで、ブエノスの政治の急進的部分を担っていた。

十八世紀終わりに成立した頃にはイタリアのジェノバ出身者が多く、アルゼンチンから離脱しジェノバ国の旗を掲げ独立しようとしたこともある。

この前の選挙では社会主義政党の議員を選出して周囲を驚かせた。何が飛び出すかわからないびっくり箱、それがラ・ボカだ。

高校生のくせに夜中に家を抜け出しラ・ボカの〈バル〉に入り浸り、周囲で繰り広げられる芸術談義と憂愁を帯びたタンゴの旋律に耳を傾け、明け方にベランダから自分の部屋に舞い戻る。小国を寄せ集めたモザイク都市ブエノスは、あちこちに大都会の歪みが露呈していた。けれども幼いぼくの目に厚化粧した首都の綻びが見えるはずもなく、ただその華やかさに酔いしれた。でも一歩、裏路地に足を踏み入れると都会の暗部スラムが黒々と口を開けていた。良家の子女でそれなりの名門校の生徒だったぼくは、本能的に魔界への入口を嗅ぎ当て、無意識に避けた。

それはまさに〝嗅ぎ当てる〟という表現がぴったりだった。ぼくにとってスラムとはイコール耐え難い悪臭だったからだ。

ブエノスはいろいろな街のいいとこ取りをしていたけれど、いいとこ取りとはポリシーなしに美意識だけ肥大させるということでもある。そんな奇形の街ブエノスに十五の春に引っ越せたのは僥倖だった。それは天がぼくに、世界は君が知っているよりずっと大きいんだよ、と伝えようとしたのかもしれない。健全なコルドバも悪くなかったけれど、若者に必要なのは悪徳塗れの大都会の猥雑な空気なのだ。

ブエノスに舞い戻ったゲバラ家は、ママンの社交性のおかげで賑やかに彩られた。ブエノスでもママンの存在は目についた。花の都パリでも目を惹く、アバンギャルドなファッションに身を包み淑女の注目を集め、大胆な政府批判で紳士を凍り付かせた。テーブルに肘をつき煙草をふかしながらソリティアをしているママンの周りでいろいろな人が好き勝手に喋る。気が向くと鋭い警句を発し、女性らしい思いやりあふれた会話でいつの間にか話題の中心にいる。訪問客は魅了され、ママン目当てのリピーターも増え、いつしか我が家はいっぱしの社交サロンになっていた。

ゲバラ家はママンを中心に回った。建築業に成功したパパは忙しく、平日は帰宅しなくなった。そのことが夫婦生活を破綻させたのか、それとも破綻していたからそういう生活になったのかは、ぼくにはわからない。

ママンはリベラリストで、サロンには急進党一派がたむろした。戒厳令下でも自由闊達な空気は守られ、巷の評判はボロクソだった急進党政権の功績もそれなりに評価した。

高校生のぼくは背伸びして議論に加わった。議論についていこうとして、身の丈を越えた哲学書や歴史書を読み漁った。坊や(ニーニョ)と呼ばれ、一人前に扱ってもらえなかったけれども、大人たちはぼくの声にも耳を傾けた。

経験から未来が予見できない混沌とした時代には、未熟者がひねり出すアイディアが有意義なこともある、と考えたのかもしれない。

そんな自由な雰囲気に惹かれ、穏健な不満分子も出入りした。ブルーノ・ディアス＝アレハンドロさんもそのひとりだった。彼はママンの少女時代を知る、保守党支持者の独身、多彩な趣味を持ち親譲りの資産を管理して暮らしていた。ブルーノさんは四十代半ばで大地主(エスタンシエロ)だ。所謂〝銀のスプーンをくわえて生まれてきた〟ブルーノさんがあのサロンに出入りしていたのは、今思えばママンに気があったのかもしれない。そんなブルーノさんは自分の経歴も母国の現状もお気に召さず、苛立ちを吐き散らしては物議を醸した。彼の舌鋒が冴え渡った最盛期は第二次大戦の時期と重なった。

まあ、あの時代は誰もが戦争評論家でいっぱしの論客を気取っていたのだけれど。

一九四四年四月。

イタリア降伏後、枢軸国の形勢は悪化した。日本はミッドウエイ海戦の大敗で太平洋の大部分を失い、ドイツも東部から赤軍の反攻に戦線を押し込まれていった。その裏側で大英帝国の巨魁チャーチルと、パルチザンの精鋭チトーが友誼を深めていた。

第一次大戦同様、アルゼンチンは中立を守ろうとしたが、国内では陸軍が軍事指導を受けドイツ寄りで、世論は連合国側に好意的という分裂状態にあった。

三月の政変でラミレス大統領が辞任したのは、アルゼンチンがドイツと通じていると連合国側に非難されたためだ。この時、腹心ペロンが寝返り、ラミレスからファレルに首をすげ替えたという悪評が立った。

　相変わらずサロンの番頭役を務めていたブルーノさんが言う。

「ようやくこの戦争にも終わりが見えてきました。それにしても、わがアルゼンチンは第一次大戦の時には栄光ある中立を守り、仏、英、露、伊、米等の連合国に肉製品を輸出し、ドイツやオーストリア＝ハンガリー、オスマン、ブルガリアの中央同盟に革製品を輸出して栄えました。そして私は花の都パリで優雅にバカンスを過ごしたものです。それなのになぜ今回はあの時のような栄光を保てなかったのか、残念です」

「当事者にされた米国が、アルゼンチンの高みの見物を許せなかったのと、保守党政治のせいでしょう。前回は自由主義、平等主義を掲げた急進党の時代でしたから」

　微笑してママンが言うと、ブルーノさんはすかさず反駁する。

「その意見には同意できませんね。世界恐慌の翌三〇年、決起した陸軍のウリブル将軍が急進党イリゴエン大統領を追放した頃は、イタリアやスペインから移民が大量流入し、フランスを目指した文化を根こそぎ破壊してしまいました。その後の〈デカダ・インファメ（最悪の十年）〉では、保守党は急進党の後始末をやらされただけです」

「あら、アルゼンチーナがパリに私淑する時代は終わったとでもおっしゃりたいの？　でもブルーノさんだってかつてはパリにはよく行かれていたのでしょう？」

「確かに当時の私は半年農場で働き、残り半年はパリでバカンスを過ごしていました。

若者にとって欧米で見聞を広げることは大切です。その伝統のおかげで解放者サンマルティンとチリ建国の父ベルナルド゠オイギンスがマドリードで出会えたわけですし」

「おっしゃる通りだけど、不正選挙でフスト大統領を当選させて以後十年、三代に亘る保守党政権時代は〈最悪〉でしたわ。今この国に漂う閉塞感は、あの保守党政権がもたらしたものよ。十年前のブエノスは生き生きしていて、パリの流行も先取りする、お花畑みたいな街だったのに、十年ぶりに戻ったら灰色にくすんでしまっていました」

「目を瞑ると社交界にデビューしたばかりの、あの頃のあなたの姿が目に浮かびます。当時のあなたは、誰よりも輝いていましたからね」

「あら、昔だけですか？」

「いや、今の方がずっとお綺麗ですが」

ブルーノさんのお世辞に、ママンはまんざらでもない表情になる。珍しくママンのご機嫌を取ることに成功し、気をよくしたブルーノさんは勢い込んで言う。

「しかしペロンは運がいい。アンデスの守備隊に左遷された時に若手将校の秘密結社、統一将校団（ＧＯＵ）を作り書記長に収まり、クーデターの中心人物になると労働大臣の座を射止めペロン法令なる労働者へのゴマスリ法案を通し労組をシンパにし、ラミレス大統領が下手を打つや彼の辞表を代筆し愚鈍なファレルに首をすげ替えた。ムッソリーニを崇拝しナチに擦り寄り、我が国にナチス第四帝国を建国しようとしたというウワサもある。なのにドイツに指導を受けた陸軍の歴史を切り捨て、連合国支持に転じて戦勝国に名を連ねた。そんな風見鶏野郎が副大統領になるようでは世も末です」

ペロン嫌いのブルーノさんのお得意の批判を聞き、ママンは首を振る。

「ペロン大佐は時流と人心を読むのがお上手です。ご自分の風貌が写真映えすることをよくご存じで、メディアに登場し存在をアピールし支持者を着々と増やしたんです」

「都会では失業したスラムの住人も農村では立派な生産者になれる。このアンバランスな人口構成は我が国を破壊します。自慢の労働政策もメッキが剝げて、都会の失業率は十パーセントを超えています。このままでは農業は滅び、工業も倒れる。そうなると……」

ブルーノさんの弁論が熱を帯びてきたその時、片隅でくぐもった声がした。風見鶏ペロンは進むべき方向を示さず同じ場所で風任せでくるくる回るだけ。

「空しい言葉を重ねても、真実にはたどり着けぬわ」

赤ワインをちびちびやりながら、とろんと眠そうな目をしているその人の素姓を以前尋ねたら、サロンに出入りする人の紹介には社会的な肩書きを必ず言い添えるママンにしては珍しく「パパの昔の同級生よ」と答えたので却って印象に残った。しつこく訊ねると図書館司書で詩人のボルヘスさんだと教えてくれた。

飲んだくれのボルヘスさんが議論に参加してきたのは初めてだった。

「要するにおぬしたちは、ペロンはムカつくが無視もできず、彼の判断が今後のアルゼンチンの未来を左右すると言っているだけではないか」

シニカルで端的な総括がブルーノさんの長広舌を一瞬で封殺した。

あの日の会話で印象に残ったのは、今日のアルゼンチンでは梟雄ペロンは無視できないという事実と、花の都パリへの強い憧憬、そして変人司書の毒舌だった。

その日、サロンにＶＩＰを連れてきたブルーノさんは得意満面だった。

「エルネスト君、今日は大物を連れてきたぞ。ボリビアのビクトル・パス＝エステンソロ博士と、チリのエドアルド・フレイ＝モンタルパ主筆だ。エステンソロ博士は三十四歳の時にボリビアでＭＮＲ（国民革命運動）を創設し、フレイ主筆は二十四歳でチリでナショナル・ファランヘ党を作った。二方とも若いが国を代表する政治家だ」

小柄でほっそりした身体、顔の輪郭は綺麗な楕円形のエステンソロ博士は三十六歳。サングラスをしているのが気障でちょっぴり胡散臭く見えた。

フレイ主筆は三十四歳。大柄でがっしりしていて、顔の中央に鷲鼻が鎮座している上に黒く太い眉が描かれている。その顔はルオーが描く聖者にそっくりだった。

ちなみにサロンのミストレス、ママンは三十九歳だから、ふたりより少し年上だ。

エステンソロさんを博士の敬称で呼んだのは、彼がサンアンドレス大学では経済学の教授を勤めていたからで、フレイさんに主筆という肩書きをつけたのは、チリの新聞社の社長も勤めていたからだ。

ママンはまず、エステンソロ博士に水を向けた。

「エステンソロ博士は大学の経済学教授で、ビヤロエル政権では財務大臣の重職を務めていらっしゃるそうですね。学問分野だけでなく武功も素晴らしくて、チャコ戦争では勲章をもらったともお聞きしています」

するとエステンソロ博士は、照れた様子もなく答える。

「一兵卒が運良く敵兵を退けただけです。ヘルマン・ブッシュ大佐の部隊に配属されたのが幸運でした。ジャングル生まれで直感力が鋭い大佐はチャコ戦争の英雄で、一九三七年に大統領に就任すると、錫男爵パティニョに宣戦布告し、私に鉱山融資銀行頭取という重要な役職を任せました。直後に拳銃自殺したのは大酒飲みで衝動を抑えられなかったからとも言われていますが、錫鉱山の利益を中央銀行に還元せよと勧告した直後なので疑惑があります。後継のペニャランダ政権は寡頭支配層が牛耳り、一九四二年のカタビ鉱山虐殺事件でストをした数百人の鉱山労働者を軍に虐殺させました。私はこの件を徹底的に糾弾し、『国家の大義（RADEPA）』という若手将校が結成した秘密結社と手を組んで四三年十二月、クーデターでペニャランダ政権を倒し、ビヤロエル少佐を首班とする軍事政権下で財務大臣になったのです。ところが米国はMNRと共産党からの入閣者があったことに激高し、反米親ナチのファシスト政権と非難しています」

「アルゼンチンも同じ目に遭っていますよ。ナチとレッテルが貼られた瞬間、民主主義の敵と見做されますから。ボリビアはとっくの昔に連合国支持を表明し、枢軸国に宣戦布告もしているのにナチのシンパだなんて、論理破綻してますよね」

「ボリビア陸軍はドイツ軍に指導され、教官にはナチス親衛隊の指導者もいるので仕方ありません。MNRも衆愚民主主義より優れたファシズムを目指していますので」

確かにファシズムは効率がいい。でもトップが愚昧だったり、愚鈍に変貌した時に排除できないので危険だ。でもぼくがファシズム嫌いなのはそんな理由からではない。

個人の自由が制限される社会がイヤなだけだ。

「ところでMNRの政策の公約である、錫鉱山の国営化には成算があるのですか？」

　ブルーノさんの切り込みに、エステンソロ博士は静かな口調で答えた。

「批判や疑念の声は多いですが、党是として掲げた以上は、やり遂げる所存です」

「すると農地改革も行なうのですね。それなら私にも一家言ありまして」

　ブルーノさんのさりげない言葉に、エステンソロ博士はきな臭さを察知したのか、相手の意見に耳を傾けるという理性的な対応をした。ブルーノさんは滔々と話し始める。

「農地改革は大規模地主から土地を取り上げ小作に分配する。農地をもらった小作は喜びますが、国家全体としては農産物の収益が激減し、個人がわずかに潤う代償として国家の財政が打撃を受けるというのが私の持論です。博士はどうお考えですか」

　ブルーノさんにとって、農地改革は悪だ。だから将来、隣国の指導者になるかもしれない人物に、急進的な農地改革に反対のメッセージを渡したわけだ。未来の指導者に直談判で、農地改革の危険性をレクチャーできれば、近道なのは間違いない。

　エステンソロ博士は少し考え込んだ。それから、ためらいがちに口を開いた。

「MNRの支持母体には農業組合もあり、土地改革を進めよと強く主張していますが、ご指摘の通り、国家全体を考えれば異論を唱えざるを得ません。そこが錫鉱山の国営化と違う点ですね。これは私見ですが、現状で急進的な農地改革に着手するのは時期尚早と考えます。鉱山国有化と農地改革を同時進行すればボリビア社会を根底から破壊しかねません。ブルーノさん。農地改革は優先順位を下げるべきでしょう」

　ブルーノさんは満足げに吐息をついた。

私見だと強調したが、それはまさしくブルーノさんが望んだ答えだった。ブルーノさんがこの話を周囲にする時は、ボリビアのトップの見解としてばらまくのだろう。

もちろんエステンソロ博士だって、そんなことは重々承知しているはずだ。

急に博士が胡散臭く見えてきた。そういえば博士はかつてブッシュ大佐、今はビヤロエル少佐のクーデター政権に貢献した。市民のための改革を標榜しつつ、軍部独裁にも手を貸すとは矛盾している。ブルーノさんがその違和感を別角度から追及する。

「MNRはあなたが率いる知識人グループと、チャコ戦争に不満を抱く極右団体という、水と油の玉石混淆団体で、口の悪い連中はごった煮のポタージュだと酷評しています。議会でも少数派に転落しているとも耳にしましたが、実際はどうなんですか？」

論客ブルーノさんは窮鳥にも容赦ない。意地悪な質問に博士は顔を歪めた。

「なにごとも黎明期は混沌とするものです。でも新生MNRは多士済々で、党内切っての理論家シレス＝スアソと鉱山労働者代表で革命労働党（POR）率いる行動派レチン＝オケンドがいます。そこで私がバランスを取ればMNRの未来は明るい。でも心配もあります。最近はビヤロエル大統領も変わり、憲法制定会議で多数派になった左翼革命党（PIR）党首を暗殺し支持者を投獄するなど知識層の弾圧に走っています。そろそろ私も危ないかなと思い、会議ついでに亡命先としてブエノスの下見に来たんです」

博士は、自身が財相を更迭されたら、レチンに党を任せる、とつけ加えた。

話が尖鋭な方向に行きそうだと危惧したのか、ミストレスのママンが口を挟んだ。

「その時は歓迎します。アルゼンチンには昔から困っている人を見ると見境なく手を差し伸べてしまうというクセがあります。〈タラパカのライオン〉ことアレサンドリ＝パルマ元大統領はチリのモネダ宮のバルコニーから支持者に何時間も語りかけたそうですが、ブエノスに亡命中も〈カサ・ロサダ〉で同じことをやろうとして止められました」

　エステンソロ博士に話題が集中したため、ママンがもう一人のゲスト、フレイ主筆に水を向けたものだった。順番が回ってきたフレイ主筆は、穏やかに語り始める。

「そこまで許容するアルゼンチンの気っ風のよさは美徳ですが、時に余計なものまで蘇生させてしまいます。チリでイバニエスが復権しつつあるのは彼の亡命を受け入れたアルゼンチーナのせいです。健全財政だったチリを世界最大の債務国へ転落させてなお、『私は、米国の銀行家がくれるというカネを断るようなデクノボウではない』と言い放ち、米国の銀行家すら恐懼させた吸血鬼です。彼が復権するのは悲劇です。そんなことになったら私もここにお世話になりますので、その時はよろしくお願いします」

　謹厳実直な顔でフレイ主筆が飄々とジョークを飛ばすとママンはうなずいた。

「もちろん歓迎しますが、すると隣国チリの政治は希望が持てないということかしら」

　フレイ主筆は微笑を浮かべ、答えようとしない。エステンソロ博士が口を開く。

「私がフレイに成り代わりお答えします。強欲なイバニエスが復権するなら答えは〈シ(イエス)〉。新しい芽が従来の殻を破れば〈ノ(ノー)〉です。チリではふたりの政治家が屹立しています。ひとりは〈タラパカ〉紙の社長をしつつ、ファランへ党を創設した業績は素晴らしく、演説には自由への渇望があふれている、このフレイです。彼はまごうことなき、〈タラパカのライオン〉の正嫡なのです」

照れたようにうつむくフレイの顔をみながら、ぼくは思わず口を挟んだ。

「タラパカって、何だか変わった名前の新聞ですね」

フレイ主筆は壁に貼られた地図を差し、アンデス山脈と太平洋に挟まれた狭い地域の、ペルーとチリとボリビアの交差点のような場所にある街だと説明してくれた。

「タラパカはチリの最北端で、昔はペルー領でしたが一八七九年の太平洋戦争でチリがペルー・ボリビア連合軍に勝利し獲得した領土です。自分で言うのもなんですがいい新聞です。将来チリに来ることがあったら、うちで何か書いてください。歓迎しますよ」

もちろん社交辞令だろうが、嬉しくなる。太平洋戦争というのは確かボリビアが海への出口を失った戦争だったっけ、と歴史の知識を思い出しながら地図に見入るぼくに、エステンソロ博士が言う。

「チリ、ボリビア、アルゼンチンの三国は隣同士で、独立の経緯も縒り糸のように絡み合っています。アルゼンチン独立にはペルー副王領を倒す必要がありましたが、ペルー侵攻は名将アバスカルに三度撃退されてお手上げの状態でした。そこでサンマルティンがアンデス越えでチリと連合し、海路でペルーの首都リマを攻略するという遠大な戦略を描きました。そしてチリ、ペルーは解放されて、アルゼンチンも独立できたのです。そんな知識があれば、地図も別の顔に見えてくる。歴史と地理に興味を持つ青年は、実り多い果実を手にできるのです」

その言葉はぼくの胸にすとん、と落ちた。宝箱の鍵を受け取った気分がした。

「博士は先程、チリには有望な政治家がふたりいると言いましたが、もうひとりは誰のことですか？」

　エステンソロ博士は表情を曇らせ、ぼそりと言う。

「救世主という名の怪物が、チリの深淵に身を潜めているんです」

　フレイ主筆も口ごもりながら同意する。

「〈我が輩〉の動向は、いずれチリの政局を左右するでしょう」

　エステンソロ博士は、うなずくと続けた。

「〈救世主〉の名はサルバドール・アジェンデ＝ゴスセンス。間違いなく傑物です。若くしてチリ社会党の創設に関わり、今や押しも押されもせぬ大幹部として大統領候補にならんという勢いですが、困ったことに彼は世界中の誰よりも、そう、かのモスクワよりも純粋で潔癖な共産主義者なのです」

「〈サルバドール《救世主》〉が共産主義者だと何か困るのですか？」

　エステンソロ博士はぼくの素朴な質問に、誠実に答えた。

「チリがアジェンデを大統領に選んだら米国の反感を買って潰されかねない。そうなると隣のボリビア、ひいてはアルゼンチンに飛火する可能性もあるのです」

　エステンソロ博士が親米派らしいという事実には驚かされた。徹底した現実主義者が南米で政権を運営しようとしたら、親米派にならざるを得ないのかもしれない。

　確かにエステンソロ博士は理想主義者より現実主義者の肩書きの方が似合いそうだ。

　フレイ主筆が付け加えた。

「〈我が輩〉に政権を取らせぬよう、全力で戦っている最中です」

「アジェンデさんって、嫌われ者なんですか？」

「とんでもない。いいヤツで真面目すぎるんです。彼は友人ですが、彼が国のトップになったら潔癖すぎて大変なことになるのではないかと危惧しています」

フレイ主筆の言葉を聞き、ぼくはふと思いつき質問を投げた。

「お二人がブエノスにお越しになって、一番印象に残った人物は誰ですか？」

するとエステンソロ博士が即答した。

「やはりペロン副大統領でしょうね。彼はアルゼンチンのみならずラテンアメリカ全体の希望の星になる可能性を秘めた、素晴らしい政治家です」

その答えにフレイ主筆もうなずいた。とたんにブルーノさんは不機嫌になる。

サロンの人たちはその名を口にせず、アイツだの例の大佐だのと奥歯に物が挟まったような呼び方をしていたけれど、彼らにとっても今や最大の関心の的だ。

ぼくが二人の話に聞き惚れていると、サロンの片隅からくぐもった声がした。

「政治談義などくだらぬ。政治は群衆のご機嫌取りのために開かれるどんちゃん騒ぎだ。ましてや、あのペロンを高く評価するなどお里が知れるわ。評価する方もされる方も空疎だからこそ成り立つ、生ぬるい茶番劇だな」

場の空気が一瞬で冷えた。色をなしたエステンソロ博士を見て、ママンが言う。

「ボルヘスさん、外国からのお客さま方ですから、お手柔らかにお願いしますね」

それからエステンソロ博士とフレイ主筆に向かって微笑して言った。

「どうか、ご無礼をお許しください。ボルヘスさんは市立図書館の司書なのです」

「ほう、それはご立派なお仕事ですね」

エステンソロ博士の追従に、ボルヘスさんは、ふん、と鼻を鳴らして笑う。

「ご立派、だと？　干からびた本の管理と、たまにわがままな客への応対、それがすべての退屈な仕事だ。読書が阿片である儂にとっては、不幸な空間だ」

「読書家なのに図書館が不幸な空間になるのですか？」

「うすっぺらい者は、読書好きには図書館は極楽だと思う。だが、阿片中毒者をケシ畑にぶちこんだらどうなる？　現実から逃避するための阿片が日常、そして現実になったら、その後はどこへ逃避すればいい？」

うすっぺらだと貶され、温厚なエステンソロ博士の顔色が変わった。ただしそこには怒りだけでなく、異星人を前にした戸惑いも含まれているようだ。

仲裁するため、ママンが口を挟む。

「ボルヘスさんは詩人で作家でもあり、詩集と小説を何冊か出していらっしゃるの」

ボルヘスさんはぼそりと言う。

「まったく売れぬ物書きだが、次に出す本はちっとは話題になるだろうて」

「自信作なんですね。刊行されたら是非、献本していただきたいですね」

ボルヘスさんはエステンソロ博士を見つめ、静かに首を振る。

「貴殿に献本などせぬ。読まれない本は不幸だからな」

むっとした口調でエステンソロ博士が尋ねた。

「なぜ、私があなたの本を読まないと決めつけるのですか」

　ボルヘスさんは肩をすくめた。

「円環、無限、鏡面、迷宮。儂の物語は凡人が思いを馳せることができぬ世界、惑いの物語だ。惑いを一刀両断するわかりやすい世界を目指す貴殿が儂の作品を読もうとすれば、お互い不幸になるだけだろうて」

「お互いが不幸になる？　私はともかく、どうして先生が不幸になるのですか？」

　ボルヘスさんはシニカルな視線でエステンソロ博士を見た。

「儂は関係ない。お互い、とは〈儂の物語〉と〈貴殿〉のことだ。儂の手を離れた物語は、もはや独り立ちした存在なのだよ」

　エステンソロ博士は口髭の下で唇を歪めた。

　笑おうと努力したがうまくいかないと悟り、偽りの微笑を浮かべることを諦めたようだ。百戦錬磨の政治家の、選挙用の微笑すら破壊するくらい、ボルヘスさんの言葉には棘と破壊力があった。

　ボルヘスさんは立ち上がると、テーブルの上の丸パンをひとつ摑んで出て行った。

　ぼくもエステンソロ博士も、話題に加わらなかったフレイ主筆も、黙ってボルヘスさんの孤独な背中を見送るしかなかった。

　この時の談義は、ぼくの中にいつまでも強い印象を残した。

　一国を率いるリーダーだけあってエステンソロ博士の人物鑑定眼は優れていて、特にペロンに対する評価は適切だった。

二年後、ボリビアでは、人民弾圧を強めたビヤロエル政府に民衆の怒りが爆発して、所謂ラパス暴動が起こる。市民が大統領官邸を襲撃し、ビヤロエル大統領は首都ラパスの中心ムリリョ広場の街灯に吊され、エステンソロ博士は亡命する。

その時に博士の亡命を受け入れたのは、時の大統領ペロンだった。

そして後日、ぼくは、この時に聞いたエステンソロ博士とフレイ主筆の言葉に助けられることになる。

時は一九四四年七月、連合軍のドワイト・アイゼンハワー将軍がノルマンディー上陸作戦を敢行し、いよいよ第二次大戦は終局に向けて突き進もうとしていた。

# 4　ファン・ドミンゴ＝ペロン

一九四五年八月　ブエノス・アイレス

　ぼくがボルヘスさんの勤める市立図書館を訪ねてみようという気になったのは、サロンに二人の大物が登場した日の一ヵ月後くらいのことだ。

　なぜ唐突に図書館に行こうと思ったのか、今では思い出せない。ぼくは受験勉強が忙しくなり、サロンから遠ざかっていた。たまに顔を出すとブルーノさんが相変わらず雄叫びをあげていたが、ボルヘスさんの姿は見えなかった。その時不意に、今すぐに図書館に行かなければ、と思った。そしてぼくのその勘は正しかった。

　家の書斎には両親の本がたくさんあって、蔵書の読破だけで手一杯だったから、これまでぼくは図書館に足を運んだことがなかった。でも個人蔵書は限界と偏向があることはうすうす感じていたので、ちょうどいい機会だと思ったのもひとつの理由だった。

　市立図書館はブエノス市街の外れにあった。隣は食肉加工工場だ。

　四角い建物は素っ気なく、図書館も役所なのだとわかる。でも一歩館内に足を踏み入れるとそんな陳腐な感想は吹き飛んだ。沈んだ光の中に現れたのは、書籍によって築かれた砦だった。並んだ背表紙が城塞の石垣ひとつひとつを構築していた。

背表紙には見たこともない文字列が踊っている。ピニオンのピッチと駆動係数の相関、テトラカンタス症候群の治療法、今日の書籍分類法、アフリカ大陸の植生分布の特徴、メンドーサ大学の沿革、エトセトラ、エトセトラ。

見知らぬ文字列が築いた城塞を呆然と眺めていると、くぐもった声がした。

「おぬし、こんなところで何をしておる」

振り返ると薄暗がりの中、亡者が立っていた。背広をだらしなく着ている変な亡者だ。目を凝らすとその亡者と日頃のボルヘスさんのイメージがようやく重なった。

「あの、図書館を見学してみたいと思って……」

ぼくはどぎまぎしながら答えた。ボルヘスさんは、ふん、と鼻先で笑う。

「無駄だ。ここはおぬしのような者が来るところではない」

「そんなことないです。ぼくだってこれくらいの本は読めます」

「おぬしはここにある本を読む力がない、とは言ってはおらん。こんなところに入り浸るような人間ではないと言っているだけだ」

「サロンの片隅でワインを飲んだくれている人に、ぼくの何がわかるんですか」

思わず喧嘩腰で言い返すと、ボルヘスさんは肩をすくめて、ぼそりと答えた。

「欲のない人間にはよく見える。特におぬしの未来なんぞわかり易すぎるくらいだよ。それが見えなくなるのは、おぬしを愛しすぎて水晶体を曇らせているからだ。わかったらとっとと家に帰り、自分が成すべきことをするがいい」

なぜか本質を言い当てられてしまったような気がして、何も言い返せなかった。

すごすごと引き返そうとしたぼくに、ボルヘスさんは声を掛けた。

「ちょっと待て」

逆光の中、くい、と顎を上げ、ついてこい、という仕草をした。その背に従い城塞の迷路を通り抜けると、うっすら光を放っている一画にたどり着いた。

ボルヘスさんは書棚からフランス装の薄い本を取り出した。

表題には『ブエノス・アイレスの熱狂』とあった。

ぼくが生まれた街の名が記された本を開くと、ボルヘスさんは見返しにさらさらとサインをした。そして本を閉じると、ぼくに差し出して、言った。

「この本はおぬしにやろう」

ぼくは唖然とした。そしてすぐに手渡された本を押し戻そうとする。

「は？　もらえませんよ。だってこれ、図書館の本でしょう？」

「これは儂の詩集だ」

言われてフランス装の背表紙に書いてある著者の名前を見た。

ホルヘ・ルイス＝ボルヘス。

呆然とボルヘスさんを見ると、ボルヘスさんはしゃあしゃあと言う。

「図書館では毎年百冊の遺失本が補充されるが、なぜか儂の詩集はよく紛失する。上司が統計を取れば一発で見抜けるが、ボンクラには見抜くことはできぬ」

「はあ」と生返事をして、ぼくは持ち前の正義感を発揮する気にもなれず、詩集を受け取った。ボルヘスさんはぼそりと続けた。

「図書館の予算はおぬしの親父のなけなしの上がりから掠め取った税金も含まれている。だから、おぬしにはこの本を所有する権利がある。だが誤解するな。それはおぬしが読むべきものではない。おそらく読んでもわかるまいて」

「それならなぜこの本をくださるのですか」

　至極当然の質問に、至極当然だと言わんばかりに、ボルヘスさんは答える。

「おぬしがこの本を開くことはないが、時が来たら、儂のこの本が、どこかでおぬしの苦難を救うやもしれぬ」

　何を言っているのか、さっぱりわからないままに礼を言う。

　ボルヘスさんは、童話に出てくる魔法使いのような微笑を浮かべた。

「礼には及ばぬ。この本はおぬしを助けるかもしれんが、同時に地獄に導くかもしれぬ。何しろ儂はゲバラ家の疫病神だからな。親父からは何も聞いておらんのか？」

　ぼくがうなずくと、ボルヘスさんは少し驚いたような顔をした。

「やはりあの奥方は、ゲバラ＝リンチなぞにはもったいない、出来た女性だな。そのあたりは家に帰ってご母堂に教えてもらうがいい。そうすれば二度とここに来ようという気にはならんだろう」

　そして隣の本を棚から取り出した。

「せっかくだからおぬしの伴侶になる本を教えてやろうか。ただしそれは自分で買え。儂の本と違い、ヤツの本はよく売れるからどこでも手に入るだろう」

ボルヘスさんが『心の中のスペイン』という本を棚から取り出した。立派な装丁の表紙には金文字で「パブロ・ネルーダ」と刻印されている。

ぱらぱらと本を開くとある一行が、ぼくの眼を射貫くように燦然と輝いてみえた。

〈鷹は白い峰に眠る　天翔ける刻が来る　その日まで〉

家に帰ると、トランプのソリティアをしているママンに尋ねた。

「ボルヘスさんてゲバラ家の疫病神なの？」

ママンはカードをめくりかけた手を止めて、顔を上げた。

「誰が言ったの、そんなこと」

鞄からボルヘスさんからもらった本を取り出すと、「図書館に行ったのね」とママンは呟く。改めてカードをシャッフルすると、再び並べて新たなゲームを始めた。

「ボルヘスさんの家は裕福で自宅で家庭教師をつけて勉強していたの。でも小学校四年の時、ご両親が教育方針を変えて公立小学校に編入させて、パパの同級生になった。ガキ大将だったパパはボルヘスさんが気に入らなくて、よくちょっかいを出した。ボルヘスさんは先生に告げ口をして、怒ったパパはボルヘスさんを殴って放校、つまり小学校をクビになったの。以来、何かあるとパパはボルヘスさんに出くわし、そのたびに酷い目に遭った。ボルヘスは疫病神だというのがパパの口癖よ」

「それなのにパパはよく、ボルヘスさんの出入りを許しているね」

「ここに出入りしていることはパパに言ってないもの。そんなことを言ったら、今すぐ叩き出して、もう二度と我が家の門をくぐらせるな、と癇癪を起こすわ」

「パパの疫病神なのになぜママンはボルヘスさんを出入り禁止にしないの？」

ママンは、煙草に火を点けて、煙をぷかりとふかすと、微笑した。

「疫病神でも神様には違いないからよ。人間の分際では、神様はどうにもできないの」

その言葉は理解できなかった。ママンは無神論者のクセに……。

ソリティアに失敗したママンは舌打ちをして立ち上がり、台所に姿を消した。

どうしてボルヘスさんが気になるのか、自分でもわからなかった。

でもボルヘスさんの言葉は、裏返しにされたままのカードのように、ぼくの中でいつまでも引っ掛かり続けた。

その日、ママンの本棚の片隅に『マチュピチュの頂』という詩集を見つけた。ページを開いた途端、ぼくはたちまち虜になった。

わたしは深い波間に額を沈め　硫黄の平和の中を滴となって下り
すり切れた人の世の春に咲く　ジャスミンの花に
盲のごとく　還り着いたのだ
（野谷文昭訳）

運命の暗喩だった。やがてぼくは「すり切れた人の世の春に咲くジャスミンの花」との邂逅に導かれることになるのだから。

ぼくのこころの図書館の棚に、ロルカやランボーの隣にネルーダの名が並んだ。

言われた通り『心の中のスペイン』は本屋で手に入れると繰り返し読んだ。そして予言通り、ボルヘスさんにもらった彼の詩集の頁を開くことはなかった。

その本は、なぜかぼくを頑なに拒絶しているかのようにすら思われた。

☆

そのポスターを見つけたのは一九四四年八月、ある冬の日のことだ。

曇天の下、高校生活にようやく慣れたぼくは、自分が周囲に溶け込んでいるか確認したくて街角を逍遥していた。でも窓ガラスに映る姿は垢抜けず、ファッションセンスのなさを自覚し、服装に頓着しないという生涯の方針をその時に打ち立てた。ただひとつ、ピアスというお洒落はした。憧れの少女の赤い蛍を真似ようと試しに一度、片耳に穴を開けてしまったので、左耳だけ銀の星のピアスをつけ続けていたのだ。

街角のハーフミラーを意識するのをやめたその日、本屋で新進気鋭の哲学者の小説を買った。『嘔吐』という本の表題から視線を転じると、壁のポスターが目に入った。

視線はポスターの隅の小さな丸い写真に吸い寄せられた。挑みかかるような目をした端役のブルネットの女性の耳たぶから、赤光が放たれていた。胸に甘い痛みが走る。

その足で映画館に向かう。場内が暗転し、スクリーンに女優が現れた。銀幕の女優は、舞台の少女と同じようにぼくの視線を釘付けにしたが、ぼくも大人になったのか、彼女の芝居を冷静に見ることができた。声の抑制が時々はずれ、表情が物語の流れにそぐわない場面もある。出番は五分くらいで、彼女の演技は映画の出来には影響しなかった。端役の女優は割り当てられた役に異議申し立てをしているように見えた。でも主役に抜擢しても輝きを放つとは思えない。女優としては二流だろう。それでも華奢な身体からあふれんばかりのエネルギーが放散されていた。彼女が輝くのはスクリーンという閉ざされた空間ではなく、もっと度外れた舞台だと思った。

憧れの君と再会した興奮を冷ますため落ち着く場所、レコリータ墓地に向かう。十九世紀終わりに作られた墓地にはセレブや著名人が「眠って」いる。この表現は比喩でない。遺体には防腐処置が施され、生前と変わらぬ姿で埋葬されているからだ。

墓地の入口に樫の木が生えている。大樹の傍らに墓地を作ったのか、墓地に植えた樫の木が育ったのかはわからないが、その樫は墓地の象徴だ。樫の木の隣に同じくらい高い円柱があり、てっぺんに背中合わせにふたつの時計が設置されている。表の時計は三時五十分、裏は五時二十五分を指している。裏と表で違う時間を示しているのは何かの暗喩か、単なる偶然なのだろうか。樫の木の下のベンチに座り、買ったばかりの小説を開く。哲人との対話を始めたぼくは、たちまち彼の言葉の虜になった。

今にも雨が降り出しそうな空。昼過ぎだというのに夕方のように薄暗く、肌寒くなってきたので本を閉じ、ベンチから腰を上げた。その時だった。

「坊や、坊やじゃない？」

ハスキーな声に振り返ると、ぼくの目に赤い光が飛び込んできた。

「やっぱり坊やだわ。大きくなったわねぇ。あたしのこと、覚えてる？」

息が止まるかと思った。さっきスクリーンで再会したばかりの女優が目の前に佇んでいる。何も言えずうなずいたぼくが手にした本を見て、紅玉のピアスを揺らして言う。

「こんな場所で本を読むなんて、勉強家ね。コルドバから引っ越してきたの？」

ぼくはもう一度うなずく。そしてかすれ声で尋ねた。

「ぼくがコルドバにいたことを覚えていてくださったんですか」

「当たり前でしょ。坊やはあたしのファン第一号だもの。いつかまた会えるといいな、と思っていたの。願いが叶うなんて、神さまってほんとにいるのかもね」

無神論者のぼくは異論がある。これは神さまの思し召しではなく必然の運命だ。

でも、そんな小洒落たことを言えるはずもなく、口ごもりながらぼそぼそ言う。

「映画、見ました」と言うと彼女の頰がぱあっと輝き、一気にまくしたてる。

「酷かったでしょ、アレ。ほんとはもっと出番が多かったのに、プロデューサーと寝なかったから削られちゃった。でも、そんな不当なことをしてまで出たくないわ」

プロデューサーと寝る、という言葉が意味するところを理解できる年頃になっていたぼくは赤面する。彼女はぼくの表情の変化に気づかずに続けた。

「あたしは演技が下手みたい。でも今は『歴史に名を残したヒロインたち』ってラジオドラマのヒロインをやっているの。毎週水曜、朝九時からだけど、聞いたことある？」

その時間は学校です、と言って首を振ると、ジャスミンは気にせずに続けた。

「あの番組は楽しいわ。素晴らしい女性になれるんだもの。最初はパラグアイ元首フランシスコ・ソラノ＝ロペスの奥さん、セニョーラ・エリサ・リンチだった。夫が死んだ後に陸軍大将になって指揮して、最後は敗戦で敵に辱めを受けるくらいなら死んだ方がマシよ、と言い放って自害したすごい女性なの」

　十九世紀後半、アルゼンチン、ブラジル、ウルグアイの三国を相手に小国パラグアイが三国同盟戦争という無茶な戦争に打って出たのは歴史で学んだ。確かリンチ夫人はソラノ大統領がパリ留学中に知り合った高級娼婦で、大統領がセル・コラーの戦いで戦死した後はパラグアイを追放され、パリで亡くなったはずだけど……。

　でも真実を言ってご機嫌なジャスミンに水を差すのも気が引けたので黙っていた。

「ラジオドラマではファンが大勢いるわ。ラジオって大聖堂みたいで、映画より影響力があるわ。それに去年は運命の出会いもあって全然違う仕事も始めたの」

　興奮気味に近況をまくし立てる彼女は、なぜかその時、少し頬を赤らめた。

　ふと自分のことばかり話していることに気がついたのか、ぼくに尋ねた。

「ところで坊や（ニーニョ）はどうしてこんなところにいるの？」

　ぼくはどんよりと曇った空を見上げて言った。

「ここの雰囲気が好きなんです。それに、ここのお墓にはブエノスの建築の粋があるから勉強になるんです」

「思い出したわ。坊やは建築家になるんだったわね」

　ぼくの言葉を覚えていてくれた喜びに打ち震えながら、ぼくは訊ねる。

「あなたはどうしてこんなところに来たんですか？」

ジャスミンは目を細めて微笑した。

「気分転換よ。あたしもここが好き。あたしが死んだら、ここに埋葬してもらいたいわ。そうだ、その時は坊や（ニーニョ）にお墓の設計してもらおうかしら」

まだ若いのに墓地を決めたいなんて変わった女性だなと思いつつ、ぼくは首を振る。

「ぼくは坊やではありません。エルネスト・ゲバラです。それと建築家になるのは止めたので、その依頼はお受けできません」

「そうそう、そうだったわね、ごめんなさい。でもなぜ建築家になるのを止めたの？」

「医者になることにしたからです」

「まあ、すごい。医学部に入学したの？」

「いえ、まだこれからです。でも来年、ブエノス大学医学部を受験するつもりです」

彼女はいきなり抱きついてきた。

「未来のお医者さまなら、もう坊やなんて呼べないわね。ドクトル・ゲバラと呼ばなくちゃ。すごくかっこいいわね」

突然の抱擁にどぎまぎする。まだ合格したわけではないので祝福の先渡しは重荷だ。

ジャスミンはハンドバッグからメモ帳を取り出し、さらさらと書いて手渡した。

「あたしの電話番号よ。電話してね。次はちゃんとデートしましょうね」

メモを受け取ったぼくは天にも昇る心地がした。教会の鐘が鳴り響く。彼女は広場の時計を見上げ、そうか、あれは止まってたんだわ、と呟き手首に巻いた腕時計を見る。

「大変だわ。打ち合わせに遅れちゃう。じゃあまたね、坊や、じゃなくてドクトル・ゲバラ」

手を振った彼女は視界から消え、ぼくの手には走り書きのメモが残された。

これがぼくの運命の女神、ジャスミン・エバ＝ドゥアルテとの劇的な再会だった。

二日後、思い切って電話を掛けたが、誰も出なかった。翌日もう一度掛けたがやはり不在だった。ぼくは電話番号のメモを本棚の片隅の愛読書『ドン・キホーテ』の間にはさんだ。本をくれた祖母は癌で闘病中だ。ぼくは本気で医学部の受験勉強を始めた。

☆

一九四五年八月。真冬のサロンに論客が集った。話題は八月十五日の日本の無条件降伏だ。日本を屈服させた米国の新型爆弾について、ママンは憤然と言う。

「日本はチャーミングな国よ。あんな爆弾を落とさなくても済んだのに、酷い話ね」

ブルーノさんは日本には興味がないとみえて、全然別のことを言った。

「第二次大戦が終結したのに〈ポプリスモ〉のペロンが我々大地主(エスタンシエロ)の力を削ぐ政策を推進し、道理のわからない労働者連中を言葉巧みに取り込んだせいで、アルゼンチンの国力は低下する一方です。害虫ペロンは駆除すべきです」

「〈ポプリスモ〉って何ですか？」

知らない単語をさりげなく尋ねてみる。あまりに基本的な質問に啞然としたブルーノさんだが、気を取り直して丁寧に説明してくれた。根は気がいい人なのだ。

「労働者を取り込むため労働団体法だの労働保護法だのを制定し、彼らにばんばん援助し媚びを売りまくる政治手法さ。国の土台の農業を軽視する政府はろくでなしだ」

その説明を聞けば、それは確かにペロンのやっていることと同じだった。でも生意気盛りのぼくはブルーノさんの言葉に同意しながら、異議を申し立てる。

「億万長者の大地主(エスタンシエロ)もその日暮らしの労働者も、選挙では同じ一票なので、多数派の労働者に喜ばれる政策を選ぶ〈ポプリスモ〉の手法は正しいと思います。でもブルーノさんの考えが正しければ今の政権は長持ちしないはずですね」

教わったばかりの〈ポプリスモ〉という単語を早速使い、背伸びした発言をする。

「その通り。まあ、保って半年だな」

無邪気に答えたブルーノさんに、ふと意地悪な気持ちになり質問する。

「ブルーノさんは半年前も、ファレル軍事独裁政権は保って半年と言っていました。でもあれから半年以上経っているので予言は外れたわけですね。なぜ外れたんですか？」

ブルーノさんは顔を真っ赤にして、ぐむ、と口ごもる。サロンの空気が白けた。

「エルネストはまだ子どもなんだから、偉そうなことを言うのはほどほどになさい」

ママンに言われて、「〈シ〉(はい)」と素直にうなずく。

だがそんなしおらしい空気は、チラシを手に飛び込んできた常連によって破られた。

サロンのメンバーがチラシを見て、「ペロンからの挑戦状だ」と言い立てる。

——救世主か、圧政者か。ペロン副大統領来る。八月二五日・ブエノス大学記念講堂。

「のこのこ敵地の大学に遠征してくるとは、傲慢ここに極まれり、だな」

ブルーノさんは吐き捨てるように言う。
話し合いの結果、ぼくとママン、ブルーノさんの三人で講演会に行くことにした。
ブルーノさんは、知り合いがブエノス大にいるぼくに講演会に参加を申し込むように
と指図した。ブエノス大では学生運動が活発で政治集会がよく開かれた。ぼくの通って
いるブエノス高校はリベラルかつラジカルで、ＯＢの大学生がよく勧誘に来た。
ぼくは政治活動をしたくはなかったけど、なぜか学生同盟の議長に気に入られ、彼は
ぼくを引っ張り込むために、あの手この手を考え出した。
予想通り、講演会の仕掛け人はその学生議長だった。彼は学生活動名簿にぼくの名を
載せるのと引き替えに申し込みを受けた。やっとその気になったのか、と肩を叩く学生
議長に、いえ、成り行きです、と敬語で答えたけれど、全然聞いちゃいなかった。
でもママンがさりげなくブルーノさんに、講演会は大盛況で入場券がなければ入場で
きなかったのよ、と伝えてくれたおかげで、ぼくの株はかなり上った。
こうしてペロンを叩き潰す絶好の機会と意気込むブルーノさんに連れられ、ぼくとマ
マンはブエノス大学へ向かったのだった。

会場前の玄関では、中に入れず抗議する人、早々に諦め入口近くに場所を確保する人、
先を争い中に入ろうとする人でごった返していた。参加者はきちんとした身なりの中年
や老年の紳士も多く、ペロンへの関心は高そうだ。
その中に学生議長の姿を見つけて手を振ると、彼も手を振り返した。

人混みをかき分け学生議長の許にたどりつくと、ママンは優雅に手をさしのべた。

「いつもエルネストがお世話になっています。これからもよろしくお願いしますね」

「こちらこそゲバラ君ご自慢のお母さんにお目にかかれて光栄です」

無視されたブルーノさんが咳払いをした。

「君が主催者か。ひとつ聞くが、なぜペロンなんぞの講演会を企画したのかね」

「ゲバラ君のお父上ですか？」

自然な学生議長の質問にうろたえるブルーノさんの前で、ママンが微笑して答える。

「残念ながら違いますわ。ブルーノさんはこの大学のOBで、あなたの先輩です」

ママンの答えに納得した学生議長は、ブルーノさんの質問に答える。

「ファレル政権は批判勢力の大学を弾圧しようとしています。でも政権最大の実力者、ペロン副大統領の態度は不透明です。そこで討論会に引っ張り出して、ヤツの真意を確かめてやろうと思ったのです」

「その口ぶりだと、ペロン支持者の講演会というわけではなさそうだな」

「もちろんです。俺たち大学生はペロン副大統領に反感を持っています。でもそのことは、あっちもわかっているので正直、よく依頼を受けたな、とみんな驚いたんです」

ブルーノさんが、さすが後輩、と学生議長の肩を叩いた側から鋭い口調の質問が飛ぶ。

「あなたが副大統領を信頼しないのは、なぜかしら」

こんな風にママンが政治談義に口を挟むのはサロンでは日常茶飯事だけど、そうしたことには控えめなのが婦人の美徳とされるアルゼンチンでは滅多にないことだ。だから、学生議長は大層驚いた顔をした。けれどもすぐに気を取り直して答えた。

「綺麗事やおいしい話を並べ立てるけど、ポリシーがまったく見えないからです。俺は、ペロンはファシストで、かつ究極の〈ポプリスモ〉だと考えています」

「そこまで反感を抱いているペロン副大統領を、講演会に招いたのはなぜなの？」

「衆人環視の舞台の上で、ヤツの化けの皮を剝がしてやろうと思いまして」

「あなたみたいな若者が独裁者の本質を見抜いているなんて素晴らしいこと。エルネストもこの方にいろいろと教わりなさいね」と、ママンは小さく拍手する。

　妙な流れになったぞ、とぼくは肩をすくめる。

　そこに割り込んできた太った男が声を掛けた。きちんと背広を着ているのに太っちょすぎて、だらしない感じがする。ピンと張ったカイゼル髭が異様に目立つ。

「コルダ君、開始十分前だぞ」

「いけね。もう行かなくちゃ。それじゃあ、お母さんも先輩も、ゲバラ君も楽しんでいってください。政治はしかめ面ではなく、楽しんでやるものですから」

　学生議長は姿を消した。講堂の最前列の席が三つ空いていて、ゲバラと書かれた紙片が置いてある。着席して顔を上げると、花束を飾った演壇が目に飛び込んできた。

　この特等席で、この国の実力者と向かい合うのかと思うと、膝が震えた。

　十分後。ペロン副大統領が登壇した。男盛りの四十九歳、厳粛な軍服姿は堂々とした体軀に似合った。太い眉は強い意志を感じさせ、男性的な表情を際立たせている。

胸には勲章が並んでいるが、チラシに書かれた経歴からすると、持っている勲章の半分も着けていないようだ。客席の最前列に陣取ったぼくの目の前に立つペロンから、ほのかに香水の香りが漂ってきた。ひょっとしたら香水ではなく、ポマードの匂いかもしれないが。

オールバックの髪を撫でつけ、クリームを塗ったように顔をつやつやさせたペロンは、いたずらっ子のような表情で、ぐるりと会場を見回した。

「市民のみなさん、お集まり下さり感謝する。私の話は手短なので、講演は早く終わるかもしれない。その際は質疑応答に時間を取るのでご協力よろしく」

幹事役の学生議長がうなずき、ペロンの提案に了承の意を伝えた。

ペロンはたちまち聴衆を魅了した。張りのある声が、現在のアルゼンチンの惨状と未来の輝きをくっきり描き出す。サロンでのペロン評と、目の前の実像が重ならない。

聴衆が彼の言葉に没頭し、ぼくもペロンに惹かれ始めていた。

宣言通り予定の半分の時間で講演を終えると、質疑応答に入った。会場からは趣味だの好みの女性だの女性関係だの、ゴシップ誌まがいの質問が飛び交った。

ペロンはそうした質問に、時ににこやかに、あるときは真摯に、あるいは洒脱に答えた。そんな中、それまでと色合いの異なる響きの質問が飛びだした。

「一年半前のファン地方の大地震では副大統領の呼びかけでチャリティが行なわれ、被災地への救援活動をされたそうですが、そのあたりのご苦労をお聞かせください」

ペロンは表情を引き締め、真顔になった。

「アンデスの麓の古都サン・フアンは昨年一月十六日未明、大地震に襲われ、死者は六千名に達した。犠牲者のご冥福を祈り、黙禱を捧げたい」

黙禱、と号令したペロンの声には威厳があり、聴衆はその言葉に従った。

黙禱を終えて目を開けた副大統領は、口調を改め厳かな言葉で静寂を破る。

「天災は唐突に訪れ人々を悲嘆の底に突き落とす。だが危急存亡の時に一致団結できるのはわが国の美徳だ。震災後、直ちに救援活動を開始した。チャリティもそのひとつだが、私は企画を提案した若い女優の申し出に乗っただけだ。だが私はそのことを誇らしく思う。個人の力には限界があるが、私には真贋を見極める目、味方か敵かを見抜く目、動くべき時期を判断できる力がある。私は、政治家に必要な資質はこの三つに集約されると考えている」

決して美辞麗句ではないのに、言葉は煌びやかで、聴衆の胸を熱くしたようだ。

「その論理でラミレス前大統領を見限り、ファレルに乗り換えたわけですね。そんなことで正当化できるとお思いですか」

会場からわき上がる拍手に抗うかのように、鋭い声が飛んだ。

我慢し切れなくなったブルーノさんが口を開いたのだ。

するとペロンは余裕綽々でうなずいた。

「世界の潮流に反してナチス支持を表明したラミレス大統領は、連合国には受け入れられない存在だった。アルゼンチンを国際的な孤立から守るためには、アレはやむを得ない選択だった」

「でも枢軸国を支持したあなたが、ナチスを切ろうとしたラミレスを更迭したという、真逆の噂もあります。どのみち民主主義の破壊であるクーデターは、近代国家においては許されません」

和やかな会場は一転、生々しい議論の場に変わる。恩人で上司の寝首を掻いたという評判は、政治家としてダメージが大きいはずなのに、ペロンは動じない。

「私は士官学校で戦史を教えるが、今の意見には異論がある。南米ではクーデターはしばしば起こる。軍は国民の従僕だが、国民の負託を受けた政権が変節したら軍が従う道理は消滅する。現にラミレス大統領のクーデターは市民が喝采で迎えたではないか」

聴衆は沈黙した。それは一年前の出来事で、確かにペロンが指摘した通りだった。

「アルゼンチンは一流国だ。欧米の都市や避暑地ではペソを抱えた金持ちが大勢いる。それは必要な時には軍部が実力を行使し、政治を正しい道筋に導いてきた結果だ。クーデターで樹立した臨時政府は落ち着き次第、選挙で国民の信を問う。政治は油断するとたちまち黴が生える。軍のクーデターとは、社会に積もった澱を一掃する大掃除である」

「詭弁だ。ファレル軍事政権が長期政権をめざしているのは明らかではないか」

ブルーノさんが顔を真っ赤にして反論すると、ペロン副大統領は真顔でうなずく。

「そこは臨機応変に対応せざるを得ない。サンファン大震災で六千人もの同胞を失った痛手からまだ回復していない現在、臨時政府の信を問う選挙の実施は不可能だ」

その時、元気のいい声が響いた。

「あなたはムッソリーニから勲章をもらい、尻尾を振って喜んだファシストですよね」

発言者は講演会の主催者、学生議長だった。一斉に応援ヤジが飛ぶ。

リベラリストを気取るな。ファシズムを擁護しやがって。売国奴が講釈するな。ナチの犬め。言論の自由を守れ。陸軍は枢軸国のシンパだろ。大学の自主を冒すな。

大学の反ペロンの感情が一気に噴き出たような野次の嵐に、ペロンは微笑で応じた。

「私に批判があることはよく知っている。確かに私は五年前、イタリアに武官として着任した時、ムッソリーニ総統の治世に共感し、ヒトラーのドイツを見た。ところで諸君の中で、実際にドイツをご覧になった方がいたら手を挙げてほしい」

ペロンの問いかけに、誰も挙手しなかった。ペロンは続けた。

「相手を知らずに非難するのは傲慢だ。私はナチをこの目で見、肌で空気を感じた。ドイツは部品の欠品がない、機能に徹した壮大な機械仕掛けの戦車だ。実に素晴らしい」

「ナチス・ドイツを賞賛するとは、やはり危険なファシストですね」

学生議長の言葉に、ペロンは微笑する。

「そんな風に決めつけなくてもいいだろ。聞きたまえ。私は、民主主義は歴史の後退だと思う。究極の社会は共産主義かファシズムに移行する。私はファシズムを悪と思っていない。だからといってナチスやファシズムを擁護しているわけでもないが」

屁理屈だ、ごまかすな、二枚舌野郎などと罵声が飛び交う。ブルーノさんも興奮して野次を飛ばしている。ペロンは野次が静まるのを待って言い返す。

「私はファシズムに対するのと同じ気持ちを民主主義にも抱いている。私は民主主義を悪だとは思っていない。だが絶対的な善だとも思わない」

学生議長は立ち上がると、背後の聴衆に向かって言う。

「今、副大統領は民主主義を否定しました。こんなふざけた政権は打倒すべきです」

「どうしてそういう理屈になるのかなあ……」

副大統領は天井を仰いで吐息をついた。やがて学生議長に視線を戻した。

「二点、質問したい。第一点。民主主義が素晴らしいなら、なぜ民主主義を信奉する国家で戦争がなくならないのか？　第二点。諸君はナチを非難するが、ナチはドイツ国民の投票の結果で合法的に力を得た。この二点についてどうお考えか？」

副大統領は返答がないことを見届け、続ける。

「二年前、米国は、我が国の中立宣言撤回を要請し、拒否すると枢軸国と通じる敵性国家と断定し武器供与を拒否した。やむなくドイツに使節団を送ると米軍は南大西洋艦隊をラプラタ河に入港させ、米国銀行に預けていた我が国の資金を凍結した。中立国家に対し主権侵害する合衆国が主導する民主主義とは、本当に素晴らしいものなのか」

野次を飛ばしていた聴衆は黙り込んだ。ラプラタ河の屈辱と呼ばれた事件はアルゼンチーノの誇りをいたく傷つけた。もともと反米色が強かったアルゼンチンでは以後、反米気運が高まった。ペロンを嫌っても、彼の反米姿勢に異を唱える者は少ない。

ブルーノさんですら、この点ではペロンを支持していた。

「ファシズムも民主主義も同じだ。罪は運用する人間にある。この世にはいいファシズムと悪いファシズムがある。いい民主主義と悪い民主主義が存在するように、ね」

「ではあなたは、自分は〝よいファシズム〟の信奉者だとおっしゃるのですね」

学生議長が反撃した。カウントエイトでかろうじて立ち上がったダウン寸前の挑戦者のギャンブル・パンチ。大勢は決しているから負け犬の遠吠え、ヤクザの捨て台詞だ。

だがペロンは、差し出された勝利の美酒の杯を投げ捨て、首を左右に振る。

「〈ノ(いいえ)〉。アルゼンチーナはファシズムとは肌が合わない。もしも彼らにファシズムを強要したら、私はたちまち支持を失うだろう。だから私はファシストではない。そもそも私はポリシーなるものがよくわからないのだ」

突然の告白に、会場は水を打ったように静まり返った。

主義主張を通すために政党が存在し政争が起こると政治学の授業で教わったぼくには、支持を失うから主義を取らないというのは本末転倒に思えた。

「あなたは右翼ですか、左翼ですか。何を信念として政治に関わっているのですか？」

ペロンは、アルカイック・スマイルを浮かべる。

「右翼、左翼とは相対的で環境で規定される。私の拠り所は自分の良心だけだ。方針を決める際、ひとりひとりの命を最大限に保全する方向だけ見据え、できるだけ闘争にならないような道を選びたい。めざすは最大多数の幸福。諸君が毎日笑顔で過ごせるなら他は何も望まない。私には笑顔の市民に愛されたいという、単純な欲求があるだけだ」

シンプルな回答。論破されたという感じはしない。ペロンの受け答えはのらりくらりしていて、摑もうとすると掌からぬらりと逃れてしまうナマコのようだ。

こんな政治家を大統領に戴いた国民は幸せなのではないか、と思う。

だが同時に、ぼくの中に巣食っているへそ曲がりの虫が首をもたげ警告を発する。

――違う。このままではアルゼンチンはダメになる。

気がついたら挙手していた。指名され立ち上がると、ペロンと向き合う。

「政府は労働者優遇の財源を得るために、地主など富裕層からの徴税を強めています。それは行き過ぎではありませんか」

ペロンは目を見開いた。こんな若造から保守派ばりの強硬な質問が飛び出すとは思いもしなかったのだろう。虚を衝かれたペロンは一瞬、虚ろな表情になった。

あわてて真顔の仮面を着け直して、答える。

「政府の政策が既得権益層から受けが悪いことは、もちろん重々承知している。だが、地主による土地集約も大切だと考える。農業は非効率的で、大規模プランテーションに集約するしか未来はない。それをできる可能性のある人材は地主階層にしかいない」

「すると労働者より地主を上に置くことになり、従来の政策と矛盾しませんか？」

重ねたぼくの質問にペロンは黙り込む。やがて重々しい口調で言った。

「この世界は君が考えているような、白か黒かの二者択一の単純なものではなく、森羅万象が色合いの少しずつ異なるグレーの世界でひしめきあう混沌(カオス)だ。我々の政府は労働者によかれという政策を打ち出しているが、地主を一方的に断罪してはいない。そこが南米大陸のあちこちで蠢く、共産主義者の連中とは決定的に違う点だ」

「つまり八方美人ということですね。だから蛇蜂取らずだと批判されるんです」

ペロンに食い下がるぼくを、隣でブルーノさんが目を丸くして見ている。

「八方美人で悪いのかな。それは政治家として当然だ。政治家とは、できるだけ多くの人々を愛し、幸せにするのが本道なのだから」

　ぼくは満を持して、ペロンの致命的な弱点を衝いた。渾身の一撃、のつもりだった。

「あなたは外敵の侵略を撃退する使命を帯びた軍人です。愛を持って人々に接する政治家と、武力を以て敵を殲滅する軍人は、両立しないのではありませんか？」

　だが、その一撃はむなしく空を切った。ペロンは静かに答えた。

「世の常識に照らせば君は正しい。だがアルゼンチンにおいてのみ、その答えは間違いになる。わが国軍は武力で他国を侵略したことはなく、二度の世界大戦でも中立を貫いた。だからわが国において軍人は同時に政治家たる資格を兼ね備えられるのだ」

　他国を侵略しない軍隊。人を殺さない軍人。そんなものが存在するのか。

　その疑問に、ペロンは断言する。もちろん、いる、と。彼自身がそうなのだ。

　このままでは完敗だ。すると援護射撃のように学生議長が割り込んできた。

「陸軍内部では今でもドイツのシンパが主流で、副大統領の方針を軍は拒否しています。分裂状態が続けば国益が損なわれると思いますが、この点はどうお考えでしょうか」

「アルゼンチン陸軍はドイツの指導を受けてきたから影響が残るのは仕方がない。個人的な感想を言わせてもらえば、連合国の傲慢連中、英国と米国の泣きっ面は見てみたい。だからと言って枢軸側の勝利を願うつもりもない。私はナチは米国より嫌いだ」

　割れんばかりの拍手が響く。アルゼンチン市民の米英に対する反感の噴出だった。

　ペロンはその感情を公の席で代弁し聴衆を味方につけた。そうして、孤立した学生議長の攻撃に走った。

「君はこの講演会の主催者らしいが、発言にデマゴーグの匂いがするね。学生の本分を踏み外し、生半可な思い込みで中途半端に政治に首を突っ込み論客ぶるのは困りものだ。この大学にそんな輩が巣くっているなら、厳正に対処した方がいいかもしれないな」

穏やかな言葉の裏には猛毒の棘が隠されている。政権に楯突くつもりなら、学問の府である大学といえども容赦しない、とペロンは敵地で堂々と通告したのだ。

息を呑んだ学生議長に、ペロンはとどめの一撃を加えた。

「国に意見する前に、君自身が国のために役立つ人物になりたまえ」

一段と拍手が大きくなり、学生議長は身を縮めた。ペロンの視線はぼくを捉えた。

「さっき質問した君も、ブエノス大の学生かね？」

「いえ、ブエノス高校の二年生です」

「高校生とは驚いたな。名前は？」

「エルネスト・ゲバラ＝デラセルナです」

聴衆がざわめく。権力者に嚙みついたのが高校生だとは誰も思わなかったのだろう。

挑むように名乗ったぼくを、探るような目つきで見たペロンは、口調を変えた。

「高校生が自力で思いついたことには敬意を表する。今、我々の政権が地主を不当に搾取しているように見えるのは、都市労働者の惨状が見えていないからだ。かつて私は駐屯地で地方の実情を見た。大地主（エスタンシエロ）は富み農民は貧困に喘いでいた。ならば少しくらい地主の富を貧しき人々に分け与えても、神は私を叱りはしないだろう。ただし経済活動制限は一時的で、富の偏在が解消されたら直ちに地主の利益を守る方針に変更する所存だ」

会場から拍手がわき上がる。ペロンは拍手の余韻を充分に味わっている。

「ということは、今は土地所有者階級を冷遇し、労働者優遇に偏り過ぎだということを認めるんですね」

ブルーノさんが援護射撃のように言う。ぼくの心情は大地主より労働者の側に共感しているからはた迷惑だ。案の定、ペロンの攻撃はブルーノさんの弱点を捕らえた。

「大地主（エスタンシエロ）の大半は一八七九年、ロカ将軍がインディオ一掃作戦を遂行した時にコリケオ族の土地を収奪したか、ロサスとの内戦時に土地を得た連中だ。二千人弱しかいない彼らは、半年農場で過ごすと残り半年はパリでバカンスに興じる。昨年通した労働者保護法は『最低賃金、有給休暇、労働者医療保険の保障』の三本柱だが、大地主は最低賃金を遥かに超える収入を得、労働もせずに豊かに暮らし、病気になれば立派な病院に特別待遇で入院できる。つまり、すでにその三本柱を享受している地主が、貧しい農夫を搾取し更に豊かになろうとしている現状を憂い、彼らの富を労働者に再配分する法案を通しただけだ。そんな我々政府が非難される覚えはない」

ブルーノさんの反撃を一息で叩き潰したペロンは、返す刀の矛先をぼくに向けた。

「先ほどの高校生は、現実を見ず観念論に終始している。不用意な発言はアルゼンチンの益にはならない。社会勉強をして出直して来なさい」

ぼくは顔を赤らめる。悪役に貶められたぼくに、返す言葉はない。そこそこ豊かな家庭に育ち、手厚い庇護の下で世間知らずに育てられたぼくは、羽も生え揃わないひな鳥で、無知蒙昧な高校生が粋がったら返り討ちにされたわけだ。

その衝撃と恥辱にかろうじて耐えているのが今のぼくの姿だった。

震える手に、柔らかい手が触れた。ペロン副大統領を見据えたママンの手だ。

そんな様子を見て少しやりすぎたと思ったのか、ペロンはがらりと口調を変えた。

「だが私にも非はある。若者に政権が目指す方向が見えないのは、伝え方が未熟だからだ。アルゼンチンは牛肉や穀物を生産し、農業国として欧米の食料庫となり戦争成金を輩出した。だが鉄、石炭、電力などの基幹産業は育たず経済は停滞している。このままでは我が国は三流国に転落する。そうならないために工業化を急ぐしかない。労働者重視の背景にはそんな長期展望がある。労働者主導社会への移行は我々の責務なのだ」

ペロンのロジックには隙がなかった。かろうじてブルーノさんが声を上げる。

「急激な工業化と過剰な労働者優遇のせいで、社会には混乱が、現場には不正が横行しています。官僚は組合の指導部から賄賂を取り放題、現場の労働者は生産物をくすね放題です。こうした現状がアルゼンチンの輝ける未来だとおっしゃるのですか？」

「ご批判は真摯に受け止める。だがいかなる組織も不正と腐敗をなくすことはできない。現在の困難な状況を鑑み、我々は新たな方向を選んだという点をご理解いただきたい」

ペロンの表情がかすかに曇る。ブルーノさんはここぞとばかりに追撃する。

「かつてアルゼンチンには南米の雄としての矜恃がありました。でも今は道徳的、精神的に頽廃し、国民はばらばらです。それは背骨たる大地主（エスタンシエロ）を軽視し、大都市労働者などという有象無象に力点を置きすぎたファレル政権のせいでしょう」

「それは一面の真実だ。だが私が農村に対し理解がない、とお考えのようだが、それは間違いだ。私は幼い日をパタゴニアで過ごした貧農の出だ。荒涼とした砂丘は青みがかった灰色で空はうすみどり色で天地が逆転している。その世界で学んだのは一人で会話すること、動物の真似、感情を消すことだ。つまり私の原点は農村生活にあるのだ」

大地主のブルーノさんの方が、農業の本道から遠いところにいることを思い知らされ、ブルーノさんは黙り込む。ペロンは続けた。

「冷凍船がわが国の牛肉を英国貴族の食卓に供するようになったのは一八七〇年、まだ一世紀も経ていないのに、我々は数百年も続いていたかのように思い込み、アングロサクソンは我が国を第六の自治領などとほざく。その構図を変えるには、外国資本からの脱却が必要だ。それは国民の希望だということを、私は確信している」

圧倒的な拍手がペロンを包む。副大統領は凱旋将軍のように高らかに謳い上げる。

「ブエノスには希望がある。チャリティを自発的に提案してくれた美しい女優もいるし、しがない副大統領の話を聞くためにこうして足を運んでくれる市民もいる。これこそが私が誇るわが母国、アルゼンチンの首都、ブエノスの底力だ」

拍手に怒号が入り混じる中、ペロンは胸から下げた懐中時計をちらりと見遣った。

「時間が来たので、ここまでにしよう。諸君のご清聴に感謝する」

ペロンは敬礼し、大股で講堂を出て行く。その背を拍手の波が追いかける。

だがペロンのまなざしはただ一点、アルゼンチンの未来だけを見据えているかのように、二度と振り返らなかった。

講演の興奮もさめやらぬ学生たちが講堂を出て行く中、ぼくは動けなかった。

学生議長が近寄ってきた。

「俺が見込んだ通りゲバラ君は大物だった。ただあまりにも直線的すぎたな。海千山千の骨なしナマコ野郎を、馬鹿正直に真正面から叩き潰そうだなんて、無茶だよ」

学生議長の適切な評に何も言えずに唇を噛む。隣に座るママンがさりげなく言う。

「今日はこてんぱんにやられたわね。この借りは、いつかどこかで返せばいいわ」

その言葉に救われた。そうだ、膝を折らなければ負けにはならない。

反対の隣に座るブルーノさんがぽん、と肩を叩く。

「坊や（ニーニョ）を見直したよ。大地主（エスタンシエロ）を搾取しているファレル政権の問題点にずばずば切り込むなんて、コミンテルンの論客にもできないよ」

「あれはブルーノさんの受け売りです。なぜブルーノさんは言わなかったんですか？」

ブルーノさんは肩をすくめた。

「無邪気な高校生の質問だからこそ、ペロンはムキになったんだ。坊やの質問がマグマのように社会の底流を流れる反感を噴出させてしまうのを恐れたんだろうね」

どうやらぼくには本能的に相手の本質を攻撃し、激高させるという特技（というか、悪癖？）があるのかもしれない。そこへ太っちょの紳士が拍手をしながら寄ってきた。

「ブラボー、鋭い舌鋒でペロンの牙城の防壁を崩したのが高校生だったとは痛快ですな。英雄坊やが放った鋭い矢はヤツの喉笛に突き刺さったようですぞ」

男性の言葉は傷口にレモネードをぶっかけたみたいに、ぼくのこころをひりつかせた。

講演会が始まる前に学生議長を叱責していた男性だが、背広姿で社会人の格好をしているけれど、まともな社会人がこんな歯の浮くようなお世辞を言うはずがない。そもそもぼくがペロンを追い詰めただなんて、どう解釈すればそんなことになるのだろう。

極めつけは画家のダリも顔負けのカイゼル髭とあっては、胡散臭さマックスだ。

ぼくたち三人が警戒した視線で見ているのにもめげずに、男性は続けた。

「私は弁護士のリカルド・ロホと申します。盟友フロディシと共に急進市民同盟の一員として活動していまして、ファレル軍事独裁政権打倒の同志を募っているところです。二週間後、十万人を集め『憲法と自由の行進』という反政府デモを行なう予定ですが、よろしければご一緒しませんか？」

こんな胡散臭い男性が正義を守る使者の弁護士で、しかも「自由の行進」なる会を仕切っているとは世も末だ。ぼくはカイゼル髭の太っちょに決然と言い放つ。

「デモで遠吠えしても、あの軍人はびくともしません。彼を倒すなら脳天を爆弾で吹き飛ばすくらいの覚悟が必要です。デモに参加するつもりはありませんが、拳銃を用意してくれたら副大統領を倒してあげますよ」

指先に銃の引き金の感触が蘇る。

一発の銃弾の重みと手応え。硝煙の匂いと共に撒き散らされる恐怖。

軍人ペロンは銃器を扱うことが生業だ。硝煙の匂いも知らない学生や、はんちくな弁護士が論陣を張ったところで、ペロンは喉に刺さった小骨ほどにも痛痒を感じまい。

ぼくをしげしげと見つめるとロホは、捨て台詞を投げつけた。

「粋がり坊やがいっぱしのテロリスト気取りとはお笑いですな。口先だけのクソガキは、尻尾をまるめてママのおっぱいをしゃぶっているのがお似合いです」

瞬間、激しい怒りが突き抜け、ぼくは椅子を鳴らし立ち上がる。振り上げようとした拳を押さえたのは隣に座ったママンだった。学生議長が取りなすように言う。

「ロホさん、子ども相手に大人げないですよ」

ロホはぷい、と顔をそむけると足音高く出て行った。興奮冷めやらないぼくを懸命に押さえるママンの腕のなめらかな感触が、かろうじてぼくの暴発を防いでいた。

ブルーノさんと別れ、ママンと家路をたどる。

「ママンには、ペロンはどんな風に見えた？」

足下に視線を落とし、考え事をしていたママンは顔を上げた。

「言葉の耳触りはいいし見栄えも最高、弁舌爽やかで誠実に見える、ほぼ満点の政治家だけど、信頼しきれない男ね」

ママンはああいうタイプは嫌いなんだ、と思い安堵する。でもぼくの口から飛び出したのは、思いもしなかった正反対の言葉だった。言いながら自分でも驚いていた。

「それってぼくの印象と全然違うね。ぼくはペロンは正直者で、国と市民を愛する気持ちに嘘偽りはなさそうに見えたよ。ああいう人物が国を率いれば安心な気がする」

「その点は同意するわ。ペロンは同性に圧倒的に支持されるし、尻軽な女性にもモテそうね。でも実がないから、本物の女性は近寄らない。それでは大統領にはなれないわ」

断定的にモノを言うのを好まないママンにしては珍しく辛辣な評だ。それは取りも直さず、ペロンがママンに強い印象を残したということの裏返しだ。同時に違和感も覚えた。ペロンは将来、絶対に大統領になる。言葉には確信があり、聴衆に対し説得力をもたらしていた。誠実に見えるというのは武器だよね、と言うとママンは首を振る。

「誠実に見えるということは、本当に誠実なのとは違うわ」

それは真理だろうけど、世の中でこのふたつを区別できる人は滅多にいない。ならば近似で考えれば、誠実に見えることと誠実であるということは、ほぼ同じではないか。

「ちなみにパパはペロンのこと、何か言っていた？」

「色男すぎる。モテすぎる男は反感を買うものさ、ですって。パパらしいわ」

ママンはにこにこ笑い、つられてぼくも微笑する。要するにパパとママンは、好みが似ているわけだ。

でも今日、初めて間近で見た後では、パパの感想はあまりに能天気すぎる気がした。ペロンの印象は、滑らかな鋼鉄に覆われた戦闘機だ。口角泡を飛ばし空理空論を論じる贅肉塗れのブルジョア連中など、彼が本気で爆撃したらひとたまりもないだろう。

ペロンにポリシーはない、というのは衝撃だった。さらに彼の本質がぼくにも理解できてしまったことにも驚いた。ペロンの思考は浅いけど広く、問題意識は適切で政治家向きの性格だ。こんな風にペロンの初見参はぼくにいろいろ印象を残したけれど、やがて彼と深い関わりを持つことになろうとは、神ならぬ身のぼくは知る由もなかった。

# 5　トレメンタ・アズール（青嵐）

## 一九四五年十月　ブエノス・アイレス

一九四五年九月。第二次大戦が終結した。久しぶりに書棚の片隅の愛読書に手を伸ばしたのは、ペロンについて誰かと語り合いたかったからだ。でも、ぼくがペロンにこてんぱんにされたことを知っている人とは話したくなかった。だから講演会にいなかった人がいい。そう考えると相手はひとりしか思い浮かばなかった。

本に挟んだメモに書かれた番号を、祈るような気持ちでダイヤルする。二度ほど掛けてみたけどつながらなかったので、今度つながらなかったらすっぱり諦めようと覚悟を決めていた。呼び出し音が七回鳴った後、ハスキーな声が、ジャスミンです、と告げた時、口から心臓が飛び出そうになった。からからに乾いた唇を舌で湿しながら言う。

「あの、エルネストです」

一瞬、間があった。次の瞬間、裏返るような声が響いた。

「坊（ニーニョ）や、坊やなのね。信じられない。ちょうど今、どうしているかな、なんて考えていたの。どうして今まで電話をくれなかったの？」

冗談じゃない。ぼくが何度電話を掛けてもつながらなくて、その度に失意のどん底にたたき落とされていたなんて、全然知らないくせに。

でも抗議するのは、かろうじて思いとどまった。

「聞いてもらいたいことがあるので、お目に掛かりたいんです」

勢い込んだぼくに、受話器の向こうから即座に返事が返ってきた。

「実はあたしも聞いてもらいたい話があるの。じゃあ明日、お茶でもしましょうか」

あまりにあっさり目的が達せられ、拍子抜けしてソファにへたりこんでしまった。

部屋中に心臓の鼓動が大きく響いている。


待ち合わせはコリエンテス街の二十四時間営業のカフェ「リアル・ノーベル」だ。女優や女優のたまごを、淫靡な権力の香りで引き寄せるプロデューサーがたむろしている、業界では有名な店だということを、後で知った。

約束の二十分前に着き、ぼくはペーパーバックを読みながら周囲の会話を聞いていた。ここでしか聞けない下世話な物語はブエノスの現実で、野心渦巻く劇場にして懺悔室、華やかで虚ろなパーティルーム、情念と嘘と真実を混ぜ合わせて作られるポタージュだ。

そんな乱雑な風景が突然、色鮮やかに変化した。ひかりがあふれ、花の香りがあたりを包む。顔を上げると、白いミンクのコートを羽織った女優が佇んでいた。

驚いたことにジャスミンは、金髪になっていた。輝くブロンドを高く結い上げた髪型はポンパドールと呼ぶらしい。

周囲の視線がお相手のぼくに集中する。

「お待たせしてごめんなさい。ラジオドラマの打ち合わせが延びちゃって」

「大丈夫です。ぼくも今、着いたばかりですから」

なぜか小声で答える。そして恐縮している自分の卑屈さに萎縮する。ジャスミンは、カップの底に冷え切った珈琲が残っているのを見て、微笑する。

真向かいに座ると、通りかかったウエイトレスに「あたしは、いつもの」と言う。

ハーブティが運ばれてくると、ジャスミンは香りを楽しむように目を瞑る。

「もう電話をくれないいんじゃないかと思ったわ」

「掛けたんですけどいつもお留守で……。ところでいつ金髪に染めたんですか？」

ジャスミンはハーブティをひと口すすり、遠い目をして考え込む。

「去年の冬よ。坊やと再会した翌日にサンフアンに行って一週間、チャリティ・ショーをやったのよ。帰ってから思い切って染めてみたの。似合うでしょう？」

なるほど、と思いながらも何かが引っかかる。でもそれが何かはわからなかった。

「さて、坊やが話したいことって何かしら？」

「先にあなたのお話を聞かせてください」

「こういうことは年上の言うことを聞くものよ。あたしの話は長くなりそうだから、まずは坊やから話して頂戴」

ぼくはしぶしぶ、ペロン副大統領にこてんぱんに打ちのめされた話をした。

「……というわけで副大統領は、ブエノス大に集まった聴衆の八割の共感と二割の反感を残して去りました。そしてぼくは哀れな生贄の子羊になってしまったんです」

話を聞き終えたジャスミンはため息をついて、こんな偶然があるのねえ、と呟いた。

「実はあたし、ペロン副大統領に親しくしてもらっているの」

ショックだった。社会的に叩き潰された挙げ句、その相手に恋心を抱いたマドンナまでかっさらわれたのだから当然だろう。でもジャスミンは、そんなぼくの気持ちなど気づかずに、もっともぼくの恋慕はひた隠しにしていたから気づかなくて当然で、むしろ気づかれないことがぼくがうまくやった証拠だという矛盾にも気づかず動揺しているぼくのこころを抉るように、無邪気に続ける。

「ペロンとはサンファアン震災のチャリティで知り合ったの。どさ回りでお世話になった人たちのため何かできないかと思って、ダメモトで政治家にチャリティを提案したら副大統領とアポが取れて、お目に掛かったその日に一発ＯＫよ。おまけに副大統領は自らチャリティ・パレードの先頭にも立ってくれたの。あたしと一緒に腕を組んでフロリダ通りを行進したのよ」

軍服姿のペロンと、艶やかなドレスの裾を引いたジャスミンが腕を組み、パレードの先頭を行進している光景が目に浮かんだ。ペロンの言葉を思い出す。

——ブエノスにには希望がある。

ブエノスの希望、それはジャスミンだったのだ。ジャスミンはさらりと告げた。

「街角を腕を組んで歩いた時にわかったの。あたしはこの人の側にいて、一緒に生きていく運命なんだって。運命って時々、すごくわかりやすい姿をしているのね」

ジャスミンは夢見るような瞳で遠くを見た。そして小声で言った。

「彼の家に居座ったアバズレを追い出して、彼と一緒に住んでるの。家では毎日非公式の会議が行なわれ、いろいろなことが決まる。あたしはソファの隅に座り誰がペロンの味方か、誰が裏切り者かを教えるの。これが今住んでいるところとあたしの肩書きよ」

名刺には『ペロン事務所秘書　ジャスミン・エバ＝ドゥアルテ』とあり、高級住宅街の住所と見慣れた電話番号が書いてあった。つまり昔の情人を新しい愛人が追い出して居座った、というわけか。

「なぜぼくみたいな坊や（ニーニョ）に、そんな大切なことを話すんですか？」

ジャスミンはびっくりしたように目を見開いた。

「そんなこともわからないの？　坊やは信頼できる男性（ひと）だからよ」

そんな風に言われて首を横に振る男がいたらお目に掛かってみたい。でもその理由は説得力に欠ける。ぼくは自分のだらしなさ、くだらなさを誰よりもわかっていたから。

けれどもとってつけたような屁理屈は、ジャスミンのひと言で吹き飛ばされた。

「あたしの周りには、坊やしか信頼できる人間がいないの」

その言葉は乾ききった恋慕に一滴の潤いを与えてくれた。同時に乾きが癒えて、忘れていた痛みを思い出す。その痛みに耐えきれず、ぼくはジャスミンに刃を向けた。

「野心家の大佐は無能な主君を追放し、上昇志向の強い女優は怠惰な愛人を追い出し、どちらも後釜に座ったわけですね。お二人の息はぴったりです」

ジャスミンは意外そうな表情で無防備に答えた。

「どうしてそんな意地悪を言うの？　怠惰な愛人と無能な上司は追放されて当然よ。それに上昇志向が強いのは坊やも同じよ。まあ、あなたは政治家でも女性でもないけど」

「どうしてぼくの上昇志向が強いんですか？」

「医学部をめざすことを他人に公言するなんて、上昇志向が強くなければやらないわ」

　少し考えて、答える。

「ぼくのは上昇志向ではありません。たぶん純化志向です」

　意外にもさっき傷つけようとした言葉より、今回の無意識の答えの方がジャスミンを傷つけたように見えた。愛人の後釜という通俗的な肩書きより、上昇志向が強いという性格を言われた方がキツかったのだろうか。あるいは単純に純化という言葉の対義語は不純化だから、ぼくは純粋で彼女は不純だと非難されたように感じたのかもしれない。

「悪しざまに言われるのは慣れっこよ。ただ坊やにまでそんな風に言われるとは思わなかっただけ」

　吐息混じりのジャスミンの言葉に胸を突かれる。

「すみません。暴言でした」

　ぼくの謝罪を聞いていない様子で、ジャスミンはころりと表情を変えた。

「で、坊やがあの人にこてんぱんにのめされちゃったのはよくわかったけど、講演会自体はどうだったの？」

「聴衆の心をつかんだペロン副大統領は、悔しいけどヒーローでした」

「やっぱりね。彼は渋ったんだけど、絶対にこの講演は受けるべきよと尻を叩いたの。よかった。きっと支持者は増えるだろうって思ったんだもの」

ジャスミンは手を打って喜んだ。講演会を受けたのはジャスミンの助言だったのか。

驚きを口にする前に、どうしても聞いておかなければならないことがあった。

「実はその講演会には母も一緒に行ったんです。母は、副大統領はきちんとした女性が惹かれるタイプでないから大統領になれない、と言っていました。母の意見についてはどう思いますか？」

聞き方によってはジャスミンの選択を真正面から否定するような質問だ。

でも幸いジャスミンは悪意と取らず、まっすぐ答えてくれた。

「坊や(ニーニョ)のお母さまは賢明な方ね。でもお母さまはペロンの素顔を知らないわ。ペロンは空っぽ。なんにもない。ただ、愛されたいという想いばかりが強い人なの。彼に寄り添うのが天使なら救世主、悪魔なら破壊神になる。だからあたしはペロンの中身になろうと決めた。そしてまず、か弱い労働者の庇護者になりなさいと言ったわ。そうすればあの人は聖者になるわ」

「労働者保護法案は高く評価されています。ペロンのアンチの知り合いも、ペロンは他国で社会党政権が十年かけて達成したことを三ヵ月でやり遂げた、と言ってました」

ジャスミンは誇らしげに胸を張った。

「あの法案は絶対ウケると思ったの。なぜ躊躇うのって聞いたらファレルが乗り気じゃないんだ、なんて言うの。冗談じゃない、これくらい突破できなければ大統領になれないし、あたしも大統領夫人になれないわって尻を叩いたら二週間で法案を通した。自分を嫌っていたラミレスの時は辞表の代筆までしたのに、自分になついているファレルの異議にびくつくなんて周りの目を気にしすぎよ。まあそんなところが可愛いんだけど」

ジャスミンは、つん、と尖った鼻を上に向けて、くすりと笑う。

その話が本当なら、ペロンに対する市民の支持はジャスミンのおかげではないか。

ぼくはまじまじとジャスミンを見た。

ぼくの目の前で、歌うように世間話をしている女優は、欧州留学しサロンで大言壮語を重ねる論客よりも、はるかに世界に大きな影響を与えていた。

「どうしてペロン副大統領は、あなたの言うことをそんなによく聞くんですか？」

不思議に思って訊ねると、ジャスミンはあっさり言った。

「あたしのアドバイスに従えばうまくいくからよ。サンフアンのチャリティの方向性についてが最初だった。有名人をサンフアンに派遣しようとしていたから、バカじゃないのって言ってやったの。お金持ちがいるブエノスの真ん中で寄付を集め、目に見える形で被災地に届けて、それ以外の無駄なことは一切しない方がいいわってね。ペロンはあたしの提案を受け入れた。それ以来、ペロンは何かあるとアドバイスを求めてきた。結果がいいもんだからやめられないのよ」

とりとめのない、でも政治活動に勤しむ連中が聞いたら卒倒しそうな内輪話は続いた。

「あたしとペロンは似ているの。二人とも私生児でパパのお葬式に参列できなかった。あたしのパパは小金持ちだったけど中流なんてクソくらえだわ。残念だけど坊やのママからは、パパと同じ匂いがする。だから、坊やのママとあたしの意見は合わなくて当然なの」

ママンを侮辱された気がして頭にきたけど、もとはママンがペロンを軽蔑したから、おあいこかもしれない。ジャスミンの告白は続いた。

「あたしは『明日のアルゼンチンのために』という番組で、ペロンのためにメッセージを毎日発信しているの。『軍による革命はアルゼンチン国民のための革命である』とか『この流れは誰にも抗えない急流にすべきだ』とか、そんな感じね」

　ジャスミンは、立ちこめた紫煙で霞んだシャンデリアの光を眺めて、そう言った。

　その言葉と共に耳元の紅玉が一瞬、強い光を放つ。

　ジャスミンの言葉に、愛国心が刺激された。女優としては二流だけどアジテーターとしては超一流だ。少なくとも学生議長の数倍はぼくの感情を揺り動かしたのだから。

　でもその響きに素直になれなかったのは、講演会でペロンが垣間見せた、偏狭とも思える敵愾心の強さ故だった。徹底的に論破された身としては、あんな狷介な人物が強大な権力を手にしたらアルゼンチンは一体どうなってしまうだろう、と心配になる。

　ジャスミンは、ぼくの賞賛と非難に気づいた様子もなく、無邪気に続けた。

「でね、坊や(ニーニョ)に会いたかったのは、ペロンのことを報告したかったからだけど、実はお願いしたいこともあるの」

「お願い、ですか？　ぼくにできることなら何なりと」

　もしもあなたとこうしてお目に掛かれるのなら、と付け加えようかと思ったけれど、気障すぎると思ってやめた。

「あたしの周りには、景気がいいとすり寄ってくるクセに、悪くなると洟も引っかけないようなイケズ野郎ばかり。それはペロンも同じようなもの。でもあたしたちは高みを目指している。よりよい社会を作り、ひとりでも多くの人を幸せにしたいという願いにこの身を捧げるつもり。その点は坊やも同志ね。あたしはそんなペロンとアルゼンチーノの心を結びつける架け橋になりたい。だからお願い、あたしと一緒にペロンのことを助けてあげてほしいの」

ぼくは呆然とした。何と残酷な依頼だろう。憧れの女性の頼みが恋敵のためだと言われては、ぼくの恋心は行き場をなくしてしまう。ぼくはかろうじて抗った。

「でも、ぼくはあなたの嫌いな中流階級の子息ですよ」

ジャスミンは白く細い指を伸ばし、ぼくの頰を撫でた。

「あなたのママはそうだけど、坊やは違う。その青い瞳の奥には、人に言えない哀しみと反逆心がくすぶっている。坊やはママのいいなりにならないわ」

頰に手を置かれ、美しい女性にそんな風に見つめられたら、うなずくしかない。

でもその時は、一介の高校生が副大統領を救う局面なんてあるはずがないと思ったし、そう考えて当然だった。だが驚いたことにその直後、ぼくはジャスミンの願いを叶える守護天使の役目を担うことになる。そんな未来の運命を知る由もないぼくはそれから、水曜日の午前中は学校をサボり、ラジオに耳を傾けるようになった。

「愛しきアルゼンチーノ、朝日が輝くラジオ・ベルグラーノ第七スタジオからお届けします」というジャスミンの透き通った声の最初の決まり文句を耳にすると、なぜか赤面してしまったものだ。

それはぼくだけに向けられたメッセージに思えたからだった。

所詮ぼくも美女の前では、自意識過剰な青年にすぎなかったわけだ。

☆

月が変わり、十月。

へそ曲がりのアルゼンチンらしく、大戦が終わった途端、内乱の兆しが現れた。

そんな中サロンでも相変わらず多くの言葉で語られる実力者ペロンは苦境にあった。

ドイツのシンパであり続けた陸軍は、連合国支持に転向したファレル政権への反発を強め、政権の最大の実力者で〈大佐の中の大佐〉と呼ばれるペロンを非難した。

市民の目には「ファレル政権＝軍部」だと映った。するといまだにナチスを支持している政権と見做されてしまい、ペロンはファシストでナチだと誹謗された。反ペロンを主張していれば市民からは立派な民主主義者と見られた。つまりペロンはファシストと反ファシストの両陣営から総スカンをくらっていたわけだ。

そんな状況を見てサロンの御意見番、ブルーノさんは「いよいよ今度こそ半年以内にファレル政権は崩壊し、ペロンは失脚するぞ」と嬉しそうに宣言した。

でも残念ながらブルーノさんの予言はまた外れた。正確には半分は当たったのだが。

九月十九日、反政府デモ『憲法と自由の行進』は参加者二十五万人を集めた。ファレル政権は追い詰められブエノスを再閉鎖し、報道管制、大学弾圧など悪手を連発した。

ある日、医学部受験のため勉強していたぼくの部屋にやってきたママンが言った。

「大変よ、エルネスト。学生議長さんが擾乱罪で逮捕されて、お母さんが半狂乱になっているの。今からお家に行くから一緒に来なさい」

学生議長の家に向かう道すがら、ママンは数日来の出来事を簡略に解説してくれた。

「三週間前の『憲法と自由の行進』で市民が平和的に国会を取り囲み、ブエノスで市電やバスの労働者組合が無期限ストを計画したの。動揺したファレルはブエノスを閉鎖して報道を規制し、釈放した政治犯を再拘束した。それに抗議した学生がブエノス大に立てこもると、ラミレス時代に可決された大学規制法で手当たり次第に逮捕した。そんな中で学生議長さんも連行されてしまったのよ」

学生議長の家に着くと、台所で年老いたお母さんが泣き崩れていた。この騒動で一層老け込んだように見えた。ぼくとママンは、お母さんを励ましながら留置所に向かう。

街角の雰囲気は、いつもと違っていた。歩兵の隊列が四つ辻をよぎり、銃声が響く。爆竹の音かもしれないけれど断言はできない。

警察署はごった返していた。逮捕された学生は千人を超えているらしいという情報も飛び交っている。いくらなんでも大げさだろうと思ったけど、留置所の混乱具合を見ていると、あながち誇張でもなさそうだった。

慣れない面会手続きにぼくが右往左往していると、後ろから肩を叩かれた。

「またお会いしましたね、英雄坊や」

振り返ると、ピンと張ったカイゼル髭が目に刺さった。

ペロンの講演会の後、おべんちゃらを言ってすり寄ってきたクセに、気にくわないと手のひらを返し罵倒して立ち去った胡散臭いヤツ。名前は確かロホだっけ、とイヤなヤツほど名前を覚えてしまう自分の性癖を疎ましく思いながら、顔を背けて逃げ去ろうとした。だがその時。叡智の妖精が耳元でささやいた。ぼくは立ち止まり振り返る。

「確かロホさんは弁護士でしたよね」

「おや、職業だけでなく名前まで覚えていてくださるとは、誠に光栄ですな」

ロホが握手を求めてきたので、仕方なく脂ぎった手を握り返す。その手を大きく振りながらロホは尋ねた。

「で、英雄坊やはこんな物騒なところで何をしているんですか？」

「ぼくは英雄でも坊やでもありません。エルネストです。学生議長さんが逮捕されたと聞いて彼のお母さんと面会にきたんですが、どうすればいいのかわからなくて、困っていたんです。ロホさんは弁護士だから、何かいい考えをお持ちではありませんか？」

ロホは目を輝かせた。

「お母さまと一緒とは素晴らしい。私も面会にきたのですが門前払いされてしまいましてね。ここにいる連中の大半は弁護士か肉親かの片方しか揃わない連中です。弁護士資格を持つ私と被疑者のご母堂のペアは最強です。早速、選ばれし者として窓口で手続きをしてきましょう」

胡散臭さ抜群のロホだが腕は確かなようで、あっという間に戻ってきた。

「一刻の猶予もありません。早速面会に行きましょう」

ぼくとママンと学生議長のお母さんは三人揃って、ロホに率いられ面会室へ急いだ。

じめじめした通路を抜けた先にある面会室は急ごしらえで、薄暗く糞尿の臭いがした。

拷問された人が失禁したのかもしれないと思うと背筋が寒くなる。面会室の後ろには鉄格子が嵌められた牢獄が並んでいる。中央の部屋に岩の塊が見えた。目を凝らすとそれは人影だった。鉄格子に駆け寄ろうとしたぼくは、付き添いの警官に制止された。

けれども警官たちも、お母さんが駆け寄る勢いは制止できなかった。

「どうしてこんなことに……お父さんが亡くなってからは、お前が一人前のお医者さまになることだけが私の望みだったのに……」

薄闇の中、お母さんは言葉を詰まらせた。鉄格子を握りしめた拳が震えている。うずくまった影が立ち上がり鉄格子に歩み寄る。そして皺だらけの手を取った。

「ごめんよ、母さん。でも今行動しなければ横暴な独裁者がアルゼンチンを滅ぼしてしまう。国が滅びたら医者どころじゃない。この戦いは避けられないんだ。わかってくれよ、母さん」

だからってなぜお前がそんなことを、と泣き崩れる母親から目を逸らし、学生議長はぼくとロホに言う。

「よく来てくれた。ファレル政権の暴挙に対し直ちに政治犯の即時釈放を求めるデモを組織してくれ。俺は警察に誘拐同然で拉致され拘束されたが、他の連中は無事か？」

丸腰の学生のデモがどれほど効果があるか疑問だ。でもそれはデモを組織する力のない非力なぼくが、自分のために考え出した言い訳だった。

学生議長の問いに、ロホは首を振る。

「幹部は引っ張られ、本部は壊滅状態ですのでデモは難しいです。あと辛いニュースをお伝えしなくてはなりません。伝令要員のマチルダさんがお亡くなりになりました」

学生議長の顔が、みるみるうちに蒼白になる。

「嘘だろう？　どうしてそんな……」

「警官隊が突入した時に催涙弾の直撃を頭部に食らって、運ばれた病院で死亡が確認されました。私はそのことをお伝えするためにやってきたんです」

「畜生、マチルダはただの連絡係だ。殺すなら俺を殺せ。マチルダに罪はない」

学生議長は両手で握りしめた鉄格子に頭を打ち付けて吠えた。興奮した学生議長に警官が集まり「面会終了、退去せよ」と叫びながら、ぼくたちを押し戻す。

「ロホさん、ゲバラ君、俺をここから出してくれ。マチルダの弔い合戦をするんだ」

ぼくの背に投げられた学生議長の悲痛な叫びに、ぼくはこころを引き裂かれた。


面会人でごった返す待合室で、ぼくとママンとロホは今後について話し合った。

学生議長のお母さんはハンカチを押し当て泣きじゃくるばかりで、話し合いにはとても加われそうにない。ロホが小声で言う。

「コルダ君とマチルダ嬢は恋人同士でした。さすがに政府も学生が死んだことはまずいと思っているようです。でも政治犯が留置所で殺害されるなんて日常茶飯事ですから、とにかく毎日面会に行くことです。外部とつながっている人間には警察も無茶はしません。コルダ君のお母さまによく説明してあげてください」

「わかりました。そちらはなんとかします。他には何ができるのかしら」

ママンが泣き濡れている学生議長のお母さんを見ながら訊ねる。ロホはカイゼル髭を撫でながら、得意げな口調で答えた。

「方針はふたつあります。まずコルダ君の保釈を目指す。そして弔い合戦を諦めさせる。この二点の実現のために、是非ともご協力ください」

ぼくはうなずいたけど、学生議長が保釈されなければ弔い合戦もできないのだから、この二つを並立させるのはおかしい。どう見ても学生議長の保釈が優先だろう。

なのでぼくは、無邪気さを装って核心を訊ねてみた。

「ロホさんは、学生議長を保釈させる目途はあるんですか？」

「それが出来るくらいなら、とっくにやっていますよ」

ロホは吐き捨てた。やっぱりコイツは口先男だ。考えようによっては絶好のこの機会に、ペロンの頭をバズーカでぶっ飛ばしてやろうなんて発想はかけらもなさそうだ。

「つまりこれ以上ここにいても意味がないわね。それならとりあえず解散しましょう。お母さんは私の家にどうぞ。家に一人でいるより気が紛れるでしょうし、何かあればすぐ動けるわ。エルネストはサロンのメンバーを招集して、この問題について討議させて、議論のエッセンスを私に教えて頂戴」

ママンの指示に、学生議長のお母さんは泣き濡れた目でうなずいた。

ママンは続けた。

「軍事政権は腰が据わっていないみたいね。活動家を投獄しながら面会を許すなんて、現場の危機感が薄すぎる。でもそこが狙い目ね。そうそう、何かありましたらロホさんもわが家にお越しください。情報収集の拠点としてサロンを解放しますので」

ママンに主導権を取られたのが面白くなさそうなロホは、しぶしぶうなずいた。

解散間際、ロホは留置所への扉を睨んで吐き捨てた。

「権力のイヌに知り合いがいればよかったんですけどね。こうなるとわかっていたら、この前の講演会でペロンに尻尾のひとつも振っておいたんですがねえ」

ロホが何気なく口にしたそのひと言が、ぼくの中で閃光を放った。

サロンに召集された人々が、今回の学生弾圧について侃々諤々の議論をしている。その傍らでは一遍に年を取ったように見える学生議長のお母さんの細い肩を抱いて、ママンが力づけている。ぼくは議論の輪から離れたところで耳を澄ます。どんな情報が役に立つかわからない。でも二時間近くその場にいても、どうやら今すぐに役に立ちそうな情報は手に入らなそうだと見極めたぼくは立ち上がる。

ママンは目敏く、「エルネスト、どこに行くの？」と声を掛けてきた。

ぼくはびくりと肩を震わせ、ゆっくり振り返る。そして笑顔で言った。

「今日は疲れたから、もう寝る。あ、でもその前に友だちに電話しなくちゃ」

ママンは、そう、と言って、沸騰する議論の輪の中に戻っていった。ぼくはそろそろ後ずさり、居間を出た。本棚の愛読書を手に取り、しおり代わりに挟んだ名刺を取り出す。隣の部屋で電話の受話器を持ち上げ、名刺に書かれた番号を回す。

呼び出し音が鳴る。

――お願い、出て。

祈りが通じ、十回目の呼び出し音で相手が出た。だが相手は無言だった。

不安になり「〈ブエノ〉（もしもし）」と言うと、受話器の向こうで吐息がした。

「坊や（ニーニョ）なの？　誰かと思ったわ。そうか、坊やがいたわね」

受話器の向こうのひとり言にぼくは首をひねる。ジャスミンは言う。

「お願い、今すぐウチに来て。坊やしか頼れる人がいないの」

ペロンはジャスミンの頼みなら聞いてくれるかもしれないと思ったから、彼女に学生議長の釈放を頼もうと思っていた。なのにこちらが依頼する前に逆依頼されてしまった。でもまあ、順序が入れ替わっただけだから同じことか、と思い直す。

ちらりと居間を見た。半開きの扉からは相変わらず沸騰した議論が漏れ聞こえてくる。

「〈シ〉（はい）、すぐ行きます」

「住所は名刺に書いてあるわ。鍵は開けておくから呼び鈴は鳴らさないで」

受話器を置くと鼓動が高鳴る。

ペロンの身辺で何か尋常ならざる事態が起こっているようだ。

そのまま出掛けようとして思い直し、高校の制服に着替えた。ブエノス高校は名門だから夜中に制服姿でほっつき歩いても補導されないし、多少のやんちゃも大目にみてもらえる。この状況だと制服はいい隠れ蓑になるかもしれない。

机上のペンを取り、メモを書く。

――友人からSOSあり。出掛けます。心配しないで。エルネスト。

道路に面した窓を開け、ベランダに備えたスニーカーを履き街路に飛び降りる。夜の冷気に身を引き締め、これはいつもの夜遊びではないんだぞ、と自分に言い聞かせた。

春先の小糠雨の中、黒々と濡れた石畳の上を急ぎ足で歩く。スニーカーのゴム底は足音を消してくれる。春が近いとはいえまだ肌寒く、雨は氷雨のようだ。

ジャスミンのマンションには一度行ったことがある。その時は呼び鈴を鳴らす度胸がなく、すごすごと帰った。そして正式に招待された今夜も呼び鈴を鳴らす必要はない。ぼくはこの家の呼び鈴とは縁が薄いようだ。

狭い階段を登り最上階の部屋の前に立つ。副大統領の住まいなのにSPもおらず、部屋の前まですぐにたどり着けた。明らかに異常事態だ。

ノックをせずに扉を開け、後ろ手でドアを閉めた。ふわり、と花の香りが漂う。

居間の扉の隙間からおそるおそる顔を出したジャスミンは、少しやつれたようで髪も乱れていた。けれども憂いと緊張が美貌に凄みを加えていた。

その耳元には紅玉が燦然と輝いている。

「よく来てくれたわね」

抱きしめられた。むせかえるような花の香りに包まれて、ぼくの下半身は暴発寸前、喘息発作まで起きそうになる。ぼくはジャスミンの身体を押しのけて尋ねた。

「一体、何があったんです？」

「ペロンが逮捕されてしまったの」

「逮捕？　何の罪で？」

「国家反逆罪よ」

「副大統領は政府の要職ですよね。その方が反逆罪に問われたということは……」

「そう、クーデターよ。ペロンの腹心を逓信局長に任命したら右派の実業家や大地主、中産階級の急進派、外交政策に不満を持つ陸海空軍と反ペロン勢力が結集し、ペロンの友人のアバロス司令に大統領を更迭させ、ペロンにも副大統領、労働大臣、陸軍長官の職を辞すよう迫り、辞表も書かせた。十月八日はペロンの五十歳の誕生日だったのに、もう最悪。ケーキも料理も台無しだわ。あまりに可哀想だからラジオ・ベルグラーノに連れて行き思いの丈を言わせたら思い切り裏目に出て、陸軍に逮捕されちゃった。ウルグアイ対岸のボカス島に軟禁されているらしいんだけど、よくわからないの」

いつもは大勢の人が出入りするらしい部屋には、テーブルにコップや食器が何組も置かれているが、客はぼくだけだ。周りに信頼できる人がいないのは本当らしい。

尊大なペロンが暗い監獄に入れられている姿を想像すると、何だか胸がすっとした。それは偽らざる本音だった。そんな自分を正当化しようと、ジャスミンに言う。

「今回の大学弾圧で女学生が亡くなったのはご存じでしょう。逮捕されたのは自業自得です」

ジャスミンは、きっと顔を上げた。

「それは違う。ペロンは弾圧に最後まで反対したの。でも外交では米国の干渉に遭い、内政では政敵のスクラムに押されたファレルはノイローゼ気味で、軍部の反逆を知ったとたん腰砕けになり辞任要求を吞んでしまった。おかげで今のペロンは孤立無援よ」

それならペロンは無実だ。鉄格子を握りしめて叫び続けた学生議長の姿が浮かぶ。

これではペロンを憎んでも不毛で、天国の恋人も浮かばれない。和解させたいとは思わないが、冤罪で憎悪の連鎖に囚われることは避けたい。ぼくは思いつきを口にする。

「ボカス島に幽閉されているなら、お二人でウルグアイに亡命したらどうですか？」

「そんなことをしたらあたしたちはおしまいよ。アルゼンチンへの愛で結ばれているんだもの。亡命したらただの凡庸な政治家とその愛人に成り下がってしまうわ」

切ない話だ、と思う。同時にぼくは、自分の提案の未熟さに気づいた。ペロンが亡命したら学生議長の救出を頼むあてがなくなる。残された手段はペロンを救出し、復権させるしかない。そう気がついた時点でペロンを危機から救いたいと願うジャスミンと、ペロンに頼って学生議長を釈放させたいというぼくの利害がぴったり一致した。

「わかりました。とりあえずぼくは何をすればいいんでしょうか？」

「どうすればいいか、見当もつかないわ。あたしは軍の内部のことは全然知らないし、ペロンが今、どんな状況にいるのかさえもわからないんだもの」

ジャスミンはソファに座り、手のひらで顔を覆う。確かに状況は絶望的だ。

「仮に副大統領が逆転できるとしたら、どんな形だと思いますか？」

「軍事力ではクーデターを起こした連中に対抗できないから、労働組合の委員長に頼んで、労働者の支持はペロンにある、と世に知らしめることくらいかしら」

「その人たちは、副大統領が逮捕されたことをご存じなんですか？」

「知らないわ。だってペロンは坊やから電話をもらう少し前に連行されたんだもの」

「それなら、まずその人たちを電話でここに呼んだらどうです？」

「それはダメ。電話は盗聴されているかもしれないから」

何という家だろう。そういえばさっき電話した時も、ジャスミンは一切何も説明せずただ、ここに来て、と切羽詰まった調子で言っていたっけ。

「それなら、あなたが彼らのところに行きますか？」

ぼくが提案した次の手を少し考えた様子のジャスミンは、やはり首を振る。

「それも難しいわ。夜中にあたしが外出したら警察官が飛んでくるもの」

話を聞いているうちに脳裏に学生議長の顔が浮かび、重大な危険を思い出す。

「ではやはりあなたは外に出ない方がいい。過激派に見つかったら、どんな目に遭わされるかわかりませんから。そうなると、その人たちとコンタクトを取れる人物はひとりしかいませんね」

「そんな人がどこにいるというの？」

「今、あなたの目の前に」

息を呑んで、目を見開いたジャスミンは、次の瞬間、首が折れそうな勢いでかぶりを振った。

「そんなのダメ。そんな危険なこと、坊や（ニーニョ）にはさせられないわ」

「ぼくは学生服姿だから警戒されません。それにぼくはネコの生まれ変わりで、いのちを七つ持っているので、ひとつくらい無くしても平気です。それにぼくもお願いしたいことがあります。副大統領が復権したら逮捕された友人を釈放してほしいんです」

「そんなのはお安い御用よ。もともとペロンは学生の弾圧なんて、やりたくなかったんですもの。でも……」

「ぼくは、そのことを頼もうと思って電話したんです。ぼくがこうして動いているのは友人を救うためで、ぼく自身のためでもあるんです。だからこれは取引なんです」

ジャスミンは考え込んだ。やがて納得したように呟いた。

「わかった。それならお願いするわ」

「そうと決まれば一刻も無駄にできません。信頼できて影響力が大きい人にメッセージを書いてください。彼らに何をしてもらいたいのか、具体的に指示するんです」

ジャスミンは矢継ぎ早の指示に、戸惑っていたが、やがてぽつんと言った。

「あたしたちは人とのつながりでペロンを奪還するしかないのね。ああ、ラジオ局が占拠されていなければ、番組で呼びかけることもできたのに……」

「できないことを嘆くのはムダです。今何ができるか、何をすべきかに集中してください。それと車かバイクはありませんか。機動力が必要です」

ジャスミンは、はっと目を見開いた。耳元の赤い光が煌めく。

「そうね。こうしている間にも、ペロンは破滅の淵に向かっているのよね。今、あたしがしっかりしなくてどうするのよ」

そう言いながら紙を取り上げると、メモを書き始める。

「運転手のピエールは呼べば五分でくるからすぐ電話するわ。メッセージを届ける相手は、ラ・ナシオン紙のマルティネス主筆、食肉缶詰労働者組合のレイエス議長、ブエノス市電労働組合のラモン代表の三人ね。みんな市内に住んでいるから今夜中に回れるわ。レイエスとラモンに抗議デモとゼネストを呼びかけてもらって、それをマルティネスに記事にしてもらえばいいわ」

てきぱきと指示するジャスミンの話を聞いているうちに、身体がふわりと舞い上がり、鷹の視点に昇りつめる。見下ろした市街図に赤と青の虫ピンを刺し、三点を線でつないでいく。光芒を放つそのトライアングルを見てぼくは、今の状況を瞬時に把握した。

ジャスミンが三通のメッセージを書き上げると玄関のチャイムが鳴った。運転手のピエールだ。道順を指示された彼は回れ右をして、一足先に階段を駆け下りていった。

彼の後を追おうとしたぼくの袖を引きジャスミンは、ぼくの身体を引き寄せた。

――あたしの未来を、坊やに託すわ。

唇が柔らかい感触に包まれた。蕩けてしまいそうな感覚に、目を閉じる。

永遠に続くかと思った時間は、それほど長くなかった。一階でピエールが自動車のエンジンを掛けた音が響き始めた時には、ジャスミンの唇は離れていたのだから。

ジャスミンはもう一度ぼくを抱きしめると、身体を離して、ぼくの目を見た。

「さあ、行って」

階段を駆け下り後部座席に飛び込む。

アクセルを踏み込んだピエールが急ハンドルを切る。

「食肉缶詰労働者組合のレイエスさま、ブエノス市電労働組合のラモンさま、ラ・ナシオン紙のマルティネスさまの順に伺うよう承っております。ご承知置きを」

小雨がそぼ降る街角を黒いワーゲンが疾駆する。暗い窓に映る自分の影を見ながら、ジャスミンの指示を反芻する。行動を起こしてくれそうな労組の同意を得て新聞社に伝え活動を広めてもらうという算段は、おそらく夜明けまでにできる最大限の策だろう。

あの華奢な身体の一体どこに、そんな知恵と胆力が隠されていたのだろう。

唇に残るなまめかしい感触を、暗闇の中で小指でなぞった。


ジャスミンの眼力は確かだった。

メッセージを渡すと三人とも、すぐにペロンの救援活動を始めると約束してくれた。中でもラ・ナシオン紙のマルティネス主筆は、号外の発行を手配し他の新聞社にも声を掛けてくれると請け合ってくれた。三人の支援者に伝言を届けるという大役を果たしたぼくは、意気揚々と帰還した。

闇は深く、夜明けは遠い。ピエールはジャスミン宅の前でぼくを降ろすと、必要ならいつでも駆けつけますのでご連絡ください、と言い残して走り去った。

ぼくは疲れを忘れ、高揚した気持ちで階段を登る。

扉を開けると、待ち構えていたジャスミンが飛びついてきて、接吻の雨を降らせた。

「おお、坊や、〈ムチャス・グラシアス（本当にありがとう）〉」

「うまく行ったかどうかは、まだわかりませんよ」

「でも坊や（ニーニョ）がいなかったら今頃あたしは絶望の朝を迎えていたわ。でも坊やのおかげで希望の朝に変わったのよ。喉が渇いたでしょう。ココアを淹れたから飲んで頂戴」

　雨に濡れた身体をタオルでくるみ、ソファに座り湯気が立ち上るカップを受け取る。

　ジャスミンはぼくの隣にすとん、と座る。ふうふうと息を吹き掛けながら、少しずつココアを飲んでいるぼくを、見つめている視線を横顔に感じる。

「坊やがいてくれて本当に心強かったわ。もう坊やなんて呼べないわ」

　気がつくと、ジャスミンは隣にぴったり寄り添っていた。身体が小刻みに震えている。

「寒いんですか？」

　ジャスミンの方を見ないようにして尋ねると、小さく首を横に振った気配がした。

「ちょっと怖いの。これからどうなるのかと思うと、震えが止まらないの」

　カップを置いて、ジャスミンを見た。恐怖と不安の影がゆらめく、灰色の瞳に吸い込まれそうになる。ジャスミンは瞳を閉じ、ぼくにもたれかかってきた。

　むせかえるような甘やかな花の香りに、身体が包まれた。おそるおそる細い肩を抱く。ぼくの腕の中で、ジャスミンの身体はゼリーのように溶けていく。

　ぼくは動けずにいた。やがて、すやすやと寝息が聞こえてきた。

　今日一日、どれほど緊張に耐えてきたのか、と思えば無理もない。

　身体を揺するとジャスミンは、寝てないよ、と呟いて再び眠りに落ちていく。

　ぼくは吐息をつくと、ジャスミンをベッドに運んで、毛布を掛けた。

耳たぶの赤いピアスに触れ、一瞬ためらった後、唇にそっと口づけをした。

それから傍らのソファに沈み込むと、たちまち意識が遠のいた。

ぼくだって、疲れていたのだ。


顔に差した朝の光が眩しくて目が覚めた。隣を見ると、ベッドの上にジャスミンの姿はない。ただ、ベッドのくぼみとシーツの乱れが彼女の輪郭を保存していた。

枕元の時計を見ると、寝ていたのはほんの短い時間だったようだ。でもぼくは、一晩中ぐっすりと眠ったかのように爽快な気分だった。

扉が開く音。見るとジャスミンが両手一杯に新聞を抱えていた。街頭で号外が配られていたのと言いながら、ジャスミンはテーブルの上に次々と号外を並べた。

「〈ナシオン〉紙の他〈クリティカ〉や〈プレンサ〉も号外を出した。どの新聞もクーデターの不当性とペロンを拘束したことへの抗議を載せ、各業界の労組がペロン釈放を求めブエノスでゼネストをするというレイエスとラモンが手配したことを報じている。全部、坊やのおかげよ。絶望の夜を希望の朝にしてくれたのは坊やなのよ」

ジャスミンは、ぼくに抱きついてきた。耳元の紅玉が豪奢に光を放つ。

それから身体を離し、立ち上がる。

「食事にしましょう。今日はタフな一日になるわ」

いそいそと台所に向かう後ろ姿を見ながら、ゆうべはぼくの腕の中にいた小鳥が、遠くに飛び立とうとしているのを感じて切なくなった。

朝食を終えると、居間の電話が鳴り響いた。ジャスミンが受話器を取る。

「ブエノ？　おお、セニョール、素晴らしいわ。使いが行ってから輪転機が灼きつきそうになるくらいぶん回し続けて十万部も刷ってくださったのね。ラ・プレンサの号外もセニョールの差配よね。セニョールの度量がライバル紙を動かしたのよ。ええ、もちろん。ペロンのためならデモの先頭に立つくらい、お安い御用よ。ビエン。九時に迎えにきてくださるのね」

電話を切ると、すぐにベルが鳴った。食肉缶詰労働者組合のレイエス議長からだ。

「セニョール・レイエス、ゆうべは遅くにごめんなさい。頼れるのはあなたしかいなかったの。デモは今日で明日はゼネストに突入ね。〈ムチャス・グラシアス（本当にありがとう）〉。これでペロンは救われるわ」

続いて市電労働組合のラモン代表からの、市電のストとデモを決定したという報告が漏れ聞こえた。電話の会話を聞きながらぼくは〈ナシオン〉紙の号外を手にする。

『アルゼンチン労働者、ブエノスに結集し、ペロンと共に百万人の大行進をしよう』という見出しのゴチックの太文字が躍っている。

この号外はまさしく希望の曙光だ。これはぼくが動いたから形になったんだと思うと、胸が熱くなる。電話を終えると、ジャスミンは立ち上がる。

「さあ、戦闘開始よ。一時間後にマルティネスが迎えにきてくれるから、最前線に飛び込むわ。まずは腹ごしらえね。たっぷり召し上がれ」

高揚する気分のぼくは、次々に料理の皿を空にしていった。

いやいやながらクローゼットに入ったのは、服装についてアドバイスしてほしいと、ジャスミンに言われたからだ。

女性の着替えを覗く趣味はないのに、とぶつぶつ言ったぼくは、部屋を見て仰天した。戸棚から溢れたドレスやスーツやスカートがソファの上に山積みにされていた。

手当たり次第に服を手に取っては身体に当て、姿見を見ながらまくしたてる。

「サテンのドレス？　ううん、派手すぎ。このピンクのスーツはこの前のパーティで着たばかりだし。ああん、もう。坊やも黙って突っ立っていないで何か言って頂戴」

ぼくはため息をついて、あなたは何も身につけていない姿が一番綺麗です、と投げ遣りに言う。ジャスミンは手にした服をぱさりと投げ捨て、半裸の下着姿で抱きついた。

「あたしの裸(ヌード)なんて見たことないのに、いっぱしのジゴロ気取りね。一晩一緒にいても手を出せなかったヘタレのクセに生意気よ」

そう言ってぼくに接吻の雨を降らせるジャスミンを、ぼくは洋服まみれのソファに押し倒そうとした。だがジャスミンはするりと身を躱し、笑い声を上げる。

「ダメよ、これから大切な戦いなんだから」

昔の騎士は戦う前に女性と一戦交えたそうですけど、と負け惜しみと照れ隠しをまぜこぜにして言うと、ジャスミンは赤いスーツを片手に持ち、もう片方の手でぼくの鼻の頭を、細い指先でつん、とつついた。

「おマセな坊やね。さ、服はこれで決まり」

そんなどたばた騒ぎの中でジャスミンは、迷っていた服をあっさり決めていた。

小手先であしらわれた気分で、何だか釈然としない。

次に宝石箱を開け、ネックレスをじゃらじゃらとかき回し始める。

真珠、ダイヤ、サファイヤ、ルビーと宝石箱の中は亜熱帯の花園で、これはさすがに迷っても当然だと思う。なので今度は本気でアドバイスした。

「あなたは飾りのない方が似合います。いつもつけている赤いピアスだけで充分です」

宝石を手のひらいっぱいに載せたジャスミンはぼくを見上げ、真顔で言う。

「そうね。あたしにはこのピジョン・ブラッドがあればいいわね」

宝石箱をぱたんと閉じ、耳たぶに手を当てながら立ち上がる。

「さすが坊やはお目が高いわ。このピアスはパパのたったひとつの形見なの」

ジャスミンの耳元で赤い炎が一瞬燃え上がり、小柄な身体を包んだ。

「いつまで女性の着替え部屋に居座るつもり？　用事が済んだらさっさと出ていって」

今度こそ心の底から憮然として部屋を出た。

完全武装を整えた深紅のジャスミンが姿を現したのは、それから二十分ほど過ぎた頃だった。艶やかな美しさに見惚れていると玄関のチャイムが鳴った。

はあい、とよそ行きの声で扉を開けると、号外で市民デモを訴えた〈ナシオン〉紙のマルティネス主筆が立っていた。

彼も、いてもたってもいられなくて約束の三十分も前にやってきたのだった。

街角は労働者の熱気でむせかえりそうだ。煙草の香り、火薬の匂い。ぶつかる肌に飛び散る汗。誰もが口々に叫んでいるが、ただの怒号で言葉として認識できない。

突然の呼びかけにも拘らずブエノスに三十万の労働者が集結し、シュプレヒコールを上げながら大蛇のように市街を練り歩いた。先頭に立つ真っ赤なスーツ姿のジャスミンの姿は、燃え上がる市民の意思を象徴する松明のように眩しかった。

デモの主役がジャスミンであることは誰の目にも明らかだ。でもジャスミンの傍らに黒子のように寄り添う、学生服姿の少年に注意を払う人はいなかった。

クーデターで樹立された臨時政権は、ペロン憎しで寄り集まった烏合の衆だった。なのでペロンを逮捕してしまうと次の行動を決めかねて機能不全状態に陥っていた。

ペロンがボカス島に移送されたという情報は実はデマで、本当は市中の海軍病院の特別室に軟禁されているという極秘事項が、デモに参加した兵士から伝えられた。

デモ行進は市街地を練り歩き、ペロンが拘束されている海軍病院の前庭に集結し、ペロンの名を連呼した。恐れをなしたクーデター軍の上層部は逃走し、残された下っ端兵士は群衆の怒りを収めるため、ペロンを病院の窓辺に立たせ無事だと民衆に示した。

臣民の謁見を受ける君主のように、ペロンは自分の名を連呼する群衆に右手を挙げて応えた。その様子を病院の前庭で見上げていたジャスミンは、ぼくを振り返る。

「見えたわ、この先の未来が」

ぼくが今、俯瞰している市街戦の図にも最終局面の決着図らしきものは浮かんでいた。

たぶんそれはジャスミンが思い描いた絵図と大差はないだろう、と思った。

でもジャスミンは、ぼくの思惑の遥か頭上を飛翔していた。

彼女はペロンの名を連呼している群衆を振り返る。

「これは労働者の革命よ。ここに集った人たちは、かりそめの支配者に叛旗を翻して、ペロンを思う一心で駆けつけてきてくれた軍隊よ。だからあたしは彼らに名前をつけてあげるわ。〈ペロニスタ（ペロン支持者）〉、この瞬間から彼らは差し出された徽章を誇らしげに掲げて、ペロンのために身を投げ出す義勇兵になるのよ」

呆然とした。ペロンを窮地から救えるかどうかの瀬戸際に、この女性は目先のちっぽけな勝利には目もくれず、遠大な未来図を見据えていたのだ。

「こんなにたくさんの人がペロンの名の下に連帯して、ばらばらだったアルゼンチーノの魂がひとつになっていくのね。さあ、産みの親として、勇気ある彼らに、自分たちの名を教えてあげなくっちゃ」

謎めいた呟きを口にしたジャスミンは、病室の窓から手を振るペロンを見上げた。

「カーテンコールに酔いしれている甘ちゃん大佐に、今は何をすべきか、教えてあげなくちゃね。それじゃあ坊や、あたしは行くわ。今夜は遅くなるから先に寝ていてね。自分の部屋だと思って自由に過ごして頂戴」

ジャスミンが手渡した鍵にはキーホルダー代わりに陸軍大将の徽章がついていた。

軍部の連中がジャスミンを毛嫌いする理由が、少しわかる気がした。

赤いピアスの残像を残し、ジャスミンはまっしぐらに病院に足を踏み入れた。

五分後。一段と大きい歓声があがった。バルコニーに背広姿の副大統領が姿を見せ、その傍らに深紅のスーツを着た女性が佇んでいた。歓声の中、ペロンに寄り添うジャスミンは群衆に手を振る。ペロンを連呼する声にジャスミンの名が混じる。

ペロンの肩に手を置いたジャスミンは、群衆に向かい炎のような言葉を投げつけた。

「勇敢なるアルゼンチーノ、祖国の危機を救うため、〈ペロニスタ〉という市民の軍隊に志願した高貴な勇者たちよ。今こそ祖国の尊厳を守るため立ち上がる時です。軍部のクーデターでファレル大統領は退陣させられ、希望のひかりが消えかかっています。でもまだ希望は残っています。そう、ペロンがいます。吹き消されそうな、一条のひかりを守ったのは、ここに集まったあなた方ひとりひとりの力なのです」

群衆は一瞬、静まり返る。続いて割れんばかりの拍手がジャスミンの身体を包んだ。ジャスミンが解き放った言葉が、燎原の炎となって世界を焼き尽くしていく。

深呼吸をしたジャスミンは、拳を天に突き上げた。

「今日、ペロンを奪還したのはわたしたちの勝利です。でもわたしたちは、ちっぽけな勝利に酔いしれているわけにいきません。ここで足を止めたら、松明は消えてしまう。今は燃えさかる松明を高く掲げて、進軍すべき時です」

ピジョン・ブラッドの真っ赤な光が、深紅のスーツと共に炎となって燃え上がる。

群衆の歓声の中、ジャスミンは続けた。

「今日の行動を形に残すため新たな労働組合同盟を創設し、中核に国民政党を構築し、労働者の救世主ファン・ドミンゴ＝ペロンを党首とすることを宣言します。あなたたちひとりひとりの労働者が政党を立ち上げるのです。みなさん、これは革命なのです」

ビバ・ペロン。ビバ・ジャスミン。連呼はバッハのカデンツァのように螺旋を描いて天に昇っていく。山津波のように怒号に似た歓声が押し寄せる。

それはすべてを呑み込んでしまう災厄の大蛇だ。

ジャスミンの言葉で群衆は覚醒した。革命は、宣言して初めて革命と認識される。その意味では、この革命を生んだのはペロンではなく、ジャスミンだった。

ジャスミンの言葉は群衆の衝動を革命へと深化させた。革命の炎を燃え上がらせて、そこからペロンを不死鳥のように蘇生させた。彼女がいなければペロンは群衆を率いて得意げに自宅に凱旋するのが関の山だっただろう。

ぼくは群衆に背を向けた。これ以上見る必要はなかったし、見たくもなかった。

ぼくが脳裏に描いた市街戦の結末は見るも無惨に打ち砕かれた。でもその暴虐は決して不愉快なものではなく、むしろ爽快ですらあった。

ジャスミンの宣言は、ぼくの描いた平板な未来予想図を破壊する太い杭だ。

ぼくは預かった鍵を持って部屋に戻った。

まんじりともせずひとり夜明けを迎えた。窓から見下ろすと街路のあちこちに明々と篝火が燃えている。それは昼間、ジャスミンがまき散らした言葉の残り火に見えた。

その夜、ブエノスは眠らなかった。

翌朝。デモ隊に見守られたジャスミンとペロンはラジオ・ベルグラーノに向かった。腹心の運転手、ピエールが迎えにきて、ぼくをラジオ局に送り届けてくれた。ラジオ・ベルグラーノにペロンとジャスミンが到着すると、兵士は応対に戸惑った。クーデターの首謀者はとっくの昔に逃亡していた上に、ペロンは下級兵士に人気がありシンパも多かった。加えてジャスミンが、番組に出演したいのでバリケードを通して欲しいと甘い声で頼んだ。ラジオ局の封鎖は解かれ、彼女は定時放送の準備に入った。遅れて到着したぼくが控え室に入ると、騒然とした雰囲気の中ペロンが兵士や労組の支持者や新聞記者と熱心に話していた。

部屋に入ったぼくをペロンは一瞥したが、すぐに打ち合わせに意識を戻す。視線を上げるとガラス越しに、マイクの前に座るジャスミンの姿が見えた。昨日と同じ深紅のスーツ。その服はこれからの放送にぴったりだ。ラジオ放送なので、彼女の凜々しい姿が聴衆に見えないのが残念だ。

ジャスミンはガラス越しにぼくの姿を認め微笑する。ぼくは片手を挙げ挨拶を投げる。ペロンは余裕がなさそうだ。労働者を結集する新しい労働組合同盟の結成と、それを支持母体にする政党を立ち上げて党首に就こうというのだから当然だろう。だから今、ぼくはこの大切な瞬間にジャスミンの微笑を独占できた。

時計の針が放送開始時刻を指し、テーマ曲が流れた。

ジャスミンは目を閉じ、胸に手を当てた。それがいつもの祈りの儀式か、今日だけの特別な仕草なのかは、ぼくにはわからない。ジャスミンは目を開くと、ラジオの向こうで耳を澄ましているであろう、幾百万の同胞たちに朗々と呼びかけた。

「〈ブエノス・ディアス（おはようございます）〉、アルゼンチーノ。暗黒の夜が明け、希望があふれる朝を迎えました。ラジオ・ベルグラーノ第七スタジオからいつものように番組をお届けします」

これで勝負はついた。軍のクーデターを粉砕し、更迭寸前の副大統領を蘇生させたのは、同胞に優しく語りかけたラジオ女優の甘い声だった。

だが彼女はその時気づいていなかった。その勝利宣言が、彼女が生み落とした革命の命をも、ひっそりと終わらせてしまったことに。

放送が終わり、大統領府へと向かうペロンとジャスミンの背後には幾千もの労働者がつき従う。その様子を眺めたぼくはどうすればいいか迷った。けれどもジャスミンに家の鍵を返しそびれたことに気がつき、彼女の家に舞い戻る。彼女のいない家にいてもやることはなく、ぼくはラジオに耳を傾けた。ラジオは、大統領府に帰還したペロンが今夕、バルコニーから凱旋演説をすると伝えた。

午後になり、家に迎えの車がやってきた。行き先は大統領府〈カサ・ロサダ〉だ。

まさかぼくがここに足を踏み入れることになるなんて、夢にも思わなかった。

ぼくは大統領執務室でペロン夫妻と謁見した。ファレル大統領が更迭されたために、ペロンが暫定大統領の座に就いたのだ。

胸に勲章をつけた軍服姿のペロン暫定大統領は、右手を差し出しながら言う。

「君が妻と私の危機を救ってくれた青年か。助かったよ。後で勲章を差し上げたい」

「〈ノ〉、遠慮します」

本音だったが、ペロンは謙遜と取ったようだ。

まあ、どうでもいいんだけど。

ペロンはしげしげとぼくの顔を見て、ぽつんと言う。

「君とは以前会ったことがあるような気がするな……」

ペロンは隣に佇むジャスミンをちらりと見た。純白のスーツに着替えたジャスミンは何も言わずに微笑する。ぼくは答えた。

「昨日、セニョーラが放送中に閣下の隣でスタジオ見学させてもらいました」

「それはわかっている。だがそうではなくもっと以前、どこか他の場所で……」

しばらくぼくの顔を凝視していたペロンは、はたと手を打った。

「思い出したぞ。ブエノス大の講演会で、私に嚙みついてきた高校生だな。ははあ、すると妻に恩赦をねだった相手は、例の講演会を企画した学生議長ということか」

こうなったら隠す理由はない。ぼくがうなずくと、しばらく考え込んでいたペロンは、顔を上げた。

「よろしい。依頼の件は対応しよう。だがひとつ条件がある。彼に二度と私を批判しないと約束させろ。でないと私は未来の敵をむざむざ野に放つ大間抜けになってしまう」

もっともな条件だ。ペロンが、大学生の弾圧をやめさせようとしていたという情報を聞かされた今では、その申し出も素直に受け入れられた。

ただしそれはあくまでぼくは、だ。学生議長がその条件を吞むかどうかわからない。

裏事情を打ち明ければ説得できるかもしれないけれど、そうするつもりはなかった。そんな裏取引をしたとわかれば、学生議長は却って暴発しかねない。

「彼は筋金入りの闘士なので、ぼくの言うことを聞くかどうかはわかりません」

「君が約束を守らせろ。できないならこの話はご破算だ」

ペロンは目を細めた。ペロンはぼくに任せると言っている。しかもその説得ができるかどうか自信がない、と告白しているぼくに対して、だ。実に寛大な申し出だ。

これでぼくは、全身全霊で学生議長に約束を守らせなくてはならなくなった。

——ペロンとは、こういう男だったのか……。

ぼくは諦めてうなずく。

「わかりました。ぼくが責任を持って約束を守らせます」

「結構。貴君の勇気ある行動に深謝する。では聴衆が待っているので失礼する」

敬礼したペロンは執務室から出て行こうとして振り返る。

「そうだ、あの時も言おうと思ったんだがその星形のピアス、ちっとも似合っていないぞ。ピアスした男は軟弱に見えるからやめた方がいい」

むっとした。自分でもそう思っていたけれど、他人に指摘されるとむかつく。

ペロンは、してもらったことには素っ気なく感謝する程度で、他人の感情にはぞんざいな、自己中心的な性格だとわかった。けれども失望はしない。

素っ気なさの裏を返せば、今回のような度量の大きさになるわけだし、実はぼくも同じような気質だからお互いさまだろう。

退出するぼくを見送りに執務室を出たジャスミンは、出口のところでほっそりした手を差し伸べると、周囲に聞こえるように言った。

「セニョール、わざわざお越しいただき、ありがとうございました」

大袈裟な身振りでジャスミンに抱擁されたぼくは、その手にこっそり鍵を返す。

するとジャスミンは「ずっと持っていてよかったのに」と耳元で小声で囁いた。

「これからもあたしとペロンを守ってね、坊や（ニーニョ）」

再び〈坊や〉に逆戻りしてしまったぼくは、権力の府〈カサ・ロサダ〉を後にした。

大統領官邸前の五月広場で、見渡す限りの人波に紛れ込む。

三十万人の労働者がペロンの名を連呼し、十五分間拍手が続いた。自然発生的に国歌が歌われた。一段と大きい歓声に振り返ると、バルコニーに背広姿のペロンが立ち、その傍らには純白のスーツに身を包んだ女性が佇んでいた。

人々の視線がペロンよりも、隣の純白の天使に注がれていることが誇らしい。

ペロンは背広を脱ぎ捨て、拳を振り上げた。

「私には三つの肩書きしかない。軍人、アルゼンチン第一の労働者、そして愛国者だ。私を再びこの国を率いる座に押し戻してくれた労働者諸君。私は今、上着を脱ぎ捨て、諸君と同じシャツすら着られない貧しき労働者、〈デスカミサドス〉となろう。私は諸君と、このバルコニーで神聖な契約を交わす。私の希望は諸君に愛されること、それだけだ。私はそのために諸君の生活を向上させることに全力を尽くす。明日はゼネストを予定していたが、ストは止め勝利を祝う日にしようではないか」

瀑布のような拍手が広場に響く。再び国歌斉唱。

　ジャスミンが描いた絵図をペロンは見事に自分のものにした。

　一九四五年のこの日から十月十八日は聖ペロンの日として祝われることになった。


　二日ぶりに無断外泊から戻ったぼくに、ママンは言った。

「エルネストが二日間、どこで何をしていたかは聞かないわ。ママに言えない秘密を持つ時に大人になるの。でもひとつだけお願いがある。エルネストは、ペロンを倒すには言葉ではなく一発の弾丸が必要だと言ったわね。でもそんなことは絶対にしないと約束して。たとえどんなことがあろうと人様を殺めることは許されないの」

　ママンはぼくがこの二日、どんな冒険をしたかは知らないはずだ。でもママンは何が起こったのか、すべて知っているかのような目をしていた。

　軽佻浮薄な太っちょ野郎の佞言を吹き飛ばしたくて口にした過激な言葉だったけれど、それは確かにぼくの口から発せられた〝思想〟だった。

　悲しげな目をしたママンは、細い小指を差し伸べた。ぼくは差し出された小指の先を見つめて、訊ねた。

「もし誰かがぼくを殺そうとした時も、ソイツを殺してはいけないの？」

　ママンは目を瞬かせた。それは幼い頃、ママンに逆らったぼくに理があると感じた時に、ママンが見せた仕草だ。それでママンの答えを悟ったぼくは、静かに言う。

「大丈夫だよ、ママン。ぼくはペロンを殺さないと約束する」

ママンの小指に自分の小指を絡ませ上下に振る。〝指切りげんまん〟は日本の神聖な儀式だ。

その言葉には確信がある。ぼくはペロンを殺すどころか、窮地から救ったのだから。ペロンはアルゼンチンが大好きで、祖国のため人生を捧げても悔いはないだろう。そのお返しにアルゼンチンアルゼンチーノも彼を愛し続けるだろう。彼は自分の人生を生き抜くことで一篇の詩になる男だ。でも、それはぼくが認める英雄では、決してない。

そんな風に自問自答しているうちに、自分は母国に執着していないことに気がつく。ぼくが目指していたのは、「ここではないどこか」だった。

真実が初めて意識にぽっかり浮かんだ瞬間、進むべき道が雷光に照らし出された。

——祖国を離れ、吟遊詩人（トロバドール）となって英雄の詩を歌おう。

思いついた瞬間から、大昔からそう決まっていたように感じた。

突拍子もない思いつきだと思わなかったのは、探検家を名乗った祖父の血のせいか。

つまり吟遊詩人とは探検家の一変種なのだ。

よく言えば漂泊の詩人、現実は寄る辺ない土地で野垂れ死ぬ浮浪者。

たとえ故郷の街角にいても〈エトランゼ〉の心持ちで、「お前はよそ者だ」とそよ風が耳元に囁きかけてくる。それが吟遊詩人だ。

いや、違う。それはぼくの、未来の姿だ。

ペロンはぼくが求めている英雄とは違う。ペロンが愛しているのは地上の花で、ぼくが追い求めるのは天空の星だ。だからペロンは、ぼくの叙事詩の英雄にはなれない。

人は星には手が届かない。それがわかっていても憧れ続ける者、それがぼくにとっての英雄、輝ける〈エストレイリャ・ポラー〉だ。

その時ぼくは、生まれて初めて網膜に自分の姿を映し見た。正反対の位相にいるペロンだからこそ、ぼくの鏡となりえたのだろう。

その瞬間、気がついた。ジャスミンがやり遂げたのは、それまでぼくが否定していた非武装革命だったということに。そして彼女は気前よく、その果実をペロンに譲り渡してしまったということに。それは悲しむべきことだった。

けれども悲しんでいる人はどこにもいなかった。

こんなことがあるのかと愕然としたぼくは、非武装革命の信奉者になり、生涯、ひとりの女神を崇拝することになったのだった。


三日後。ぼくは牢獄の学生議長に反ペロン活動を断念させるため苦労していた。

恨みは深かった。恋人がペロンに殺されたと信じているのだから無理もない。それが誤解だといくら説明しても無駄だろう。

それでも鉄格子を挟んで、ぼくは辛抱強く説得を続けた。マチルダの死にはペロンの責任はない、という確信をぼくが抱いているという空気が伝わったのか、彼は折れた。

牢獄の隅にうずくまった黒い影が、諦め顔で吐き捨てた。

「わかった。二度とペロン批判はしない。もうどうでもいいよ、こんな国なんて。俺は腐りきった祖国を脱出して〈エルドラド（黄金郷）〉を目指すことにする」

〈ペロンの日〉から一週間後、彼は釈放された。でも、学生議長の恩赦は特に目立ちはしなかった。同日、ペロンは拘束していたすべての学生を恩赦したからだ。


年が明け一九四六年。

ペロンは全投票の過半数を超えるという圧倒的な得票差で大統領の座に就いた。

前年九月に大規模な市民デモがあった時、ペロンは、ファシストからも反ファシストからも総スカンをくらっていた。だが内実は知識人と軍の集団だけだった。ペロンには絶対的な支持者がいた。〈デスカミサドス〉、シャツも買えない貧しい労働者だ。

その意味でペロンをめぐる騒動は本質的には階級闘争であり、革命だった。

それを成就したのは彼の傍らに侍ったひとりの女優だった。

けれども多くの人は真実に気づかなかった。なぜならペロンも主演女優も、そのことに気づかないまま、その革命をそうではない何かにすり替えてしまったからだ。

そう、革命は擾乱に変わった。そのことに気づいていたのはぼくだけだった。

ぼくは、……そうぼくだけは、ジャスミンから言葉という弾丸を使った非武装革命という果実を受け取り、その思想を受け継いでいた。

半年後、ジャスミンはこの国の〈プリメラ・ダマ〉(ファーストレディ)として欧州を歴訪し、新生アルゼンチンの外交の切り札としてスペインのフランコ総統、ローマ法王、フランスのド・ゴール大統領といった、独裁的で強権的な首班と抱擁し、彼らは彼女をプリンセスとして扱い、ハイネスと呼んだ。

欧州でジャスミンは人気者になった。だが英国では冷遇され、ファシズムを嫌悪するイタリアでは邪険にされた。イタリア大統領やローマ駐在の米国大使は彼女と顔を合わせないように逃げ回った。アルゼンチーノは憤激したが、そんな対応も許容した新女王への賞賛は一層増した。

ジャスミンは旅先でタガが外れたように、洋服やバッグや宝石を買いまくった。カルティエで巨大な真珠のネックレスを買い、フィアットの特注車を発注したりしたが、アルゼンチーノは、ジャスミンのそんな散財を許したのだった。

翌年、ぼくはブエノス大学医学部に合格し、学生議長の後輩になり、落第を重ねた彼はやがてぼくの同級生になる。学生議長の名はピョートル・コルダ＝イリノッチ。

今、ぼくが一緒に旅をしている相棒だ。

ブエノス大医学部に入学した日から、ぼくの人生の回り舞台から学生議長という堅苦しい肩書きの人物が退場し、ピョートルという無二の親友が登場した。

両親は自慢の息子が医学部に合格した誇らしさを隠そうとしなかった。そんな両親の振舞いは照れ臭かったけど、おかげで両親の破局がほんの少し先延ばしされたことは、ぼくにとっても喜ばしいことだった。

それから五年、ぼくは砂を噛むような思いで医学の修得に励み、せいぜいその合間にアルゼンチン国内の放浪旅行に出掛けることで本来の性癖を満たすという、穏便な生活に甘んじた。

そんな単調な生活に耐えられたのは、ブエノス擾乱の時に黒子として参加したという矜持があったからだろう。

ブエノス擾乱は、神話の始まりだった。

一九四五年は人々には第二次大戦が終結した年と認識される。でもぼくにとっては、ピョートル、そしてペロンと出会った年だった。七年後、ぼくとピョートルはバディを組んで鋼鉄の馬に跨がり、南米大陸縦断旅行に旅立つことになる。

友は故郷を捨て、新天地に根を下ろすために。

ぼくは遠い街角から、ふるさとを思い返すために。

☆

ぼくたちは、アンデスの山道を、バイクで疾走している。

風の中、麗人の言葉がリフレインする。

——これからもあたしとペロン、そしてアルゼンチンを守ってね、坊や(ニーニョ)。

このひと言でぼくのこころはアルゼンチンの大地に縛り付けられてしまった。

祖国を守る軍人と、祖国から離れ放浪する吟遊詩人に接点はない。

そう、そのはずだった。でも運命の女性が道をねじ曲げ、ぼくとペロンの運命を固く結びつけてしまった。

いや、自己欺瞞はよそう。運命を引き寄せたのはぼく自身だ。

彼女のせいでぼくのこころはアルゼンチンの大地に縛り付けられてしまったけれど、それはぼく自身が望んだことだ。

〈ファム・ファタル（運命の女神）〉はぼくの本性を映し出すもう一枚の鏡だ。

ペロンという名の忌々しい鏡と、ジャスミンの愛しい鏡が対になって、ぼくの姿を、合わせ鏡の中で無限に増殖させている。

ぼくの目には、かつての望みとまったく違う未来が映っていた。

それは奇蹟の物語、そしてひとつの神話だ。

その神話を今、祖国から遠く離れつつある地で実感する。

こころを故郷に縛り付ける甘い囁き。その言葉に抗い祖国の引力から離脱したいという欲求。ふたつの相克した感情が、ぼくの中でせめぎ合う。

そして未来永劫満たされることのない慕情に突き動かされて彷徨う、無軌道で自堕落な、ぼくの漂泊が始まった。それは野放図な女性遍歴であり同時に、終わりの見えない流浪の旅路でもあった。

こうして長い追憶の物語は、風を切るバイクの後部座席でようやく現在の時制に追いつき、ぼくの中で再び、現在という時間が動き始めたのだった。

# 6　チリの特派員

一九五二年一月　チリ・バルディビア

長々と昔話をしたせいで、現在の冒険旅行から遠ざかってしまった。当時の話は今に続いているから無駄話ではないけれど、とりあえず今の旅行に話を戻そう。

チリに入国したのは旅立って一週間後だった。峻厳なアンデスがなだらかになる南端の国境の湖を越え、生まれて初めて外国の風景を目にしたぼくは胸が高鳴った。

高地は陽射しが強いので野球帽を買おうとしたけど、ニューヨーク・ヤンキースの帽子しかなかったのでやめた。曾祖父はカリフォルニアで金を掘り、祖父は米国籍の探検家だからいいかな、とも思ったけど。今のぼくの唯一のお洒落は、惰性でつけている銀の星形のピアスで、しかも片方だけ。強い陽射しに銀の星が眩しく輝く。

ついでに今のぼくの身なりを説明すると服の選択は実利第一。ズボンは背が低い友人の古着で、ぼくにはつんつるてんだけど気にしない。〈スメンヌ〉という白シャツは一週間続けて着ても汚れが目立たず、着たままシャワーを浴びれば洗濯もでき絞ってぶら下げておけば翌朝には乾いている。風来坊のお供としてはこれ以上ない優れものだけど、手を抜くと〈スメンヌ〉が〈スメル〉（英語で「臭う」の意）になるので要注意だ。

下着もたまにシャワーで一緒に洗う。これは乾きが悪く、生乾きで着なければならない。こうした選択は、もともと風呂嫌いのぼくだと不潔になってしまいかねない。自宅ではママンが洗濯してくれたので清潔だったけど、寮に入って酷いことになった。スタイリッシュなぼくに〈チャンチョ（野豚）〉なんて渾名がつくくらいだ。

そんなぼくがこの行き当たりばったりの旅でどうなっているか、なんて今さら言うまでもない。ちなみにぼくはこの渾名を気に入っているけど、ぼくにそんな渾名をつけたら野豚に失礼だ。確かに連中は臭いけど、ぼくよりもきれい好きなんだから。

旅にはその国の歴史と地理の知識がよき伴侶になる。バイ・エステンソロ博士。

地図を眺めていると、南北に長いチリの背骨は南米大陸の西端を縦走するアンデス山脈で、やせたチリと太っちょアルゼンチンが寄り添うカップルに見えてくる。そんな両国は歴史的にも関係が深い。チリの独立なくしてアルゼンチンの建国はなく、アルゼンチンのバックアップなしではチリはペルー副王領から離脱できなかった。チリ独立の立役者ベルナルド＝オイギンスとアルゼンチンの英雄サンマルティンは戦友なのだ。

独立当時のチリは北は不毛の砂漠、南は好戦的で独立不羈の原住民アラウカ族の支配下にあった。アラウカ族の名は征服者バルディビアの死後にフェリペ王子の近習アロンソ・デ・エルシージャが著した叙事詩『ラ・アラウカーナ』に由来する。部族の性質を考えると何とも皮肉な話だが、敵である〈コンキスタドール（征服者）〉が敬意を表した壮大な叙事詩に、民族の名が由来するのはえも言われぬ雅趣がある。

硝石や銅など豊富な鉱物資源が発見された北部のアタカマ砂漠をチリの領土にするために、チリはボリビア・ペルー連合軍を相手に四年の太平洋戦争を戦い抜き、イキケの海神に美しい軍艦エスメラルダと名将プラット提督を捧げる必要があった。

チリという国名は先住民マプチェ族の言葉で「北の果て」を意味する。でもこれには諸説があり、ケチュア語で「寒い」の意味だとか（確かにペルーから来れば寒いだろう）、征服者がこの土地が花のように美しい場所であれと願いをこめた「花」が語源だとか、その色から骨髄(チリ)と名付けられた川から採ったとも言われている。

ぼくが好きなのは、小さな海鳥の鳴き声が「チーリ、チーリ」と聞こえるからという説だ。わずか二音節の国名の由来にこれだけ諸説が入り乱れるのも、全長四千六百キロの細長い飾り紐のような国土に多様な部族と生物と植物が入り乱れているからだろう。

行き当たりばったりの旅は、国外に一歩踏み出した途端、逆風に襲われた。

比喩ではなく本物の逆風で、河原でテントを張り野宿をしていたぼくたちを襲った突風は、ピョートルご自慢のテントをあっという間にアンデスの支流へと奪い去った。

それだけでなく、よき伴侶の中古大型バイク、〈アセーロ(鋼鉄)〉二号のご機嫌が、チリで一変した。そもそもバイクは舗装された道を走るように設計されているから、悪路には滅法弱い。そして馬力が大きければ砂利道との相性はさらに悪くなる。

アンデス越えでは日に一度はパンクし、砂利道で横転しリュックの中身を盛大に撒き散らす。結果、受け身がうまくなった。コケると思った瞬間バイクを蹴り飛ばす。両脇の荷物も放り出せればベストだが、タイミングを間違えると大惨事になる。

　立ち上がると真っ先に吸入器を確認する。転倒しても壊れないよう、厚手のタオルで二重にくるんであるけれど、タオルを開いてみるまではいつもドキドキする。

　二人がかりで図体を立て直し、散乱した荷物を拾い集めていると、どうしてこんな旅に出てしまったのだろうと後悔する。特に酷かったのはチリのオソルノという街に続く険しい峠だ。万年雪が残る山道で、〈アセーロ〉二号は一日七回の転倒という大記録を打ち立てた。最後から二番目の転倒はもっとも酷く、もとい、華々しく、大切なネジが二、三本ぶっとんだ。ピョートルはリュックから針金を取り出すと、鼻歌を歌いながらねじ穴に針金を通し始める。

「修理は、針金で済ますのがお洒落だと、アルゼンチンが生んだ世紀の大ドライバーも言っていたんだぜ」

「そのドライバーって誰？」

「名前は忘れたぞ、と。でもこれで作業は完了だ」

　大ドライバーの名を忘れるなんて、と思いつつピョートルの手際のよさに見惚れた。

　その日の終わりには、試験に落ちてもバイク屋が開けるとピョートルは居直った。

　山岳地帯を走破し、到着したオソルノで郵便局留めで婚約者から便りを受け取った。

　封を開くのももどかしく読み始める。曖昧な別れから一ヵ月、筆跡でもいいから一刻も早く彼女に会いたかった。

　手紙には日常のささやかな出来事やピサロ家の日常が丹念に綴られていた。

エリーゼの近況を微笑ましく読んでいたぼくの視線は、最後の一節に釘付けになった。

「大好きなエルネスト。もうお目に掛かることはないと思いますけど、いつまでもお元気で。追伸　おばあさまの形見のブレスレットは、エルネストにプレゼントします。私だと思って大切にしてください」

ぼくは黄金のブレスレットと引き替えに、美しい婚約者を失った。

それは象徴的なエピソードだった。生まれて初めて外国に足を踏み入れた直後、母国とぼくを結びつけていた紐帯の一本が断ち切られてしまったのだから。


チリの人たちはとても気前がよかった。オソルノのバイク屋の親父は苦労人でパンクを無料で修理してくれた上に、ぼくたちが南米縦断旅行をすると知りパンク修繕キットを三組もプレゼントしてくれた。どうしても代金を受け取ってもらえなかったので、たっぷり礼を言っておいた。そんな恵まれた旅だったが半月もすると軍資金が底をついた。

ぼくたちはやがて、正当な宿代を値切る極貧バックパッカーに落ちぶれていった。

ぼくたちは、息のあったショートコントで日銭を稼ぐ術を覚えた。好人物を見抜く達人ピョートルは、そんな人物が通りかかると、すかさずぼくに話しかける。

「文句を言うなよ。そりゃあこんな大切な記念日を祝えないなんて、残念だけどさ」

ぼくは、ピョートルの意図を察して即座に調子を合わせる。

「愚痴りたくもなるさ。まさか、こんなことになるなんて夢にも思わなかった」

ここでピョートルがあることないことをまくし立てる。旅立って一周年といった、多少膨らませたが、でたらめではない良心的なものから、故郷に残した子供の誕生日だの結婚十周年だとかのでたらめ（ピョートルもぼくも未婚だ）、果ては軍役前の最後に迎える誕生日（軍役には合格していない）というとんでもないでたらめなど変幻自在だ。

今回のシナリオは『赤い十一月』だ、なんて言われても、さっぱりわからない。

ピョートルの無茶振りをぼくが受けるという即興のコンビ芸を二、三分も見せれば、相棒の嗅覚に引っかかった人物は「今日は何の記念日なのかね」と身を乗り出してくる。その五分後にはワインかビールを奢ってくれている、という案配だ。

その一杯のワインから一切れの肉、極上のディナーをたぐり寄せるステップは、ぼくたちの命綱の企業秘密なので、こんなところに書き散らすわけにはいかない。

これは詐欺ではない。退屈な日常を真面目に過ごしている好人物にささやかな娯楽を提供し、わずかばかりの代価を頂戴しているだけだ。でもさすがにそんな施しだけでは不安定なので、他にもありとあらゆる仕事をこなした。

夜警の警備員、市場の売り子、新聞配達、消防団員、家庭教師から往診医師などなど。そんな多彩な職業をこなすコツはただひとつ、無用なプライドを捨てることだ。

王侯のように食事し、婢女のように皿を洗う。

カネがなければプライドもへったくれもない。

そんなぼくたちの多彩な職歴の中でも特に輝かしかったのは、新聞社の現地特派員兼カメラマンという破格の仕事だ。これはぼくらの旅において最大の汚点であると同時に、燦然と輝くエピソードでもあった。

☆

バルディビアはチリ南部の瀟洒な小都市でドイツ系の移民が多く、「南米のスイス」と呼ばれる。ぼくたちが到着した時は建設四百周年祭の真っ最中で、街角ではワインや〈アサード（焼き肉）〉が振る舞われていた。

図々しいぼくたちは、アサードの焼き係を買って出た。ピョートルは地元チリ人と、肉の焼き方で論争になった。

「牛のあばら肉が一枚五キロ、美味しく焼くには、炭は二倍の十キロが必要だぜ」

するとピョートルは驚いたような声で挑発する。

「二倍で充分だって? 冗談じゃない。だからチリの〈アサード〉はダメなんだ。肉は骨に近いところほど旨いけど、炭の量が四倍ないとリブのところまで火が通らないんだぜ。その焼き方を極めたのはアルゼンチーノの〈ガウチョ（牧童）〉たちだ。皮革産業が国を支えていた十九世紀のアルゼンチンでは、〈ガウチョ〉が野良牛を狩って、その皮をボスに収めていた。目的は皮なので肉は捨てられていたんだ。だから食べ放題で、食い残しは野っ原に投げ捨てていた。そんな状況だったから、肉の焼き方もいろいろ実験できて、そんな中から確立されたやり方なんだぜ」

現物がなければ空理空論だけど、ここには素材がふんだんにあり、実際に自分たちのやり方で焼いた肉を食べ比べることができた。

そうしてピョートルはチリ人の理論を叩き潰し、アサード・マスターの座についた。ぼくもそのおこぼれに与り思う存分肉を食べ、たらふく呑んだ。チリの信者たちは、いつ果てるともなく続くピョートルのご託宣に、熱心に耳を傾けた。

それにしてもこの祭りは感慨深い。四百年前ペルーにやってきたスペインの軍人、ペドロ・デ・バルディビアは黄金を求めて南下しチリを征服後、故郷と同じサンチャゴ・デ・チリの街を作り十年後、二番目に建設した街に慎ましく自分の名を冠した。好戦的な原住民アラウカ族に捕えられた彼は、「そんなに黄金が欲しいのなら思う存分食らえ」と、どろどろに溶かした純金を喉に流し込まれ悶絶死したという。

昔その逸話を聞いた時、幼心にインディオに恐怖心を持った。でもその後、ぼくたちの先祖のスペイン人がインディオにやった暴虐の方が数千倍、数万倍も悪辣だったことを知り、そんな暴虐の血が流れている自分を嫌悪したものだ。

そう、ぼくは罪深き〈コンキスタドール(征服者)〉の子孫なのだ。

でも街を挙げての征服者を祝福するお祭り騒ぎを見ていると、年月が経つと恩讐などすっ飛んでしまうものなんだな、としみじみ思う。

そんなことを思っていたら、能天気なピョートルがある提案をしてきた。

「なあ、エルネスト。この村にもう一晩、残ろうぜ」

「構わないけれど宿代が高すぎるよ。何しろお祭りの真っ最中だからね」

「その費用のアテを作るためだ。実はこの街に入った時に、面白いチラシを拾ったんだ。世界各地のエピソードを報じる特派員を募集中、だとさ」

　ピョートルは「求む、臨時特派員」という見出しの求人チラシを見せた。〈アサード〉マスターとして多忙の身だったはずなのに、いつの間にこんなものを見つけたのだろう。ピョートルの抜け目なさに半ば呆れ、半ば感心する。

「ぼくたちに、記事を書く能力があると思っているのかよ」

　ピョートルはにっと笑う。

「モノになる記事の構想はすでに一本ある。ペルーの専門施設訪問予定のハンセン病の若手研究者・ゲバラ博士、バルディビアに立ち寄るっていう特ダネさ」

「ええ？　ぼくもピョートルも医者じゃないし、施設見学は二人一緒に行くんだろ」

「エルネストって頭が固いな。俺たちは後は国家試験を通ればいいだけだし、施設訪問も事実だろ。でも取材を受けたらボロが出る。だから俺がエルネストのインタビューを記事にして、編集部を丸め込めばいい」

　なるほど、とピョートルの悪知恵、もとい、機転に感心した。

　きっとコイツはどんな場所でも生き延びられるんだろうな、と思う。

「わかった。でも役割は逆でピョートルが博士で、ぼくに記者役をやらせてくれよ」

「それは構わないけど、どうして取り替えっこしたいんだ？」

「前も言ったけど、ぼくはいつか、英雄を謳う吟遊詩人（トロバドール）になりたいんだよ」

「わかった。じゃあそれで行こう。でもそうなると編集部に売り込むのはエルネストの仕事になるけど、それでいいんだな？」

　うなずいたものの、ぼくはピョートルほど口が達者でないので自信はなかった。

〈タラパカ〉紙バルディビア支局では日刊タブロイド紙を刊行していた。どこかで聞いた名前だなと思いつつ編集部のあるビルに足を踏み入れた。編集部は煙草の煙が立ちこめ、入口から編集長のデスクが見えないほどだ。ぼくと面談した編集長は言った。

「つまり貴君は同郷の医学博士と知り会い、その志に共鳴し、そのことを記事にしたいがために、我がタラパカ紙の特派員募集に応募してきたというわけだな」

それは今、ぼくが説明した内容と寸分違わぬ言葉の繰り返しだったのでうなずくしかない。編集長は、飴色のパイプをくゆらせ目を閉じる。

やがて、ふう、と紫煙をはき出すと言った。

「貴君は旅行中なのか。そういう者を雇った前例はないのだが……」

ぼくが編集長だったとしても、今のぼくを採用するのは二の足どころか三の足、四の足も踏むだろう。ぼくは半ば諦めて、見るとはなしに壁に貼られた地図を眺めた。

南米の地図で、当然チリが強調されている。視線がチリの北限で止まる。

その時、古い記憶が覚醒しかちりとつながった。……思い出したぞ。

「確か〈タラパカ〉紙は、チリの栄光の象徴の土地を名前に冠しているんですよね」

一八七九年から四年間の太平洋戦争でチリはペルー・ボリビア連合に勝ち、アタカマ砂漠の硝石鉱山を獲得した。その象徴である〈タラパカ〉の地の名を耳にするとチリ人は例外なく高揚してしまうのだ。

それはママンのサロンで得た、チリ近代史の知識だった。編集長の目が開いた。

「ほう、貴君はチリの歴史を、なかなかよく知っているようだな」

「もちろんです。チリは素晴らしい国です。みんな親切で気前がいいし」

それは本音だった。そのせいか、ますます編集長のご機嫌は麗しくなった。

よし、とどめだ。

「ぼくは以前、ブエノスでフレイ社長から直接お話を伺った時からずっと〈タラパカ〉紙に憧れていたんです。実は八年前、講演会に参加するためブエノスに来られた時、わが家にも立ち寄られたんです。二十四歳の若さでファランへ党を立ち上げた新星としてサロンでも大人気でした。その時に将来チリに来たら、〈タラパカ〉紙に寄稿して欲しいと頼まれたんです。もちろん社交辞令だったんでしょうけど」

腕組みを解いた編集長は、まじまじとぼくを見た。

「何と、貴君はフレイ社長と知り合いだったのか。社長がブエノスでお世話になったとはな……。わかった。それなら特例として貴君を採用しよう」

賢人たちの叡智の言葉が脳裏に甦る。

——歴史と地理に興味を持つ青年は、実り多い果実を手にできるのです。

おっしゃる通りでした、エステンソロ博士。ありがとうございます、フレイ主筆。

編集長は要件と雇用条件を同時に提示した。

「依頼したいのは毎週木曜のタブロイド特別版の特集コーナー『世界の街角から』というコラムだ。一回二枚、最初の記事は原稿一枚十ペソ、二本目からは二十ペソだ」

つまりぼくたちのホラ話を原稿にすれば二十ペソ貰え、しかも次回からは倍額だ。大した額ではないけれど、極貧旅行の身には有難い話でもちろん異存はない。

「ありがとうございます。それで結構です」

「礼を言うのはまだ早い。記事が採用されなければ契約はナシだ。締め切りは毎週水曜の午後三時」

壁の掛け時計の針は午後一時を指し、テーブルに置かれた日刊紙の日付は、今日が水曜日であることを示していた。

「つまり今すぐ記事を書けば二時間後には特派員として最初の仕事になるんですね」

「甘いな。記事には校正が必要だから締め切りは一時間前の午後二時。あと一時間だ。それに間に合わなければ採用しない」

ぼくはうなずいた。

「ありがとうございます。では一時間後に」

ビルから飛び出すと外で待ち構えていたピョートルが「どうだった？」と訊ねる。

「ばっちりだ。でも今すぐ記事を書かないと。締め切りは一時間後だって」

そう告げて頭の中に半分できた文章を書き下ろそうとして、はたと気がついた。

「まずい、紙とペンがない」

「バカな。エルネストは毎晩、何か書いていただろうが」

見られていたのか、と頬を赤らめる。見つからないように隠れて書いたのに……。

仕方なく白状した。

「エリーゼへの手紙を、何度も書き直していたらちょうど夕べ、紙もペンのインクもなくなってしまったんだ。そろそろ吹っ切ろうとは思っているんだけど」

「それなら仕方ない。エルネストは文章を考えていろ。紙とペンは俺が何とかする」

言い残してピョートルは姿を消した。鐘楼の時計の針は一時三十分を指している。

あと三十分。頭の中で文章を推敲する。原稿二枚なら造作ないと高をくくっていたけれど、膨らませた風船みたいな文章に赤を入れていたら表題しか残らなかった。

『ペルーのハンセン病療養所訪問予定の若手医学博士、バルディビア訪問中』

しかもやっと浮かんだ短い一文の、半分が嘘だというのだからイヤになる。

五分後、戻ってきたピョートルの手には紙と鉛筆があった。

「銀行の預金申し込み書をかっぱらってきた。鉛筆はアンケート箱の側に落ちていた」

それは落ちていたんじゃなくて置いてあるんだ、などと突っ込むヒマなどない。

「ごめん。頭の中がすっからかんで記事が書けそうにない」

「おいおい、吟遊詩人（トロバドール）になろうってヤツが、一本の短い記事も書けないとは、一体どういうことだよ」

「吟遊詩人になりたいからこそ、書けないんだ。詩人は嘘はつけないんだ」

「それならこれから起こる真実として書けばいいだけだろ」

「それが出来るくらいなら、恥を忍んでこんなことを打ち明けたりしないよ」

「ファック、だから俺が記者役をやると言ったんだ。これじゃあ俺は一から十まで全部やらされる召使いで、エルネストは何もしないご主人さまじゃないか」

　本当にごめん、と両手を合わせる。

　ピョートルは紙を壁に押し当てガッデムだのアスホールだのサノバビッチだの、ありとあらゆる罵詈雑言を吐きながら、白紙を文字で埋めていく。

「ほら、出来たぞ。これで小遣いをかっぱらってこい」

「〈グラシアス（ありがとう）〉、ピョートル」

　中身も読まずに編集部に駆け込んだ。ぼくたちの未来を祝福するかのように、背中で二時を告げる教会の鐘の音が響いた。


　立ちこめる紫煙の中、〈タラパカ〉紙バルディビア支局の編集長は黙然と原稿を眺め、ふうむ、と呟き目を閉じる。口頭試問の結果待ちみたいな重圧だ。

　やがて編集長は目を開けると、立ち上がり右手を差しのべてきた。

「〈ビエン（OK）〉、採用しよう」

　その右手を握り返す。編集長は書き付けをぼくに手渡し、隣の部屋の扉を顎で指した。

「これを経理に持って行け。現金を払ってくれる」

　御礼もそこそこに扉に向かうぼくの背に「待ちたまえ」と声が掛かる。

「もしも今まだこの研究者と一緒にいるのなら、ここに連れてきてくれないか。せっかくだから写真を加えて、一面に入れたい」

　断る理由はどこにもない。十分で戻りますと答え、ぼくは部屋を飛び出した。

ビルの角で待ち構えていたピョートルは、写真撮影の話をすると渋い顔になった。

「何だよ。指名手配でもされているのか？」

ジョークのつもりで訊ねると、ピョートルは真顔でうなずく。

「旅に出る前、さる夫人と懇ろになったんだが、夫君が感づいて俺の所在を嗅ぎ回り、南米縦断旅行に出かけたことを摑んだらしく、あちこちに手を回していると郵便局留めの彼女の手紙に書いてあった。だから新聞に写真が載るのはちとまずい」

ぼくは唖然とした。そう言えばぼくがエリーゼからの手紙を受け取って青ざめていた隣でピョートルも頭を抱えていたっけ。裏事情に呆れたものの、手中の紙片がペソ紙幣になるか、ただの落書きで終わるかの瀬戸際だから言い争っているヒマなどない。

「その辺は出たとこ勝負で行こう。写真分はどうせエキストラだし」

「それもそうだな。〈ビエン（OK）、バモス（レッツゴー）〉」

ピョートルの表情が急に明るくなる。それはヤツが悪だくみを思いついた時の顔だったのだが、急いていたぼくはそのサインを見落としてしまった。

まあ、見抜けたところで、その後の事態が変わったわけではなかったんだけど。

編集部に入ると、〈タラパカ〉紙の編集長がピョートルに質問する。

「君がこの記事に書かれた、ハンセン病の若手博士なのかね」

「違います」というピョートルの即答に、編集長は年季の入ったパイプをぽろりと落とした。ニコチンが染みこんだ飴色のパイプを拾い上げるとくわえ直し、ぼくを見た。

「貴君は原稿料を騙し取ろうとしたのかね」

いきなり梯子を外され目を白黒させているぼくの隣で、ピョートルが説明を始めた。

「それも違います。記事を書いたのは私で、医学博士はこちらの先生なのです。高名な若手研究者で立派な研究実績をお持ちのゲバラ先生は、世間への露出を渋っていました。でもペルーの診療所訪問は大ニュースで、その掲載は貴紙の価値を高めることは間違いありません。ですので私めが身代わりで研究者役を引き受けることにしたのです。でも編集長の鋭い眼力に、もうこれ以上ごまかせないと観念し、真相を告白したのです」

ピョートルの流暢だがデタラメな言い訳が終わると、編集長は紫煙を吐き出した。

「ではこの問題は、どう解決すればいいのかね」

「簡単ですよ。記事の名前を入れ替えて、ゲバラ博士の写真を使えば一件落着です」

編集長は騙された不快さと、合理的な提案を受け入れることを天秤に掛けているようだった。結局、態度を決めたのは掛け時計の針が指し示した時刻だった。

「わかった。記事がなければ紙面に穴があく。〈タラパカ〉紙十五年の歴史で初めての不祥事が、第三代編集長である私の代で起こるなどあってはならん。ただし通常は写真にも掲載料を払うが、ペナルティとして今回はナシ。それでよければ採用しよう」

「セニョールの寛大な処断に深謝します」

ピョートルが頭を下げるとフラッシュが光りぼくの顔を照らし出す。カメラマンは、まごつくぼくの表情を数枚切り取ると編集部の隣の暗室に駆け込んだ。

「この原稿を三ページ目右下のスペースに押し込め」

編集長が助手に言うと、ぼくたちに一枚ずつ小さなカードを手渡した。そこにはそれぞれの名前が書かれ、〈タラパカ〉紙特派員という肩書きが書かれていた。

びっくりしているぼくたち二人を見ながら、編集長は気難しい顔で言う。

「嘘をつかれたことは不愉快だが、率先して疑惑を釈明した貴君らの潔い態度は、わが〈タラパカ〉社の精神に叶っている。我が社の特派員証は国内では絶大な力を発揮する。思う存分取材して、いい記事を書いてほしい」

「了解しました。旅先から飛びっきりの記事を送ります」

編集長は手を払い、さっさと行け、というゼスチュアをした。ぼくたちは隣の経理で紙切れを紙幣と交換した。その金でちょっと贅沢な夕食を取った。

翌朝、ピョートルは『ハンセン病研究に勤しむゲバラ博士、バルディビア訪問中』という、ぼくの写真がでかでかと載った〈タラパカ〉紙をたくさん買いこんできた。

こんなものが知り合いの目に触れたらえらいことだと頭を抱えているぼくを見て、無責任なピョートルはにやにやしていた。でっち上げ記事は読む気にもならなかった。


ピョートルの機転のおかげで行く先々での見聞を原稿にして〈タラパカ〉社に送り、二日後に原稿料を受け取るという好循環が生まれた。『世界の街角から』というコラムなのに、中身はチリの国内記事だから羊頭狗肉もいいところだけど、〈タラパカ〉紙はおおらかな社風のようで、特段お咎めはなかった。

定期収入を手にしたぼくたちは、野宿や駅舎での無断宿泊をホテルの素泊まりに、そして朝食付きに、シャワーなしからシャワー付きへとグレードアップしていった。

中古の小型カメラ購入は無茶かと思ったが、記事に写真を添えたら、原稿料が二倍になったのですぐに元は取れた。原稿執筆を丸投げしている埋め合わせに撮影役を務めたので、ぼくの職歴にカメラマンという輝かしい一項が加わることになった。こんな風に「ぼくが骨格を設定しピョートルが肉付けをする」という執筆の分業体制も確立した。

ピョートルの手にかかれば素っ気ない話が笑いを誘い、涙をそそる派手な物語になる。ぼくの考えた物語の骨格にピョートルが肉付けすると、その骸骨が絶世の美女にも平凡な中年男性にも意気軒昂な青年にもなった。まさに変幻自在だ。

ぼくたちはひとつの街に二日半滞在し、初日に酒場で聞く噂話でピョートルが一本。二本目は街で拾ったエピソードをぼくが執筆して郵送し、次の街の郵便局で局留めの手紙で報酬を受け取る。おまけに〈タラパカ〉紙の記事のおかげでぼくは医学博士としても箔がつき、往診を頼まれたりした。その上ショートコントにも磨きがかかった。

うまく行き出すとすべてがうまく回るものだ。

だがゆとりは油断と慢心と仲良しだ。その極みがテムコという小村でのご乱行となり、ぼくたちはせっかく手に入れた特権を失ってしまったのだった。

☆

「エルネスト、この街にもう一晩泊まって一本、追加記事を書こうぜ」

荷造りをしながらピョートルが言う。ぼくは上機嫌でその提案を聞いた。

今回は敬愛する詩人パブロ・ネルーダの足跡を追った記事で、会心の出来映えだった。ネルーダは幼い日をここテムコで過ごし、その経験が彼の詩の滋養になっている。

その街を歩き回り、同じ空気を吸い、痕跡を拾い上げて記事に仕上げた。義務を終えた気安さで尋ねる。

「何かいいネタでもあるのかい？」

差し出されたチラシを見て、気のない調子で「ただの村祭りだろ」と言う。

「よく読めよ。収穫祭は飲み放題、食べ放題、そして踊り放題だ」

ピョートルはにっと笑う。

ぼくは、「ダンパか」と言うと、寝そべっていたベッドから跳ね起きる。若い娘がよりどりみどりだぜ、というピョートルの言葉に、女性の肌の感触を思い出す。

ぼくは音痴だがダンスは好きだった。女の子の手を堂々と握れるからだ。

そんな絶好のチャンスを見過ごす手はない。

「確かに取材する価値はありそうだな」

「だろ？　そうと決まれば、まずは久々に服を買いにいこうぜ」

〈タラパカ〉社の仕事にありつく前なら即座に却下していた提案だが、生活にゆとりができたぼくは、ピョートルの提案に飛びついた。

シャワーで念入りに身体を洗い、髪を梳かしながらお互い賞賛しあい、最後にネクタイでばっちりキメて出発した。日が暮れなずむ頃、公民館は大勢の若者でごった返していた。ぼくたちが把握した街の総人口の二倍はいる。街中の若者が総出した上に隣町からもやってきているのだろう。

パーティ券を購入しようとしたぼくをピョートルは押しとどめ、主催者のテントに行くと、輪の中心にいる大柄の青年に「パーティの主催者ですか？」と話しかける。うなずいた相手にピョートルは特派員証を提示した。

「〈タラパカ〉新聞の記者です。このダンスパーティを取材したいのですが」

大柄な青年が目を細めて取材証を眺めた。すかさずぼくがフラッシュを焚く。

傍らにいる女性が男性に抱きつく。

「新聞に載るなんてすごいじゃない、グラント」

嬌声に背を押され、大柄な青年は立ち上がり、特派員証を返しながら言う。

「光栄です。青年団の企画をアピールしていただけるとありがたいです」

「もちろんです。このような地域振興の斬新な企画は、取材のし甲斐があります」

由緒正しい〈タラパカ〉社の正社員のような口をきいたピョートルは、握手の手をさし出しながら言う。そして案山子のように突っ立っているぼくを振り返る。

「カメラマンも同行させて構いませんか？」

こうしてピョートルは取材特権でフリー入場の権利二人分をちゃっかり手に入れた。いつもながらピョートルの如才なさには感心させられる。

たかが田舎のダンスパーティと侮っていたけど、本格的なジャズバンドが生演奏をし、着飾った娘たちは愛くるしかったのは嬉しい誤算だった。レンゲの花冠をカチューシャにした女性が気になった。誰よりもくるくる回り、誰よりもよく笑った。

曲の合間にパートナーが離れたのを見て、彼女に歩み寄り手をさしのべる。

「セニョリータ、一曲、お相手をお願いできますか」

「あら、このあたりではお見かけしない顔ね」

「今宵あなたに会うために、はるばる遠国からやってきた〈エトランゼ〉です」

きょとんとした女性は、この手のパーティ・ジョークには不慣れなようだ。

ぼくは肩から提げた小型カメラを示しながら自己紹介をやり直す。

「ぼくはこのパーティを取材にきた、新聞社のカメラマンなんです」

「カメラマンさんなの？　あたしを撮ってくださるつもり？」

「そのつもりでダンスにお誘いしているんですけど」

バックバンドがアップテンポのマンボを流し始めると、女性は細い指先を差し出した。

「でしたら、喜んでお受けしますわ」

軽やかにステップを踏む女性の手を高く掲げ、独楽のようにくるくる回し、リフトし、会場の端から端までギャロップする。ぼくたちは会場の注目の的になっていた。

曲が途切れると、ざわめきの中、息を切らした女性がしなだれかかってきた。

甘い体臭が鼻腔をくすぐる。ライトが落ちスロウなバラードが始まった。

身体を密着させ音楽に身を委ねていると、禁欲生活の防波堤が決潰していく。

「そういえば、お名前を聞いていませんでしたね」と彼女の耳にささやきかける。

「ジャクリーヌ、よ」

そう言いながら暗がりの中で頬にキスをすると、ジャクリーヌはくすぐったそうに身をよじるが拒否はしない。こうなると、もう抑えは利かなかった。

「ねえ、ジャクリーヌ、そろそろ写真を撮らせてほしいんだけど」

バラードに身を任せ、そろそろと出口に向かう。ジャクリーヌは酔ったような目でぼくを見たが抗わない。外に出たぼくは彼女の細腰を抱いて裏手の納屋の扉を開ける。

彼女を抱きかかえ藁の山に飛び込むと、ジャクリーヌはくすくす笑う。

「こんなところにあたしを連れ込んで、何をなさるつもり？」

それは愚問だろう。だけどこういう時に愚問をするのが女性の特性だ。

「美しい貴女を撮影するんですよ、セニョリータ」

そう言って身体を離し、カメラを構えシャッターを切る。ストロボの光がしなを作るジャクリーヌの笑顔を切り取る。ジャクリーヌは次々にポーズを変えながら言う。

「取材なら正確にね。あたしは〈セニョリータ〉ではなくて、〈セニョーラ〉よ」

暗闇の中、ストロボの光に薬指のリングが銀色に光った。なんと人妻だったとは。

一瞬逡巡したが、解き放たれた欲望は今さら止められない。

「そんなことは問題ないよ。ぼくたちは出会うのが少し遅かっただけなんだから」

小型カメラを脇に置き、ジャクリーヌの唇を強引に奪う。

拒否する素振りはなかったから〝強引に〟という形容は不適切かもしれない。

久しぶりのキスを味わい、唇を離すと、ジャクリーヌはくすん、と鼻をならした。

「今夜はぱあっとやりたいの。主人は若い娘に夢中で、あたしなんてほったらかしなんだもの」

これで免罪符が発行されたと理解したし、その理解は間違っていなかったはずだ。ドレスを引き下げ豊かな乳房を露わにした。指先を軟らかい身体に滑らせる。その感触に脳髄が蕩ける。本能の命じるまま、指先がスカートの裾から彼女の聖域に忍び込もうとした、その時。

納屋の扉が開け放たれ、暗がりに月光が煌々と差し込んできた。

「ジャクリーヌ、こんなところで何をしているんだ」

大柄な青年が怒声を上げる。目を見開いたジャクリーヌは次の瞬間、ドレスを引き上げ脱兎の如く逆光のシルエットに駆け寄った。

「この人が無理やりこんなところに……」

呆然と立ちすくむ。そりゃないぜ、セニョーラ。

「あ、お前は新聞社のカメラマンだな。とんでもないヤツめ」

暗がりの中、怒号と共にシルエットから怒りの炎が立ち登る。素性がばれては三十六計、小型カメラを引っ摑みタックルよろしく身体をぶつける。

不意を突かれ青年は仰向けにひっくり返る。大柄な身体をまたぎながら、ちらりと振り返ると、ジャクリーヌは不安げな視線をぼくに向けていた。

美しい女性には裏切りがよく似合う。

チャオ。投げキスをして人混みの中に駆け込む。

両手に女性をはべらせご満悦のピョートルを見つけて手短に事情を説明すると、ほうほうのていでパーティ会場から遁走した。


ホテルで荷造りをしながら、ピョートルはぶつぶつ文句を言い続けた。

「俺の方はこれからってところだったのに。エルネストは可愛い娘となると、見境がなくなるからなあ」

「でも人妻だと知ったのは納屋に連れ込んだ後だし、彼女だってその気だったんだぜ」

「俺は信じるけど旦那は信じないだろうな。しかもよりによって青年団の団長だなんて、最悪だ。素性は割れてるから俺たちの不行状はあっという間に知れ渡るぞ」

「だから逃げるんだろ。ヤツは責任者で今夜は動けないだろうから、今なら大丈夫さ」

「あーあ、居心地がよかったテムコを、こんな風におさらばするとはね」

二人とも荷物は少ないので身支度はすぐに済んだ。するとピョートルはペンを片手に、さらさらと何かを書き始めた。やがて書き上げた文章をぼくに向かって放り投げた。

「ダンパに闖入した間男のトンズラ劇、なんて見出しはどうかな？」

転んでもただでは起きないヤツめ。ぼくは苦笑して文章を投げ返す。

日の出と共に宿を出て、新たな記事とフィルムをポストに投函し街を出た。

五日後の滞在地の郵便局で、〈タラパカ〉社からの手紙を受け取った。

封を切ると中には一枚の紙と数枚の紙幣、そして一葉の写真が入っていた。


「前略。貴兄らにおかれましては魅力的な記事を配信していただき感謝しております。

本日は残念なお知らせです。テムコ発の二本の記事は不採用といたします。

一本目、『テムコにおけるパブロ・ネルーダの足跡』は掲載不可です。新聞は現在検閲下にあり、ネルーダ氏は司法裁判所から逮捕命令が出ている指名手配中の身の上です。力作を掲載できないことは忸怩たる思いですが、ご寛恕ください。

一昨日、テムコ青年団の会頭から当編集部に抗議文が届きました。わが社の特派員を騙る偽記者が青年団主催のパーティで婦人に狼藉を働いたとの由。事実確認ができず判断は差し控えますが、疑惑をもたれた時点で当社の特派員としては不適格と判断せざるを得ません。従いまして二本目『テムコのダンスパーティ』なる記事は不採用、かつ特派員契約も解除します。但し、貴兄らの功績を鑑み、二本分の稿料を同封しましたのでご笑納ください。なお当社特派員証は破棄してくださるよう、お願いいたします。

タラパカ新聞バルディビア支局　カルロス・アーナンダ編集長」


ピョートルは添えられていた写真を投げ渡した。

そこにはジャクリーヌの、飛び切りの笑顔が写っていた。

ぼくたちがしでかしたことを考えれば懲戒解雇されても文句は言えない。もちろんぼくにも言い分はあるけど、言い立てればジャクリーヌの家庭は壊れ、怒り狂った旦那が訴えかねず、〈タラパカ〉社の看板にも傷がつくだろう。

なのでぼくは誹謗を甘受し、編集長からの辞令と厚意を黙って受け取った。

風来坊のぼくは、こんな風に悪評を押しつけられ貶められて生きていくのだろう。

それが自由という名の甘美な果実を手にした者の宿命だ。

こうしてぼくたちは新聞社特派員という特権を失い、貧乏旅行に逆戻りした。

でもジャクリーヌに恨みはない。あのときに触れた乳房の柔らかさ、かぐわしい接吻の代価と思えばお釣りがくるというものだ。

それからしばらくの間、ジャクリーヌは胸ポケットの中で、ぼくと一緒に旅していたけれど、いつの間にかいなくなってしまった。

これが、ぼくたちが記者とカメラマンという定職を失った顚末だ。

☆

バルディビア将軍が最初に建設した首都サンチャゴ・デ・チリまであとわずかという峠で、ついに〈アセーロ〉二号は永遠のストライキに入ってしまった。

なので樹齢五百年はあろうかと思われる杉の木の根元に愛車を立て掛けた。ここから先はヒッチハイクだな、というピョートルの言葉を聞いて心底がっかりした。

実はぼくはひそかにこの冒険旅行で『モーターサイクル南米冒険野郎』なる旅行記を書き、作家デビューを目論んでいたのだ。

それは南米縦断冒険旅行のルポで、もしも刊行されたなら、反米感情が渦巻く南米の若者の心情を捉えて離さない大傑作になっただろう。そのタイトルを思いついた時は、ジグソーパズルの一片がいきなり最初にかっちり嵌まったような快感に痺れたものだ。

ああ、それなのに、母国から一歩出た最初の異国であるチリで、早々にそんな抜群のタイトルを放棄する羽目になってしまうとは……。

まったく、人生ってヤツはままならないものだ。

邪心に満ちたぼくとは違い、ピョートルは心底〈アセーロ〉二号との別れを悲しんでいた。サンチャゴの街を見下ろす峠のてっぺんにそびえ立つ一本杉の根元に満身創痍の愛車を立てかけると、短い間ながらもよき相棒だった愛車のオイルタンクを撫でながら、ほろほろと涙をこぼした。

「今はここに置き去りにするけど、旅を終えたら必ず一緒に連れ帰ってやるからな」

ピョートルの追悼の辞を耳にした時、素晴らしいアイディアが浮かんだ。

最後にここに戻って〈アセーロ〉二号と帰国すれば、頭と尻尾をモーターサイクルで締められるので、タイトルを反古にせずに済むではないか。

興奮してうっかりその目論見を口にしたら、ピョートルは涙を拭いて、にっと笑う。

「トラベルエッセーでデビューするなら、これもいいエピソードだな。順調な旅日記なんてちっとも面白くない。強盗に遭ったり間男がバレてほうほうの体で逃げ出したり、野宿で雨に打たれたり、作者が酷い目に遭えば遭うほど読者は楽しめるもんさ」

一瞬むっとしたが、確かに一理ある。するとこの先ぼくは強盗に襲われるべきなのか、なんて気もしてきた。その後も無防備な旅を続けたが、最後まで強盗には遭わなかった。強盗の方も、浮浪者みたいなぼくたちを襲っても大した実入りにならないということを、一目で見抜いてしまったのだろう。

サンチャゴ・デ・チリはよそものに冷たく、端正な街並みは取り付く島がなかった。その感じは、ぼくが幼年時代を過ごしたコルドバに似ていた。

ある作家は言う。ブエノス・アイレスは牛肉と小麦で作られた。リオデジャネイロは珈琲と砂糖で作られた。サンチャゴ・デ・チリは鳥の糞と硝石で作られた。

そんな風に並べてみると、やはりサンチャゴは魅力に欠けていた。あまり魅力的でない首都に立ち寄ったのは、ペルーへの入国ビザを発行してもらうためだ。大都会の官僚主義的な大使館の対応はのろく、何度も無駄足を踏まされた。

でも、そのおかげで街を歩き回り歴史の残滓を味わうことができた。

特にチリの建国に際して、バルディビア将軍が要塞を構えたというサンタルシアの丘からサンチャゴ・デ・チリを一望する景色は素晴らしかった。

高額の手数料を払いビザを取ると、うまい具合にヒッチハイクさせてくれるトラックも見つかり、ぼくたちは次なる目的地バルパライソへと向かったのだった。

# 7 アンデスの詩人

## 一九五二年二月　チリ・バルパライソ

南緯三十三度三分、西経七十一度三十七分に位置する〈バルパライソ〉は、スペイン語で「天国の谷」を意味する。マゼラン海峡を回る貿易船の寄港地として繁栄し、カリフォルニアのゴールドラッシュの頃に全盛期を迎えた。一攫千金を目論んだ曾祖父も、ここを通過したのかもしれない。一九一四年にパナマ運河が開通して以後は、すっかりさびれてしまったが、太平洋の真珠と称されたこの街には四十一の丘と入り組んだ小径と貧民街があり、ただならぬ風情を漂わせていた。

没落した街は栄華の残照が底光りを放つ。それが栄えたことのない街との違いだ。

その威光のひとつが〈アセンソール（自動昇降機）〉だ。バルパライソは坂道が多いので有用だが、それが実際に存在することは、この街が隆盛を誇った過去の栄光を持っている証明だ。

十九世紀後半に十五本作られた〈アセンソール〉の中で一番古い〈デルディジェラ〉に乗った。続いて二番目、三番目に古い〈アセンソール〉にも乗ったが、現役で動いているのが十本以上もあると聞いて、制覇は諦めた。

古びた〈アセンソール〉から見える景色は、過去の栄光を彩る一幅の水彩画だ。

ごとごと揺れながら上昇していく〈アセンソール〉の窓から、陰鬱な太平洋を眺めた。

坂を上り、丘から景色を眺め、坂を下りる。ただその繰り返し。

バルパライソでは、ピョートルとはほとんど何も話さなかった。

彼が何を考えているのか、ぼくにはわからなかったし、ピョートルだってぼくの気持ちはわからなかっただろう。でもぼくとピョートルは同じ空気を吸い、丘のてっぺんで同じ方向を見つめ、大海原の彼方に想いを馳せた。

ぼくはネルーダの詩の一節を口ずさみ、ピョートルはそれを黙って聞いた。

バルパライソを訪れた理由は二つあった。ひとつは〈ミラドル・オイギンス（オイギンスの見晴し台）〉と呼ばれる丘からの景色を見てみたかった。ペルー副王を父に持ちながらチリ独立運動に身を投じたベルナルド＝オイギンス最高司令官が、今まさに出撃しようというチリ艦隊を見守った丘だ。チリ独立を達成しながら反動勢力のクーデターに遭い、最後はペルーのリマで過ごし、二度と母国の地を踏めなかった。そんな革命家が制定した国旗が今も街角にはためいているのは、歴史の皮肉だ。

二つ目は憧れの詩人パブロ・ネルーダが住んでいる街だからだ。吟遊詩人（トロバドール）を目指すぼくにとって、偉大な詩人と同じ空気を吸えるだけで感激だ。

コンセプシオンの丘とガルベスの丘をつなぐガルベス通りは芸術家の街で、スラムが広がる通りでもある。芸術とスラムは紙一重だというのは、故郷ブエノスのボカ地区を思い出させる。

南国の色彩溢れる壁画が壁一面を間断なく埋め、街全体が大きな美術館のようだ。

そこに生ゴミと糞尿と花や果物の匂いが交じり、ぼくの平衡感覚を乱した。埠頭で北部へ行くトラックを探していたぼくたちは、パパと同じくらいの年代の気のいい運転手ペドロさんと知り合った。今夜カラマに向かうペドロさんは、親切にも出発前に店まで迎えに来てくれるという。なので、ぼくたちは猥雑であり蠱惑的でもある港町バルパライソの夜を、ガルベス通りの底にある小さな居酒屋で過ごすことにした。

薄暗い店内には先客がいた。議論中の二人と、ひとりビールのグラスを傾けている黒縁眼鏡の中年男性だ。ぼくたちは壁際に陣取り白ワインを頼んだ。このあたりのワイナリーでは極上の白ワインが作られていると教わったが、貧乏旅行の身としてはこの一杯でペドロさんが迎えに来る時間まで粘らなければならない。つまみはムラサキトウモロコシを塩で炒ったシンプルなものにしたけれど、コイツが意外に美味くてあやうくワインを追加しそうになった。

そんな風にちびりちびりとやりながら、隣のテーブルでの議論に耳を傾ける。二人は半年後の大統領選に関する政談をしていた。

「今回はイバニエスの再選で決まりやろな。しかしヤツは不死身の吸血鬼やなあ」

「まったくだ。その上、幸運の女神がヤツに付いたから鉄板だ。マリア・デラクルスは理想的な良妻賢母だ。あの美しい声で『イバニエス大統領はチリの救世主です』なんてやられたら、男どもはいちころさ」

「男だけでなく女もバッチリさ。チリ婦人党を作り農村や鉱山を回り女性の境遇を眉をひそめて語る。講演会はマリアみたさの連中でいつも満員、まるでチリのエビータさ」

懐かしい名前を突然耳にして驚く。今頃彼女はブエノスで何をしているのだろう。でもエビータの名が出たのはそれきりで、連中の政治談義は続いた。

「タラパカのライオン、アレサンドリ親父の義理の息子はどうや」

「悪くはないが今回は難しいだろうな。妖怪イバニエスの前ではヤツも小僧っ子だ」

部屋の片隅で黙っていた黒縁眼鏡の中年男が、突然二人の会話に割って入った。

「諸君、その他の候補の評判はどうかね」

議論していた二人は顔を見合わせた。片方の男性が肩をすくめた。

「もう一人、泡沫候補がいたが、名前は忘れたな。論じるまでもないやろ」

黒縁眼鏡の男はむっとして黙り込む。むずむずしていたぼくは、つい口を開いた。

「つまり情勢はイバニエスの圧勝なんですね。でもそれは賢明な選択なんですか？」

そう言ってぼくは切り札を出した。破棄するよう命じられたけど記念に取っておいた〈タラパカ〉紙の特派員証だ。これは契約違反だが、自分に箔付けする程度なら問題ないだろう、と勝手に考える。ピョートルが呆れてぼくの図々しい所作を眺めている。

「驚いたで。こんな坊や（ニーニョ）が〈タラパカ〉紙の特派員とはな」

議論を仕切っていた男性が言う。やれやれ、ここでも坊や扱いか、と苦笑していると、黒縁眼鏡の男性が相づちを打つ。

「バルパライソに調査に来るとは有能な記者さんだな。連中はサンチャゴのセントロやオイギンス通りあたりでお茶を濁すものだが、あれでは全体の空気は摑めんよ」

嘘で固めた職業のセンスを褒められて戸惑いながらも、恐縮です、と頭を下げる。

「でも、どうして今、イバニエスなんですか？　ごうつくばりでファシストの彼が、今さら人民の味方などと大風呂敷を広げて。あれでは〈ペケーニャ・ペロン〉です」

　かつてチリの若手政治家フレイさんから聞いたイバニエス評を口にしてみる。あれからかなりの歳月は経ったけど、人間の本性がそう簡単に変わるはずがない。

　すると酔っ払いの論客は、ビールを飲み干して言った。

「記者さんのおっしゃる通りだが、何せイバニエスは景気がいい。野郎が外国の銀行から寸借したおこぼれが回ってくるのを、腹を空かせたひな鳥みたいにピイピイ鳴きながら、みんなが待ち構えているってわけや」

　グラスをあおり男性が言うと突然、黒縁眼鏡の男性が低いバリトンで言い返した。

「それは諸君の未来の稼ぎを前食いしているだけだ。ヤツはチリを破滅させるぞ」

　暗がりに目をこらすと、四角四面の発言同様、体つきも真四角の姿には黒縁の眼鏡が似合っていた。脳裏に、猛牛が闘牛士の赤マントに突進していく幻影が浮かぶ。

「でも今日食えねば野垂れ死にや。おまんまが目の前にあれば手を出すやろ」

　一理ある、とぼくがうなずくと、黒縁眼鏡の男性が声を張り上げた。

「未来の飯を先食いしたら利息をつけて返さねばならん。パンをひとつ先食いしたら翌日は二個返す。それを先食いすると翌々日は四個のパンを、次の日は倍の八個のパン。先食いすると食った分の倍、返すことになり、資本主義の走狗、利子に寄生する銀行屋に食い殺される。それでも諸君はあのハゲタカ野郎に投票するつもりかね」

　その言葉の迫力に気圧され、酔っ払い二人は黙り込む。やがて片方がおずおずと言う。

「あさって四個食べてしあさってに八個返さなければならないなら、しあさってに八個借りて次の日に十六個返せばいいだけやろ」

「すると諸君は一ヵ月後に十億七千万個以上のパンを返さなければならなくなるぞ」

突如、聞いたこともない大数を突きつけられ、酔っ払いはしゃっくりをした。

だがすぐに居直って言う。

「その前に俺たちはお陀仏で、この世からアバヨだから構いやしねえ」

黒縁眼鏡の男性は吐息をつく。そしてぼくに向き合うと口調を変えて訊ねた。

「〈タラパカ〉紙の特派員君はどう思う？」

ぼくは一瞬考えて、答えた。

「それは子どもたちに借金を負わせる行為ですから、今すぐ方針転換すべきです」

「おい、市民の意見に耳を傾けず記者さんが勝手な意見を言い立てるっつうのかね」

議論の中心人物が呆れ声で言う。ぼくは手団扇でアルコール臭をよけ、首を振る。

「今はワイナリーの取材で大統領選の取材ではないので、自分の意見を言ったんです」

黒縁眼鏡の男性が、ばんばん、と勢いよく、ぼくの肩を叩いた。

「若いのになかなか天晴れだ。本社に戻ったらフレイ社長によろしく伝えてくれ。彼は我が輩の親友なのだよ」

そう言って立ち上がり、店を出て行こうとした黒縁眼鏡の男性の背中を呼び止める。

「お名前を教えてください。でないと社長にお伝えできません」

男性は立ち止まると、ゆっくりと振り返った。

「おお、そうだな。我が輩はサルバドール・アジェンデ＝ゴスセンス。今は酒席の話題にすら上らない泡沫候補だ。半年後の大統領選は勝ち目がないので出馬は取り止めた。だが我が輩の顔と名前は覚えておくといい。いずれこの国の大統領になるからな」

黒縁眼鏡の男性はそう言い残すと、きしむドアを押し開け店を出て行った。

残されたぼくとピョートル、酒場談義の二人は毒気を抜かれたように扉を見つめた。

かつてエステンソロ博士が『チリに〈サルバドール（救世主）〉という名の怪物が潜んでいる』と言った言葉が蘇る。あれがアジェンデか。

チリの〈サルバドール〉は四角四面の猛牛だった。

律儀で親切な運転手のペドロさんが酒場に顔を見せたのは一時間後、まだ夜も浅い時間だった。ぼくとピョートルは立ち上がり二人の酔客と抱擁を交わし店を出た。

トラックに乗り込んだぼくは、先ほど遭遇した大物について興奮気味に話した。

するとペドロさんはあっさり言った。

「『我が輩』がいたのか。ほら吹き癖はちっとも直っとらんようだな」

なんとアジェンデはバルパライソ出身で、ペドロさんの中学校の後輩だという。

「昔から可愛げがない野郎でね。抜群に頭がよくて医学部は一発で合格したのに医者にならず、できたての社会党に潜り込んだ。故郷の連中は笑ったが七、八年前に人民戦線政府で大臣になったから、選択は正しかったんだな。ま、大物なのは確かだな」

何となく懐かしい雰囲気を感じたのは、医学生の先輩だったからか、と得心した。

思わず、いつも口にしていた詩の一節が口をついて出た。

——鷹は白い峰に眠る。天翔ける刻が来る、その日まで。

「ほう、お前さんはネルーダも知っているんだ」

驚いたように言うペドロさんに、ぼくの方が驚いた。

「ペドロさんもネルーダのファンなんですか？　政治的な色合いが濃いこの詩は相当マイナーで、知っている人は少ないはずですが」

「昔は作りたての詩を試し読みさせられていたから、ファンというより協力者だな」

「ええぇ？　ペドロさんはネルーダ先生と話をしたことがあるんですか？」

「は、先生とはヤツも偉くなったもんだ。ヤツは小学校の同級生でその後、俺はテムコからバルパライソに転校したが、大学生のヤツとここで再会して以来の付き合いさ」

ぼくは、嬉しいのとがっかりしたのがないまぜの気持ちになった。

「ネルーダ先生が亡命中でなければ紹介してもらえたのに」

ぼくがすかさず記事がボツを食らった理由を披露すると、ペドロさんは首を振った。

「ヤツは今この街にいるよ。大統領に返り咲きを狙うイバニエスが人気取りでネルーダを恩赦しようとしている情報を嗅ぎつけ、一足早く戻り隠れ家の〈イスラ・ネグラ（黒い島）〉に潜伏しているんだ。なんならカラマに行く前にヤツのヤサに寄ってみるかい？」

ぼくはびっくりして、震える声で言う。

「それは嬉しいですけど。今から〈イスラ（島）〉に船で渡るんですか？」

「いや、島とは名だけで、海辺の小さな村さ」

「そんなところにいたら逮捕されませんか?」

「ヤツは鼻がいいからそんなドジは踏まんよ。危なくなればさっさとトンズラするさ」

「だとしても、こんな夜中に突然お邪魔するなんて……」

「やっこさんには、近々顔を見せてほしいと伝言されていたんだ。俺に頼み事があるらしい。今度にしようかと思っていたが、今夜済ませてしまえば一石二鳥だろ」

ぼくは何度もうなずいた。何という幸運だろう。スペイン語圏でもトップクラスの詩人として名声を博しているネルーダは、吟遊詩人(トロバドール)を目指しているぼくにとっては雲上人だ。

テムコで記事を書いた時に調べた経歴が頭に浮かぶ。

一九二四年、弱冠二十歳の時『二十の愛の詩と一つの絶望の歌』を上梓する。二十三歳でビルマのラングーン名誉駐在領事に赴任、セイロン、ジャワ、シンガポール領事を歴任し一九三四年、三十歳でブルボン朝崩壊後のスペイン・マドリードに赴任、芸術家たちと親交を結び『花の家』に住まい、『詩のための緑の馬』という芸術雑誌を創刊する。スペイン内戦が勃発するとガルシア=ロルカ殺害を非難し、反ファシズムの演説をして領事職を解かれ帰国し詩集『心の中のスペイン』を刊行、人民戦線と共和国を支持し、国会議員や外交官を歴任する。その詩はリリカルで愛国心にあふれている。

素顔はどんな人なんだろう、と、ぼくの胸は高鳴った。

バルパライソから小一時間、海岸沿いの松林に石造りの住居が見えた。背後に暗く光る海原が見える。中庭には木で組んだ櫓があり、大小の鐘が五つ吊されていた。門柱の傍らにトラックを止め、呼び鈴を鳴らす。玄関の扉が開き大柄な人物ががらがらと門を押し開けた。がっしりしている身体つきを見て、パスクア島のモアイ像を思い浮かべた。ヘッドライトに照らされたその人物は眉が太く、目が大きくぎょろりと光った。

「オラ、ペドロ。よく来てくれたな」

男性は両手を広げペドロさんを抱きしめた。ペドロさんの肋骨が折れるんじゃないかと心配になるくらいの力強さだ。

「ちょっと難儀な品を運んでもらいたい。ペドロなら何とかしてくれると思ってね」

「当たり前だ。俺さまに運べない品なんてないからな」

ペドロさんはぼくたちを振り返る。ネルーダさんと目が合ったぼくは会釈した。

「彼らはアルゼンチンからのお客さんでな、カラマまで乗っけてやるんだが、お前さんのファンで、どうしても会わせろとうるさくてね。だから連れてきたんだ」

え？　そんな身の程知らずなこと、お願いしてないのに。

おろおろしながらしどろもどろで弁明する。

「いいえ、ペドロさんが連れて行ってくれると言っただけでして、決して無理にお願いしたわけではなくて……」

ネルーダさんは、悲しげな目をして言った。

「ペドロ、この坊やたちはそれほど私と会いたがっていたわけではなさそうだぞ。頼むから通りがかりの旅人を無理やり私のファンに仕立て上げるのはやめてくれないか」

ぼくはあわてふためき、うろたえる。

「いえ、お目にかかれるのなら是非と思いましたが、こんな夜更けに見知らぬ人間がお邪魔するのはご迷惑かと思いまして」

「夜更け？　まだ夜は始まったばかりだよ。チリ人は夜更かし坊主の朝寝坊なんだ」

どう返せばいいのか途方に暮れていると、ネルーダさんは大笑いしながら続けた。

「冗談だよ。ペドロがこんな風に客を連れてくるのは初めてだ」

「そりゃそうさ。お前さんのファンはスケベな女ったらしの詩ばかり口ずさむが、この坊やはお前自身が一番の傑作だと言っている、鷹の詩を暗誦したヤツだからな」

「ほう、『天翔ける鷹』をねえ……」

ネルーダさんはしげしげとぼくを見た。

「そういうことなら、応接室へどうぞ。支度に時間がかかるから待っている間、うちにあるワインを全部飲み干しても構わないよ」

アンデスの詩人ネルーダは、彼が謳う楽天的な詩のように陽気な人だった。


石造りの居間には大きな窓があり、暗い夜の海に白い波が泡立っているのが見える。二階の寝室には縄梯子で登るようになっていて、入口には商船の船首についていた、女神の頭像がある。部屋の隅には古びた地球儀が置かれていた。

ぼくはネルーダさんの詩の一節を思いだした。

マゼラン海峡の砂のなかから
疲れきったお前をわたしたちは拾いあげた
びくともしない航海者よ
幾度となく　お前のやさしくがっしりとした胸は
その乳首の間で　嵐と戦ったことだろう

（松田忠徳訳）


マホガニーの一枚板のダイニングテーブルの上に山盛りのハムとチーズ、赤と白のワインのボトルが置かれている。ぼくたちは遠慮なく食らい飲んだ。さっきまで居酒屋で飲んでいたけれど、乏しい財布と相談しながらワイン一杯でちびちび粘っていたから、この饗応は天の恵みに思われた。部屋の装飾も魅惑的だ。机や棚のありとあらゆるところに貝殻が積まれている。どれも美しく宝石のようだ。そんな貝殻に見入っていると、ネルーダさんとペドロさんが戻ってきた。

「坊やたち、カラマまで一緒に行くお客が二人増えてもいいかね」

もちろんです、とうなずくと、ペドロさんは「支度を手伝ってくる」と言い姿を消す。

ネルーダさんは向かいにどかりと座り、赤ワインをなみなみとグラスに注いだ。

「君たちはアルゼンチンの医学生だそうだね。実は私はブエノスと縁深いんだ。最初は領事として赴任し、スペインの盟友と出会った。二度目は亡命のために密輸業者の獣道でアンデス越えをして入国したんだ」

ピョートルが口を挟む。

「ぼくたちはブエノスから出発してサンマルティン・デ・ロス・アンデスで国境を越えてチリに入り、バルディビアからテムコ、サンチャゴを通ってここに着いたんです」

「じゃあ私と逆の道だね。私の時は雪に埋もれた道なき道だ。当時私は北部タラパカ州とアントファガスタ州の上院議員に選ばれたが、『百万人への私信』で、選挙戦では応援したビデラ大統領を批判した。大統領になった途端、米国に媚びを売り人民に背を向けたからだ。共産党に入党した直後の私は議員資格を剝奪され、逮捕命令が出た。一年以上国内各地に潜伏し逃亡生活を送った。大地主、アラウカの原住民、建築家、水夫、弁護士、騎兵隊付きの医師等の人々が私を匿ってくれた。最後にアンデス越えでアルゼンチンに亡命したが、同行してくれた人たちが〈マチェテ〉（山刀）で道を切り開いてくれた。まあ、今も指名手配中で、お尋ね者なのだが」

「そんな大変な旅と、俺たちのちゃらんぽらんな旅と並べるわけにはいきません」

ピョートルが言うと、ネルーダさんは微笑して言う。

「いや、誰にでも旅は未知の冒険だ。君たちが通ったバルディビアは物心がつかない幼い頃を、テムコは小学校時代を過ごした街だ。どちらもいい街だろ？」

テムコといえばダンパの苦い印象しかない。ぼくとピョートルは苦笑した。

「それで、これから先はどこへ行くつもりかな」

「カラマを通ってペルー、コロンビアに行こうと思っていますが、成り行きです」

ネルーダさんは、ぱん、と膝を打った。

「素晴らしい。行き当たりばったりの〈バガブンデアル〉（放浪）は若者の特権だ。羨ましいよ。

カラマに行くつもりなら、足を伸ばしてアントファガスタに寄るといい。あそこに行けば、チリの栄光が理解できるからね」

　ワインをぐびりと飲み干し豪快に笑う。お尋ね者だと自嘲しながら悲壮感はない。その様子を見ていて、ぼくはどうしても自分の気持ちを伝えたくなって口を開いた。

「ぼくは以前〈タラパカ〉紙の記者をやっていた時に、ネルーダさんの生い立ちを取材して記事にしたことがあるんです。残念ながらお尋ね者をベタ褒めする記事は載せられないと言われ不採用でした。ネルーダさんの詩の中では特にスペイン市民戦争への賛歌『心の中のスペイン』が勇壮で、口ずさむと勇気が湧いてくる感じが好きです」

〈タラパカ〉紙に送ったその原稿の下書きを見せた。ネルーダさんはぼくが書いたメモを見ながらワインを飲み干した。

「実はぼくの叔父は国際旅団の義勇兵だったんです」とぼくは続けた。

　ネルーダさんは両手を広げ、ぼくの身体を強く抱きしめた。その抱擁は唐突だったが、昔パパに抱きしめられた感じに似ていた。

「そうだったか。あの長く困難な闘いで多くの義勇兵や私の友人の芸術家が傷つき倒れた。居ても立ってもいられず『世界の詩がスペイン人民を擁護する』という雑誌を創刊したり、死んだ義勇兵の母親のための詩を書いたりした。でもこの記事は過大評価に思えてしっくりこないな。詩は、自分が手を加えている最中は私のものだが、いったん世に発信されたら私と切り離される。だからいくら作品を褒められても、自分が褒められているようには思えないんだ」

ネルーダさんは空のグラスに新たなワインを注ぎながら、続ける。

「ふつうは黙って、素直に賛辞を受けるんだがね。君には本当のことを言った方がいいような気がしたんだ。ところでいつ頃から私の詩を読んでくれているのかな」

「初めて読んだのはハイスクールの時です。『二十の愛の詩と一つの絶望の歌』が母の書斎にあるのを見つけて……、いえ、本当は、知り合いの作家ボルヘスさんが、ぼくにはあなたの詩が向いていると薦めたんです」

一瞬ためらって、本当のことを言うと、ネルーダさんは、目を見開いて言う。

「ほう、あのお方が、そんなことをねえ……」

「ご存じなんですか、ボルヘスさんを」

「もちろんさ。あの方は南米でもっとも才能がある作家だよ」

意外だった。ママンのサロンの片隅でワインを舐めている姿とネルーダさんの高評価が、どうしても結びつかない。

「ボルヘスさんもネルーダさんのことを評価していました。ボルヘスさんの本もくれたんですが、あの人の作品はぼくには無用と言われたのでまだ読んでないんです」

「相変わらず、傲慢なお方だなあ」

ネルーダさんはうっすら笑う。そしてぼくの目をのぞき込む。

「あの方が言ったことを翻訳してあげよう。お前みたいな坊や（ニーニョ）にはボルヘスは難解すぎる。ネルーダ程度でちょうどいい、とボルヘスは言ったんだ」

ネルーダさんは陽気に笑う。ぼくはムキになって言い返す。

「でも万民にわかるというのは、文学作品では大切なことだと思います。言葉は相手に自分の気持ちを伝えるためにあるんですから」

「概ねその通りだが、あの方が私を批判したくなる気持ちもわかる。私が彼に抱いている感情の裏返しだからね。ボルヘスは円環だの迷宮だの、文学世界に言葉を封じ込める。私が好む主題は種であり根であり、大地であり大自然で、現実世界に拡散する。言葉で伝えられることなど何もないと諦観しているボルヘスの文学は、言葉は伝えるための道具だと主張する私の文学と相容れない。その結果、ボルヘスの作品は売れず、ネルーダの作品は多くの人に読まれるわけだ」

「つまりネルーダさんの方が作家としては格が上、ということですよね」

ぼくはボルヘスさんがぼくに向かって発した遅効性の毒を中和するため、ずっと考え続けてきたことを口にした。するとネルーダさんは少し考え、真顔になった。

「その問いに対する答えは〈シ（イエス）〉であり、〈ノ（ノー）〉でもある。十年後、読まれているのは圧倒的に私の作品だろう。百年後、やはり私の作品はボルヘスの倍は売れているのは間違いない。だが千年後、人類が存続していたらその時に屹立しているのはボルヘスの作品かもしれない」

「おっしゃっている意味がよくわかりません」

要するに、と言ってネルーダさんはグラスの赤ワインを一気に飲み干した。

「私は生命を歌う。ボルヘスは言葉を彫る。生物は時が経つと腐るが、生命体でない文学は変質しない。つまりボルヘスは金剛石で、ネルーダは生物だということだ」

わかったような、わからないような表現だが、ネルーダさんがぼくみたいな若造に、本気で何かを伝えようとしてくれていることだけは伝わった。

「ボルヘスさんは政治は児戯だと言っていました。詩人であると同時に政治家でもあるネルーダさんは、ボルヘスさんの言葉をどう思いますか?」

ネルーダさんは空になったグラスをテーブルに置くと、言った。

「いかにも世捨人のあの方らしい、超然とした発言だな。私のような俗物にとって政治とはイコール愛だ。私が必要とするのは自由に貢献するための創作だ。人々の哀しみを少しでも減らせるのなら、自分の詩が滅しても構わない。だが世界は哀しみに満ちていて、その総量はちっとも減らない。だから私は歌い続けるしかないのだよ」

二人の詩人は北極と南極のようにかけ離れた場所に住んでいる。なのに二人は誰よりも近しく思えた。それ以上に不思議なのは、ネルーダさんには不愉快極まりないであろうボルヘスさんについて語る時、ある種の熱意と親しみが込められていたことだ。

憎悪でも歓喜でもない。強いて言えば絶対値だけが巨大な感情のような……。

ぼくはその怪物のような熱意に呼応するように口走る。

「ネルーダさんやロルカみたいな吟遊詩人（トロバドール）になりたいんです」

一瞬、きょとんとしたネルーダさんは大笑いを始めた。

「ロルカはともかく、俗人の私に吟遊詩人の称号は、ちと荷が重いな」

「外交官として世界を回り、故国を想う詩を作るのは吟遊詩人そのものです。ネルーダさんは二十三歳で領事職になられたそうですが、どんなマジックを使ったのですか?」

ネルーダさんは目を閉じると、静かに言った。

「マジック、か。確かにそう表現してもおかしくないな。あの頃、文人はヨーロッパを目指した。チリに未来はなく、その窓はユトリロの描く絵のように真っ黒に塗り潰されていた。私の希望を知った友人が外務省の局長を紹介してくれたんだ。だが実はすぐには領事になれなかった。その局長は若い詩人と知り合いだということを珍しい蝶の標本みたいに見せびらかしたかっただけだ。何度訪問しても、気取った雑談を二時間し次回までに候補地を探しておきます、の繰り返しだった。彼は、退屈しのぎに私の時間を食い散らかしたんだ」

「それじゃあどうして領事になれたんですか？」

「それもやはりその友人のおかげだ。私が手こずっていると聞きつけた友人が、外務大臣に会いに行こう、と私の手を取った。いつもの応接室を通り過ぎ、奥の大臣室に直行したら、その後を局長が追いかけてきた。革張りの椅子でふんぞり返った小男が、局長に、どこの領事の口が空いているかと尋ね、局長が早口で候補地を並べ立てたがよく聞き取れず、最後にラングーンという単語だけが聞き取れた。それで私はためらわずその名を言い、外務省を出る時には辞令を手にしていた。さて、君はこの話からいかなる教訓を引き出すかね？」

　ぼくは少し考えてから、自信を持って答えた。

「紹介者を得ないととんでもない寄り道をさせられてしまう、ということです」

　ネルーダさんは首を振った。

「残念ながら外れだ。私は局長を恨んではいない。局長との時間を経ずに無駄なく領事職を得ていたら、今日の私はない。私が局長のところで無駄に思える時間を浪費したことは必要だった。こころの底からそう思えるようになることが何よりも大切なんだ」

理解し難い考えだ。ネルーダさんはぼくを見つめていたが、静かに言った。

「君は吟遊詩人には向いてないな。そんな人間がいっぱしの吟遊詩人になろうとすれば、まともな死に方はしない。人は不向きな人生に足を踏み入れた途端、大河の流れから外れ群衆から石と呪詛の礫を投げられ、むごたらしい死を迎えるものだ。私の親友、ロルカのようにね」

ぼくは唾を飲み込む。一瞬怖じ気づいた自分を恥じながら、きっぱり言った。

「のぞむところです。人のいのちなんて、はかないものですから」

ネルーダさんは口の端にうっすらと微笑を浮かべる。

「その覚悟があれば君はロルカの跡を継げるだろう。奇遇だな。君の故郷ブエノスは私にとって豊穣の地だ。一九三三年に領事に赴任した私は上司に恵まれ、素晴らしい日々を過ごし、自作劇『血の婚礼』のアルゼンチン初演の演出のためブエノスを訪れていたロルカと出会った。私たちは親友になり、作家協会の歓迎会で二人一緒にニカラグアの詩人ルベン・ダリオを称えた。あの偏屈親父ボルヘスは確か、『汚辱の世界史』を上梓した直後で、随分と鼻息が荒かったたな」

煌びやかな南米文学界のお伽噺だ。その末席にこのぼくが、偉大なるガルシア＝ロルカの跡を継ぎ名を連ねるなんて想像もできない。ネルーダさんは続けた。

「ロルカは内戦勃発直後、故郷のグラナダでファシストに惨殺された。その行為を非難したためスペインから強制送還された私は、ファシストと戦争を糾弾する詩集を、母国チリで刊行したが、内戦中のスペインでは刊行の目途が立たなかった。だがその時、奇蹟が起こった。バルセロナ戦線の東軍で戦う兵士が植字工となり鉛の文字を拾い、現場で古紙、敵の軍旗、血塗れの軍服を粉引き場で擂り潰し、紙にして印刷した私の詩が、市民兵に配られた。つまり『心の中のスペイン』は戦士の血で書かれた特別な詩集だ。私の作品の中では政治的だという理由であまり評価は高くないようだが」

「そんなことありません。あれは大傑作です」

ぼくが心の底からそう言うと、ネルーダさんは微笑した。

「君は〝天翔ける鷹〟を気に入っていたんだったな。詩人を目指す人は盟友だから、もうひとつ言っておく。君が、言葉を扱うのはあまり得意ではないと感じたら、その時は言葉から離れていいんだよ」

「でも言葉を扱えない詩人など、どこにもいないのでは？」

「そうではない。そうではないのだ。その時は言葉の代わりになるものが見つかる。詩人には使命がある。少なくともこのことに関しては私を信じたまえ。そうすればいつか必ずわかる時がくるから」

ネルーダさんは微笑した。その言葉は、開け放たれたドアの音によって途絶えた。

扉の向こうには運転手のペドロさんと、彼につき従うようにインディオの民族衣装を身に纏った若い夫婦が佇んでいた。

トラックの荷台には魚の干物が積まれていた。荷台に乗った夫婦は服装から先住民のマプチェ族に思われた。

外は霧が濃い。荷台の夫婦は震えている。その様子を見ていたネルーダさんはペドロさんに〈カマンチャカ〉が出ているぞ、と警告する。湿気を含んだ海風の影響で海岸線に出る深い霧のことで、人を誑(たぶら)かす悪魔が隠れているのだという。

ペドロさんは、このあたりで夜更けに出るなんて珍しいな、と言い、付け加える。

「まあ心配するな、この人たちを銅山に送り届ければいいんだろ。どうってことない」

「〈グラシアス〉(ありがとう)。俺や人民戦線が応援して大統領になれたビデラが裏切った今、この国でこんな厄介事を頼めるのはペドロしかいないんだ」

ペドロさんは、車に乗り込みエンジンを掛ける。深い霧の中、トラックが、ぶるん、と身震いし、凍えた排気ガスを吐き出した。ぼくはネルーダさんと抱擁した。

「お目にかかれて光栄でした。もうひとつ、お聞きしてもいいですか?」

「何なりとどうぞ」とネルーダさんは鷹揚に答えた。

「ネルーダさんはどうして貝殻を集めているんですか?」

ネルーダさんは目を見開いた。それから目を瞑ると、言った。

「私の隠れ家でそんな質問をした人は初めてだ。答えは簡単だ。私は美しいものを見ると集めたくなる。そして一旦集め始めたら、集め尽くさないと気が済まない。でも満腹すると次の美しいものへ向かう。貝殻はかつての私の蒐集癖の抜け殻さ」

「今は何を集めているんですか」

ネルーダさんは悪戯っ子みたいな微笑を浮かべた。

「書斎に飾れないが、この先飽きることのないもの。何かわかるかね？」

「美しい言葉、とかですか？」

当てずっぽうに言うと、ネルーダさんは感心したような顔をした。

「それは考えなかったな。言葉集めは仕事だからね。でも自分が過ごした美しい土地の名前を集めることは好きだから、それも趣味かもしれない。今集めているのは、優れた人物だ。それが今の蒐集欲で今夜、君も私のコレクションに入ったよ」

光栄です、と声が震える。リュックの中に詩集が入っているのを思い出す。

「あつかましいお願いですが、詩集にサインしていただけないでしょうか」

「もちろん喜んで。お安い御用だ」

ネルーダさんは、差し出した詩集を手に取ると、さらさらとサインを書きながら言う。

「君にもうひとつ言っておく。今、中南米では大勢の文人が、天翔ける鷹にならんとしている。彼らを訪ねなさい。エクアドルのホルヘ＝イカサ。コロンビアのガルシア＝マルケス。コスタリカのカルロス＝ファリャス、私と義兄弟の契りを結んだグアテマラのミゲルアンヘル＝アストリアス。彼らは言葉で世界に風穴を開け、〈マロス・アイレス（悪い空気）〉に満ちた世界を引っ掻き回している。私もそのひとりだがね」

文人の名を脳裏に刻み込む。その名は、ぼくが目指している吟遊詩人（トロバドール）の頂点にいる人たちで、何人かの作品は読んだことがあった。

ネルーダさんはぼくの目をのぞき込み、「私の言葉を信じるんだよ」と言った。

サイン本を受け取り握手を交わす。ネルーダさんの手は分厚くて温かく、握手をしただけなのにまるでネルーダさんその人に包まれているような気持ちになった。

ぼくはピョートルに続いて助手席に乗り込んだ。ペドロさんがクラクションを鳴らすと、それに応じるように鐘の音が鳴り響く。見るとネルーダさんが、中庭の櫓に吊した鐘を一心不乱に打ち鳴らしている。真夜中なのに……。

トラックは夜の闇の中、走り始める。ヘッドライトの光の輪を覆う闇は深い。

しばらくしてふと気がつき、ハンドルを握っていたペドロさんに言う。

「夜中に休憩所に着いたら、荷台のご夫婦と席を交換しましょうか」

ペドロさんはバックミラーに目を遣りながら言った。

「その必要はない。インディオには、あれでも特上の扱いなんだ」

釈然としなかったがワインが回ったのか、目を閉じると眠りの世界に落ちていた。

荷台にマプチェ族の夫婦と山積みの干物を載せ、運転席の助手席にぼくたちが乗ったトラックは、パンアメリカン・ハイウェイを北上し、一路アタカマ砂漠のオアシスの街、カラマを目指し疾駆していた。


夜中。目を覚ますと暗闇の中、荒涼とした砂漠の中をどこまでもまっすぐ続く道の果てを、トラックのヘッドライトが照らし出していた。やがてトラックは、アタカマ砂漠の真ん中の、小さな水たまりみたいな宿場に停車した。

トラックを降りると、砂漠の空気はひりりと冷たく、酔いが覚めた。

振り返ると、荷台ではインディオの夫婦が身体を寄せ合って眠っていた。

売店の店先に置かれた二日遅れの〈タラパカ〉紙で、アジェンデが大統領選に不出馬を決めたことを知った。共産党員の選挙資格が剝奪され、当てにしていた票を四万票も削られた末の苦渋の選択だと、記事は伝えていた。一面を飾った、揺るぎない真四角の後ろ姿に、彼はいつかチリ大統領になるだろうと確信した。

手にした新聞を棚に戻し、外に出る。隣に停車している別のトラックを見ると、荷台には丸々と肥えた豚がひしめき合っていた。何気なく眺めていると、豚たちの間に色鮮やかな民族衣装が見えた。ぎょっとして目をこらすと、インディオの家族らしき四人が身を寄せ合っていた。彼らは家畜と一緒に運ばれていたのだ。

これがインディオの扱いなのかと愕然としつつ、これでもマシだ、と言うペドロさんの真意を理解した。憤りに燃えながらも、確かに魚の干物は糞をしない分だけ、豚と一緒よりもマシか、と納得してしまう。現状を変えたいが何もできないぼくは、すごすごと助手席に戻り毛布で身をくるむ。トラックが出発したのは、記憶にない。

目を開けると、右側を併走しているアンデスの山頂に朝日が昇るところだった。

砂漠の道はひたすら真っ直ぐだ。助手席に座りうつらうつらしていて、ふと目を開けると左手に鈍色の太平洋、右手にごつごつしたアンデス山脈の麓、その彼方に銀嶺が輝く。景色がちっとも変わらないから、同じ場所で空回りしているようで、檻の中の回し車で走っているハツカネズミのような気分になる。

そんな気分を助長するのが、隣を伴走する二本のレール、硝石を港に運ぶ鉄道線だ。このあたりの降水量は一ミリ。年間降水量ではなくここ四百年間に降った積算量だという。四百年、雨が降らない土地に人が住むという事実はぼくの常識を破壊した。

丸一日、走り続けたその日の夕、トラックはアタカマ砂漠最大のオアシスの街カラマに到着した。ぼくたちは翌日、街の近くのチュキカマタ銅山を見学することにした。明日の夕、バルパライソに戻る前にもう一度ペドロさんと会う約束をして別れた。

☆

チュキカマタは、世界最大の露天掘り銅山だ。中南米のご多分に漏れず米国資本が牛耳っている。アナコンダ&コネチカット社はブラーデン一族の所有だが、連中はペロンが台頭する以前にアルゼンチンの政治に介入し、愛国者の顰蹙を買っていた。

普通の鉱山は地中深くの鉱脈まで坑道を掘り、採掘を始める。でもここの銅鉱脈は地中三十センチから深さ一キロ以上に分布しているので、採掘は単に穴を掘るだけだ。ボウルのような穴を横に広げ、側面に鉱石の搬出路を段々畑のような溝として刻みながら深くしていけば、採掘になるわけだ。だからチュキカマタの外観は鉱山というよりも、縁に螺旋(らせん)状の道を刻んだ巨大な穴倉みたいだった。

地表に設置された展望台から一般客が見学できるので早朝、麓の集合場所に向かう。そこにはすでに百人弱の人が集まっていた。ここには毎朝、その日暮らしの銅山掘りの人夫が集まり、その日の仕事にありつく。どの顔も生気がない。

　そんな中、見知った顔を見つけた。トラックに同乗した夫婦だ。共産党員で職場を追われてしまったから、幼子を実家に預け出稼ぎに行くんだ、と聞きもしないのにペドロさんが教えてくれた。

　砂埃を上げたトラックが止まり、助手席から恰幅のいい男性が降り立った。手にした調教用の鞭をひゅん、ひゅんと振り回し、ぼくたちの前をゆっくり歩き、鞭の先で男たちを指さしていく。一人選ぶと次の三、四人を飛ばしまた一人選ぶ。

　今日の仕事に雇う人物の選択をしていたのだ。隣にトラックに同乗した夫婦がうずくまっている。監督らしき男は鞭を妻に向け先端を左右に振ると、次に夫に向け、くい、と手首を返す。夫が選ばれたのかと思ったら鞭の先がちょいちょい、と動き、鞭の先はぼくとピョートルに向けられた。ぼくの横顔に、夫の視線がまとわりつく。

　反射的にぼくは言った。

「ぼくたちは露天掘りの見学希望で、仕事を求めてきたのではありません」

　ぼくたちを通り過ぎようとした監督は立ち止まり、「何だと？」と振り返る。

「ですから、ぼくたちは見学希望で……」

　監督は怒声を上げた。

「見学だ？　そんなヤツを運ぶガソリンなどない。さっきの親父、コイツと代われ」

　取り消された夫が再び指名され、のろのろ立ち上がる。それはぼくの希望だったが、罵声を浴びせられたぼくはトラックの荷台を蹴り、唾を吐きかける。

背中で銃声が響いた。振り返ると空に向けた銃口から硝煙が立ち上っている。

「とっとと失せろ。でないとコイツをぶっ放すぞ」

「ものには言いようがあるだろ。〈サノバビッチ（野郎）〉め」

ぼくが監督に向かって叫ぶと、ピョートルがぼくを羽交い締めにして後ずさる。

監督は、ライフルの銃口をぼくに向けたまま、すごい形相でぼくを睨んだ。

柵を出て監督の姿が見えなくなると、ピョートルは腕をほどき、ぼくを自由にした。

ふうふう、と息を荒らげピョートルを睨む。それは逆恨みだ。でもぼくが激高したのは鞭の先で人を取捨選択するその傲慢さだ。一日くらいなら仕事をしてもいいと思っていたが気が変わったのは、家畜のように扱われるのが我慢ならなかったからだ。

ぼくの興奮が収まったのを見届けて、ピョートルが言った。

「エルネストの気持ちはわかるが、銃を持った相手に突っかかるのは無茶すぎる。あれで殺されたらただの犬死にだ。あんな行動では世界は一ミリも変えられないぞ」

返す言葉がない。さっきは私有地への侵入とみなされ、撃ち殺されても文句は言えなかった。ピョートルはすっかり悄気てしまったぼくに言った。

「とまあ、ここまではお前のママから頼まれた保護者としての忠告だ。ここからはエルネストと一緒に旅してきた友人として提案する。今から歩いて銅山見学に行こうぜ」

ピョートルは灰色の瞳でぼくを見た。腹の底から笑いがこみ上げてくる。

「ピョートルって本当にいいヤツだね。気分が晴れ晴れする、素晴らしい提案だよ」

ぼくたちは戦友のように肩を組み、銅山へ向かって歩き始めた。

二時間後、ぼくたちは鉱山のてっぺんにある展望台から、はるか下方の鉱山の底を見下ろしていた。

地表の展望台から見下ろすと、採掘をしている人々は蟻のようで、鉱石を運搬する巨大なトラクターはマッチ箱に見えた。目をこらすと列から外れた蟻がしきりに両手を振り回している。ぼくは監督に唾を吐きかける。届くはずはないけど、気分は晴れた。

しばらく眺めていたぼくはピョートルを振り返る。

「ぼくはこんな景色を、いつでも俯瞰できたことを、すっかり忘れていたよ」

喘息発作が激しい時、こうして鳥瞰図の中に自分の姿が見えていた。そんな高みからだと些細な感情は吹き飛んでしまうことを、ぼくは思い出した。

お気に入りのネルーダのソネット、「硝石」の一節を口ずさんだ。

硝石、満月に輝く粉
石炭と化した草原の穀物
ざらざらした砂の泡
埋められた花のジャスミンの香
（松田忠徳訳）

口ずさんでから、こんなところまでもジャスミンの幻影は追いかけてくるのか、と思い、ぼくは明るく絶望する。そんなぼくに、ピョートルはにっと笑いかけると、顎をくいとしゃくり、「〈バモス(さあ、行くぜ)〉」と言った。

夕方。ペドロさんと再会した。彼は硝石を積んでバルパライソに戻るからアントファガスタには寄れないという。アントファガスタ行きのトラックも見つからなかった。

落胆を隠せないぼくたちに、ペドロさんはいいことを教えてくれた。

「カラマからチュキカマタの硝石をアントファガスタ港へ運ぶ貨物鉄道が走っている。列車は一日一往復、夕方硝石を積んでカラマを出発して翌朝、アントファガスタに到着すると漁港の海の幸を積んで戻る。貨車専用で客は乗れないが、列車の速度は遅く飛び乗るのは簡単だ。おまけに線路に柵はなく終点以外には駅もない。面白い話だろ？」

ウインクしたペドロさんに、ぼくたちは抱きついた。

「〈グラシアス（ありがとう）〉、ペドロさん。それってとってもいい話だね」

夕方六時半。カラマの駅舎から一キロ離れた線路側のベンチに座っていると、夕闇の中、蒸気機関車が黒煙を上げて近づいて来る。先頭車両の機関士が進行方向を見つめ、続いて灰緑色の鉱石を積んだ貨車が通り過ぎていく。最終車両が目の前を通り過ぎると、駆け出してリュックを放り投げ、最後尾の貨車のデッキに飛び乗った。

腰を下ろし柵の間から足をぶらぶらさせながら、遠ざかるカラマの街の灯を眺めた。

しばらくすると街並みは消え、薄闇の中に殺風景で単調な砂漠の光景が広がった。

遠く山腹に瞬いている灯りは銅山の夜間作業の光だろう。

やがてその光も遠ざかり、完全な闇になった。

ぼくとピョートルはステップに横たわり夜空を見上げた。

満天の星が降り注ぐ中、まどろんでいたぼくは、真夜中に目覚めた。

身体の芯まで凍りついている。砂漠の夜は寒暖差が激しく、真冬のブエノスより寒い。

低速でも逆風は堪える。チリという国名の語源を骨身に染みて理解しつつ、リュックの中からありったけの服を引っ張り出して着込んだ。

この寒さの中でもピョートルは眠りこけている。コイツは大物だなあ、とその寝顔をしみじみと眺めた。

単調な駆動音を響かせながら、機関車は一路、太平洋岸を目指して走り続けた。

☆

アントファガスタの港に佇みぼくたちは、夜明け前の鈍色の太平洋を見つめていた。

夏の終わり。「計画とは狂うものなり」などとたわけた言葉を意味も無く繰り返しては呆けたようにゲラゲラと笑い転げ、いつまでも止まらない。

こんな旅をしていると、時間や季節の概念がぽろぽろと崩れていく。

でもそんなことは、もうどうでもよかった。

何しろ行き当たりばったりの旅はあまりにも楽しすぎたのだ。

# 8　バナナ共和国

## 一九五二年二月　エクアドル・グアヤキル

運命の分岐点は唐突に目の前に現れるものだ。予兆は常に警告を発して、準備の必要性を訴えているけれど、ぼくたちみたいな凡愚の徒はそのサインに気づかないから、唐突な印象を受ける。

〈アセーロ〉二号がくたばったのも運命の予兆だったのに、ぼくたちは気づかずに北上を続けた。そしてぼくたちの分岐点は、鉄路で硝石積み出し港のアントファガスタに到着した朝に出現した。

停泊中の貨物船が船員を二名募集していると、早朝の魚市場の場外食堂で知った。船は硝石を積んでエクアドルに行きバナナを積んでコロンビアに寄港するらしい。

「エルネスト、俺たちの旅にはペルーのハンセン病療養所を見学し、ボランティアで医療に参加するという確固たる目的があったよな」

ピョートルの指摘に、ぼくはこくこくとうなずく。

「旅は三月にはブエノスに戻らなければならないという期限がある。そして俺たちは、今、〈アセーロ〉二号という機動力を失った。つまりこのままヒッチハイクを続けていたら間に合わなくなる。だから計画を変更し、ベネズエラはパスしよう。独裁者ヒメネスは相当酷いヤツらしいし、物価もめちゃ高いらしいからな」

後の経済的理由は説得力がある。ぼくはうなずき、ピョートルは続けた。

「問題はその先だ。この調子だとサンパブロ療養所でとんぼ返りになりかねない。それなら一刻も早く現地に行くべきだ。何とそこにグアヤキル行きの船員募集と来たもんだ。サンパブロはアマゾン河流域だからコロンビアからアマゾン河を遡ればいいし、その上軍資金まで稼げるなんて、これは神のお告げだぜ」

ぼくと同じ無神論者のクセに、とツッコむのは自重した。

しばらく考えていると、その提案がどんどん魅力的に思えてきた。

コロンビアではやりたいことがあった。四年前の〈ボゴタソ（ボゴタ暴動）〉について現地取材してみたかったのだ。野党の大統領候補ガイタン党首が暗殺され、市民が暴動を起こし血で血を洗う〈ボゴタソ〉を経て〈ビオレンシア〉という恒常的な暴動状態に突入した。その時、中南米国際学生会議の大会会長の女性が騒動を収束させたというウワサを聞いた。是非ご本人にお目に掛かりたいと思っていたから、コロンビアからサンパブロ療養所に向かうという計画変更は、ぼくにとっても願ったり叶ったりだ。

当初のスケジュールではサンパブロから先の計画は白紙だった。でも先にコロンビア入りするとなれば話は別だ。ぼくが希望を話すと、ピョートルはあっさり呑んだ。

「それは大丈夫だよ。どうせボゴタは通るし」

ところが世の中はそう思い通りにいかず、船員募集はとっくに終わっていた。

何とか追加でもぐり込もうと算段してみたがダメだった。するとピョートルが言う。

「エルネスト、希望の船がこのまま目の前で出航するのをむざむざ見送るつもりか？　何でもあの船の出航は真夜中らしいぜ」

ピョートルの提案は、口に出すまでもない。「密航しようぜ」だ。その時のぼくに、その悪辣な提案に反対するだけのモラルと気力がなかったのは不運だった。ただし彼の名誉のため言っておくと、もし彼が提案しなければぼくが提案していただろう。

船名は慈悲深い「サンタマリア号」。貧乏学生に愛の手を差し伸べてくれるはずだ。


真夜中過ぎ、硝石を詰めた木箱を搬入する人夫に紛れて船内に忍び込む。一番下の船倉に食料用に確保されたバナナの袋を確認し、三回目で荷運びの列を外れた。

階段は上階行きと下階行きに分かれていたのでぼくは下、ピョートルは上を選んだ。

「ボン・ボヤージュ」と気取って言うと、ピョートルは「チャオ」と返してきた。

下階の隠れ場所はトイレしかなかった。幸い個室は三つあり、一つを占拠しても問題はなさそうだ。ただ強烈なアンモニア臭には参った。パンを食べる気分になれない。

これから四日間もここに籠城するのかと思うと、情けなさと気持ち悪さで涙が出た。

ぼくはたびたび嘔吐したが、場所が場所だけに支障がなかったことだけが救いだった。

船はエクアドルのグアヤキル港とマチャラ港、コロンビアのベントゥラ港で硝石をおろし珈琲豆とバナナを積み最終目的地、朝鮮戦争の特需に沸く日本に向かうらしい。

ぼくたちの密航がわずか一日で露見したのはピョートルのせいだ。食料庫に潜り込んだピョートルはバナナやメロンを食いまくったため、その食べかすでバレたのだ。

海賊帽がお気に入りの船長は赤ら顔を更に赤くし激怒したが今さら引き返すわけにもいかず、仕方なく密航者に使役を課した。ここでも運命は不公平で船長はぼくに船内掃除を、ピョートルにはジャガイモの皮むきを命じた。

公平さを考えれば、丸一日トイレに籠もったぼくと、バナナを食べ放題したピョートルの役割は入れ替えるべきだ。結果的にぼくは二日間のトイレ掃除を含めた苦役でさらに痩せ、ピョートルはますます肥えた。ピョートルはぼくを便所虫と呼び、ぼくはバナナデブと言い返したが、言葉の破壊力ではとうてい敵わず、悔し涙で枕を濡らした。


最後の二日間は船室を与えられたが、待遇改善には理由があった。

グアヤキル港で硝石を下ろすと、船長はぼくらをトラックで一時間ほど離れた場所にあるエル・カンポス農園に移送したのだ。トラックの助手席のドアにもたれた船長は、海賊帽のひさしを人差し指で持ち上げ、言う。

「農園で労働者がストをしてやがる。今回のバナナはパナマのホテルに収める二百箱分だけだから二人が丸一日働けば済む。交渉したら監督役なら出すという。その時に不埒な密航者どもの顔が浮かんだわけさ。どうだ、素晴しい思いつきだろう?」

ぼくとピョートルは、ははは、と力なく笑った。確かに合理的だ。船長のおかげで、ぼくたちもバナナ園での収穫という貴重な体験が出来るのだからありがたい。

まったくもう。

悪路に揺られ、鬱蒼とした緑の木々に覆われたバナナ園に到着した。空はどんより曇り、今にも雨が降り出しそうだ。蒸し暑い空気が身体を押し包む。

湿気の多い大気がねっとりと身体にまとわりつく。

バナナ積み出し専用のマチャラ港の傍らにある農園は閑散としていた。スト中なので人の気配はない。小柄でひょろひょろした黒人の老人がぼくたちを待っていた。

老人は「ミゲル、と言いますだ」と名乗った。意外に若々しい声だ。

船長は海賊帽を取り、胸に当てた。

「スト中なのに取り入れを指導してくれ助かる。コイツらはどんなにコキ使っても構わないから、とにかく期日はきっちり守らせてくれ」

ミゲルはうなずく。こんな老人に勤まるのだから、若いぼくたちには楽勝だろう。

ぼくたちはミゲルに従い農園に分け入った。背後で船長の陽気な声が響く。

「がんばれよ。一日百箱片付ければ二日で終わる。明日の夕方、迎えにくるから死ぬ気で働け。それまでに二百箱が揃わなければ、ここに置き去りにするぞ」

海賊帽を被り直した船長はそう言い残し、排気ガスを吐くトラックと共に消えた。

幼い頃から農園で働いていたというミゲルは、話がバナナのことになると急に雄弁になった。バナナを愛するミゲルは、バナナの話に誰よりも熱心に耳を傾け、学者なみに博識になったのだという。

あちこちにぶら下がる青いビニール袋は、花が咲いた直後に被せる虫除けの袋だ。その中にバナナの房がたわわに実っている。

バナナは世界最大の草本で、多年生で複数年にわたり花を咲かせるが種はつけない。

食用バナナは吸芽と呼ばれる地中部分を植え替えて増やすのだという。

「電球みたいな形をした球茎が地下で伸びて吸芽を作り、偽茎という地上部分が出て実が生るだ。ひとつの球茎から十二の吸芽が出て、吸芽を植え替えるとひとつのプランテーションが出来るだ。一つの吸芽から一族四代の偽茎が出るだ。この枯れかかった父茎の隣に、果実がたわわな息子の茎が寄り添ってる。その傍ですくすく育っている若木は孫茎で、もう少しで親に追いつくだ。孫の根元にタケノコみたいに小さな芽が顔を出しているのがひ孫の偽茎の芽で、この四代一組の株がバナナ一家ですだ」

農園を見回し呆然とする。野球場とサッカー場を合わせたより広そうな、この農園に生い茂るバナナが、元を辿ればたったひとつの球茎から生まれただなんて……。

四代の株が林立する農園は蒸し暑く、陽は出ていないのにじっとり汗ばんでくる。

ミゲルはバナナの幹の傍らに立ち止まると、バナナの基礎講座を再開した。

「グロスミッチェルの坊っちゃまは全滅で、キャベンディッシュ野郎に頼り切りですだ。どちらもバナナの品種で、グロスミッチェル坊っちゃまは世界中に広がったパナマ病で壊滅しただが、キャベンディッシュの鈍感野郎は病気にかかりにくいんでさ。プランテーションの切り替えは二年かかりましただ」

遺伝的に単一なバナナ園は一本の草本だから、一ヵ所が病気になると全体が同時にやられてしまうわけだ。更に質問しようとすると、ミゲルが空を見上げた。

「この雲行きだとスコールになるでまず収穫するだ。話は雨宿りしながらできるだで」

もちろんミゲルのその提案に異論はない。なにしろ、明日までに二百箱の取り入れが終わらなければ、ぼくたちはここに置き去りにされてしまうのだから。

　バナナの花は赤紫色の萼（がく）の中で咲く。とうもろこしより一回り大きい萼をめくると可憐な黄色い花が何層も並ぶ。中心の茎が伸び花茎になり、花茎の周囲の房が果実になる。

　ミゲルは柄の長い〈マチェテ（山刀）〉で花茎を根元からばっさり断ち切る。房入りの青い袋がどさりと手中に落ち、その袋を両手で抱えて右肩に担ぐ。

　小柄なミゲルが大きなバナナの果実の袋を肩に背負ってすたすた運び、農園の施設でバナナの花茎をハンガーに引っかけると、再びバナナ園に戻っていく。

「一袋の房が一箱分で二百箱分、これを旦那さん方にやってもらうんでさ」

「二百ぽっちか。楽勝だぜ」とピョートルが言う。

　ミゲルがバナナの青い袋をひょい、と投げ渡すと受け取ったピョートルはよろめいた。

　頼りない足取りで洗浄場に持っていくと、「意外に重いぜ」と肩で息をついた。次はぼくの番だ。袋がずしりと肩にのしかかる。一袋は八十ポンド（約三十五キロ）。重いと吹聴するほどではないが軽くもない。まあ正直言えば、重いんだけど。

　次は房の処理だ。果実の先に残った萎れた花を手でむしると、ねばねばの透明な樹液がしみ出て、触ると肌が痒くなる。特殊な形の刀で房の根元を花茎から裁断して水槽に放り込むと、バナナの房はたぷたぷと流れていく。

青い袋の中の一本の花茎に約四十本の果実があり、小刀で六、七本の房に小分けすると店先で売っている形になり、段ボール一箱にぴったり収まる。ミゲルは楽々とやっていたけど、簡単ではなかった。房を切る一撃もすっぱりいかず箱詰めも隙間だらけでやり直し。ミゲルの手際が良いのは彫刻が施された象牙のナイフが素晴らしいからだと、負け惜しみを言うと、ミゲルは得意げにそのナイフを見せびらかした。

バナナ一本は五十グラム、これは指でつまめる。店で売っている七、八本の房は五百グラムだから片手で持てる。でも花茎のひと塊は三十五キロなので担ぐには力がいる。それをひとり百回往復。しかも手近から始めるから運ぶ距離はだんだん長くなる。

正午のサイレンが鳴った時には二十四袋しか運べなかった。それを二十四箱の段ボール箱に詰め、見本の一箱を加えると目標の四分の一の二十五箱に届いた。

「キリがいいですだで、昼休みにするだ」

その時、小屋の屋根を大粒の雨粒が叩いた。スコールだ。雨音を伴奏に弁当を食べていると、ピョートルがウインクをして机の下からバナナを手渡す。商品をくすねて食べようとしたが固くて剝けない。やっと剝いてひと口齧った瞬間、バナナを吐き出した。

「ぺっ、こんな固いバナナ、食えないぞ。こんなんで売り物になるの？」

部屋の片隅で手弁当を食べていたミゲルが顔を上げた。

「収穫直後のバナナは食べられないですだ。一週間熟成させねえと」

早く言ってよ、と思いながら、剝いたバナナを床に投げ捨てた。

食事が終わるのを見計らったかのようにスコールは止んだ。

燦々と太陽が照りつけ気温と湿度がぐんぐん上昇し、立ち上る陽炎を眺めていると、日陰から出たくなくなってしまった。


午後はペースが落ちて十四袋で計三十九箱。キリがいいのでもう一箱頑張り、初日は四十箱で終わった。これでは明日までに二百箱という目標にはとても届きそうにない。

ぼくたちは洗浄場に泊まった。ハンモックはミゲルが貸してくれ、柱の間に吊った。

その晩、ミゲルはバナナについて縦横無尽に語りまくった。ミゲル説によればアダムとイブが楽園で食べた禁断の果実はバナナで、局所を隠したのもイチジクの葉でなく、バナナの葉だという。言われてみれば確かに、イチジクの小さな葉では局所を隠しきれないが、バナナの葉なら問題ない。

「これはリンネちう分類学の偉い先生が言ったことだで。それにイチジクという部分は、コーランではバナナと訳されているそうだで」

何だか眉唾に思えたけど、真偽を確かめる術がない以上ミゲルを信じるべきだろう。

ミゲルのバナナ話は面白かったけど、ぼくたちは慣れない運搬作業で疲れ切っていた。気がつくと深い眠りに落ちていて、ミゲルが立ち去ったのにも気づかなかった。

残り百六十箱を夕方までに終わらせなければ、ぼくたちは置き去りだ。早朝から運搬を始めたぼくたちはミゲルが出勤してきた時には新たに二十五袋も積み上げていた。

「旦那さん方は朝早くからやったんですだか？」

「ああ。朝の涼しい時間にできるだけやっつけないと、後が大変だからね」

ピョートルが言う。日が高く昇るまでにせめて昨日のノルマの百箱は終えたい。

強い陽射しと熱帯の蒸し暑さが、バナナを運ぶぼくたちの身体をじわじわ痛めつける。百箱という昨日の目標数に達したのは、正午のサイレンが鳴り響いた直後だ。一日半で百袋。残り半日であと百袋片付けるのは絶対に不可能だと絶望的になりながらも、よろよろとバナナを運ぼうとした時、ミゲルが言った。

「正午から午後二時まで、運搬作業は休憩ですだ」

休んでいたら間に合わないよ、とかすれ声で抗議するが、ミゲルは取り合わない。

「この昼休みルールは、オラたちが待遇改善を求めストをして勝ち取った、大切な権利ですだ。誰にも、オラたちの以前の過酷で悲惨な仕事をさせたくはないんですだ」

ピョートルは肩をすくめた。

「現場でボスに従うのは鉄則だ。休憩の間も箱詰め作業はできるさ」

直射日光を避け屋根の下、水を浴びる仕事でリフレッシュした。大声でタンゴを歌いながら箱詰めをしていると、音痴すぎるとピョートルがケチをつけた。そんなぼくたちの様子を、ミゲルの眼窩に引っ込んだ小さな目がじっと見つめていた。

箱詰めを終え弁当をたいらげる。プラタノという料理用バナナを揚げたものが旨い。

二時になり、重い腰を上げようとした時、ミゲルが本部棟から戻ってきた。

「旦那さん方、いい知らせですだ。船長のお迎えは明朝になりましただ」

希望の光が見えてきた。このペースなら夕方までに百六十。明朝早起きして四十なら何とかなるかも。だが世の中、そんなに甘くはない。炎天の下、運び続けても袋は日が傾きかけても三十に届かなかった。農園のぬかるんだ小径を三十五キロの袋を担いでの往復に疲労が積み重なる。日が沈み、よろめきながら最後の花茎を運び込んだ。

総計百三十袋。ぼくたちは崩れるようにして、仰向けに倒れた。

宵の明星が瞬いている。耳を聾するカエルの鳴き声が疲れ切った身体に染み入る。透明な風が、寝転んだぼくたちの頭上を吹きすぎていく。明日は明日の風が吹く。今はただ地べたに転がり、暮れなずむ空をぼんやりと見上げていたかった。

人のざわめきが聞こえ、上半身を起こすと作業衣を着た人が数名、本部前に集まっているのが見えた。不穏な様子を眺めていると、集まりの中からミゲルが戻ってきた。

「旦那さん方の手伝いに仲間を呼んだだ。みんなでやれば七十箱は一時間ですだ」

「え？　今はスト中じゃないの？」と言うと、ミゲルはにい、と笑う。

「旦那さんたちは骨惜しみせずに働いたで、手伝うことにしただ。それに、ストは会社に対してで、個人的な細かい仕事には関係ねえですだ」

思わず胸が熱くなった。ピョートルがぼくの腹を肘でつつく。

「エルネスト、好意はありがたく受けようぜ」

ミゲルが現地語で指示を出すと人々は農園に散り、ぼくたちの前に青い袋をどさどさ積み上げていく。三名の女性が歌いながらバナナの房を切り離し箱詰めする。

こうして七人で七十袋のバナナを取り入れるのに一時間と少々。最後のバナナの房が箱詰めにされるまで二時間と掛からなかった。

やがて二百箱目の箱を積み上げると、ミゲルは言った。

「旦那さん方、これで終りですだ。これからささやかな送別会ですだ」

ぼくたちは〈グラシアス（ありがとう）〉と繰り返すしかなかった。

見上げた夜空から、星が降るようだった。

三組の夫婦は家に帰り、四人が車座で焚き火を囲む。バナナの茎は乾燥させるといい燃料になる。女性が持ってきてくれた串刺しの鶏や野菜を食べ、ユカイモを発酵させた〈チチャ〉という地酒を飲む。ミゲルはぼくたちの旺盛な食欲を楽しげに眺めた。

痩せて肌が青い、SFの宇宙人のような青年がギターを弾き、切々と恋心を歌い上げた。独特のリズムの哀切なメロディは〈パシリョ〉というらしい。

「みなさん凄いっすね。俺たちの十倍仕事が早い」

ピョートルが心から賛辞を言うと、ミゲルは現地語で他の人たちに訳す。するとみな立ち上がり、入れ替わり立ち替わりぼくたちの肩をばんばんと叩いて席に戻った。

「オラたち、仕事を褒められたことがないで、みな喜んでるだ。夫婦二人で朝から晩まで働いても食えないで、女房は内職でバナナの茎や葉で人形を作り、子どもも両親を手伝ってバナナ園の労働者になるだ。でも長い間働いても給金は安いし、病気になったら死ぬだけだで。コイツを見てくだせえ」

ミゲルは、〈パシリョ〉を歌っている若者の青い肌の腕をさすりながら、言う。

「コイツは〈ペリコ（インコ病）〉で、硫酸銅と油とライムを混ぜた農薬のボルドー液のせいで肌が青くなっただ。しばらくすると、臭いがわからなくなって吐きながら死ぬですだ」

焚き火の炎が爆ぜた。ぼくが医学生だと名乗らなかったのは、病気に対し助言ができないからだ。ぼくたちは役立たずだ。もっと勉強しなくては、と思った。

「権利を求め戦っているみなさんを尊敬します。ぼくたちも応援しています」

ぼくの言葉は空疎だったが、何か言わずにおれなかった。

「今の旦那の言葉はオラたちを勇気づけてくれただよ」

それはミゲルにすれば精一杯の返礼だったのだろう。ぼくは、相手を慰めようとして逆に自分が労られてしまった気まずさに包まれる。

「オラたちのストを知って中南米地区の支社長がグアヤキルにきているらしいですだ」

「朗報じゃないですか。支社長に現状を訴えるいい機会ですよ」

「そんならいいだが、〈バナナ・カイザー（帝王）〉と呼ばれる支社長はホンジュラスから札付きの連中を連れてきて、ストを叩き潰そうとしているというウワサもあるですだ」

そう言って、ミゲルは黙り込んだ。

その時、焚き火が爆ぜる大きな音が、カエルの鳴き声に満ちた夜の闇に響いた。

朝。〈チチャ〉の飲み過ぎで二日酔いのぼくたちの元に、赤ら顔の船長のトラックが到着した。船長は海賊帽のひさしを人差し指で持ち上げ、ぼくたちの努力とバナナ園の労働者の好意の成果のバナナ二百箱を見て言った。

「やりゃあできるじゃないか。じゃあ最後にもうひと仕事、この二百箱を荷台に積んで、港で船に運び込め。それでお前たちの借金はチャラにしてやる」

ぼくたちはバナナ二百箱を荷台に運び込む。距離が短いのでこれなら朝飯前だ。

手際よく積み終えると、助手席でうたた寝をしていた船長は、トラックから降りミゲルにひと言、ふた言、声を掛け、「おい、ガキども、行くぞ」とぼくたちに言った。

ぼくとピョートルはミゲルに駆け寄った。抱きしめた身体からは藁の匂いがした。

ミゲルは細長いものを差し出した。ミゲルの宝物、象牙の彫刻が柄にある小刀だ。

「これをオラだと思って、大切にしてほしいだ」

こんな大切なものもらえないよ、と言ったけれども、ミゲルは引っ込めようとしない。

仕方なくぼくは、そのナイフを受け取った。お返しになるものを探してリュックを漁ると二冊の詩集が出てきた。ネルーダとボルヘスの詩集はどちらも直筆のサイン本だ。

これならミゲルのナイフと釣り合うかもしれない。

ミゲルは申し出を断ったが、押し問答を続けるとようやく片方に手を伸ばした。

ネルーダはアカだから持っているのがバレたらエラいことになるんで、と言い訳してミゲルはボルヘスの詩集を選んだ。その詩集を手渡そうとした時、その本をまだ一度も開いていなかったことを思い出す。

一瞬、パラ見しようかと思ったが、フランス装なので諦めた。

自分の意志であるかのように、詩集はミゲルの手元に収まった。

荷台に飛び乗ると、ミゲルは走り出したトラックに向かって手を振り続けた。

助手席から顔を出した船長が、荷台のぼくたちに言う。

「ミゲルに感謝しろ。ヤツはお前たちのため、迎えを今朝にしてくれと懇願したんだ。聞けばゆうべは二百箱は終わってなかったそうじゃないか。そうなったら俺たちが航海から戻る二ヵ月後まで、お前たちはただ働きさせられるところだったんだぜ」

ぼくたちは顔を見合わせた。

トラックの荷台で揺られながら風に吹かれていると、ミゲルの、眼窩に引っ込んだ小さな目を思い出す。船長のご機嫌な声が響く。

「世の中は結果がすべて、バナナも無事に納品され商売に穴を開けずに済んだし、出航を一日延ばしたおかげでラッキーなこともあったから万々歳だ。ご褒美に、これからいい所に連れていってやる。やることをやった相手には、俺様は気前がいいんだぜ」


トラックの荷台から船に運び込むのは骨が折れたが、他の船員も手伝ってくれたので小一時間で済んだ。ピョートルはかつて隠れた船倉にバナナを運び入れながらぼやく。

「バナナの収穫がこんな大変だなんて思わなかった。あんな風に食い散らかしたことは深く反省したぜ。もっと一本一本感謝を込めて食べるべきだった」

それが反省かよ、と呆れた。搬入を終えると、船はマチャラ港からグアヤキル港へ向かう。一時間弱の航海で到着すると、船長はぼくたちに船員の制服を貸してくれた。

「それを着て俺についてこい」

わけもわからず船員たちの列の最後尾につく。下船して賑やかな港の繁華街を抜け、カテドラルや市庁舎がある広場に到着した。振り返ると二体の巨大な銅像が見えた。

「グアヤキルはボリバルとサンマルティンが会見した街だ。あれは二人の銅像だぜ」

「きっとそうだね。帰りに寄ってみようよ」

　十九世紀、欧州をナポレオン旋風が席巻した余波でスペインの南米支配が弱まった。そこで起こった民族独立の気運の高まりを捉えた英雄二人が南米大陸に降臨した。

　ヌエバ・グラナダという現在のコロンビア・ベネズエラ・エクアドル三国をグラン・コロンビアとして独立させて、初代大統領に就任した北の鷹・ボリバル。

　アンデス越えでペルー・チリ・アルゼンチン三国をスペイン支配の軛から解き放った南の虎・サンマルティン。

　同時期に南米大陸の解放に奔走した二人は、南米の西半分を解放したわけだ。だが両雄並び立たず、ふたりがただ一度相まみえたのがここグアヤキルだ。ここまで来ながら二人の銅像を見ずに通り過ぎるなんて、革命戦士を自認する我々の名が廃る。

　だけど今は船長が言う〝いい所〟とやらに興味津々だった。

　サンタマリア号御一行は、くねくねと市街地の通りを抜けて、市庁舎の隣の石造りの豪邸、グアヤキル総督府に到着した。入口の看板を見上げると、ぼくとピョートルは顔を見合わせた。看板には「ユナイテッド・フルーツ社　グアヤキル支社歓迎会」とあり、招待主はサニー・ザイラー支社長だった。

　ミゲルが恐れていた支社長主催のパーティにお呼ばれすることになるなんて、何という皮肉な巡り合わせなのだろう。

☆

パーティ会場には見たこともないような食材が並び、シャンパンやワインの色とりどりのグラスが林立している。ピョートルは鯨飲馬食しているぼくに言う。

「そう言えばこの旅は、こんなパーティから始まったんだっけな」

かぶりついたチキンを喉に詰まらせる。ぼくの顔色が変わったのを見て、ピョートルはそそくさと側を離れてローストビーフの列に並ぶ。

去年のクリスマス・イブはほんの一時、ぼくの婚約者だった大地主(エスタンシエロ)のお嬢さまの二十歳の誕生パーティだった。あの夜、ぼくは幸せの絶頂にいた。

どうしてあの幸せを手放してしまったのだろう。

シャンパン片手に追憶に浸っていると、ステージ上でバンドがジャズを奏で始めた。

演奏は上手いけど、こころに響いてこない。焚き火の側で聞いた〈パシリョ〉の旋律が懐かしい。昨日のことなのに、はるか遠い昔のようだ。

「よう、楽しんでいるかい？」と肩を叩かれ振り返る。

酔っ払った船長の赤ら顔があった。それが船長の証しだと固く信じているのか、いつでも海賊帽を被っている。少し酔っていたぼくは船長に、バナナ園での出来事を話した。面白がって聞いてくれたので、調子に乗っていろいろなことを喋った。

すると、背後からしわがれた声がした。

「なかなか興味深い話だな」

振り返った船長は、海賊帽を取り胸に当て、恭しくお辞儀する。

「これはこれは総督閣下。ご尊顔麗しくなによりです」

「固くなるな。今のはエル・カンポス農園の話だな？　なかなか面白い。詳しく話せ」

「どなたですか」と小声で尋ねると、船長は真っ青な顔で言った。

「ば、ばか。このお方はグアヤキル総督にして、わがサンタマリア号の雇い主であらせられる、ユナイテッド・フルーツ社のザイラー中南米地区支社長さまだ」

知らないよ、そんなこと。でもグアヤキル総督だから、ユナイテッド・フルーツ社のパーティを総督府で開けるのかと納得した。それにしてもぼくたちの船にユナイテッド・フルーツ社の息が掛かっていたなんて、ミゲルに対する酷い裏切りに思えた。

改めて目の前のザイラー支社長を見る。小柄だががっしりした体つき。細い目は蛇に似ている。蛇は蛇でも小さな毒蛇ではなくジャングルでとぐろを巻くアナコンダだ。

着ているのは背広だが、合わない服に無理やり身体を押し込んでいる感じが臭う。〈バナナ・カイザー〉の背後には迷彩服で自動小銃を抱えた軍人が二名控え、彼の周りに圧力帯を形成している。

護衛兵の威圧感は抜群だが、粗野な感じがして正規の軍人には見えない。

「ストの最中の農園のクズ野郎どもにどうやって仕事をさせたのか、教えてほしいな」

蛇のようなザイラー支社長の目は、有意義な情報を丸呑みしたいという貪欲な炎が、ちろちろと燃えていた。でも同時に、妙に親しげな光も見えた。

ほら、蛇だって時々は可愛らしく見えることもあったりするだろう？

ここでミゲルの善意を伝えれば事態が好転するかもしれないと思い、バナナ園での顚末を語り、ミゲルの思いやりを力説した。ザイラーは熱心にぼくの話に耳を傾ける。

傍らにいるピョートルがうなずいて、ぼくの演説を支援してくれる。

語り終えると、ザイラーは拍手をした。

「素晴らしい。崇高な志を持ちながら、バナナ園の労働者とも打ち解けるフランクさがあり、医学生としてバナナ園の公衆衛生問題まで指摘してくれるとは優秀な若者だ」

ザイラーが執事に耳打ちすると、美しいコンパニオンがやってきてシャンパングラスをぼくとピョートルとザイラーに手渡した。ザイラーは高々と杯を掲げる。

「小さな冒険家たちの、広大な人類愛に乾杯」

杯を干したザイラーは、空になったグラスを掲げシャンデリアの光に重ね合わせる。

「諸君のような若者がいるかと思うと感無量だ」

次の瞬間、グラスを床にたたきつけた。派手な音と共にグラスは粉々に砕け散る。

ざわめく会場は水を打ったように静まり返る。ザイラーは早口でまくしたてた。

パーティ会場には不似合いな、機銃掃射のような罵声が響き渡る。

「素晴らしい志を持ったお前たちがなぜインディオに肩入れする？　横着で鞭で脅さなければ働かず我々が尻を叩いてやっと人間になれるような奴隷根性丸出しの労働者の権利を守れ？　甘やかすからストなぞやるんだ。連中が食べていけるのは我々がバナナを売りさばいているおかげなのに、ストなどとふざけたことをしやがって。おかげでこのクソ忙しい時にこんなくだらないパーティを開く羽目になった。人道派を気取る社長はパーティで情報収集し穏便に収めろなどと、生ぬるいことをぬかしやがる。後ろに控える連中にひと言命じればすぐに片づくのにまだるっこしいことだ。だがさっきのような情報も得られるのであれば、たまにはこうした偽善も悪くないな」

ザイラーはストを叩き潰す情報を集めるために、このパーティを開いたらしい。ぼくは有意義な内部情報を、最も伝えてはいけない相手に得々と語ってしまったわけだ。

青ざめて言葉を失ったぼくを見ながら、ザイラーは続けた。

「ストなどというたわけたことをやる連中が後を絶たない理由がわかった。お前たちのように道理もわからぬクズ野郎が、インディオ連中を焚き付けるんだな。ストの背後にはクズ同士の連帯がある。これは今後のスト予防に役に立つ情報だ。だがそんな連中がこの私に意見するなどあってはならん。お前の所業は総督侮辱罪で万死に値する。本来なら死罪だが、パーティに免じて罪を一等減じ二十四時間以内の国外退去を命じる」

冷酷な宣告が言い渡される。一瞬青ざめたぼくは、すぐに気を取り直す。

思えば体制に刃向かいながら旅してきたぼくたちの周りには、いつもこんな風にひりついた空気が取り巻いていた。でなければぼくはとっくの昔に失神していただろう。

強かさではぼくよりもはるかに上を行くピョートルが言う。

「総督閣下をそこまで激怒させてしまった非礼は深くお詫び申し上げます。また罪一等減じてくださった総督のご好意にも感謝します」

恭しくそう言うと彼はザイラーに気づかれないよう、ぼくにウインクする。

カッカするな、というメッセージに冷静さを取り戻す。サンタマリア号は明朝、グアヤキル港を出港するから、国外退去の言い渡しに実害はない。ピョートルは続けた。

「謝罪を申し上げた上で申し開きいたします。元来、怒りという感情は、相手を同等もしくはそれ以上と認めた時に湧き上がる、相手の存在に対する不快感が本質です。今、総督閣下はご立腹のご様子ですが、それは閣下の徳を貶める愚行です。我々はカネも力もないはぐれ者の〈バガブンド(放浪者)〉です。我々に見える風景と閣下のようなお方がご覧になる景色は違います。閣下は我々に怒るのではなく、哀れむべきです。我々の失礼を慈悲心でご寛恕下さった総督閣下におかれましては、どうぞお怒りをお鎮め、下々を安心させていただきたく存じます」

ザイラーはピョートルが恭順の意を示しながら内心で舌を出していることなど見抜いているはずだ。だがパーティに集う紳士淑女たちがその言葉を額面通りに受け取っている以上、否定すれば総督の狭量さを露呈するだけだ。ザイラーは忌々しげに言う。

「ふん、口だけはそこそこ達者なようだな。よかろう。国外退去の命令は撤回しよう。小童のクセにそこまで大口を叩くなら、お前たちの正義とやらを振り回したらどういうことになるか、見せてやる。明朝八時、もう一度ここを訪ねてこい」

形式的な手続きながらピョートルの完全勝利だ。ピョートルは肩をすくめて答える。

「残念ながら、明朝は出航でして」

「出航なんぞ遅らせろ」

「ぼくたちは見習い水夫ですから、決定をする権限がありません」

「心配するな。私の力を以てすれば簡単だ」

彼が手を上げると音もなく執事が現れた。耳元に何事か囁くと、しばらくして我らがサンタマリア号の船長が、海賊帽を胸に当て揉み手をしながらやってきた。

「お呼びでしょうか、ザイラー支社長」

「このふたりを明朝、小一時間ほど借りる。ついては出航は午後に延ばせ」

「支社長のご命令に従いたいのはやまやまなのですが、本日午後、海運局に出港手続きを申請し終えてしまいまして」

ザイラー総督は細い目を更に細くした。

「グアヤキル総督の私が海運局に連絡しておくから、問題ない。いいか、明朝の出航は午後に延期しろ。私も明日午後ここを発つ。共に北を目指そうではないか」

はは、と船長は平伏した。

「畏れ多いことを。私たち総出で閣下の出航を見送らせていただいてから出航します」

「まあ、それでもよかろう。その方が若い船員は喜ぶだろうからな」

なぜ見送る船員が喜ぶのか、不審に思ったぼくのこころを読み取ったかのように、会場を立ち去りかけたザイラーは、立ち止まると振り返って言った。

「こうみえても私は、なかなかの人気者なのだよ。特に子どもたちには、な」

何を言っているんだ、と思いつつザイラーの後ろ姿を見送る。すると船長は不安げな表情を隠そうともせず、「今度は一体、何をやらかしたんだ？」と小声で訊ねてきた。

そんなことは、ザイラー本人に聞いてほしいものだ。

翌朝。朝八時に総督府前の広場に佇んでいると門扉が開き、列車の車両のように長いキャデラックが現れた。後部座席の窓ガラスが下りると、ユナイテッド・フルーツ社の支社長にしてグアヤキル総督でもあるサニー・ザイラーが顔を見せた。

開襟シャツにサファリ・ジャケットというラフな服装は、ジャングルの大蛇・アナコンダのような彼には似合った。真っ白なパナマ帽を人差し指で持ち上げ顎をしゃくって、乗れと指図する。威圧されつつ車に乗り込み、ザイラーと向かい合わせに座る。

振り返ると後ろに続く二台の軍用トラックの荷台には兵隊が満載されていた。

ザイラーの隣には褐色の肌の女性がロングドレス姿で寄り添っている。その美しさに目を奪われかけたが、前座席で自動小銃を抱えている兵士二人の姿を見て目を伏せる。

麗人が備え付けの冷蔵庫から出してくれたオレンジジュースで喉を潤す。

車はビロードのような乗り心地で、つい、うつらうつらしてしまった。快適な時間は経つのが早く、すぐに車は目的地に到着した。出発してから小一時間が経っていたが、五分くらいにしか感じなかった。

車外に出ると華やかな演奏が始まった。後ろの軍用トラックの荷台に載っていたのは軍楽隊だったのだ。プライベートの視察に軍楽隊を動員できるザイラーの力を見せつけられる。そこに儀仗隊のドリルマーチが加わった。十六人の隊員がシンメトリックに連動した動きを見せる。と、ひとりの隊員が手にした小銃を取り落とした。

するとザイラーが顔をしかめ、音楽が止まる。後ろに控えていた私兵が歩み寄って、小銃を落とした隊員を列から外す。そして失敗していないもう片方の隊員も除いた。

「なぜ彼らが外されたか、わかるか？」とザイラーが訊ねた。

「小銃を落としたからでしょう？」とぼくは答えた
「それなら反対側のもう一人はなぜ外されたんだ？」

ぼくとピョートルは顔を見合わせて黙りこんだ。ザイラーは言う。

「儀仗隊のドリルはシンメトリーが真骨頂だ。片方を排除したら反対側も外さねばバランスが悪い。だからミスしていないヤツも外した。これが蟻の帝国の姿だ」

「蟻の帝国？」

「そうだ。ヒトは蟻だ。お前たちが農園で見聞きした行為は、働き蟻が巣作りを拒否するようなもので、蟻の帝国の土台を侵食する、許し難い行為だ」

言い返そうとしたが、そもそもザイラーが何を言っているのかが理解できないので、何も言い返せなかった。黙っているとザイラーは満足げにうなずく。

「ここに呼んだのは軍楽隊を見せるためではない。ここからが本番だ。ついてこい」

ザイラーは先に立って歩き始める。生い茂る雑草を掻き分けて、バナナの幹が乱雑に倒れかかったりしている場所を通り過ぎると足を止め、振り返る。

熱風が身体を包む。目の前に青々としたバナナ畑が広がっていた。

「ここはかつて先住民に払い下げたプランテーションだが、たった五年で廃園になった。バナナ園として役に立たなくなったばかりではない。あれを見るがいい」

ザイラーが指した方を見ると、高さ四、五メートルほどの茶色い巨大な塊があった。

よく見ると枯れた根や幹が絡み、土の底から半分腐った球茎がせり上がったものが寄せ集められ、世紀末の海岸に打ち寄せた漂流物のなれの果て、といった感じの、異様な物体だった。

「枯れた株を除去しないでいるとこうなる。腐った偽茎の塊はいつ倒れてもおかしくないし、下敷きになれば命を失うこともある危険地帯になる。これが〈ハイマット〉だ」

醜悪な終末像のモニュメント〈ハイマット〉をしみじみと見た。

「労働者には展望がない。我々のシステムを導入しようと思っても、連中は自前のプランテーションを守るのに躍起だ。俺たちの言う通りにすればホンジュラスやドミニカやキューバみたいに豊かな生活を送れるというのに、まったくわけがわからん」

ザイラーの言う豊かな生活とは、ゆうべのパーティのようなものだろうか。

でもぼくにはバナナ農園のランチボックスの方が美味しかった。同時に傲慢な米国多国籍企業に抵抗を続けるエクアドルの民に尊敬の念が生まれた。彼らは労働を厭っているのではない。不当に支配しようとする傲岸な連中に抵抗しているだけなのだ。

「エクアドルの連中は腑抜けぞろいだ。この帽子を何と呼ぶか知っているか？」

ザイラーは被っていた真っ白な帽子を取り上げると、指でくるくる回しながら言う。

「パナマ帽、でしょう？」

「そうだ。この高級帽をトキリャ草で作ったのはエクアドル人だ。十九世紀中葉ゴールドラッシュの時に山師が、パナマで見つけた帽子を米国に持ち込みパナマ帽と名付けた。亡命先のパナマで帽子の名を奪われたと知ったエロイ・アルファロがエクアドル大統領になった時、〈パハ・トキリヤ〉帽という本来の名に戻そうとして失敗した。だが帽子だけではなく連中は素晴らしい薬の命名権も放棄している。ロハという村の先住民が木の皮を擂りつぶしたものを解熱剤として使っていることを知った役人が、熱病に苦しんでいたチンチョン伯爵夫人に〈ロハの木片〉を贈った。するとたちまち快癒して評判となり一七四二年、リンネが〈チンチョナ〉として紹介した。この薬が何かわかるか？」

　またリンネ叔父さんか。世界的な分類学者はエクアドルがお気に入りのようだ、などとくだらないことを考えながら、ぼくとピョートルは同時に答えた。

「キニーネ、ですね」

「正解だ。貧乏学生にしては学があるが、熱帯の熱病といえば素人でもまずマラリアを思い浮かべるだろうな。だがその後オランダ人がジャワ島に持ち込んだ時にキニーネと名付け、エクアドルは自分たちが発見したマラリア特効薬の命名権を放棄したわけだ。現地では〈ロハバルク（ロハの粉薬）〉と呼ばれていた。それなら今頃、マラリア患者が快癒するたびにエクアドルのロハという地名が呼び起こされただろうに」

　そう言って目を細めたザイラーは話を変えた。

「第二次大戦時、ジャワ島が日本に占領されてキニーネが入手しにくくなると、米国の製薬会社がロハにキニーネを発注した。その時バナナ・プランテーションと同じことが起こった。無計画な森林伐採のせいで肝心のロハの木が激減し、継続して供給できなくなってしまったんだ。未来図を思い描けないラテンの連中は、まったく救いがたい」

　それは違う。過度な伐採を命じたのは、現地人ではなく植民地の支配階級だろう。

加えてその後、キニーネの化学合成が可能になったという要因もあったはずだ。

ぼくは米国資本主義が採る常套手段、つまり自分たちに都合のいいプロパガンダという手法をまざまざと見せつけられた気分になった。

「パナマ帽もキニーネ命名権も実害はないが、広大な領土を奪われても抵抗しなかったのは問題だ。一九四一年、第二次大戦中にペルー軍がエクアドル南部に侵入した。アマゾン地帯はペルーとエクアドル間の国境は未確定部分が多かったが、一方的に攻め込んだペルー側の主張を認めた米国の仲裁を受け入れ、アマゾン河流域の三十一万平方キロもの広大な領土を放棄したエクアドルは南米の極小国に成り果てた。そんな風に領土はあっさり諦めておきながら、プランテーションの件で地元の零細企業ノボアとレイバンが何故あそこまで頑強に我が社に抵抗するのか、さっぱり理解できんよ」

そんな風に言うザイラーの考え方の方が、ぼくには〝さっぱり理解できんよ〟だ。

だが残念ながらザイラーの次の言葉で、彼の論理が少し理解できてしまった。

「そもそも私企業の支社長にすぎない私が、グアヤキル総督という大役に就けた理由を、連中は考えない。口八丁手八丁の国粋主義者ベラスコ＝イバラを軍事クーデターで追放したのに、あやうく大統領に再選されそうになったため、我が社の財力とCIAの後ろ盾で四八年、フリオ＝アロセメナトラを大統領に押し上げ、返礼でグアヤキル総督の座が与えられたのだ。エクアドル政府と一心同体の我々に刃向かうなど愚の骨頂、まさにラティーノが大好きな〈チステ〉だと思わないか？」

ぼくはうつむく。これではミゲルのストは雁字搦めで絶体絶命だ。

「お前はゆうべ素晴らしい情報を教えてくれた。ミゲルはスペイン語が達者だったから目を掛けてきたが、ヤツがストの首謀者で、おまけにストの最中にどうでもいい小口の仕事には協力していたとはな。クビにはしないが、首謀者は処分せねば示しがつかん。エル・カンポス農園から異動させ、反抗的な連中への見せしめにする」

背筋に寒気が走った。

「ミゲルはぼくたちを気の毒に思い助けてくれただけです。彼を責めないでください」

ぼくは懸命に頼み込む。その哀願を心地よい子守歌のように聞きザイラーは言う。

「ミゲルは私を裏切るという重罪を犯した。命を助けただけでもありがたいと思え」

唇を噛む。ぼくの軽率な言動のせいで、ミゲルが半世紀近く慣れ親しんだ農園から引き剝がされてしまうなんて耐えられない。でもザイラーが手加減したのも確かだ。

ザイラーは大蛇だ。ジャングルの片隅を這いずり回る野ネズミのぼくとピョートルは、ミゲルが処刑されずに済んでよしとすべきなのだろう。

荒廃した農園とバナナ株の終末像〈ハイマット〉を前に、ぼくは立ちすくんだ。

帰りの車中、ザイラーは上機嫌だった。

「今の私は好きなときに好きな場所で好きなだけ贅沢ができる。だがそんな私もかつては泥をすすり地べたに這いつくばった。だから過去の自分のような貧乏船員に一夜の夢を見せてやりたい。ユナイテッド・フルーツ社の〈白い貴婦人号〉のオープンチケットを謹呈しよう」

ザイラーの指示で、隣に座った麗人はハンドバッグから紙片を二枚、差し出した。

「せっかくですが、遠慮します」

即座にチケットを突き返そうとすると、ザイラーは目を細めてぼくを見た。

「私に、一度出したものを引っ込めろと言うのか。捨てるなり破るなり、好きにしろ」

「わかりました。ではそうさせていただきます」

ミゲルのことで臓腑が煮えくり返っていたぼくは、受け取ったチケットを破り捨てようとした。ザイラーの左の眉がぴくりと上がる。隣のピョートルがぼくの脛を蹴る。

物乞いの小芝居でぼくがドジを踏んだ時の叱責方法だ。抗議のためにぼくが更に口を開こうとする前に、ピョートルが言う。

「閣下の好意はありがたく頂戴します。〈白い貴婦人号〉は米国と南米の間をカリブやラテンアメリカへ観光客を運ぶ豪華客船でしたよね」

「ああ、船内では食べ放題だ。食うや食わずの貧乏学生がこのチケットを破り捨てるという選択肢はありえんのだ」

「そんなことはありません。日本の諺〝武士は食わねど高楊枝〟の意味は、気高い戦士にはやせ我慢が大切で、どれほど飢えても顔に出してはいけない、という……」

ピョートルが立て続けにぼくの脛を蹴った。ザイラーは笑う。

「お前の友人は世の中を少しはわかっているようだ。その坊主は命拾いをしたんだぞ。このチケットを受け取らないような輩を、私がむざむざ見逃すとでも思うのか？」

振り返ると、後部座席に座る兵士が、ライフル銃の銃身を撫でながらぼくを凝視していた。背筋に冷や汗が流れる。ザイラーは細い目を一層細め、低い声で言う。

「金も名誉も権力も手にした私が許せない唯一のこと、それは侮辱されることだ。ここラテンアメリカでは私は皇帝だ。意に沿わない者は粛清する。そんな幼い牙で私に傷が残せるとでも思ったか？　確かに皮膚は少しは傷つくかもしれんが、その下の筋肉に牙は届かない。私に本気で挑みたいのなら力をつけろ。そのためのパナマ行きのチケットでもあるのだからな」

なぜにパナマ？　と思ったけれど、聞く気は失せていた。

ザイラーを上目遣いに睨み、リュックの底に忍ばせた油紙の包みを指先で触れる。旅立つ時にパパが護身用にくれたベレッタ。今こそコイツを使うべき時ではないか？

その時、別の凶器に手が触れた。ミゲルが餞別にくれた小刀だ。

——今はまだ、その時ではないですだ。

今、ベレッタの引き金を引けば、ザイラーは仕留められるだろう。

でも次の瞬間、後ろの席の傭兵の機関銃が火を噴きぼくとピョートルは蜂の巣だ。そしてザイラーがいなくなっても別の支社長が、同じ吸芽から再生されるだけだ。

ならば傲慢な怪物に膝を屈し、その服の裾に取りすがって嘆願すべきなのか？

唇を嚙んで正義の衝動を抑え込む。後から思えばあれは正義などではなく、屈辱を晴らすために正義のようなものを振りかざしただけにも思えた。いずれにしてもあの時、チケットを破るのを押しとどめたピョートルには、感謝するしかない。

ご機嫌のザイラーの饒舌さに、一層拍車が掛かる。

「私は間もなく米国の柱石を担うことになる。私兵は米海兵隊の分隊に組み込まれ、事務所はある組織の出先事務所を兼ねる。さっきの軍楽隊は第三海兵隊機動展開部隊の音楽隊で私兵を中心に構築した。お前たちはＣＩＡ（米国中央情報局）を知っているか？」

ぼくとピョートルは首を振る。ザイラーは楽しげに笑った。

「十六世紀後半、英国は情報機関を設置したが、孤立主義を気取る米国は諜報戦に出遅れた。西側の盟主の座に就いたのを機に創設したのがＣＩＡだ。そのチケットでパナマのポルトリコに行け。ＣＩＡが指導する対ゲリラ訓練施設がある。身体を持てあましているボンクラ共を更生させる施設だ。パナマで訓練をやり終えたらホンジュラスに来い。勤め先を斡旋してやろう」

誰がお前の世話になんかなるか、と思いながらも啖呵ひとつ切れないとは情けない。車はボリバルとサンマルティンの銅像を通り過ぎたが、停めてもらわなかった。農場で働く恩人すら守れないぼくに、南米大陸を解放した英雄の足下に立つ資格はない。ザイラーは昼前に船に送ってくれた。彼自身の出航時間が迫っているせいもあった。逆にそんな忙しい時間を割いて、わざわざバナナ・プランテーションの廃園の惨状と、〈ハイマット〉という怪物をぼくたちに見せてくれた意図がよくわからない。

車の窓から見えるザイラーを睨みつけている、ぼくの憎悪に満ちた視線に包まれて、真っ白なキャデラックは停泊中の豪華客船〈白い貴婦人号〉へ吸い込まれていく。

屈辱で、ぼくの全身の血は沸騰しそうだった。

サンタマリア号に戻ったぼくたちは船長命令ですぐ下船し、〈白い貴婦人号〉が停泊している埠頭に向かう。桟橋には大勢の子どもがいた。こんなにたくさんの子どもたちが一体どこから湧いて出たのだろう、と思ったくらいだ。桟橋の入口では傭兵が歩哨し、入場を規制していた。だが船長が招待状を見せ通過した。船長は、まとわりつく子どもたちを手で追い払いながら、海賊帽を被り直した。

「野郎ども、この桟橋に入れたのはクソみたいなてめえらの人生で二度とない幸運だ。なあに、遠慮することはねえ。欲望に忠実になって、ガキどもを蹴散らせ」

「あのう、これってただの見送りではないんですか？」

ピョートルが尋ねると、赤ら顔の船長は甲板を指差して言った。

「すぐにわかる。ほれ、総督閣下のお出ましだ」

似合わない背広姿のザイラー支社長が船縁に歩み寄る。子どもたちは彼を食い入るように見つめている。子どもたちがいる一画では背の高い大人は目立つ。ザイラーはぼくたちを見つけ微笑した。そして兵士が抱えた箱に腕を伸ばし、箱の中身を摑む。

次の瞬間、甲板から金色の光の矢が投げられる。ちゃりん、ちゃりんと華やかな音がして子どもたちはしゃがみ込む。身体がぶつかりわめき声や泣き声が響く。ザイラーが二度、三度と小箱の中身をばらまくと、そのたびに子どもたちの阿鼻叫喚が響く。

呆然として甲板を見上げた。ザイラーは金貨をばらまいていたのだ。

彼のしわがれた声が脳裏に再生される。

——こうみえても私は子どもたちには人気者でね。

これなら当然だろう。人気者の地位をカネで買っているようなものだ。

何の因果か、最後の一枚がぼくの手中に収まった。子どもたちが一斉にモミジのような手を突き出す。欲望の奔流に圧倒され金貨を落とすと幼い獣たちは足下に殺到した。

間違いなく一人の子どもが勝利者になると喧噪は静まり、喜びと無念の入り交じった巨大な感情の炎が埠頭に立ち昇った。

ぼくはザイラーを見上げて睨みつける。こんなのは偽善だ。悪趣味な道楽だ。もともとこの金貨はお前がこの人たちから不当に搾取したものだ。

でもザイラーを罵るぼくの声は、甲板には届かない。ヤツの行為を卑しいと非難するのは簡単だ。だが現実に金貨を手にして笑顔で立ち去る子どもがいる。彼らの家の食卓には、今夜は豪勢な食事が並ぶだろう。そんな行為を偽善だの、卑しいなどと非難する資格は、今のぼくにはない。

ザイラーには力がある。そしてぼくは無力だ。

ザイラーはぼくを見下ろし微笑する。彼がぼくたちをスペシャルツアーに招待したのは、ぼくたちの敗北感に満ちた表情を見たいがためだったのかもしれない。

唇を噛んだぼくに、ピョートルはプラチナチケットを差し出した。

「俺の分もお前が持っていてくれよ、エルネスト」

「何でぼくがピョートルの分まで預からなくちゃならないんだよ。自分で持ってろよ」

「いや、やっぱりお前に預けたい。チケットはまとめて持っていた方がいいし、俺の分を持っていれば、エルネストも自分の分を始末できなくなるからな」

やれやれ、何もかもお見通しか。

実はぼくは、船が出航したらこのチケットは、今度こそ破り捨てようと思っていた。でもこれでそれもできなくなってしまった。

「エルネストは潔癖すぎるんだ。誰からもらおうがチケットはチケット、カネはカネだ。どんなに軽蔑したところでこの世はカネなしでは動かない。割り切って考えろよ」

ピョートルの言葉は、ぼくのためを思ってのアドバイスには違いなかった。

でも残念ながらその忠告はぼくを素通りして海面に落ち、小さな泡と消えた。

慈愛深い〈サンタマリア〉号は午後二時、グアヤキル港を出航した。

コロンビアまでの短い航海では個室があてがわれ、食事は上級水夫と同じという厚遇だった。ぼくとピョートルは、苦い思いでその厚遇を甘受した。

マチャラ港に隣接したバナナ・プランテーションのエル・カンポス農園で二日間の強制労働に従事したぼくとピョートルは、第三の寄港地コロンビアのベントゥラ港で下船した。そこで珈琲豆を搬入したトラック運転手が親切にも、ボゴタに帰るトラックに便乗させてくれた。

こうしてぼくたちは、これまでの苦労など跡形もなくなるくらいあっけなく、世界第三位の高地の首都、ボゴタに到着したのだった。

# 9　ビオレンシアの残照

一九五二年二月　コロンビア・ボゴタ

コロンビアの首都、ボゴタは標高二六四〇メートル、アンデス山脈の盆地にある。首都としてはラパス、キトについで三番目に高い場所に位置している。

そんな高地には空路で入るのが定番だけど、ぼくたちは貧乏旅行なので船で、しかも密航しようとしたら見事にバレて、エクアドルのバナナ農園で強制労働させられた。

でもコロンビアでは一転ツキに恵まれた。珈琲豆を運ぶトラックの運転手がボゴタまでタダで乗せてくれたのだ。道は穴だらけでおんぼろトラックだったけど、無料という言葉はすべてを忘れさせる魔法の響きがあって、悪路も全然、苦にならなかった。

ボゴタに到着早々、一八六七年創設の名門コロンビア大学へ向かう。

ボゴタはラテンアメリカのアテネと呼ばれるだけあって、プラトン学派が議論しながら学内を逍遥していたとしても、ちっとも違和感がない。こんな大学で学生生活を送れたら楽しいだろうなと思いつつ、年六回の試験は厳密に六割以上取らなければ留年で、国民ほぼ全員がカトリックで神学の影響が強いとなると、怠惰で無神論者のぼくなんか一発で留年だろう。だからせめて夏休みで帰省する学生の寄宿舎に泊まらせてもらい、コロンビア大生の気分を味わおうという目論見はあっさり頓挫した。何と中南米国際学生会議の開催中で、大学構内は中南米の各地からやってきた学生で溢れ返っていた。

「中南米国際学生会議が開催されているなら、何としても潜入しないと」とピョートル。

「でもそれは明日の予定で、何はともあれ今の問題は今夜の宿だ」と応じるぼく。

学生運動に一家言ある元学生議長ピョートルに正論を述べたぼくも、これから宿探しかと思うと、自分で言っておきながら気が滅入ってしまう。藁にもすがる思いで受付係に寄宿舎の斡旋をお願いしたが案の定、「無理です」のひと言で却下されてしまった。

でもその代わりに、素晴らしい代案を出してくれた。

「あなた方が医学生でしたら、三キロ南のサンフアン・デ・ディオス病院に行ってみてはいかがでしょう。三百年以上の歴史を持つ、ボゴタで一番大きな病院だから何とかしてくれるかもしれません」

ぼくたちは礼を言い、親切な係員が書いてくれた地図を手に病院へ向かう。

地図に示された場所に到着すると、目の前に立ち塞がったのはどこまでも続く灰色の壁だけだった。見上げた夕暮れの空に教会の礼拝堂を視認し、ピョートルが言う。

「なあ、エルネスト、俺たちはかつがれたのかもしれないぞ。こんな広い敷地で、見える建物は教会みたいだし、おまけに目の前はサッカー場みたいだし……」

「そう決めつけるのはまだ早いよ。ここまで来たらとにかくこの敷地が何か確認しよう。彼の評価を決めるのはそれからでも遅くはないさ」

「それもそうだな。暗くなってきたから急ごう」

それから十五分、ようやく門に到着した時、ぼくたちは自分たちの失策に気がついた。すぐそこの入口に背を向け、広大な敷地の外周をぐるりと一回りしていたのだ。最初から逆方向に向かえば五分と歩かず済んだわけだ。そして親切な学生係員を逆恨みしないでよかったと思った。

たとえその古い建物が幽霊屋敷のように見えたとしても、そこは確かに病院だった。

病院という施設は世界中どこでも作りは同じで、夜間出入口に救急セクションが設置されている。中をのぞき込んだぼくたちは、いきなりどやしつけられてしまった。

「あなたたちは腹痛？　風邪？　それとも怪我？　わかった。その冴えない顔は、好きな娘に振られて体調を崩したのね。するともうひとりは恋敵か付き添いね」

うら若い白衣の天使が怒濤のように言うと、奥の方から落ち着いた声が聞こえた。

「エリーゼ、思いついたことばかり言わないで、まず患者さんの話に耳を傾けなさい」

奥から顔を出したのは表情も体格も威厳ある中年女性だった。

でもぼくは突然、天から降ってきた言葉の爆撃に呆然としていた。

エリーゼ……。

懐かしくも切ない名前、異国の地でいきなり突きつけられるなんて。

ぼくが固まってしまった原因に思い当たったピョートルが言う。

「セニョーラ、私たちは患者ではなく一夜の宿を求める哀れな旅人です」

「それはお気の毒。でもここは善根宿ではないから病人でない人は泊められません」

「そうでしょう。でもこの病院は大きくて立派だから猫の手も借りたいのでは？」

ピョートルが言うと、若い看護婦が口を挟む。

「その通りよ。だからあなたたちみたいなヒマ人の相手はしていられないの」

乱暴な言葉、浅黒い肌、子リスのようにくるくる回る目、鼻の頭のそばかす。同じ名なのに記憶の中のエリーゼとは全然違う。ただ、瞳がブルネットなのは同じだけど。

ピョートルは、立てた人差し指を左右に振り、婦長の口真似をして言った。

「人さまの話は最後まできちんと聞くものですよ、エリーゼ」

むっとしたエリーゼが言い返そうとした出鼻を抑え、ピョートルは婦長に言う。

「ここに一晩、労働奉仕しようという医者が二人います。見返りはたったひとつだけ。暇になったら待合室の片隅のソファで横になることをお許しいただきたいのです」

「あなた方はお医者さままでしたの。でしたら空きベッドを見つけてさしあげないと」

すかさずエリーゼがご注進する。

「婦長さん、こんな怪しげな連中が、お医者さまのわけないでしょう」

このじゃじゃ馬相手では、さすがのピョートルも難渋するなという心配は無用だった。

ピョートルは鞄から折り目がついた新聞を取り出した。かつて〈タラパカ〉紙の特派員を勤めた時に採用された、記念すべき第一号記事だ。

『ハンセン病研究に勤しむゲバラ博士、バルディビア訪問中』なる見出しが踊る新聞記事を読んだエリーゼは、ぼろぼろの記事を眺めて、半信半疑の顔つきでぼくを見た。

「確かに写真の先生に似ていますけど……」

婦長が記事を取り上げ、老眼鏡をずりあげながら上目遣いに眺めた。

「エリーゼ、この方は間違いなく記事に載っている先生です。コンラッド先生が米国のアレルギー学会に出掛けて二週間ほど留守されている時に、アレルギー専門の世界的な権威の先生がいらっしゃったのはマリアさまのお導きよ。神よ、感謝します」

婦長の大仰な反応に驚いて改めて記事を読み返す。確かにぼくはアレルギーの世界的大家にされている。いくら何でも盛りすぎだと執筆者を睨むが、ピョートルは涼しい顔だ。そこにけたたましいサイレンの音がして、飛び込んできた救急隊員が言う。

「喘息患者です。受けていただけますか？」

婦長は慈愛に満ちた微笑を浮かべ、青ざめた子どもの頬を優しく撫でて言った。

「わがサンフアン病院には神のご加護があります。ここにおられるアレルギーの大家、ゲバラ博士に診ていただきましょう」

運ばれてきた第一号患者が喘息とは、間違いなく神のご加護だろう。ぼくは誰よりも知悉している病気と異国の病院で対面した。

「テオフィリンの吸入を準備して。アドレナリン一筒、生食で希釈し皮下注射する」

エリーゼはてきぱき作業をこなす。口は達者だが手も早い、こういうタイプは好みだ。子どもの腕に皮下注射をすると、呼吸は穏やかになり血の気が戻った。不安そうに様子を見ていた母親が感謝の言葉を投げ散らす。

「〈ムチャス・グラシアス（本当にありがとうございます）、ドクトル（先生）〉」

くすぐったい気持ちになり、ぷい、と顔を背ける。そんなぼくの無愛想さを補うように、エリーゼが若い母親の肩を撫でながら言った。

「もう大丈夫ですよ。ゲバラ博士はアレルギー学の世界的な権威ですから」

続いて事務員が「また喘息患者です」と飛び込んでくる。

「受けるわ。さっさと患者さんを連れてきて」

ぼくの了承も得ずにエリーゼが事務員に指示した。もちろん文句はない。

結局その夜は立て続けに三人の喘息患者を診て、適切な処置（ぼくなら当然だろう）をしたぼくたちは、婦長さんに簡易宿泊所に案内してもらった。そこは礼拝堂だった。

一階入口の粗末な木のベンチにエリーゼと婦長さんが毛布を運び入れた。

「今晩はここで我慢してくださいね。明晩はもう少しまともな寝床を用意しますから」

婦長は申し訳なさそうに言ったけれども、野宿も覚悟していたぼくたちに、屋根つき毛布つきのベンチで文句があるはずがない。労働の対価で手に入れた寝床にもぐりこむと、毛布にくるまったぼくたちは、あっという間に眠りに落ちた。


翌朝。無神論者のぼくは敬虔な気持ちで目覚めた。礼拝堂で眠ったせいかな、などと寝呆け眼で考えていたら、重厚な音が耳に流れ込んできた。

パイプオルガンのミサ曲が礼拝堂に響いている。そのせいだったのか、と思いながら伸びをして起き上がる。ピョートルは隣の椅子でいびきをかいて熟睡している。

樫の扉を薄めに開くと、曲の音が大きくなる。一階のオルガンの前に座った少女が一心に曲を奏でていた。パイプは二階にあり、荘重な音はそちらから聞こえてくる。

次の瞬間、足下の箱に蹴躓いた。大きな音がして、オルガンの音が止んだ。

ぼくと視線が合うと演奏者は目を見開く。ぱたん、とオルガンの蓋を閉めたエリーゼは、ちらりと祭壇に視線を投げて立ち上がる。

「ごめんなさい。起こすつもりはなかったんだけど、毎朝弾いているので……」

「ぼくの方こそ、邪魔してごめん。気にせずに続けて」

「ダメよ。人さまに聞かせられるような腕じゃないもの」

「そんなことないよ。とっても素晴らしかったよ、エリーゼ」

頰を真っ赤に染めたエリーゼは、もう行かなくちゃ、と呟くように言い、ぼくの傍をするりと抜けた。その跡には花の香りがふわりと残っていた。

横顔に視線を感じて顔を向けると、祭壇にいた若い神父がぼくから目を逸らした。


職員食堂はセルフサービスだったが、入口で職員かどうか確認もされずに通れた。ここに潜り込んで無銭飲食しようなどという不届き者はいないか、そんな輩にも慈悲の心で施しを与えているかのいずれかだろう。ぼくとピョートルはトレーに食パンや卵焼きやハムを山盛りにしてテーブルに座る。ふと気がつくと、戦場のような食堂の片隅に、しん、と静かな空間があり、神父姿の青年が座っていた。気品溢れる顔立ちの彼はぼくに会釈して立ち上がり、波紋ひとつ残さずに部屋を出て行った。その動きに感応したように、別の視線がまとわりついてきた。見るとエリーゼがあわてて顔を伏せた。

ぼくは身を固くしたエリーゼに歩み寄り、隣に座る。

「あれは誰？」と訊ねると、エリーゼは蚊が鳴くような声で答えた。

「カミロ・トレス神父さんです。コンシリアール神学校で勉強されているんですけど、忙しい勉学の合間を縫って病院の教会に顔出ししてくださっているの」

「あの神父さんの前では演奏するんだね」

野暮と知りつつ言ってみた。エリーゼは真っ赤になってうつむいた。

「初めてお見えになった時、気にせず弾いてくださいと言ってくださったから……」

苦い気持ちが湧いて、立ち上がる。ピョートルはそんなぼくの様子を眺めていた。


食事を終えコロンビア大学へ向かう。昨日は気がつかなかったが、街中に兵士や警察官の姿が異様に多い。兵士は自動小銃を抱え、警官は拳銃を振りかざしている。

コロンビアはウワサ以上に物騒だ。四年前コロンビアは希望に溢れていた。ボゴタ市長で閣僚経験もある自由党ガイタン党首が大統領選に出馬を表明し、当選が確実視されていたが、大統領選直前の四月九日、事務所を出たガイタンは暴漢に殺され、支持者は暴徒化した。彼の支持者は靴すら買えない貧民が多く〈裸足の軍隊〉と呼ばれた。

彼らは商店を略奪し、路面電車をひっくり返し、官公庁の役人や保守党支持者を殺し、騒動は三ヵ月続き死者は三千人に達した。これが所謂ボゴタ暴動〈ボゴタソ〉だ。

次に保守党の支持者が〈ボゴタソ〉を主導した人々に報復するという果てしない暴力の連鎖、血で血を洗う抗争〈ビオレンシア〉になった。南米縦断旅行に出発時、サロン常連のブルーノさんは、ボゴタは避けた方がいい、と忠告してくれた。

でも取りあえずサンファン・デ・ディオス病院に宿泊できた幸運に安心していたぼくは、軍服姿の兵士に「外国人か？」と呼び止められ、ピョートルと顔を見合わせた。

嘘をついてバレたらややこしいのでうなずくと、パスポートを出せと言われた。

国境ならともかく、首都の街角でそんなことを言われたのは初めてだったが、しぶしぶ呈示すると兵士はぼくのパスポートをいじり回した。

「あの、それ、逆さまですけど」

おそるおそる指摘すると、兵士は怒ったような表情でパスポートを突き返した。

「それくらいわかっている。もう行っていいぞ」

ぼくとピョートルは急ぎ足で角を曲がり兵士が見えなくなると顔を見合わせた。

「びっくりしたなあ。まるで戒厳令下だ」

ピョートルの言葉に得心する。ぼくたちは戦地にやってきたのだ。でもこの戦場は穏やかで路傍には可憐な花も咲いている。脳裏に荘厳なオルガンのミサ曲が蘇った。

病院から大学までの三キロの間に兵士に三回、警官に四回誰何(すいか)された。制服の着こなしがだらしなく、ガムをくちゃくちゃ嚙んでいた最後の警官は特に酷かった。

「おい、こら、そこのボンクラ」という呼びかけを無視して通り過ぎようとしたら、それが気に障ったのか、警官はいきなりピストルの銃口を向けてきた。

「怪しいヤツらめ。鞄の中を見せろ」

まずい。リュックの底には油紙に包んだ小型のベレッタがある。

どうしよう、と狼狽えていると、ピョートルが新聞記事を取り出した。

「私たちはこの記事にあるアレルギー専門家で、サンファン・デ・ディオス病院に宿泊しています。今日はこれからコロンビア大学の国際会議に出席するんです」

普通ならこの説明で無罪放免だが、その警官は、俺は字が読めないんだ、と言って記事を突き返すと、ぼくのリュックを漁り始める。

油紙の包みを見つけられ「これは何だ？」と聞かれて、とっさにウソをついた。

「ハンセン病患者の腕の骨です」

「病人の腕の骨、だと？　それにしては小さいな」

「亡くなったのは子供ですから。あ、気をつけて。骨から病気がうつるかも」

もちろんそんなことはないが、脅し文句の効果は抜群で包みはリュックに戻った。

次に警官は柄に幾何学紋様が彫られたナイフに目をつけた。ミゲルの餞別だ。

「そのナイフは、果物を切ったり封書を開けたりするときに使うもので……」

「これは危険物だ。没収する」という一方的な通告に呆然とし、次の瞬間怒りがわき上がった。冗談じゃない。ぼくの軽口がミゲルを窮地に追いやった悔恨から、ぼくはこのナイフに毎朝毎晩ミゲルの無事を祈っていたのだ。

「お断りします。このナイフは渡せません」

ピョートルが袖を引き、言う通りにしろと無言で伝える。たかがナイフ一本で戒厳令下の街角で不良警官につっかかるなんて、バカげている。でもぼくにも意地がある。

「そのナイフは父の形見なんです。正当な理由でなければ、没収は拒否します」

ごめんよ父さん。勝手に殺してしまったりして、と故郷で健在の父に心中で謝る。

ぼくの剣幕に驚いた警官は、引っ込みがつかなくなって更に高圧的になった。

「ダメだ。本官が危険物と判断したので没収する。それは警官の職権だ」

相手は国家権力を背景に実弾入りのピストルを振りかざす国家マフィア。こっちは外国人で貧乏学生で後ろ盾も武器もなく、いや、正確に言えば武器は持っていたが、この状況では出せないという圧倒的に不利な状況だったが、ぼくは一歩も引かなかった。

「では一応預けますが、危険物ではないと証明されたらすぐに返してください。まさかこの国の警察は没収品を着服したりするんですか？」

悪徳警官といえども正面切って所属する組織を軽蔑されては黙っていられない。軽蔑されるのが自分がやろうとしている卑しい行為のせいであればなおさらだ。

「いいだろう。では検査のために預かる」

「それなら預かり証をください。物品を預かったら預かり証を発行するのは万国共通の義務ですよね。まさかこの国の警察は……」

「わかったわかった。小うるさいヤツめ。さ、これでいいだろ」

警官は手帳にたどたどしい文字で書き付けるとページを破り手渡した。拙い文字で『ナイフ一丁　ドロテオ・エステバン』と書かれた紙片を見て、ぼくは首を振る。

「これではダメです。日付と場所も書いてください」

ドロテオはしぶしぶ追加記載する。ぼくは嵩に懸かって言う。

「あと本人確認のため、身分証を確認させてください」

今さら嫌とも言えないようで、黙って身分証を呈示した。根は悪い奴ではなさそうだ。

「では明日取りに行きます。申し添えておきますが万一没収品を紛失したら、アルゼンチン大使館に勤める叔父に、コロンビア警察と政府に抗議してもらいますからね」

「大使館？　そんな面倒なことを言うなら今すぐ返してやる。預かり証をよこせ」

ドロテオはナイフを突っ返すと、ひったくるように紙片を取り戻し引き裂いた。そして、クソったれのアルゼンチーノめ、と吐き捨てて立ち去った。

「さ、トラブルは解消した。遅れてしまったから急ごう」

ぼくとドロテオのやり取りを眺めていたピョートルは吐息をつく。

「頼むからつまらないことで意地を張って、コトを荒立てないでくれよな」

つまらないことではない、人間の尊厳だ、と言おうとしたが止めておいた。

尊厳は取り返したが、病院から大学への道のりで、独裁者の横暴がまかり通っている街ボゴタは大嫌いになった。ラウレアノ・ゴメス大統領は反共と称しゲリラを弾圧し、剛腕をアピールする。そんな為政者の傲慢さが街角から伸びやかさを奪っている。

けれども一歩、キャンパスに足を踏み入れると息苦しさがすうっと消えた。この大学は砂漠に残されたオアシスだ。

ぼくたちは講演会が始まるまでの時間を大学の図書館で過ごした。

「オラ、エルネスト。こんな本を見つけたぞ」と言ってピョートルが差し出したのは、よりによって米国精神の宣伝読本「リーダーズダイジェスト」の特装版だった。

苦笑いしたぼくたちは、虚飾の学術の館を後にして講演会場に向かった。

講演会場のメインホールは半分ほど埋まっていた。肩に力が入りすぎた、学生弁士の退屈な演説が終わると、まばらな拍手が湧いた。司会の男性がマイクを取った。

「では本日のスペシャル・ゲストをご紹介します。ベアトリーチェ・ガイタン＝カランサ先生は暗殺されたホルヘ・エリエセル＝ガイタン党首の姪で、当時は中南米国際学生会議の大会会長として〈ボゴタソ〉収束のため奔走されました。現在コロンビア自由党の青年部会の広報委員長を務め、コロンビア政界の第一線でご活躍されておられます」

盛大な拍手に女性は一礼すると、黒髪をなびかせてステージに上る。豊かな胸に赤い花のバッジが光る。そのバッジに似合う煌びやかな言葉が赤い唇から発せられた。

「米州機構（ＯＡＳ）は一九五一年に発足した、米国がラテンアメリカを支配するための組織で、ＯＡＳ事務総長は先代大統領が務めるなど、コロンビアは強力な支持国です。当時創設された中南米国際学生会議は当初からその設立に反対し、初代議長の発案で学生会議議長と自由党のガイタン党首の公開討論会を企画しましたが、ご存じの通りガイタン党首は討論会の直前に路上で射殺され、米州機構の創設も決まってしまいました。あれから四年、〈ボゴタソ〉に端を発した〈ビオレンシア〉は未だに収束の兆しが見えません。今こそ米州機構体制を打破し、南米に真の自治を取り戻すため、中南米国際学生会議の新たな目標として『ＯＡＳ解体、ビオレンシア終息』を提案します」

嵐のような拍手。講演後の質疑応答を聞きながら、中南米国際学生会議の背景もよくわからず、何となく物怖じしてしまう。そこに、アナウンスがあった。

「この後、ガイタン先生と米州機構発祥の地を見学するミニツアーを企画しました。参加無料です。希望者は正門に待機しているマイクロバスに集合してください」

　言葉を交わすまでもなく、ぼくとピョートルは正門に向かって駆け出していた。


　二十人乗りのマイクロバスはたちまち満員になった。いち早く乗り込んだぼくたちは後部座席に陣取った。やがてバスは小学校から高校までの一貫校、ヒムナシオ・モデルノ校に到着した。一九一四年の創設以来、歴代コロンビア大統領を輩出した名門校だ。バスから降りた一行を引き連れ、ベアトリーチェはコロンビアの歴史と政治の現状について歌うような声で語った。

「一九四八年の〈ボゴタソ〉の時、ここで米州機構の創設が決定されました。ここは暴動の影響がなく、むしろいい目眩ましとなってしまいOASを易々と成立させてしまいました。あれから四年、叔父ガイタンのひとり娘のグロリアも今では十五歳になり、後継者としての自覚も芽生え始めています。彼女がひとり立ちするまで、私が名代として叔父の遺志を発信し続けようと思っているんです」

　そうした言葉の端々に憤りと悲しみ、それからにじみ出る優しさを感じた。

「みなさん、お疲れさまでした。それではここで自由解散とします」と引率係の学生が言うと、ぼくは焦って反射的に彼女を呼び止めた。そのくせ何を話せばいいのか、何も思いつかないままに、豊かな胸に目を遣りながら咄嗟に言う。

「その赤い花のブローチ、お似合いですね」

立ち止まり振り返ったベアトリーチェは、嬉しそうに笑う。

「ありがとうございます。この花はコロンビアの国花、カトレアなんです。一八四二年、ボゴタから車で二時間ほどのフサガスガの森で原種が発見されたんですよ」

　花を褒めたのにコロンビア自慢に繋げるとは筋金入りの愛国者だな、と感心する。

　漫才コンビの相方ピョートルは自分の役回りを心得ていて、ぼくに続いた。

「お目にかかれて光栄です、セニョリータ・ガイタン。私はピョートル・コルダでコイツがエルネスト・ゲバラです。ぼくたちはブエノス大の医学生で、人民解放運動に関わり、かつては独裁者に牢屋にブチ込まれたこともあります。南米を放浪旅行中の身でして、先日ようやくボゴタにたどりついたのですが、せっかくなのでコロンビアの最近の情勢について、もう少し詳しくお話をお聞かせ願えませんか？」

「もちろん喜んで。コロンビアでは青い旗の保守党と赤い旗の自由党が政権争いをしています。叔父は自由党党首でしたが妻は保守党支持で、理想的な宥和主義者でした。彼が暗殺され〈ボゴタソ〉が農村に飛び火して〈ビオレンシア〉になり、保守党支持者や軍人は『反逆の種を残すな』を合い言葉に、妊婦の腹を割き男性の睾丸を潰し、幼児を放り投げ銃剣の先で受け止めました。〈ビオレンシア〉では〈ミニフンディオ（小規模農園）〉も〈ラティフンディオ（大規模農園）〉も、農耕地も荒れ地もごちゃまぜで怨念塗れにされてしまい、農民はゲリラにすがるしかなくなったのです」

「つまり、ゲリラは国を救っているのですか？」

　反吐が出そうな話に耐えながら質問すると、ベアトリーチェは首を振る。

「ゲリラは農民の保護者だと喧伝していますが、〈バクーナ（みかじめ料）〉を払わない農民は殺されます。つまり、どっちもどっちなんです。そんな農村の惨状は米国の多国籍企業、悪名高いユナイテッド・フルーツ社（ＵＦＣ）がコロンビア北部の寒村のバナナ労働者を虐殺した事件が発端になったのです」

「中南米の〈プルポ（蛸）〉の手による一九二八年の『シエナガの虐殺』ですね」

ピョートルが即座に反応した。元学生同盟の議長だけあって、彼は国外の抵抗運動の歴史について詳しい。だがその時、ぼくはまったく他のことを考えていた。

　それは、ぼくが生まれた年の出来事だな、というごくごく私的なことだった。

「労働者の要求は、農園でだけ使用可能な金票ではなく、きちんと現金で賃金を払ってほしいとか、医療サービスやトイレ整備を充実してほしいとか、当然なことばかりでした。でもＵＦＣ社は政府に戒厳令を出させて、ミサに集った労働者一千人に機銃掃射したのです。この虐殺を風化させないため、叔父ガイタンはＵＦＣ社の責任を追及し続け、労働者たちの絶対的な支持を得たのです」

　機関銃を乱射する兵士の後ろでうすら笑いを浮かべるザイラーの、蛇のような目が浮かぶ。ミゲルの姿が、シエナガの労働者たちと重なる。

「先程のあなたの演説には感動しました。四年前の暴動を回避できたのはこの学生会議の指導者、つまりあなたの指導力の賜物だと伺いましたが、それも納得できますね」

「いえ、〈ボゴタソ〉を収束させたのは初代議長でした。私は叔父を暗殺された怒りで、彼に食ってかかったのですが、今は彼の予見が正しかったと証明されています」

「そんな方がいらしたなんて初耳です」とぼくが言うと、ベアトリーチェはうなずく。

「そもそも中南米国際学生会議の創設者・ハバナ大学代表フィデル・カストロ＝ルス議長が叔父との討論会を思いついたのです。その直前、彼はドミニカの独裁者トルヒーヨ打倒のために〈レヒオン・デ・カリベ（カリブ軍団）〉と協調し三千人のドミニカ遠征隊の軍事演習に参加していました。その経験を生かし、〈ボゴタソ〉では〈裸足の軍隊〉を掌握し、市民暴動を収束させることで、市民の被害を最小限に食い止めたのです」

あの〈ボゴタソ〉を収束させたのが一介の学生、しかも外国人のキューバ人だなんてあり得るのだろうか。フィデル・カストロ＝ルスという名が脳裏に刻み込まれた。

「その方は、今は何をされているのですか？」

「次回のキューバの国会議員選挙に立候補する予定とお聞きしています」

やはり政治家志向か。するとベアトリーチェははっと気づいたような口調で言う。

「私ばかりお話をしてしまったわ。せっかくだからアルゼンチンのお話も伺いたいわ。私はペロン大統領に関心があります。軍事独裁体制なのに民主的な政権運営をしているのは興味深いです。自由党は彼の政府と友好的な関係を築きたいと切望しています」

「ペロンに接近するのは得策と思えません。彼は学生弾圧に手を染めていますから」

アンチ・ペロンの急先鋒、ピョートルがそう言うと、ベアトリーチェは首を振る。

「でもペロン大統領は、この中南米国際学生会議をバックアップしてくれた恩人です。彼のサポートなしでは、この会議を立ち上げることはできなかったでしょう」

ぼくとピョートルは顔を見合わせた。当時ペロンは絶体絶命の窮地から大統領になったばかりの絶頂期だからそれくらいのことはやっただろう。ベアトリーチェは続けた。

「コロンビアは半世紀で政権交代を二十九回、内戦を二十三回、クーデター三回に加え隣国エクアドルと戦争を二回しています。アルゼンチンは羨ましいくらい平和です。保守党のゴメス政権は親米で、私が属する自由党は反米と親米が半々ですが、政党間の垣根を越えた協調の道を模索するにはペロン大統領の〈ペロニスモ〉は参考になります」

カトレア・レディの大きな瞳を見つめた。片や私情で為政者を正当に評価できない洟垂れ小僧、片や意見を異にする相手からも貪欲に吸収しようとする若き女性政治家。

資質は雲泥の差だ。ぼくが取り繕うように言う。

「親米国家と一線を画した態度で一貫している点は、ぼくもペロンを評価しています」

ピョートルの視線が横顔に突き刺さる。黙ったぼくとピョートルの間に微妙な空気が流れていることに気がついたのか、ベアトリーチェは話題を変えた。

「ところであなたたちは旅行中だそうですけど、どちらに滞在していらっしゃるの？」

「サンファン・デ・ディオス病院で働きながら宿を提供してもらっています」

「あの病院はボゴタの誇りです。独裁者ゴメスは潰したがっていますが、そんなことは絶対にさせないわ。貧乏な人や病気の子どものための病院作りでは、エバ・ペロン財団は参考になると思います。エビータが作った小児病院を視察してみたいわ」

脳裏にジャスミンの笑顔が浮かぶ。まさか異国の女性政治家から、彼女への敬慕の念を聞かされるとは思わなかった。ぼくは自分が褒められたみたいに赤面した。

祖国への揺るがぬ愛。身近で偉大な人物への徹底的な献身。

ベアトリーチェとジャスミンは似ている。すると小児医療に力を入れるジャスミンを無条件に支持しているペロンは、コロンビアのゴメス政権よりマシだと評価せざるをえない。人々は目の前の不満は言い立てるが、幸福を享受していることには気づかない。ひょっとしたらぼくは、ペロンを過小評価しているのかもしれない。

ベアトリーチェは肩をすくめた。

「あら、また自分の国の話ばかりしてしまいました。よろしければあなた方が目指しているアルゼンチンの未来について、話してくださいませんか？」

「社会を根底から変えるような、大学自治に根ざした新しい政党を作ってみたいです」

ピョートルが答えると、ベアトリーチェは一瞬考えて言った。

「それは素晴らしいですね。それならリマに立ち寄ったら会った方がいい人物がいます。よろしければ紹介状を書きましょうか」

「あなたのような方が薦めてくださる人物には是非会ってみたいですね」

ピョートルが言うと、ベアトリーチェは踵を返しバスに戻った。しばらくして封筒を手にしてバスを降りてきた。

「簡単な紹介状ですけど、この方はたぶん、会ってくれると思います」

訪問相手の名前も住所も書かれていないので指摘するとベアトリーチェは微笑した。

「面会相手が誰かわかると、万が一見つかった時にオドリア独裁下のペルーでは酷い目に遭うかもしれません。ですから名前は知らないでいた方が安全なんです。滅多に面会が叶わない方ですけど、私の紹介状があればたぶん大丈夫でしょう。行き先はリマにあるコロンビア大使館です」

「大使館？　ペルーでコロンビアの外交官と会え、というんですか？」

「いえ、紹介したいのはペルー人です。彼はコロンビア大使館に保護されているんです。ご縁があれば会えますし、なければ会えません。世の中ってそういうものですわ」

ペルー人なのに母国の外国大使館内に保護されている？　納得しかねているぼくの隣で、ピョートルはあっさり彼女の言い分を呑み込んだ。

「ではびっくり箱から誰が出てくるのかを楽しみに、リマに向かうことにします。俺たちは病院で夜の仕事がありますので、そろそろ失礼します」

「お会いできて嬉しかったわ、コルダさんとゲバラさん。またお目にかかれますように」

艶然とした微笑に圧倒されたぼくは、差し出された手を取るのが精一杯だった。

☆

サンフアン・デ・ディオス病院への帰途は警察官や兵士に誰何されずに済んだ。時間帯や場所によって警備の度合いが違うようだ。

戻ったぼくたちを目敏くみつけた婦長が言った。

「よかった。ちょうど今、あなたたちを探していたんです。院長がお呼びです」

何か問題でもあったのかな、と心配しつつ院長室に行き扉をノックし部屋に入る。するとソファに沈み込んでいた長い顎髭の男性が、むくりと身体を起こした。

「君たちが救急外来を手伝ってくれたドクトルたちだね。どうだね、この病院は」

「素晴らしいです。食事も美味しいし、看護婦さんも優しくて綺麗ですし」

「ふむ、若くて優秀な君たちが、この病院を気に入ってくれたことは、実に喜ばしい」

ピョートルの胸が期待に膨らんでいくのを感じる。外国で働くことを望んでいる彼がオファーを期待するのは当然だ。だが院長の話は正反対のバッド・ニュースだった。

「残念だがもう君たちを泊められなくなった。病院の臨時雇いの外人がゲリラを支援している疑いがあり、滞在させ続けるなら貴院を徹底的に調査するとのお達しが午後、院長の私宛てに届いた。君たちの仕事ぶりを聞くと惜しいが、どうしようもない」

唇を噛む。不良警官、ドロテオの仕業だ。卑劣なヤツ、と罵っても後の祭りだ。

「わかりました。一晩泊めてくださりありがとうございました。では失礼します」

ピョートルが潔く答えると、院長が言う。

「待ちたまえ。警察は君たちが〝いつまでも滞在するなら〟と言ったが、あの調子では今夜や明日はこないだろう。本気なら問答無用でいきなり逮捕するさ。これは脅しで、無視し続けたら言葉通りにするぞ、ということだろう。だから今夜は大丈夫だろうから、せめてゆっくり身体を休めていってくれ」

ぼくとピョートルは院長の寛大な差配に感謝したが、ぼくのボゴタ嫌いはこれで決定的になった。やらなくていいと言われたが、ぼくたちは日付が変わるまで救急外来を手伝った。当番はエリーゼでも婦長でもなくて少し残念だった。深夜に仕事を終え礼拝堂の固い簡易ベッドに横になると、エリーゼが弾いていたミサ曲が脳裏をよぎる。

もう少し彼女と話したかったな、と思いつつ眠りに落ちた。

翌朝もパイプオルガンの音で目覚めた。ピョートルはいびきをかいて爆睡中だ。礼拝堂の扉の隙間から見たエリーゼは一心にオルガンを弾いていた。物音を立てないように盗み見ているとエリーゼは突然、ぼくの方を振り向いた。目が合ったのでどぎまぎしたぼくは、目を伏せる。エリーゼはぼくから視線を外さないまま曲を弾き終えると、オルガンの蓋を閉じた。ぼくは吸い寄せられるように、彼女に歩み寄った。

「素敵な曲だね」

エリーゼはうなずく。そして顔を逸らし小声で、ごめんなさい、と言う。

「何で謝るのさ」

「だってボゴタの警官があなたたちにひどいことを……」

「大したことないよ。ぼくからナイフを取り上げようとしたけど、取り返したんだ。でもそのせいでここにいられなくなったのは残念だけど」

「ひどい警察でごめんなさい。でもお願いだからボゴタを嫌いにならないで」

しばらく黙っていたが、ぼくは言った。

「それは難しいだろうね。こんな目に遭わされて、ここを好きになれるわけがないよ」

「でもボゴタには院長先生も婦長さんも、いい人もいっぱいいるわ。ドクトル・ゲバラもあの人たちは好きでしょう？　だから嫌いにならないでほしいの」

ぼくが何も答えずにいると、エリーゼは話をころりと変えた。

「ここを出て行ったら、次はどこへ行くつもりなの?」

「まだ何も考えていない。ただ最終目的地はサンパブロ療養所になるから、とりあえずアマゾン河のどこかを目指そうかな、なんて思っているけど」

するとエリーゼは目を輝かせた。

「アマゾンですって? それならレティシアはどう? アマゾン河のほとりにあって、コロンビアとペルー、ブラジルの国境が接している小さな村よ。そこから小型船で二時間くらいの所にハンセン病の療養所があると聞いたことがあるわ」

「そいつは初耳だ。で、そのレティシアにはどうやって行けばいいのかな?」

「二週間に一度、ボゴタから軍用機が飛ぶの」

「それじゃあどっちみち、ぼくたちには無理じゃないか」

脱力したぼくに、エリーゼが首を振る。

「月に一度、ウチの病院からレティシアの分院に医師と看護婦を派遣しているんだけど、その時は軍用機に乗せてくれるの。次回は明朝出発予定だったんだけど、当番のドクトルが体調を崩して、中止になりそうなの。なぜあたしがそんなことを知っているのかと言うと、今回の看護婦当番はあたしだからよ」

エリーゼの言葉を聞いて、ぼくは、思わず手を打った。

「つまりぼくとピョートルが、代わりに出張すればいいんだね。グッド・アイディアだ。で、とりあえずぼくたちはどうすればいいのかな?」

あたしが院長先生に聞いてきますと言い残し、エリーゼは礼拝堂を出て行った。

ピョートルに事情を説明し、礼拝堂で待っていると朗報が戻ってきた。

「院長先生は是非お願いしたいそうです。出張代も出してくれるそうよ」

「ブラボー」と言ってエリーゼに抱きつくと、身体を硬くしたエリーゼは、そばかすがわからなくなるくらい真っ赤になった。ぼくはあわてて身体を離す。

「そうすると、後は今夜泊まる場所を探せばいいんだな」

「今夜はここに泊まっても大丈夫よ。救急外来に顔出しさえしなければ、絶対に見つかりっこないもの」

そう言うとエリーゼは、うつむいて続けた。

「それでね、ドクトルたちにお願いがあるの」

「何だい、急に改まって。ぼくたちにできることなら何でもするよ」

「あたしは今日は非番なので、よければ午後、モンセラーテにご案内したいの」

「モンセラーテってどこ？」

「巡礼の聖地なの。素晴しい場所にご案内して、ボゴタの名誉挽回をしたいの」

ピョートルが言う。

「セニョリータの申し出は魅力的ですが、警官に睨まれているのはドクトル・ゲバラだけですから、自分は恩返しのため日中は病院を手伝いたいです」

ピョートルはアルゼンチン以外で医師の働き口を探しているから、確かに市街観光よりは、病院を手伝って院長の印象をよくする方が正しい選択だろう。

するとエリーゼはなぜか頬を赤らめて言った。

「もちろん無理にとは言いません。ドクトル・ゲバラも病院のお手伝いですか?」

「ぼくは君の申し出に従うよ。ボゴタの別の面も見たいし、君とのデートも楽しそうだ」

するとエリーゼは真っ赤な顔になってうつむいてしまう。

「ごめんなさい。二人きりじゃなくて、トレス神父も一緒なの……」

そういうことか、と舌打ちする。でも嫌な気分にはならなかった。

それはたぶん、エリーゼの想いが一途だからだろう。


ボゴタ盆地の背後に控えるアンデスのかけら、モンセラーテ山の山腹には教会があり、巡礼の聖地とされている。徒歩で一時間、ケーブルカーもある人気スポットだ。

エリーゼとトレス神父の三人で、ケーブルカーで山頂に登る。眼下にボゴタの街並みが広がる。風になびく髪を手で押さえ、エリーゼが指さしながら説明する。

「旧市街は一五三八年、征服者ゴンサロ・ヒメネス゠デ・ケサダが最初に拠点を作った場所よ。彼は建国の父と呼ばれているけど、この国に災厄の種を蒔いた張本人だから、とても評判は悪いの」

「災厄の種って何のこと?」

「それまでコロンビアにはお金というものがなくて、人々は平和に暮らしていたのに、ゴンサロがボゴタにお金を持ち込んで以後、争いが絶えなくなってしまったの」

「さすがにそれは冤罪だろうね。たとえゴンサロが持ち込まなくても、いずれは誰かがお金という概念をコロンビアに広めたと思うよ」

ぼくの反論にエリーゼはぷう、と頬を膨らませた。その仕草が可愛い。

気を取り直して下界を見下ろし、指差しながら街の概要を教えてくれる。

「北には高級住宅街が広がっているわ。南のスラムに足を踏み入れたら身ぐるみ剝がれてしまうから気をつけてね」

そんなところに行こうという気概も時間もないけど、と思ったけれど口にはしない。

エリーゼの細い指がスラムの向こうの山並みを指さす。

「あちらのジャングルにはゲリラがいて、麻薬や武器をドルで取引してる。それがコロンビアの諸悪の根源で富の源泉よ。でもコロンビアのゲリラは一枚岩ではなく、共産党やら民族自決主義政党やらが入り乱れてる。あたしはゲリラが大嫌い。だって彼らのせいで街を歩くのもビクビクしなくちゃならないんですもの」

それまで沈黙を守っていたトレス神父が諭すように言った。

「ゲリラになるのは他に行き場がない人たちだから、そういう人を生み出した社会が問題なのだよ、エリーゼ。誰だってゲリラになりたくてなったわけではないからね」

神父に諭され、エリーゼは黙り込む。でもすぐに元気よく顔を上げると言った。

「喉が渇きませんか？　飲み物を買ってきます」

返事を待たずに走り出す。子リスのような後ろ姿を見ながら、ぼくは言う。

「その若さで神父とは素晴らしいですね」

「まだ未熟者で、イエスの声は聞こえてきません」とトレス神父は答えた。

二千年前に死んだ男の声が聞こえるんですか、などと軽口を叩ける雰囲気ではない。

トレス神父は顔を上げると、ぼくをまっすぐ見つめて、突然尋ねた。

「エリーゼのことを、どう思いますか？」

神に仕える身のくせに恋敵として宣戦布告か、と思ったぼくは、正直に答えた。

「初めて会った時は、何て生意気な看護婦なんだ、と思いました。でも今は、ちょっと可愛いところもあるかな、なんて思い始めています」

「エリーゼはいい娘です。彼女がこれまでどんな目に遭ってきたか、ご存じですか？」

ぼくは首を振る。一昨日の晩会ったばかりで、そんな身の上話を聞けるはずがない。

さすが神父さま。言うことがどこか浮き世離れしている。

「エリーゼの両親はゲリラに殺されました。赤ん坊の時、孤児院に預けられた彼女を、マルガリータ婦長が引き取り、我が子として育てたのです。ここまでは彼女も気づいていますが、両親を殺したのが年の離れた長兄だったということは知りません」

衝撃のあまり、ぼくは言葉を失った。トレス神父は淡々と続ける。

「思想が違う長兄は家を飛び出しゲリラになり、両親の襲撃に加わったのです。そのことを深く悔いて、自殺同然の無謀な襲撃に加わり死にました。エリーゼは両親の顔も、双子の兄がいることも、両親を殺した長兄の存在も、何ひとつ知らないのです」

そうだったんですか、とかすれた声で呟くのが精一杯だ。何と凄まじい過去だろう。

「でも、そんな大切なことを、どうしてぼくなんかに話すんですか？」

トレス神父はぼくを見つめた。そして静かに言う。

「この事実を私に打ち明けたマルガリータ婦長に、私からエリーゼに伝えてほしいと頼まれました。でも私にはできません。なのであなたに託す気持ちになったのです」

「根無し草の風来坊にそんな重要なことを任せるだなんて、無責任すぎます」

「でも私には許されるのです。見込んだ男性に妹を託すのは不実ではありませんから」

　ぼくは驚愕した。生き別れの双子の兄というのはつまり……。

「エリーゼはそのことを、つまりあなたがお兄さんだと知っているんですか？」

「いえ、私たちは同じ孤児院から別々の家に引き取られたのです。この病院に手伝いに来て、マルガリータ婦長の告白を聞いた時に初めて妹だとわかったのです」

「あなたはなぜ、お兄さんだと名乗らないのですか？」

　トレス神父は苦しそうな表情になる。

「私のいのちはイエスに捧げています。私には家族とは信仰の妨げでしかありません。生まれた時から孤児として信仰にのみ生きてきたので、生き方は変えられません」

　無神論者のぼくからみれば信じ難い。あまりにも非情すぎる。

　かといって信仰を責めるわけにもいかないので、別の角度から非難した。

「ぼくみたいないい加減な男に代理をさせるなんて、お兄さんとして失格です」

「そんなことはありません。あなたには不思議な徳を感じます。きっとその徳はこれからも多くの人を惹きつけると思います」

　トレス神父は微笑する。そこまで見込まれたら、もう引き受けるしかない。

「わかりました。チャンスがあれば伝えますが、ここにいられるのもあと僅かなので、無理かもしれませんよ。あと、あなたがお兄さんだという告知はお断りします」

「ええ、そちらは結構です」とトレス神父はあっさりうなずいた。

事実を知ればエリーゼの慕情は行き場をなくしてしまう。それを言わずにおくなんて残酷な人だな、と思ったぼくの気持ちを読み取ったように、トレス神父は言う。

「私は神に仕える身です。神と民草の救済、それが私の使命なのです」

「暴力あふれるコロンビアで、武器を手に取れと命じないような神が、民草を救済してくださるだなんて、本当に信じていらっしゃるんですか？」

「それならあなたは、私はどうすればいいとお考えなのでしょうか」

トレス神父は即座に問い返す。ぼくが発した問いは、ぼく自身に返ってきた。

つまり、ぼくは自分に問うたのだ。この暴力が溢れる世界の中で非武装革命なんて可能なのか、と。だからその問いに沈黙はできない。仕方なく、ぼくは口を開いた。

「実は、迷っています。武力ではなく言葉で争いをなくしたい、と思ってきましたが、南米を放浪し、武器を持たない民衆は弱いと身に染みました。非武装革命なんて所詮はたわ言なんじゃないのかな、なんて思い始めているんです」

「私も、神に話しかける時、思うのです。果たしてイエスが今の世にいたらどうされただろうか、と」

「で、その問いに対する答えは返ってきましたか？」

引き込まれるように尋ねた。無神論者のぼくが〝神の意志〟に興味を持ったのは、自分の中に生じた迷いのせいだ。トレス神父は自分自身に言い聞かせるように言った。

「私には、イエスがこうおっしゃっているように聞こえます。汚辱に満ちた世界では、愛のために武器を取れ、と。その声が聞こえる時、私はイエスから遠ざかっているのか、近づいているのか、わからなくなってしまうのです」

トレス神父の言葉は一滴の火酒となり、ぼくの中に滴り落ち、ぼう、と燐光を放つ。

「私はかつて、武器を手に立ち上がったことがあります。炎のような言葉を吐く英雄の下、場所はまさにここ、モンセラーテの中腹で」とトレス神父は遠い目をして言う。

それっていつの話ですか、と訊ねたぼくに、トレス神父は静かに答えた。

「コロンビアの災厄の根、〈ボゴタソ〉の時です」

驚いたぼくは詳しく話を聞こうとした。だがそこにエリーゼが戻ってきたので、その話は唐突に終わってしまった。エリーゼは、紙コップをぼくとトレス神父に手渡すと、自分の分を両手を温めるように手のひらに包み込む。

「素晴らしい景色でしょ？　あたしはボゴタが好き。あたしが生きていくことを許してくれた周りの人たちが大好き。だからボゴタを嫌いにならないでほしいの」

だからといって、はい、そうですか、とボゴタを好きになれそうにない。でもぼくが遭遇したことなど、エリーゼの悲劇と比べたら全然大したことではない。

「わかった。今はボゴタは嫌いだけど、これから嫌いにならないよう努力してみるよ」

エリーゼに対し口先でごまかしたくなかったので、本音を伝えた。

「ありがとう。とっても嬉しい」

微笑するエリーゼの表情が愛おしくて、思わず抱きしめたくなる。

彼女を見守るトレス神父の視線が優しい。

風に吹かれてぼくたち三人は並んで、ボゴタの街を見下ろした。夕陽が沈み、市街にぽつりぽつりと灯がともる頃、ぼくたちはモンセラーテを後にした。

☆

翌朝、ぼくとピョートル、エリーゼの三人は病院の車で軍用空港に向かう。

院長はサンパブロ療養所の院長と昔から親交があり、紹介状を書いてくれた。

十人乗りの軍用プロペラ機の乗客は、ぼくたち三人と軍服姿の若者五人だった。

乱気流の中、小型プロペラ機は木の葉のように舞い、ぼくはカクテル・シェーカーの中の氷の破片みたいな気分になる。初めて飛行機に乗るぼくでもわかる未熟な飛行だ。

二時間後、ジャングルを切り開いて作られた短い滑走路に着陸した時、ピョートルとぼくは抱き合って生還を喜んだ。ハッチが開くや兵士たちは脱兎の如く飛び出し、滑走路側の草むらでげえげえ吐いた。後から降りたぼくも息絶え絶えだ。

だらしない男性陣を尻目に、エリーゼはけろりとして、鼻唄を口ずさんでいる。

ぼくは、飛行機にはもう二度と乗るものかと決意した。事実、ぼくが次に飛行機に乗るのは後年、ある国の全権大使として諸国を歴訪する時になる。


レティシアとはラテン語で〈歓喜〉を意味する。かつてここに勤務していた技師が、懸想した女性に振られた傷心を癒やすため、彼女の名を村につけたのだという。そんなエピソードを揺れる機内で、破談になった婚約者と同じ名を持つ女性から聞かされるなんて感慨深い。ロマンチックなエピソードに彩られた小村だが国境を接するブラジル・ペルー・コロンビアの三国が奪い合う要衝の地でもあり、一九三二年にペルーとの戦争で一時占領されたが、米国の干渉で返還され、以後コロンビアが領有している。

到着早々、空軍本部の隣に併設された診療所に連行されると、大勢の市民の行列がぼくたちを待っていた。サンフアン・デ・ディオス病院の威光は凄かった。正規の医者ではないぼくの目の前に次々に現れる患者から尊敬の念を感じ、いい加減な診療はできないぞと気を引き締める。でもぼくが世界的なアレルギーの大家だというデマが、なぜかこの小さな街に広まっていた。不思議なことで『悪事千里を走る』という格言を思い出す。まあ、悪事ではないんだけど。

ぼくとピョートルは着々と診療をこなし、エリーゼは二人の医師もどきをサポートし一人前の医者に見せてくれた。こうして巡回診療は無事に済んだ。明日午前の巡回診療を終えるとエリーゼは軍用機でボゴタに帰還するので、ぼくたちの業務も終わる。

その後はどうしようかと案じていたら、空軍の宿直施設に無料で泊めてもらえることになった。幸運はそれだけで終わらなかった。

村で唯一の娯楽、サッカーの地域対抗戦が三日後に控えていた。ブエノス大の元エース・ストライカーだという経歴を吹聴したら、証明のためにリフティングをさせられた。その結果、サッカー王国からやって来たスタープレイヤーという破格の地位を獲得し、コーチにスカウトされた。

空軍施設の宿泊を獲得した晩、エリーゼと別れの宴を持った。

酔ったピョートルは早々に潰れ、ぼくはエリーゼと差しで杯を重ねた。

義務を果たせ、と天に言われているみたいな気がしたぼくは、意を決して言った。

「エリーゼ、話があるんだ」

エリーゼは身を固くした。告白されるのではないか、と勘違いしたのかもしれない。

いや、それは勘違いではない。ぼくはエリーゼに惹かれていたし、トレス神父の依頼を果たすという、ある意味でははるかに重い告白をしようとしていたのだから。

エリーゼは、ぼくに託された長い打ち明け話を聞き終えると、ぽつりと言った。

「ドクトル・ゲバラは、誰からそんなことを聞いたの？」

予想していた質問だったので、ぼくは滑らかに小さな嘘をついた。

「マルガリータ婦長さんだよ。毎日顔を合わせていると、こういうことは話せなくなるんだって。だからぼくみたいないい加減な人間にお願いしたんだと思う」

エリーゼはしばらく考え込んでいたけれど、静かに言った。

「婦長さんが本当のお母さんではないことは、うすうす感じてはいたわ。でも兄の話は初めて聞いたわ。まさか兄が両親を手に掛けたゲリラだったなんて……」

エリーゼはこぼした涙を指でぬぐう。すると次々に涙がこぼれて止まらなくなった。

エリーゼはぼくの腕にしがみつくと声を上げて泣きじゃくった。

ふたりの沈黙を包む夜の闇に、鈴のようなカエルの鳴き声がいつまでも響いた。

翌日、空軍基地まで見送った時にはエリーゼは、いつもの元気娘に戻っていた。

ピョートルが機内での飲み物を買っている間、エリーゼは小声で言った。

「ゆうべはありがとう。最近、婦長さんが何か言いたげなのが気になってたけど、これでやっとわかったわ。ちょっと取り乱しちゃったけどもう大丈夫。だって今のあたしにはマルガリータ婦長というお母さんがいるんだもの」

それから小声で言った。

「ドクトル・ゲバラには打ち明けるけど、あたし、トレス神父さまに片思いしてるの。全然相手にされてないんだけど。婦長さんがこの話をあたしに伝えるのを頼んだのは、トレス神父さまだったんじゃないのかな、なんてゆうべは思ってた。でも今はあなたに伝えてもらってよかったと思ってる。何だか不思議な気持ち……」

それからエリーゼは小声で訊ねた。

「前から聞きたかったんだけど、ドクトル・ゲバラはなぜ片耳だけピアスしてるの？」

ぼくはピアスに手を遣って照れ笑いする。

「ためしに片方つけてみたんだけど、面倒臭くなってもう片方は開けなかったんだ」

呆れた、とエリーゼは笑い、戻ってきたピョートルから飲み物を受け取った。

「ドクトル・ゲバラとドクトル・コルダ、お二人と一緒に働けて、とっても楽しかった。またいつかボゴタに、ううん、サンフアン・デ・ディオス病院に戻ってきてね」

「もちろんですよ、セニョリータ。警察に目をつけられるような不良医師とは金輪際手を切るので、綺麗な身の俺だけでも雇ってくださいと院長にお伝えください」

調子のいいピョートルに、この野郎、と殴りかかったら、ひょいと身を躱された。勢い余ってぼくはエリーゼに抱きついた。一瞬、身を固くしたエリーゼは次の瞬間、すい、と背伸びをして、ぼくの頰にキスをした。

風の中、時が止まった。

エリーゼを見送った足で、空軍チームの練習に合流した。チームのレベルは酷くて、とても勝てそうになかった。なので仕方なくサッカー王国の威光を振りかざして、臨時コーチからプレイングマネージャーへ自らを勝手に昇格させてしまった。喘息持ちのぼくはあまり動かずに済むキーパーをやり、ピョートルは攻撃の核弾頭フォワードだ。実力差があるのでメンバーからは文句は出なかった。

出場四チームは銀行、学校、我らが空軍、そして憎きコロンビア警察だった。対戦表を見て血が騒いだ。一回戦は警察との対戦だ。これで燃えなければ男じゃない。

怒りに燃えたぼくはスーパーセーブを連発し、警察に恨みがないピョートルは飄々と二本のゴールを決めた。こうして空軍は二対〇で警察に快勝し、ぼくは溜飲を下げた。

だがコロンビア警察とはつくづく相性が悪い。試合後の国歌斉唱の際、ゴール前のクロスプレーで負った脛の傷が気になってしゃがんだら、貴賓席にいたレティシア警察の署長が不敬罪だといちゃもんをつけた。自分のチームがよそ者にこてんぱんにのされたのが、よっぽど不快だったのだろう。起立を強制され、逆らう色を見せたらチームの勝利を取り消すぞと脅された。そんな強制ほどボヘミアンのぼくを怒らせるものはない。

とことん逆らってやろうかと思ったが、助っ人の身であることを思い出し、我慢した。痛む脛をさすりながら、あてつけで直立不動の姿勢を取る。無理をしたせいか決勝戦は生彩を欠き、鉄壁キーパーとして名声を確立しつつあったぼくは、とうとうゴールを奪われ、それが決勝点となり空軍チームは準優勝に終わった。

　それでも警察チームをぎたんぎたんにやっつけたので鬱憤を晴らせた。その晩、準優勝の立役者の二人はどんちゃん騒ぎの果てに轟沈したことは言うまでもない。


旅立ちがいつも二日酔いになってしまうのはなぜなんだろう。

そんな反省をしつつも翌朝、レティシア一番の小型モーターボートをチャーターして、サンパブロ療養所へ向けて旅立った。

　桟橋では、コロンビア空軍吹奏楽団が奏でる国歌が、忌々しく鳴り響いた。

　コロンビアの首都ボゴタはぼくにとっては鬼門で、南米統一という壮大な理念を打ち立てたシモン・ボリバルが新大陸の発見者、コロンブスの名を国名に冠し建国した国とは思えない惨状だった。けれどもレティシアという小村での歓待は、コロンビアという国に対して冷え切っていたぼくの感情を、ほんの少しだけ解きほぐしてくれた。

　アマゾンの支流は緑色の鏡のようで、流れと時が止まっているようだ。

　そんな中、風を切って走るボートの上から広大な景色に見とれながら、ピョートルとぼくはこれから先の、新たなる冒険に想いを馳せていた。

# 10　サンパブロ療養所

## 一九五二年二月　ペルー・サンパブロ

ぼくたちの旅行の名目上の目的は、ハンセン病の専門施設でのボランティア活動で、サンパブロ療養所に行こうとしていた。施設はペルー北部、アマゾンの河岸にある。ハンセン病は一八七三年、ノルウェーのアルマウェル・ハンセン医師が病原菌を同定した慢性感染症で皮膚と神経が冒される。癩病とかレプラと呼ばれた。レプラはかさぶたとか鱗を意味するラテン語で、病人の皮膚が肥厚し容貌が変わることに由来する。

類結核型とらい腫型が両極で中間の境界型が混在する。潜伏期は一年から二十年で、かつては遺伝性疾患と思われていた。細菌が皮膚や末梢神経細胞に寄生し発疹や結節ができ、閉眼が困難になり充血する兎眼という症状を経て失明に至る。指が落ち毛髪や睫毛や眉毛が抜け、顔面の骨が変形し特異な容貌になる。鼻軟骨が変形する鞍鼻という症状は性病の梅毒と誤認された。

最近スルフォン剤という治療薬が開発されたが、市民の間ではいまだに祟りと恐れられている。だが感染力が弱いと判明したので、いずれ隔離もされなくなるだろう。

根強い差別意識の払拭のため、米国医師会はハンセン病と改称しようとしている。

喘息持ちのぼくの第一志望はアレルギー専門医だけど、第二志望はハンセン病に対応する神経内科医だ。ハンセン病患者が疎外されていることを解消したい。

自分の自由を侵されたくないから、他人の自由も侵さない。自由を阻む者はぼくの攻撃対象になり、その排除のためなら人生を捧げても構わない。

それがぼくが持つ、唯一の〈プリンシピオ（主義）〉だった。


コロンビア空軍が調達した小型モーターボートで、国境手前の小村に着岸した。

川の中には、立てた支柱の上に作られた水上コテージ風の民家があり、住人にサンパブロへの行き方を尋ねようとしたけれど、家人は怯えた表情で奥に引っ込んでしまった。どうやらスペイン語は通じないようだ。船頭にガイドしてもらえばよかったと気づいたけれども、後の祭りだった。仕方なく鬱蒼とした森に足を踏み入れる。しばらく進むと小屋があり、小刀で木彫り細工をしている老人がいたのでダメ元で尋ねてみる。

「サンパブロにはどう行けばいいでしょうか」

「川下、村、渡し船、出る」

「ここからどれくらいかかりますか？」と急き込むように尋ねると老人は小さな木彫りの人形を切り株の上にとん、と置いて、「歩いて半日」とぼそりと答えた。

曇天の下、夕闇が近づいている。ぼくとピョートルは顔を見合わせた。

「出発は明朝にして、今夜はこのあたりに泊まろうか」

どちらともなくそう言って、この小屋に泊めてもらおうとしたが老人は首を振る。

「サンパブロ、行く、だめ」

「そうもいかないんです。俺たちは医者で、患者が待っているので」

ピョートルの言葉は正確ではない。ぼくたちは医学生だから、患者は待っていない。ただし、行かねばならぬ、という義侠心はある。

「祟り、怖い、魔除け、やる」

切り株に並べた木彫りの人形を手渡した。受け取ったぼくたちは、視線を感じて振り返る。老人が皺だらけの手を差し出していた。ようやく人形の代金だと思い当たる。ここはペルーで、コロンビアの無料のツキはこの老人との遭遇で終わったらしい。

代金を払うと河岸に出て空き地に腰を下ろした。木彫りの人形を掌に載せて眺めていたピョートルは、突然土手を駆け下りると、濁流に向かって人形を放り投げた。

「ハンセン病は祟りじゃねえよ、クソジジイ」

川面に広がる波紋に毒づいたピョートルを見習い、ぼくも人形を投げ捨てる。

一夜の宿を求めて彷徨ったが、水上の民家に声を掛けても細目に開いた扉はぴしゃりと閉ざされてしまう。やむなく河岸の家畜小屋に潜り込むと、非合法な宿泊の報いか、蚊の猛烈な攻撃を受けた挙げ句、久々に喘息発作を引き起こすなど散々な夜だった。

朝一番で呪われた家畜小屋を出発する。途中の村で遺跡らしい岩が草まみれの丘に埋まっていた。遺跡マニアのぼくにはよだれが出そうだったけど、泣く泣く先を急ぐ。

やがて賑やかな話し声が聞こえてきて、見晴らしのいい渡し場に出た。

　船頭が「対岸サンパブロ行き、二時出発」とスペイン語で案内している。出発まで二時間あるので河岸のレストランで食事を取ることにした。奇怪な容貌の巨魚を指差すと、丸ごと煮て皿に盛ってくれた。甘く濃いソースと白身の淡泊さがよく合ってなかなか美味だ。巨大怪魚はぼくたちの手でたちまち、真っ白い骨格標本と化した。

　川面を眺めていると小魚が水面を跳ね、それをさらうように水面すれすれに黒い小鳥が滑空する。鳥の名を尋ねると店の主人の愛想のいい返事が返ってきた。

「あやつは〈ビクトル・ディアス〉といい、コロンビアで唯一、姓と名を持つ鳥でさ」

　そういえばペルーに入国したが、パスポートチェックは受けていない。雄大なアマゾン河が国境という概念を破壊しているようだ。国境なんて人間が作り上げた妄想線だ。アマゾン河の心を以てすれば南米大陸の統一は簡単にできるのではないか、などと考えながら、緑滴るアマゾンを眺めた。

　小型ボートが行き交う中、巨大な蒸気船が通り過ぎると、さざ波が岸に打ち寄せる。ちりん、ちりんという鈴の音と共に「サンパブロ行きの船が出るぞ」という声が聞こえた。食事の支払いを済ませ、河岸に向かうと船上には先客の若い女性がいた。彼女を横目で見ながらボートに乗り込むと船頭は出発の最終告知を繰り返す。

　ぼくたち三人の他に客はいないことを確認すると、船頭は眠くなるような平板な歌を歌いながら、のんびりと櫂をこぎ始めた。

　漕ぎ方はゆっくりだったけれど、遠く見えた対岸に二十分で到着したから、熟練した漕ぎ手なのだろう。船着き場では、五つの小さな人影が船影を眺めていた。

マリアだよ、マリアが帰ってきた、と口々に言い立てるその声は幼い。

「ごめんね、遅くなって」

若い女性は立ち上がり大きく手を振る。船はぐらりと傾き、船頭が声を上げる。

「急に立ち上がるな、このバカ娘め」

「ご、ごめんなさい」

あわててしゃがむとスカートの裾が乱れ白い太腿が見えた。どきりとして目をそらす。

船着き場に接岸すると、子どもたちが歓声を上げながら女性の荷物を運んでいく。

その様子を眺めていたぼくとピョートルは、船頭が咳払いをしたので下船した。

岸に下りた時には、女性と子どもたちの姿は、すでに遠くなっていた。

療養所は、鬱蒼とした森の中に取り残された水たまりみたいだった。生け垣に囲まれた門をくぐると、遠くの小屋の戸口でぼくたちの様子を見つめる人影があった。

入口にある二階建ての建物の受付に声を掛けると、はあい、という返事と共に受付に現れたのは、さっきの若い女性だった。

「船でご一緒だった方たちね。ここに来るのかなと思ってました。看護婦のマリアといいます。今、ペレイラ院長をお呼びしますので、ソファに掛けてお待ちください」

部屋を出て行くマリアの後ろ姿を眺めていると、ピョートルが横腹を肘でつついた。

「ああいう清純なのがタイプなんだろ。目が白状してるぜ」

ぼくはピョートルを睨んだけれど、抗議はしなかった。

ペレイラ院長はでっぷりと肥え、顔の中心には赤鼻が愛嬌よく鎮座している。これで赤い服を着ていたら、二人で声を揃えて「サンタクロース！」と叫んでいただろう。

紹介状を読んだペレイラ院長は、のどかな声で言う。

「リカルド院長とはもう長いことお目に掛かっておらんが、お元気のようだね。紹介状によるとボーイたちはブエノス大から来たようだが、ボルケ君のことはご存じかね」

「もちろんです。ボルケ先生は研究漬けの毎日を送られています」

ボルケ先生は学生寮の先輩で感染病棟の助手をしている。三年前ペルーの国際神経学会に参加した折り、この療養所に立ち寄ったのでピョートルにここを教えてくれた。

「ボルケ君は研究熱心だったから、ここに就職してほしいとお願いしたんだが」

「ここは勤務医を募集中なんですか？」とピョートルは目を輝かせる。

「この療養所にはざっと三百人の患者がいて、四分の一が重症者だ。ここは軽症者の比率が高く患者は自活している。農作物を栽培し、余った分は外部に売る。大工や学校の先生、美容師もいて、院内紙幣で精算している。また、子どもも大勢いる。一家で移住して来たり、ここで生まれた子どももいる。長期接触を避けるため、子どもたちは別棟で暮らしているが、家族と一緒に過ごす時間をできるだけ多くもてるよう配慮している。だが未だにハンセン病は恐ろしい病気と思われているせいか、勤務医は少ない。もっと深刻なのは看護婦不足だ。修道女が協力してくれているから何とかなっているが」

ペレイラ院長がため息をつくと、すかさずピョートルが言う。

「そういえば、さっきの船で若い看護婦さんとご一緒しました」

「マリアは少々おっちょこちょいなのが玉に瑕だが人気者でね。ここに勤めることに反対している親戚に呼び戻されたが、本人が説得し戻ってきてくれた。そこへボーイたちのような若い研修医が手伝いに来てくれるとは、風向きが変わりつつあるな」

研修医ではなく医学生です、なんて野暮な訂正を今はすべきではないだろう。恒常的に医師不足のラテンアメリカでは、医学生が医師の代役をしても糾弾されず、むしろ感謝されることが多い。現にチリではアレルギー専門医だという記事を名刺代わりに見せたら往診を頼まれ、コロンビアでは救急医として夜間外来をやったりした。

チリで診察した老婆の顔が浮かぶ。今にも崩れ落ちそうな石造りの小屋、日の差さない暗い小部屋で皺だらけの胸を聴診し、手持ちの薬をあげたが気休めにもならない。

自分が偽善者に思えて、いたたまれなかった。ぼくは怒っていたけれど、憎むべき敵の姿は見えなかった。ペレイラ院長の声に感傷から現実世界に引き戻された。

「ボーイたちは一週間の滞在だね。それならバンガローに入ってもらう。鐘が鳴ったら食事の準備が出来た合図だからホールに来たまえ。それとバイト料を先払いしておく」

ペレイラ院長は、部屋の奥に姿を消すと、やがて両手に抱えきれないくらいの大量の札束を抱えて戻って来た。

「そんな高額なバイト料をいただくわけにはいきません」とぼくがあわてて言うと、ペレイラ院長は、太った腹を揺すって大笑いを始めた。

「これは院内紙幣だ。昔は療養所の紙幣が外部では拒否されたので所内で通用する紙幣を造る必要があったんだ。最近は感染力が弱いという常識が行き渡り、そろそろ廃止しようかと思っているが、患者が馴染んでいてやめたがらない。ちなみに君たちに一週間分のバイト料として先渡しした一万コマルカソーレスは二百ソル程度だよ」

二百ソルなら三食つきの宿代が天引きされていたとしても少々安すぎるくらいだ。なので遠慮なく受け取った。それにしてもこの紙幣の量で二百ソルとは、あめ玉ひとつ買うのも札束で払うことになりそうだ。まるでおままごとだ。


院長との面談後に、バンガローに案内してくれたのはマリアだった。白衣姿の彼女は、さっきまでのおきゃんな調子は影を潜め、専門職らしく落ち着いて見えた。

「ここがお二人のバンガローです。患者さんのバンガローと同じタイプなんですよ」

「ということは、最近まで患者さんがここに住んでいたんですか？」

マリアはうろたえて、気になりますか？　と訊ねる。ぼくはあわてて言う。

「いえ、ぼくたちは貧乏旅行で家畜小屋や納屋で眠ったこともあるから大丈夫です」

「家畜小屋？　失礼ね。ここはちゃんと人が住む家です。二週間前、住んでいた患者さんがお亡くなりになって、たまたま空いているんです」

貧乏旅行のぼくたちには天国だと言いたかったのだが、これ以上言うと余計にこんがらがりそうだったので黙った。マリアは興奮が冷めると、うつむいて言った。

「ごめんなさい。昨日、叔父と似た話でやり合ったばかりだったので、つい……」

「いいんですよ。エルネストは無神経なところがあって、よく周囲と衝突するんです」

すかさずピョートルが言う。

言うに事欠いてぼくが無神経だって？　お前にだけは言われたくないぞ、と思ったけれど、言い返すタイミングを失してしまった。今日のぼくは天中殺のようだ。

二段ベッドにトイレ、シャワー、テーブルと机、椅子が四脚。台所のアルコールランプで自炊もできる。ぼくたちにとっては極楽だ。

夕暮れ、ランプに火を灯し二段ベッドに寝転ぶ。ぼくが上、ピョートルが下なのはいつも通りだ。天井の木目を絵柄に見立てていると、ピョートルが話しかけてきた。

「マリアって可愛いよな。恋人はいるのかなあ」

「知らないよ、そんなこと」

「エルネストって頭が固いよな。彼女とはさっき出会ったばかりで、俺とエルネストの情報量は同じなんだから当たり前だろ。じゃあ、お前はあの娘はタイプじゃないのか」

「ああいう生真面目なタイプは、どちらかといえば苦手だな。そんなことより、到着したばかりで右も左もわからないんだ。まずは仕事の心配をしようよ」

「だな。俺はここで研究課題を見つけ成果を出し、ダミアン＝ダットン協会が創設する医学賞を取り奨学金をもらい、ハンセン病研究の星として名を上げるつもりなんだ」

「奨学金？　そんな話、誰から聞いたんだ？」

「ボルケ先生だよ。ここに一年くらい滞在して協会賞を狙うのが昇進への早道かもしれないと言っていた。そのアイディアを丸々頂戴してしまおうというわけさ」

八年前の一九四四年、ニューヨークに二人の偉大なハンセン病研究者の名を冠した協会が創設されたことは知っていたが、協会賞が創設された話は知らなかった。同じ寄宿舎暮らしでも目端の利くヤツはこうしてのしていくんだな、と実感させられる。

ピョートルは咳払いをすると、照れ臭そうな口調で言った。

「ところでさっきの話の続きだけど、エルネストがタイプじゃないなら、俺はマリアに行こうかと思うんだけど」

しまったと思う。憎まれ口を利いたものの、正直ぼくも彼女の笑顔が気になり始めていた。でもピョートルがこんなことを言うのは珍しいので、潔く譲ろうと決めた。

「ああいうイモっぽい、じゃなくて純朴なタイプが好みなんだ。いいよ。応援する」

「そう言ってもらえて心強いよ。そろそろマチルダも許してくれると思うんだ」

マチルダは大学擾乱事件で亡くなった、ピョートルの昔の恋人だ。その名を聞いて、彼はずっと忘れずにいたのか、と思い切なくなる。

どれほど真剣かわかったので、彼の新しい恋を心から応援しようと思った。

ランプの炎が揺らめく中、教会の鐘が鳴り響く。

「お、晩飯の時間だ。では、愛しいマリアの笑顔を拝みにいくか」

ピョートルはベッドから跳ね起きると、軽やかな足取りでバンガローを出て行った。


夕食の席にマリアの姿はなく、ピョートルはがっかりしていた。でも夕飯は質素ながらも味はよかったので、アマゾン彷徨で失った体力もすぐ回復しそうだ。

食堂で女性が三名食事をしていた。ぼくたちをちらちら見るが声は掛けてこない。

ぼくたちは極貧旅行で身につけた厚かましさを発揮し、彼女らに歩み寄った。

「〈ブエノス・ノチェス〉（こんばんは）、セニョリータ、アルゼンチンから来たエルネスト・ゲバラです。明日からボランティアで参加させていただきます」

「そして偉大なる医学博士ドクトル・ゲバラの忠実な助手ピョートル・コルダです」

チリでのコントをまだ引っ張るつもりか、と呆れつつ、否定するのも面倒臭いのでそのままにしておいた。

目配せしながらくすくす笑う若い看護婦二人は可憐なタニアとお洒落なビビアン。ダンプカーみたいな年配のイザベル婦長もみんな修道女の服装だ。泊まりは当直医ひとりで夕食はここで食べないと教えてくれた看護婦たちも、食事を終えるとそそくさと姿を消した。なのでぼくたちはすごすごとバンガローに戻った。久しぶりにまともな食事にありついたぼくたちは、バンガローに戻りベッドに潜り込む。そしてあっという間に眠りの国へと落ちていった。

次に目を開いたら、朝陽が部屋に差し込んでいた。

ぼくとピョートルは、同時に目覚めた。

ピョートルが上半身を起こし、大きく伸びをする。

「久しぶりにぐっすり眠れたぜ」

そこへ朝食の時間を報せる鐘が鳴った。食事と寝床の心配をしなくていい幸せをかみしめつつ食堂に向かう。朝の食堂は人でごった返していた。患者も医者も朝食は一緒らしい。きょろきょろと周囲を見回したピョートルは、お目当ての女性に歩み寄る。

「〈ブエノス・ディアス〉、セニョリータ」

「おはようございます、コルダさん」

「おお、マリアさんに名前を覚えてもらえたなんて光栄です」

「ドクトル・ゲバラはお見えになっていないんですか？」

「後から来ると言っていました。ヤツは朝寝坊なんです」

どうしてそんなすぐバレるような嘘を……。ピョートルと話していたマリアはふと顔を上げると、ピョートルを呆れ顔で眺めているぼくを見つけて両手を振った。

「あら、ドクトル・ゲバラがお見えだわ。ドクトル、助手のコルダさんはここですよ」

思わず噴き出す。蒼白になったピョートルはあわてて訂正する。

「あの、俺はエルネストの助手ではなく、同じ医師でしかも俺の方が先輩でして……」

「でもタニアからは、コルダさんはドクトル・ゲバラの助手だと聞いたんですけど」

バカめ。ぼくをからかうからバチが当たったんだ。

最初は笑っていたけど、説明すればするほど泥沼にはまり込む恋する男を見ているうちに、さすがに気の毒になって、二人掛かりで言い訳をした。

誤解は解けた代わりに、ぼくたちはちゃらんぽらんな医学生だというレッテルを貼られてしまい、初日からマイナス・スタートになってしまった。

まったく、なんてこったい。

でも、患者たちの状態は悲惨きわまりなく、中には指が落ちた者、片腕、片足がない患者がざらにいて、教科書でしか知らなかった症状を初めて見て衝撃を受けた。

気持ちを新たにぼくは、自分に何ができるか考えた。国家試験に合格していないから医師ではないし、治療の知識も技術もない。するとぼくにできるのは患者の話に耳を傾けることくらいしかない。

それが医者の仕事かよ、と言われると自信はないが、「病は気から」というくらいだから、話を聞いてもらえば気分が晴れて、少しは具合がよくなるかもしれない。というわけで患者の手当てを手伝い、空いた時間で患者の話をできるだけ聞いた。

最初のうち患者たちはそんなぼくを遠巻きに眺めていて、こちらから声を掛けても、水に触れた油のように、すうっと距離を置かれた。

でもめげずに辛抱強く話しかけていると、やがてぼくが本気だとわかったらしく、患者もぽつりぽつりと口を開き始めた。病気になって変わった周囲の目、職場から排除された哀しみ、家族にまで及ぶ陰湿な攻撃、不治の病に罹った苦悩。患者の許にはありとあらゆる苦しみが流れ込んでくるように思え、聞いているだけで息苦しくなってくる。

何もできない自分が歯痒いが、今のぼくにできることは彼らの話を聞くことだけだと肚を決め、ハンセン病患者を覆う闇に目を凝らした。そうして、知れば知るほど患者たちの深い苦悩に打ちのめされた。

同時に、どうやってこんな大がかりな施設を作り上げたのだろう、という興味が湧いてきた。折りに触れ聞かされたペレイラ院長のエピソードは、驚きの連続だった。

ペレイラ院長は名門ペルー大学医学部で将来を嘱望され、教授のひとり娘の結婚相手に選ばれたくらい優秀だった。順風満帆だったペレイラ院長の人生が突然方向転換したのは三十五歳の時だ。突然サンパブロ療養所の創設に携わることになったのだ。

「ボーイたちにはまだわからないだろうが、三十五という年齢は折り返し地点で、これまで生きた三十五年を繰り返すか、新しい人生に飛び込むかの分岐点なのだよ」

「それでペレイラ院長は新しい世界にチャレンジしたわけですね」

ぼくの合いの手に、ペレイラ院長はうなずく。

「私は極端な性格でね。それが功を奏し大学で頭角を現した。ただその時に、これまでの人生を繰り返すのはうんざりだと思った。そこに私の人生はなかった。いつも周囲の思惑ばかり考えて生きていた。本当にやりたいことがわからなかったんだ」

「教授候補から、ハンセン病施設の院長に転身するなんてあり得ませんよね」

ペレイラ院長は目を閉じた。

「それにはちょっとした因縁があってね。さる篤志家がハンセン病に罹った孫娘のため、療養所を寄進したいと申し出た。義父の教授は名義だけの院長に収まり、寄付をかすめ取ろうとした。そのさもしさが許せず思わず、自分が院長になります、と啖呵を切ってしまった。もちろん成算はあった。実はその時、一冊の本と出会っていたんだ」

院長は本棚から一冊の本を取り出した。『ペルーの現実解釈のための七試論』という本の著者、ホセ・カルロス＝マリアテギという名が目に飛び込んでくる。

「この本はペルーを改革する、二つの思想を提案している。インディオ主体主義と共産主義による社会改革だ。読めば読むほどに、今のペルーにぴったりの処方箋に思えた。その時、サンパブロ療養所でならこの思想を実現できるのではないかと閃いたんだ」

確かにこの療養所には原始共産制が導入されているように思われた。ただし院長が共産主義者だとは微塵も思えないが。ぼくの指摘に、ペレイラ院長はうなずく。

「私は共産主義者ではなかった。だが大学病院のライバルは私を共産主義者だと糾弾し、おかげで大学を石以て追われた。そのせいで、今は共産主義者になってしまったがね。それでも最初は妻も、そんな私についてきてくれると言ってくれた」

ピョートルがすかさず言う。

「素晴らしい奥さんじゃないですか。今はこちらにいらっしゃるんですか？」

「妻とは別れた」

え？　とぼくとピョートルは顔を見合わせる。

「私はその時、私の運命を根源から変える、もう一冊の本と出会ったんだ」

ペレイラ院長が差し出した本を見たぼくは、言葉を失った。

ホルヘ・ルイス＝ボルヘス著、『伝奇集』。

こんなところで、この著者と巡り会うなんて……。

「衝撃だった。一篇は一時間もあれば読み終えるが、読めども読めども果てにたどり着けない。気がつくと読む前の時間に戻っていて、再び眼前に広がる世界に囚われてしまう。まるで円環の迷路だ。そうしているうち自分の人生のむなしさに気がついた。この物語と比べると、私の人生は何と薄っぺらいのだろう。私は我慢がならなくなり、死ぬまでにこういう作品を書き上げ、誰かを今の私のように虜にしたいという思いに囚われた。そうして私は物語を書き始めたんだ」

現実主義者のピョートルが言った。

「素晴らしいお話ですね。でもそれなら、奥さんと別れる必要はなさそうですけど」

触れて欲しくない生傷に塩をなすり込むような所業だな、とひやひやしたが、ペレイラ院長は意外にあっさりと答えた。

「妻は私が書いた物語を貶（けな）した挙げ句、療養所の院長のあなたにはついていくけれど、共産主義者で三文文士のあなたにはついていけないと言われてしまったんだ」

ペレイラ院長はうつむいた。やがて顔を上げるとマリアテギの本を差し出した。

「この本は君たちに進呈しよう」

「え？　そんな大切な本、いただくわけにはいきません」

「この本は私にはもう必要ない。隅々まで暗記するほど読んだし、この療養所はその本の模写みたいなものだからね。それに私はその本の願いを叶えてやりたいんだ。その本は君たちのところに行きたいと言っているんだよ」

愛おしげに本を撫でるペレイラ院長から、大切な本を受け取った。

横目で机の上に置かれた本を見る。どうあってもボルヘスの物語は、ぼくのところにはやって来ない宿命らしい。

南米最初のマルクス主義者と言われたマリアテギだが、この本ではペルーの文学、特に詩人について紙幅を割いていた。この人も吟遊詩人（トロバドール）なんだ、と理解した。そしてペレイラ院長が引きつけられたように、ぼくもこの本に深く惹かれた。

ぼくはペレイラ院長を、ペルーのシュバイツアーかガンジーだと崇めた。

彼はぼくたちに、いろいろ配慮してくれた。新しい服もくれたし、どこかを見学したいと言えば手配してくれる。本当に神さまみたいな人で、ぼくたちにとってペレイラ院長は、まさしく赤鼻のサンタクロースであり、イエス・キリストだった。

けれども人は誰でもひとつは悪徳がある。こころから尊敬に値する聖者にも、たったひとつだけ、どうにも我慢できない悪癖があった。

小説家志望者のご多分に漏れず、ペレイラ院長は自分の傑作を他人に読ませたがった。しかも物語を手渡した翌日に読書感想文を提出しろと言わんばかりの性急さで評価を求めてくる。それが傑作なら喜んで感想も述べたいのだが、これが箸にも棒にもかからない駄作だった。人格の高潔さと紡ぎ出す物語の面白さは反比例する、というボルヘスさんの警句を思い出した。

この作品の文学的評価に関しては、文学的素養に乏しいピョートルも、ぼくと同意見だった。如才ないピョートルはペレイラ院長につかまると「こんな作品、読んだことがありません。感心しました」などと歯の浮くようなおべっかを口にしてぼくを呆れさせた。吟遊詩人（トロバドール）を目指しているぼくは、文学作品の評価に関しては妥協できない。ペレイラ院長を尊敬していたから、ぼくは院長から感想を求められないように逃げ回った。

療養所で働き始めて三日目。物置で空気の抜けたサッカーボールを見つけた。今や無用の長物に化したタイヤのパンク修理キットで空気漏れの穴を塞ぐと、子どもたちはたちまち夢中になった。レアル・マドリード対ボカ・ジュニアーズ戦を始めようとしたが、人数が足りないので、ぼくとピョートルも参戦した。

もちろんサッカーばかりでなく、いろいろな雑用もこなした。子どもたちの笑い声にほだされ、患者たちも次第に打ち解けてくれ、屋根の修理や自転車の修繕といった細々とした依頼が次第に増えた。

午前中は療養所内の雑用をし、学校が終わる午後には子どもたちとサッカーをするという毎日が、アマゾン河の流れのようにゆったりと流れていく。


ある日の夕方、ピョートルが川辺のベンチに座っている姿を見た。声を掛けようと近寄ったぼくは寸前で思い留まり、茂みに身を潜めた。

ピョートルの隣にマリアが座っていたからだ。

「ドクトル・コルダは、どうしてこの療養所に来たんですか？　先生みたいな方でしたら、普通の病院にもお勤めになれると思うんですけど」

可憐なマリアの質問に一瞬の間があり、ピョートルは真面目な声で答えた。

「ハンセン病患者は疎外されています。俺は療養所を見学して以来、そんな患者さんたちのために何かできないかと、考えてきました。そんなある日、横暴な独裁者に大学が弾圧され、俺は牢屋にぶち込まれてしまったんです」

マリアは目を見開いて、ピョートルを見つめた。

「ひどい。ドクトルのように素晴らしい先生を牢屋に入れてしまうだなんて」

その言葉は、ピョートルの古傷を優しく癒やしてくれるかのように、静かに響いた。

彼は励まされているかのように、話を続けた。

「それはまるで俺に、アルゼンチンを離れろと言っているかのようでした。その時どこからか、外国の療養所で働け、という声が聞こえてきたんです。思いついたらそれが天命の気がして、気がついたらここまでやって来た、というわけです」

マリアはピョートルを見つめた。そして沈みゆく夕陽に頬を染めながら言った。

「大変でしたのね。でもあたし、神に感謝します。ドクトル・コルダが酷い目に遭わされたおかげで、こうしてお会いできたんですもの」

ピョートルは黙り込む。後ろの茂みで盗み聞きしているぼくは、親指を振り立てながら、ピョートルにエールを送る。

〈バモス（行け）〉、あと一押し、ゴールネットはすぐそこだ。

「マリア、あなたにお話ししておきたいことがあります。俺はこの冒険旅行を終えたら、アルゼンチンに帰ります。でもまたすぐにここに戻ってこようと思うんです」

「本当ですか？　素晴らしいわ。すぐにペレイラ院長先生にお知らせしなくちゃ」

無邪気に言って立ち上がるマリアの腕を摑んで座らせると、ピョートルは続けた。

「あの、それでその、もし医者としてここに勤めることになったらあの、その……」

ええい、じれったい。ぼくとのショートコントではあることないことをペラペラ喋り倒していたクセに、いざとなるとてんでだらしがないんだから。

茂みから飛び出しケツを蹴飛ばしてやりたくなる。マリアは不思議そうな顔で、かちかちに緊張しているピョートルを見つめた。やがて彼は意を決したように言う。

「それで、もし俺がここに戻ってきたら、俺と、こ、交際していただけませんか」

マリアはしばらくきょとんとしていたが、今まさに沈みゆく夕陽のように頰を真っ赤に染めた。

「突然、そんなことを言われても……」と蚊の鳴くような声で言う。

「俺のこと、嫌いですか？」

「嫌いなわけないじゃないですか」

顔を上げたマリアは次の瞬間、自分が言ったことに気がついて言い訳する。

「でもそれはおつきあいしたいとかそういうことでは全然なくてそんなことこれまでは考えたことがなくてでも子どもたちがコルダさんたちに懐いていて優しい人だななんて思っていたけどそんなこと急に言われたらあたし、もうどうしたらいいか……」

早口で支離滅裂なことを口走るマリアに、ピョートルもあわてて言う。

「もちろん、今すぐお返事していただかなくても構いません。俺は三日後にここを発ちますので、それまでなら……」

マリアは黙りこむ。川面をわたる風が、川岸の笹をさらさらと鳴らした。

ピョートルは判決を待つ被告人のように身を硬くしていた。

やがて、マリアは小声で言った。

「少し、お時間をください」

やった。取りあえず第一関門は突破したぞ、ピョートル。

ぼくはそろそろと後ずさる。ここから先はプライベート、のぞき見厳禁タイムだ。

その時、後ろの茂みでごそごそと音がした。

あ、バカ。音を立てるな。

幼い声に振り返ると、子どもが二人、茂みの下から顔を出していた。その声に振り向いたマリアと突っ立っているぼくの視線がぶつかる。するとマリアは逃げ出した。

「マリア、待って」と言って追いかけようとして振り返ったピョートルは、ぼくと目が合うと駆け寄ってきて、向こう脛を思い切り蹴り上げた。

そしてマリアの名を呼びながら、彼女の後ろ姿を追いかけて行った。

ぼくは痛む脛を撫でながら、足元でごそごそ蠢いている子どもたちを叱り飛ばす。

「人のラブシーンを覗き見するなんて、最低なヤツらだ」

「でも、お兄ちゃんだってのぞいていたじゃないか」

すかさず言い返され、ぐっと詰まったけれど、落ち着いて言い直す。

「それなら言い直す。ラブシーンを覗き見している最中に物音を立てるなんて、鈍くさいヤツらめ」

子どもたちは舌を出し、ごめんなさい、と謝り、歓声を上げながら走り去った。

夕闇の中、夕食の鐘が鳴り響く。ふたりの恋の行方も気になったけれど、ピョートルが口にした天命という言葉が胸に響いていた。

ぼくはゆっくりした足取りで、バンガローに戻りながら考える。

どうやらピョートルは天命にたどり着いたようだ。

では、ぼくの天命とは何なのだろう。

夕食の席では、マリアはうつむいてピョートルを見ようとしなかった。マリアを盗み見る勇気すらないピョートルは、ぼくを思い切り睨み付けて憂さを晴らそうとする。

　その日はひたすら耐え忍ぶしか、ぼくに術はなかった。


　日々は飛び去り、あっと言う間に療養所を辞する日がやってきた。前夜、スタッフと患者が合同送別会を開いてくれた。裸電球がホールのコンクリートの壁を照らす中、患者たちのバンドは調子外れのペルーの民族音楽を奏でた。アコーディオンを弾く男性の指はすべて落ち、手首に縛りつけた棒で鍵盤を押す。歌い手の女性は全盲で、子どもが彼女の手を引いた。小太鼓を叩く男性は鼻がない。でもみんな楽しげだった。

　月が綺麗だった。遠くで蛙の鳴き声が響いている。

　裸電球と月明かりの下、ぼくは踊りまくった。いつもは陽気なピョートルは壁の花となり、他の看護婦と談笑しているマリアをちらちらと遠くから眺める。

　パーティの終わりが近づき、挨拶をするようペレイラ院長に促され立ち上がる。

「二人を代表しコルダ＝イリノッチ博士がご挨拶します。博士、お願いします」

「エルネスト、てめえ、何で俺が……」

「ぐずぐず言わずに命令を聞け。ピョートルはぼくの忠実なる部下なんだろ？」

　ぼくが小声で言うと、ピョートルは言葉に詰まる。これに懲りて、今後はぼくを持ち上げるようなパーティ・ジョークは控えるだろう。

　ピョートルが立ち上がると咳払いをした。

　楽器の演奏が止み、会場は静かになった。

「みなさんが私たちのために、こんな盛大な送別会を開いてくださりとても嬉しいです。二ヵ月前、エルネストと南米大陸縦断の冒険旅行に出発しました。いろいろなことがありました。親切にしてくれた人もいたし冷たくされて涙したこともあります。そうしたことはすべて、私たちがここにたどり着くために必要なことでした。今、みなさんの思いが私たちを包んでいます。私たちは、みなさんの好意を絶対に忘れません」

そこで息を切るとピョートルは、一心に話に耳を傾けている聴衆を見た。

「私たちはいろいろな国を見てきました。南米各国は勝手に境界線を引き、相手を線の外側に押しだそうとして、おしくらまんじゅうをしています。でも大地に国境線はありません。線を引いたのが人のこころなら、こころで線を消し去ることもできるはずです。この療養所が社会に溶け込み、いずれなくなっていくように、南米大陸の国境線もいつかは消える。アマゾン河同様、医療にも国境はありません。だから私は社会の垣根を取り払いながら、汎ラテンアメリカ主義の名の下で南米諸国の国境をなくし、医療からの革命でラテンアメリカを、そして世界をひとつにしたいのです」

ピョートル一世一代の名演説に、割れんばかりの拍手が降り注ぐ。

汎ラテンアメリカ主義。医療からの革命による南米統一。

ピョートルが放った二つの言葉が、ぼくの中で鳴り響き、胸が熱くなる。

コイツは、いつからこんな壮大なビジョンを胸に抱いていたのだろう。

ピョートルの声の調子が変わり、ペレイラ院長に向き合う。

「この一週間は何ものにも代えがたい経験でした。ペレイラ院長、アルゼンチンに戻り準備を整え、正式な医師としてここに戻ってきたら、俺を雇ってくれませんか？」

「もちろん大歓迎だ。ただし大してギャラは払えんがね」

この療養所が経営難であることは、患者やスタッフから散々聞かされていた。でもこんな席であけすけに言わなくてもいいのに、と院長の実直さに呆れてしまう。

ピョートルは続けた。

「ありがとうございます。では必ず四月に一人前の医師になってここに戻って来ます。実はその時にはもうひとつ、叶えてほしい望みがあるんです」

そう言って視線を巡らせたピョートルは、もうマリアしか見ていなかった。

彼は一気に言う。

「その時はマリア、俺のお嫁さんになってくれませんか？」

みんな息を詰め、マリアを見た。マリアは何か言おうとして唇を動かそうとしたけれど言葉が出てこない。隣で見ているぼくまで息苦しくなる。重苦しい沈黙。

やがて、マリアはこくりとうなずいた。その途端、歓声が上がり、指笛が鳴らされ、患者の楽団が調子外れのウエディングマーチを奏で始める。ピョートルとマリアは周囲の人たちにもみくちゃにされながら寄り添った。

ふたりの笑顔が月明かりに照らされた。

「仕方ない。明日、サンパブロ療養所は臨時休業だ。今夜はとことん呑もう」

ペレイラ院長の粋な言葉に歓声が応えた。そして若いふたりを祝福するように、調子外れで陽気な音楽が夜空に響き渡った。

月は沈み、暗い夜空からは星が降るようだった。


　翌朝。

　バンガローにたどり着いた記憶はなかった。でも楽しい酒は二日酔いにならず体調は絶好調だ。そんなぼくと対照的にピョートルはため息交じりに荷物をまとめ、時々窓の外を見ては、またため息をつく。そしてこの朝、何十回とした質問を繰り返す。

「なあ、エルネスト、ゆうべマリアは俺のプロポーズを受けてくれたよな？」

　もちろんさ、〈クラロ〉（もちろんさ）、確かだよ、オフコース、確かにこの耳で聞いた、などと手を替え品を替え肯定の台詞で答えていたけれど、やがて語彙のストックが尽き、同じような答えを続けるのも億劫になってきたので、最後は投げやりに答える。

「さて、どうだったかな。何しろぼくもかなり酔っ払ってたからなあ」

　するとピョートルは情けなさそうな顔で言う。

「ああ、やっぱり幻聴だったんだな、あれは」

　肯定した時はどんよりした返事しかしないくせに、否定的な匂いにはこのビビッドな反応。あーあ、恋する男子は何て面倒なんだ。革命戦士の名が泣くぜ、まったく。

「冗談だよ。酔っ払ってたけれど、記憶は確かさ。マリアはピョートルのプロポーズを受けたよ。病院のスタッフ全員が証人だ」

「でも俺は婚約指輪ひとつ買ってやれない。黄金の国ペルーなのに情けないぜ」

　ピョートルが浮かない表情で言ったその時、素晴らしいことを思いついた。

「ねえ、ぼくから友人カップルにささやかな結婚祝いがあるんだけど」

胸ポケットから黄金のブレスレットを取り出す。この冒険旅行に出発する前、ほんの短い間だけ婚約者だった、大地主(エスタンシエロ)のお嬢様の思い出の品だ。

ピョートルは灰色の目を見開いた。

「でもそれは、お前にとって大切な……」

「さすがにもう吹っ切れたよ。このブレスレットもぼくが持っているよりマリアみたいな可愛い娘が身につけたほうが喜ぶさ。これはマリアへの贈り物だから遠慮するな」

ピョートルはぼくの右手を握り、ありがとう(グラシアス)と繰り返しながらも、左手ですかさずそつなくしっかりとブレスレットを受け取っていた。


ノックの音がしたので扉を開けると、朝食をトレーに載せたマリアが立っていた。

「朝食をお持ちしました。お二人は出発の準備で大変だろうから、バンガローまで運んであげなさいと院長に言われましたので」

引きつった笑顔でピョートルが挨拶を返す。

「ありがとうございます。やあ、とってもおいしそうですね」

よそよそしい会話を交わすふたり。ぼくは明らかにお邪魔虫だったけど、どうしようもなくて二人の不自然な会話を傍聴するしかなかった。

ぎこちないやり取りを延々と続けた後で、意を決したようにマリアが顔を上げる。

「あの、ゆうべおっしゃったこと、本気ですか？」

ピョートルは唾を飲み込み、うなずく。

「もちろんです。あ、でもひょっとしてご迷惑でしたか？　マリアさんもいきなりあんなこと言われて動転してたのなら、男らしくすっぱり諦めますから」

「どうしてそんなことをおっしゃるんですか」とマリアは涙声で言う。

ピョートルの弱気な言葉がマリアを傷つけてしまった。ここはぼくの出番だろう。

「男らしくないぞ、ピョートル。ゆうべ言ったことをもう一度言え。素面で、本気で、心の底から、今ここで」

ピョートルはぼくを睨んだ。それから目をそらし、逃げ道を探して視線を巡らせたけれど、マリアがまっすぐ自分を見ているのに気がついて、唾を飲み込む。

覚悟を決めたピョートルは、深呼吸をすると一気に言った。

「あの、医師としてここに戻ってきたら、俺と結婚してくれませんか」

「いやです」

「え？」とぼくとピョートルが同時に声を上げる。するとマリアは微笑した。

「コルダさんがお医者さんになって戻ってきてくれたらあたし、お嫁さんにしてもらいます。でもコルダさんがお医者さんにならなくても、そうしてもらいます」

ピョートルはマリアに抱きついて、小柄な身体を抱き上げるとメリーゴーランドのようにくるくる回す。マリアは小さく悲鳴を上げながら笑顔を振りまいている。

やがてマリアを下ろしたピョートルは、ポケットから輝くブレスレットを取り出した。

「これは婚約者へのプレゼントです」

「そんな……いただけませんわ、そんな大切そうなもの……」

マリアはちらりとぼくを見た。どうやら彼女はそのブレスレットはぼくがいつも持ち歩いていたものだということに気づいたようだ。そこでぼくは申し添える。

「これはぼくからの結婚祝いでもあるんです。ぼくとピョートルは一心同体ですから、遠慮なく受け取ってください」

しばらく躊躇っていたマリアは恐る恐るブレスレットを腕に嵌め、陽の光にかざす。金の煌めきが黒髪に降り注ぐ。

きれい……、と呟いたマリアは、うっとりとブレスレットを見つめた。

淡い面影がふわりと浮かび、そして蜃気楼のように消えた。

「ありがとうございます。とっても嬉しいです。大切にしますね。実はおふたりに子どもたちと患者さんたちからプレゼントがあるんです。出発の準備が出来たらみんなでお見送りしますので、その時にお渡しします」

マリアが部屋を出て行くと、ぼくとピョートルはハイタッチを交わした。


ぼくたちは病院の門から船着き場まで行進した。サンタクロースみたいな顔のペレイラ院長が行列を先導する。その後ろに腕を組みピョートルとマリアが続き、介添人役のぼくが従う。荷物は病院のスタッフが運んでくれ、行列の最後尾にはサンパブロ療養所楽団が調子外れのウエディングマーチを奏でながら続く。まるで聖者の行進だ。

一週間前に乗った船頭の船に乗り込もうとしたぼくたちを、幼い声が呼び止めた。

「そっちじゃないよ、先生。こっちだよ、こっち」

サッカーが上手く、アルゼンチンが誇る〈ブロンドの矢〉と呼ばれたアルフレッド・デ・ステファノに因み〈サンパブロのドン・アルフ〉とあだ名を付けた少年に手を引かれていくと、船着き場の端っこに一艘の屋根付き筏がぷかりぷかりと揺れていた。

「授業時間にみんなで力を合わせて作った『ピョートル・マリア・エルネスト』号だよ。この筏で次の街まで行ってね」とドン・アルフ少年が胸を張る。

「イカした名前だね」とぼくは口笛を吹く。マリアはトマトのように真っ赤になった。

どうやら筏の名前は聞かされていなかったらしい。

筏を作った代表者の大工役の男性が近寄ってきた。

「あんた、俺たちの話、一生懸命、聞いた。俺たち、筏、作った」

その言葉はぼくの胸に小さな炎を灯してくれた。患者さんにできることなど何もないと思っていた非力なぼくだから、せめて患者の話に耳を傾けようと思ったのだけれど、そんなぼくの気持ちはちゃんと彼らに届いていたのだ。

ぼくは感動に震える声を抑えて言う。

「では出発します。でもコルダ先生はすぐに戻ってくるからね」

ピョートルはマリアに駆け寄り抱擁する。その時マリアが何かを手渡したのが見えた。

急造の筏の帆を揚げオールを一掻きする。サンパブロ楽団がショパンの『別れの曲』を奏で始める。ピョートルはちぎれんばかりに手を振りながら繰り返し叫ぶ。

「マリア、すぐに帰ってくるからね」

楽団の音楽は風に吹き散らされ、河岸はみるみる遠ざかっていく。

みんなの姿が豆粒のようになり、そして見えなくなるとぼくはオールを漕ぐのをやめ、ごろりと横になる。そしていつまでも手を振り続けているピョートルに言う。

「お前は南米大陸を駆け巡る〈コマンダンテ（司令官）〉になるんだろ。いつまでも美女にうつつをぬかしていないで、もっとしゃきっとしてくれよ」

　ピョートルは手を振り続けたまま、言う。

「これくらい別れを惜しんで当然だろ。これでも足りないくらいだ。だいたいさあ、エルネストは人の情ってもんがわからなすぎる。あれほど親身に世話してくれたペレイラ院長の作品をあそこまでコキ下ろすなんて、人でなし野郎だぜ」

「仕方ないだろ。正直な感想を聞かせてほしい、と言われたんだから」

「だからってあそこまでケチョンケチョンに言わなくてもいいだろう。大げさな修辞に陳腐な会話、ご都合主義の展開で文章は情感に乏しいだなんて、いいところが何一つない酷評じゃないか。可哀想なペレイラ院長は最後は涙目だったぞ。神さまみたいなあの先生を泣かすなんて、吟遊詩人（トロバドール）ってヤツは極悪非道だな」

　ぼくは川の流れに指を浸しながら言う。

「ピョートルこそ恥ずかしくないのかよ。バンガローではぼくと一緒になって作品をボロクソにけなしたクセに、院長には『こんな傑作、読んだことがありません』なんて、歯の浮くようなお世辞を言いやがって。この嘘つき野郎」

　ピョートルはうっすら笑って、平然と言い返す。

「俺は嘘はついてない。俺は『こんな傑作』じゃなくて『こんな作品』と言ったんだ。『こんな作品、読んだことありません』というのは本音だよ。あんな酷い作品、これまで読んだことなかったからな」

「でも感心した、とも言ってたぞ」

「『よくぞここまでつまらない話を書けましたね』という意味で『感心した』んだ」

真顔のピョートルを見つめているうちに噴き出してしまう。

まったくもう。

こんな風に、ぼくはいつもピョートルに一本取られてしまう。

大笑いした二人は、ペレイラ作品の講評を打ち切った。

「そういえばさっき、マリアから何かもらっていただろう？　手紙か？」

「もちろん手紙ももらったさ。でも、もっといいものももらったんだ。見たいか？」

そう言ってピョートルはポケットから小箱を取り出した。

中には赤いビロードの布の上に銀の十字架が光っていた。ふがいない恋人と違い、マリアはちゃんとピョートルをつなぎ止める、心づくしの贈り物を用意していた。

ピョートルにはもったいない、しっかり者のお嬢さんだ。

すっかりデレているピョートルを見ていると、ついさっきまでマリアの気持ちがわからないと延々とこぼしていたヤツと同じ人物とは思えない。嫌味のひとつも言ってやりたくなったけど、幸せ一杯の表情を見ているうちにバカバカしくなってやめた。

夕焼け空は薄墨色の闇に変わりつつあった。ぼくはぼんやりと、光が生まれては崩れていく川面を眺めていた。そんな悠久なるアマゾン河の流れにたゆたっているうちに、ぼくはある重大な問題に気がついた。

「大変だ。ぼくたちが目指すイキトスは河の上流にあるんだぞ。どうしよう」

アマゾンの大河は茫洋としていて、大海原のようで流れがわからず、上流も下流もわからなかったのだ。

ピョートルは動じず、冷静に部下の注進に対応した。

屋根の下に置いてあったオールを取り出し、ぼくに放り投げた。

「それなら漕ぐしかない。エルネスト三等兵、死ぬ気で漕げ」

「〈バレ（了解しました）、コマンダンテ（司令官殿）〉」

オンボロで乗り心地があまりよろしくない手作りの、けれどもぼくたちにとっては最高級の筏の上で、ぼくたちは未来に向かって漕ぎ始める。

オールの滴が落ちる度に、川面に映る赤い月が、砕け散っては何度も水面に蘇った。

# 11　インカの道

## 一九五二年二月　ペルー・マチュピチュ

ぼくたちは手作り筏でイキトスに到着した。筏というヤツは大河の真ん中でぼんやりしている分にはいいけれど、明確な岸を目指すとつむじを曲げる。アマゾンは奥深いのよ、と頼みもしないガイドを勝手にしてくれるかのように、目的地を前に行きつ戻りつして、ぼくたちを疲弊させた。目的の港町にたどり着くと今度はアンデス越えだ。ここでヒッチハイクしようとしたぼくたちは、意外にも警察に助けられた。警察には犯罪者ですら泊めてくれる施設（いわゆる留置所）があるから、ぼくたちみたいな善意の風来坊を泊めない道理はない。その上トラック運送業者は警察に登録義務があった。必要物資を運送するトラックは森林に潜むゲリラの補給の要にもなるから、登録制は国防に不可欠なのだ。警察の威光を笠に着てヒッチハイクを頼むとたいていは不承不承、ごくたまにこころよく承諾してもらえる。こうして国家権力にただ乗りヒッチハイクという、ぼくたちの不敗システムは確立された。

都市警察と田舎警察は別組織だ。田舎の警官は親身で優しい。だが彼らも胃袋までは面倒を見てくれないから、最短の日数でアンデス高地を抜けられたのは助かった。

三月まではまだ間があったけど、大事を取ってリマはパスしてベアトリーチェが紹介状を書いてくれた人物と会うのはまたの機会にした。紹介状を捨てようかと思ったが、いつか役に立つかもしれないからとピョートルに言われて、リュックの底に沈めた。

ピョートルはリマでペルー随一の有名人、アヤ＝デラトーレに会いたがっていた。「彼が創設したアプラ党の汎南米主義は俺の考えと似ているから会いたかったんだ」と残念そうだったが、所在もわからず伝手もないので諦めるのも早かった。

パンアメリカン・ハイウエイは右に太平洋の暗鬱な波、左手に茶色がかった灰白色の砂漠が延々と続く単調な風景だ。滋養あふれるフンボルト海流を回遊するアンチョビ（カタクチイワシ）の群れを襲う海鳥は、水平線上にトリヤマという黒い集塊を作り、彼らの糞が海岸沿いの群島に降り積もり、〈グアノ〉という肥料として重用される。

砂漠の砂は水を与えれば肥沃な大地に早変わりする。数百年もの間、降水量ほぼゼロの砂漠地帯でも、アンデス斜面を流れる水の通り道はオアシスの街となり、栄えているのはそのせいだ。でも通り過ぎる街はどこも干からびて、アマゾン河流域の瑞々しさとは無縁だった。

チリのアタカマ砂漠とも雰囲気が違う。日干し煉瓦を積み上げてゴザで周りを覆っただけの家が多い。柵がない土地を三年占拠すればその人のものになるという不法占拠（インベルシオン）というルールはペルー独特だ。そんな不法な場所にも人が集まれば電気と水道が通り、やがては街になっていくのだから、それはむしろペルーの基本構造なのかもしれない。

街は埃っぽく、トイレは有料なのに他のどの国よりも不潔だった。

こんな国なんか、一刻も早く通り抜けたいと思いつつ、かねてからの願望を果たすのは今しかないと思い、路傍でヒッチハイクの車を待ちながらピョートルに言った。

「少し回り道になるけど、マチュピチュ遺跡に行ってみたいんだよね」

今からかよ、とぶつぶつ言いながら、ピョートルは手帳をぱらぱらめくる。手帳には宿泊地と宿の名前、あるいは野宿や納屋などと簡潔に記録されていた。

「もう二月も終わるから、マチュピチュに寄ったら三月の国試に間に合わなくなるかもしれない。俺はエルネストのお母さんとの約束は守りたいんだよな」

律儀なヤツめ。ぼくは「どうしてもマチュピチュに行きたいんだよ」と小声で言うと、すうっと息を吸い込んで一気に続けた。

「マチュピチュに行きたいマチュピチュに行きたいマチュピチュに……」

「わかった、わあかったよ。リマをスルーして少し余裕ができたから、ヒッチハイクした車の行き先で決めよう。行き先がクスコ方面ならマチュピチュに寄る。そうでなければ諦めてまっすぐブエノスへ帰る。これならどうだ?」

パンアメリカン・ハイウェイは物流トラックが多くこの賭けは分が悪い。でも……。

ぼくがマチュピチュに惹かれるのは、ネルーダの詩集『マチュピチュの頂』を繰り返し読み込んだからだ。そのネルーダに吟遊詩人(トロバドール)になれると保証されたぼくが、マチュピチュに行けないだなんてありえない。

ぼくはその賭けに乗った。

曇天の下、霧が煙っている。二十年に一度、霧雨しか降らないこの地でも、たまに濃い霧は出る。豚飼いピサロに殺されたインカ最後の王アタワルパの涙雨だ。

トラックが数台、目の前を通り過ぎた。珍しくジープが通りかかったが親指を立てたぼくたちを無視して走り去る。今日は持久戦かな、と思ったら急ブレーキの音がした。見るとさっきのジープが二百メートルくらい先で止まり、運転手が降りてきた。

パンクだ。

ぼくたちはジープに駆け寄り、〈アセーロ〉二号の修理で鍛えた腕前を披露した。

運転手は三十代後半、サファリ・ジャケットにサファリ帽を被った、大柄な男性だ。ヤンキー風の身なりに似合う軽い口調で、「サンキュー」と英語で言った。すかさずピョートルが英語で言う。

「ぼくたちヒッチハイクしてるんです。よければ乗せてくれませんか」

「もちろん喜んで。タイヤを修理してくれた恩人だから当然さ」

ぼくとピョートルは喜び勇んで後部座席に乗り込んだ。男性がエンジンを掛ける。

「ところであなたはどこへ行くんですか？」

男性はハンドルを握りしめ真っ直ぐ前を見つめながら答えた。

「クスコに車を置きオリャンタイタンボからマチュピチュへ向かう。僕はエドガー・ブライト。エール大学の講師で、〈インカ・トレイル〉の予備調査にやってきたんだ」

ぼくは満面の笑みを浮かべ、拙い英語で言った。

「ぼくたちもマチュピチュに行きたいんです。よければご一緒させてください」

「〈オフコース〉。旅は一人より大勢の方が楽しいからね」

マチュピチュ行きのガイドまで手に入れたぼくは、この寄り道は天命だと確信した。


ブライトさんが話す英語は平易で、英語の成績が最悪だったぼくにも聞き取れた。

「つまり君はネルーダの詩でマチュピチュを知ったわけか」

「そうなんです。ビンガム研究室の先生とご一緒できるなんて夢みたいです」

ブライトさんはハンドルを握りながら言う。

「ハイラム・ビンガム教授は考古学界のシンデレラボーイさ。三十歳でハーバード大の学位を取ると二年後エール大学の南米の歴史学の講師としてペルーを訪れた。一九一一年、三十五歳の時にエール大ペルー探検隊を組織し、七月二十四日マチュピチュを発見したんだ。世の中には何十年も発掘調査に携わっても何一つ成果を上げられない考古学者が大勢いるのにビンガム教授は最初の一回でジャックポットを引き当てた。その後、どんな凄い発見をしても教授の業績リストの末尾に加えられるだけ。なのにインカの寵愛深い教授は軍人に鞍替えし、戦後はコネチカット州知事になった。軍人や政治家としてそこそこ成功しても、すぐ忘れられてしまう。でもまぐれで引き当てたマチュピチュの発見者としてその名は永遠に輝き続けるんだから、幸せな人だよね」

「ブライトさん、ぼくは吟遊詩人になりたいんですが、考古学者にもなりたいのでいろいろ教えてください」

「なるほどね。吟遊詩人が歌うのは過去の偉業で、遺跡は過去の偉業の結晶だから、確かに上手くやれば両立できるかもしれないね。だが考古学者にとって一番重要なのはプレゼン能力だ。ビンガム教授は実にお上手でね。マチュピチュ発見の翌年の一九一二年の本格調査に地質学協会の全面支援を引っ張り、『ナショナル・ジオグラフィック』の一九一三年四月号を全篇マチュピチュ特集でジャックした。吟遊詩人ならビンガム二世になれるかな。あ、教授はビンガム三世だから君は四世になるのかな」

さすがにそれは無理だと思ったけど、ブライトさんの次の言葉はこころに響いた。

「でもやっぱり遺跡を発掘する考古学者と吟遊詩人は合わないかな。考古学者には生臭い、資金調達する銀行屋の素養が必要で、発掘を続けるには新発見のかけらを華やかに言い立てスポンサーを惹きつける必要がある。あるいはトロイを発掘したシュリーマンが最初に貿易商として成功したように、自ら資金を調達したかのどちらかだ。でも吟遊詩人は何にも囚われない、孤高の放浪者であるべきだろう」

事業に失敗するゲバラ家は考古学者にそぐわないな、とがっかりする。でもスポンサーを惹きつけるという視点に触れたのは収穫だった。この巡り会いがなかったら絶対に気づかないことだった。何より吟遊詩人の在り方に関する意見はこころに染みた。

途中、ブライトさんは、ナスカという街に寄ってみないか、と言った。

「最近、砂漠で巨大な地上絵が見つかり、ドイツ人女性が住みついて研究している。少し高い脚立に乗ればわかるらしいけど、飛行機で空から見るのが一番いい。実はペルー空軍の軍用機に乗せてもらえる伝手があるんだ。せっかくだから寄ってみようよ」

ありがたい申し出だったけど、ぼくとピョートルは即座に断った。軍用機と聞いただけで、レティシア行きの小型軍用機の大揺れが甦り、うんざりしてしまったからだ。

「空から見下ろすとわかる絵なんて、誰が何のために描いたのか、ミステリーですね」

ぼくの言葉に、ブライトさんはにやりと笑う。

「その女性学者は冬至や夏至の日の出や日没の方向、星の動きの目印になっているというんだが、実は僕にもひとつ、仮説があるんだ。この辺りでは遺体を気球に乗せて太平洋へ送る風葬の習慣がある。気球があったら、砂漠に星座を描き農事暦にしたものを、ナスカの貴人が上空から見下ろしたのかもしれない。何の裏付けもないけどね」

「へえ、びっくりです。でも説得力はありますね」

「考古学者に一番大事なのは想像力、二番目は説得力だ。昔の遺物は過去の闇に埋もれているから、まず想像力というスコップで掘り出してみるしか方法はないんだ」

ナスカの地上絵は話を聞いただけだったけど、強い印象を残した。


急勾配の坂道にさしかかると、車は上向きに傾いて、フロントガラス一面に夕焼けのパノラマが広がった。車中、クスコは初めてだと言うと、ブライトさんは言う。

「それならクスコには今夜と明日の二連泊してオリャンタイタンボへは明後日、列車で向かおう。クスコはインカ帝国の首都だから素通りするなんてもったいなさすぎる」

「それは願ったり叶ったりですけど、ブライトさんのお邪魔になりませんか？」

「僕は半年クスコやマチュピチュに滞在するし、延長だってできるから一日くらいはどうってことないさ。それにクスコ情勢を調べるアルバイトもしているんだ」

ぼくはピョートルの表情を窺った。ピョートルは、仕方がない、と肩をすくめた。

ボスのお許しを得たぼくは、「是非そうさせてください」と言う。

「じゃあ明日一日はクスコで自由行動で、明後日の朝六時半、クスコ駅の改札口で待ち合わせ、マチュピチュ行きの登山列車の途中駅、オリャンタイタンボで下り、砦の遺跡を見学したらインカ・トレイルを歩いてマチュピチュに向かう。これでどうかな」

ぼくは思わず拍手をした。窓の外では、夕焼けが薄暗く濁り始めている。

「峠を越えるとクスコだが標高三四〇〇メートル、下手な高山の山頂よりも高い。激しく動いたり、酒を飲みすぎると高山症状が出るから動きは緩慢に、酒と煙草は控えて、水分をたっぷり摂ること。高山症状でクスコ滞在を台無しにするのはもったいないよ」

ぼくたちはうなずく。自分たちが医学生だということは伏せた。高山症状の対処法も知らないくせに医者だなんておこがましい。

坂の勾配が一段とキツくなりジープがうなり声を上げる。

ふいに、がくんという衝撃と共に傾斜が変わり、上向きだったぼくたちは前のめりになり、ダッシュボードに頭をぶつけそうになる。

ブライトさんの陽気な声が、傾斜が反転したジープの車内に響く。

「さあ、古都クスコに到着だ」

フロントガラス一面に、撒き散らした宝石のような街の灯が、盆地の底いっぱいに広がっていた。

☆

クスコはインカ帝国の首都である。

この短い文章には二つも誤謬がある。国名は「〈タワンティン・スーユ〉＝四つの地方の集まり」で、クスコは「臍（へそ）」という意味だ。つまり首都は四つの地方の集まりの「臍」にすぎない。臍は生まれ落ちれば機能を失い、単なる身体的な中心点になる。

十五世紀に出現した巨大帝国〈タワンティン・スーユ〉は、ぼくたちの知る国家という虚構が持ち合わせる虚栄とは無縁だ。ぼくとピョートルは街角を足の向くまま歩き回った。古代帝国の面影を残す街並みの中でも特に印象深いのはサント・ドミンゴ修道院だ。スペイン人は、インカの民が崇めた太陽神殿を破壊し、その石組みの土台を半分残してその上に教会を建てた。それから数百年の時を経て、インカの端正な石組みの上に征服者の雑な石組みの教会が鎮座している様は、人々に真の勝者が誰かを高らかに告げているかのようだ。地元ではひそかに「インカの壁」と「インチキの壁」と呼ばれているのはその証しだろう。

高山症状にならないよう用心しながらのろのろ歩くピョートルが、能天気に言う。

「エルネストは本当は何になりたいんだよ。医者か吟遊詩人か、それとも考古学者か？」

一瞬、ぼんやりしたぼくは、すぐに答える。

「医者で食い扶持を稼ぎ、吟遊詩人と考古学者の両方になるってとこかな」

「それは欲張り過ぎだ。医者と考古学者は相性が悪い。医者は生きている人を診るけど、考古学者は人が消えた街や使われなくなった土器が相手で、気持ちは正反対だからな。でも俺は、お前の未来はそのどれでもないような気がするな」

その指摘にぎょっとする。ぼく自身、そんな気がしていたからだ。動揺して尋ね返す。

「そう言うピョートルの将来ははっきりしてるのかよ」

「当然だろ。ブエノスに帰って国試を一発で通り、マリアと結婚し男の子二人に女の子一人を作り、彼らがお母さんの手伝いをできるようになったら、ペルーのインディオを結集した革命軍を率い、アンデス越えでアルゼンチンに攻め込みペロンを倒すのさ」

何とアホらしい、いや、何と壮大なホラ話だろう。そんな他愛もない話をしながら、ぼくとピョートルは二人並んで夜の街角を歩き続けた。

高地で盆地のクスコは朝夕の寒暖差が激しく、日中はTシャツ一枚なのに、夜は重ね着をしても寒さが袖や襟口から忍び込んでくる。早々に宿に戻ったぼくはクスコの印象を短文にまとめた。すると、「クスコは『回想』だ。記憶が埃となりうっすら堆積し、ぬかるみから蘇る亡霊のようにまとわりつく」などという美文体になってしまった。

本当は、単に砂粒がまとわりつく埃だらけの鬱陶しい街、だったのに。


翌朝。クスコ駅で列車を待つ人混みの中に、頭ひとつ飛び出た背の高い男性を見つけた。ぼくたちに気づいたブライトさんは、両手を振った。

日帰り客や麓の温泉アグアスカリエンテスの宿泊客は荷物をクスコに置いて行く。

だが、古代の道をトレッキングでマチュピチュに向かうぼくたちは、寝袋やテントも持ち込むので大荷物になった。しかもブライトさんは、ぼくたちがテントを持っていないと知っていて、わざわざ用意してくれた。

蒸気機関車が黒煙を上げ集落を通り抜ける。車窓から近くの民家が丸見えだ。線路には踏切もなく通学中の小学生が列車の前をよぎると、運転手は警笛を鳴らす。やけに長く止まっているなと思うと、羊の群れが線路をよぎっている。

スイッチバックで高度を上げ、汽車は頂上にたどり着く。丘からクスコの街を一望すると一転、下降し始め小一時間もしないうちにオリャンタイタンボ駅に到着した。

土産品や〈チチャ〉酒を差し出す民族衣装を着た女性たちを掻き分け途中下車したのは、ぼくたちだけだった。

汽車が朝靄の中に姿を消すのを見送り振り返ると、インカの石積みを土台にした民家の古い街並が見えた。公共の水汲み場では民族衣装姿の女性が洗濯をしていた。

「オリャンタイ将軍はインカの姫君への恋を許されず帝国に弓を引いた。彼の〈タンボ（宿場）〉という意味の、オリャンタイタンボの砦は、ややこしいマチュピチュの構造を予習するのにはぴったりだよ」

荷物を預け、遺跡の見学を始めた。石段を登ると、頂上から乾いた風が吹き下ろす。耳を澄ますと音色の異なる風の音が和音を奏でているかのようだ。

「ここは三つの谷から吹き抜ける風が交じるので風の谷と呼ばれる。背後はウルバンバ渓谷からマチュピチュ、その先に広大なジャングルが広がる。創造主・ビラコチャ神の横顔が山腹に刻印された山が目の前に見えるだろ？　あの山が二つの谷をふり分け一方はクスコ、一方は太平洋へと向かう。風が交わるこの街は、古来から物流の街だった」

　ぼくはメモ帳を取り出し、説明を書き取った。するとブライトさんが言った。

「考古学者になるのならメモは取るべきだ。でも吟遊詩人になりたいのならメモは取らずに、ここの空気感に没頭した方がいいんじゃないか」

　虚を突かれた指摘だった。ブライトさんは、考古学者と吟遊詩人に同時になることの難しさを教えてくれたのだ。砦を下り、線路を歩く。茶色に濁るウルバンバ川に沿って線路が敷かれ、吊り橋が川を一跨ぎしている。

　貧乏なヒッチハイカーは線路上を歩いてマチュピチュに行くのだという。

「ペルー鉄道は線路を歩くのを禁止していないから、通学途中の小学生はよぎるわ、羊の群れが横切る間は停車して待つわ、大らかなもんさ。これは僕たちが知っている鉄道とは別の乗り物さ。線路上を列車や人や家畜が往来するとは、インカはカオスだよ」

　数キロ歩くと、吊り橋の側の立て看板に「インカ道、ここから」とあった。インカの時代に戻ったような錯覚。敷き詰めた石畳はごつごつして歩き心地が悪い。そんな石畳がマチュピチュまで続いている。大荷物にふうふう言いながら「これでは馬車の乗り心地は悪かったでしょうね」とピョートルが指摘すると、ブライトさんは首を振る。

「インカには車輪という概念がなかったから、路面がでこぼこでも問題はなかったんだ。それより、そろそろ日も暮れるから、今夜はここらへんの空き地で野宿しよう」

　ぼくとピョートルはブライトさんの脇にテントを張った。

焚き火を熾こし、勧められるまま分厚いハムに齧り付く。

ブライトさんは身を乗り出し、ぼくたちの他愛ない話に耳を傾ける。ペロンの評判。〈タラパカ〉紙の特派員になったいきさつ。テムコのダンパでの失敗談。バルパライソで出会った大統領候補と詩人。バナナ農園の労働者。ストを弾圧しようと乗り出してきた支社長。コロンビアの名花。アマゾン河流域のハンセン病専門施設でのロマンス。

ぼくとピョートルの共通の記憶なのに、第三者に話してみると新しい発見があった。

焚き火の炎の照り返しで頬が赤くなったブライトさんが、しみじみと言う。

「君たちには綺羅星を引き寄せる人運がありそうだね」

確かに多士済々の優れた人たちとの巡り会いに恵まれていたな、と実感する。あなたもその一人ですと言おうとしたけれど、おべっかだと思われそうなので止めた。

気がつくと焚き火であぶられたハムは、そのほとんどがぼくたち二人の胃に収まっていた。遠慮せずすみません、と謝罪すると、ブライトさんは笑って首を振る。

「僕も君たちくらいの頃は食欲旺盛だったよ。食料は三人分、三泊四日分を調達したけど、君たちは健脚だから二泊でマチュピチュに到着できそうだ。すると一食分浮くから遠慮せずに食べなさい。ただし昼は抜きになるけど」

「そんなの構わないっす。俺たちの貧乏旅行はランチどころかディナーも抜きのこともありましたから。それにしてもこのハム旨いっす。もう一枚、食べていいっすか」

ピョートルが部活動の後輩モードで言うと、返事を待たずに棒に刺した最後のハムを頬張った。その様子を見て、ふだんぼくとの旅行きでは保護者として気を遣っているのがよくわかる。焚き火の炎が時折ぱちぱちと爆ぜ、あとは静寂の闇の中に包まれる。

ふと、ブライトさんが言う。

「インカには車輪がなかったが、他にも文字を持たず、鉄を知らなかったんだ」

「文字がなければ意志の伝達とか、昔話の伝承はどうしたんですか？」

「キープという特殊な紐の結び方で伝えていた。その紐を小環に結びつけクジャクの羽のように放射状に広げた紐の結び目の位置や色や形で、人口や租税高など数的情報を記録したらしい。キープカマヨックという専門職が、数珠をたぐるようにして、一本一本のキープを読み上げていたそうだ」

「レコードの溝を読み取るレコード針みたいなもんですかね」

「愛の詩や叙事詩も記録されていたらしいから、レコードという比喩はぴったりだな」

その言葉に衝撃を受けた。古代インカに伝承された叙事詩は紐の結び目の中に封印されている。〈タワンティン・スーユ〉の吟遊詩人の歌も、今は結び目の中にしかない。

今はキープを読み解くカマヨックは絶滅したから、そこに記された愛の詩や英雄の叙事詩は永遠に喪われてしまったわけだ。そう思った時、ふと考える。

喪われてしまった愛の詩は、存在しないに等しいのだろうか。

断じて否。

わずかばかりの痕跡が、その愛の存在を証明している。でもその詩が二度と再生されないというのなら、その詩に込められた熱量は、一体どこに消え失せてしまうのだろう。

炎が爆ぜた。食べ物を食い尽くしたぼくたちは、各々の寝袋に潜り込んだ。

しんしんと冷え込むインカ道の夜。満腹のぼくはたちまち眠りに落ちた。

早朝、目を覚ますとブライトさんは書き物をしていた。封筒に入れ封をすると、ぼくの顔を見て微笑した。

「マチュピチュ遺跡の入口にポストがあるんだが、折角だからそこから手紙を出そうと思ってね」

筆まめな人だ。やがて目覚めたピョートルとテントを畳むと、マチュピチュに向けて歩き始めた。昼になりブライトさんは一休みしようと言い出した。

見晴らしのいい、拓けた場所だった。

「若い君たちは馬力があり、僕にはこの道を何回か往復した経験がある。このペースで行けば明日の昼にはマチュピチュに着くだろう。そこで相談だが、このまま夜を徹して歩き続ければ明日の早朝にマチュピチュに着くんだが、どうする?」

「早朝にマチュピチュに着くと、何かいいことがあるんですか?」

「〈マチュピチュ〉はケチュア語で『古い山』という意味だ。でもインカの人々が崇めたのは向かいの〈ワイナピチュ〉やはりケチュア語で『若い山』だ。早朝に着けば、人々がその山を崇めた理由がわかる」

ぼくとピョートルは同時に即答し、ブライトさんはその答えを聞いて微笑する。

「君たちならそう答えるだろうと思ったよ。じゃあ今から一時間のシエスタだ」

生ハムをひとり一本ずつ手渡したブライトさんは、寝袋に入るとすやすやと寝息を立て始めた。ぼくたちもそれに倣って目をつむった。

身体を揺すられて目が覚めた。目の前に身支度を終えたブライトさんの顔があった。

ぼくとピョートルは寝袋からのろのろと這い出しリュックにしまい、古代インカの難攻不落の要塞マチュピチュに向け進軍を開始した。やがて日が沈み周囲は闇に包まれた。

夜中に行進していると、パパと行ったハイキングを思い出す。ブライトさんの後ろ姿がパパの背中とダブる。時折、小さな黄金虫が懐中電灯にぶつかってはね返った。

夜中に歩いていると無口になり、自分の過去や未来と向き合う。ピョートルはたぶんマリアのことを考えているだろう。ぼくは元婚約者のお姫さまと、同じ名前のちょっと気が強いけど内気なボゴタの看護婦、テムコのダンパで出会った人妻やコロンビアのカトレア・レディの面影を次々に思い浮かべては吹き消した。

そして一番最後に浮かんだのは、アルゼンチンの薔薇の横顔だった。

ぼくってとんでもない浮気者なのだろうか。ふとブライトさんのことが気になった。結婚しているのか、天涯孤独だろうか。ぼくは目の前の背中を見つめて歩き続けた。

真夜中。黙々と前を歩いていたブライトさんは立ち止まり、振り返る。

「ここから、五時間登ればインティプンク、太陽の門というマチュピチュの入口だ。今は裏口だが当時は玄関だったらしい。ただしマチュピチュは巨石ひとつにもガイドの数だけ学説があると言われるから、これはブライト説だと考えてほしい」

その話を聞いて、へバりかけた体力と気力が戻ってくる。苦役の終点が示されれば疲労回復剤になる。暗い梢に覆われた樹木のトンネルには、何かが潜んでいるような気がする。でも後戻りはできない。ブライトさんは後ろを歩くぼくに言う。

「インカの本質は道だ。名君ユパンキは富を与えて従属を勧告した。こうして大帝国を築き、他部族には道の建設だけ義務づけた。農業技術を指導し、気候風土に合った作物を作らせ収益をあげたため、人は飢えなくなった。インカに服すると豊かになるという評判が谷を渡る風に乗って伝わり快進撃は続いた。これがインカ帝国が短期間で急成長した理由であり、新たに襲来した異文化の蛮族に滅ぼされてしまった理由でもある」

「どうして国を隆盛に導くようなことが、滅ぼされる理由になるんですか」

そうか、と腑に落ちた。闇の中、前を行くブライトさんに思いつきをぶつけてみた。

「与えて心服させるというやり方は、足るを知らない貪欲な悪魔には逆効果なのさ」

「インカが文字を作らなかったのは、過去の遺恨を水に流し争いの際に命までは奪わないという寛容の精神からだったのではないでしょうか」

闇の中、立ち止まり振り返ったブライトさんの目がきらりと光った。

「持っていなかったのではなく、持とうとしなかったというのか？　それは斬新な仮説だね。その観点で一本、論文が書けそうだ。できれば君も立派な考古学者だよ」

思いがけない言葉に高揚した。小さな道標を通り過ぎると突然、目の前が拓けた。

身体を覆った分厚い疲労を吹き飛ばすように、荘厳な朝日が昇ってきた。見下ろすと緑豊かな森に整然とした石組みが全景を現す。うわあ、マチュピチュだ、という声が反響するが、誰が言ったのか判然としない。視線を上げていくと、朝靄に包まれた三角錐の山が視界に飛び込んできた。向かいに聳える若き霊峰〈ワイナピチュ〉だ。

確かに崇めたくなる気持ちはわかる。無神論者のぼくですら、朝日に照らし出された、その神々しい立ち姿に向かって手を合わせたくなったのだから。ぼくたちは三人並んで丘の上に立ち、まっさらな朝の、吹きさらしの風に洗われていた。


ぼくたちはマチュピチュ遺跡を思い思いに歩き回った。遥か下方に段々畑、ところどころにリズムを崩す破調のような石組みの建造物。遠くからでも細部が見てとれる。神殿と目される領域の石組みは綺麗な直線で、目にも涼しい。

遺跡は街の死体だ。だが生物と違い腐敗せず保存される。遺跡の腐敗は風化だが、そのために掛かる時間は膨大だ。そのスケールでは人の一生など一瞬の光芒にすぎない。

そして時は流れ、人は世界に爪痕ひとつ残せないまま消えていく。

スペイン人の暴虐で原型をとどめず破壊された遺跡群の中、マチュピチュはインカが早々に放棄して樹木がその存在を覆い隠したため、当時の姿のまま保存された。

それは緑のタイムカプセルだった。

風が頬を撫でていく。この街が繁栄していた頃も、同じように風は吹き抜けていったのだろう。ぼくは知りたかった。なぜ、あれほどまで高度で優雅な文明が滅ぼされてしまったのか。

彼らに一体、何の咎があったのか。

その時、雲間から光が差しかかり、天から言葉が降ってきた。

――弱さは罪だ。戦え、大切なものを守るために。

その時に確信した。街が滅びたのは、運命に抗しなかったからだ。

戦わない者は奪われる。残念ながらそれがこの世界の摂理だ。

ぼくの中で、非武装革命という信念の土台が音を立てて崩れ始めていた。


丘から遠くを眺めるピョートルに、何を見てるんだよと声を掛けると、彼は答えた。

「荘厳な遺跡を作り上げた文明が存在していたことに感動しているんだ。俺は考古学や遺跡には興味はないけど、ここを見ているとクスコの太陽神殿を思い出す。スペインの暴虐がなければあそこにも同じような遺跡があったのかと思うと、怒りが湧いてくる」

同じ遺跡を見ても、感じることはこうも違うのかと驚く。

ぼくは美に見とれ文明の謎を読み解こうとした。ピョートルはスペイン軍の暴虐の跡を見て、野蛮な行為に怒りを燃やす。けれども何を憎み、何を賞賛するかという点において、ぼくたちは一卵性双生児のように似ていた。ピョートルはぼくの考えを聞いて、マチュピチュの美しさを認識し、ぼくはピョートルの怒りを受け継ぎ、松明の炎を胸に点す。気持ちを共有し、同じ方向を向くぼくたちは、分かちがたいバディだ。

ピョートルは照れくさそうに言う。

「俺はサンパブロ療養所の送別会で南米大陸を統一したいなんて大法螺を吹いたけど、本音は難しいと思ってた。だけど〈タワンティン・スーユ〉を知り、四つの地域を道でつなぐ緩やかな連合という概念に触れた時に、それに新しい衣装を着せれば、やれるんじゃないかと気がついた。俺は〈タワンティン・スーユ〉の概念を蘇らせ、運命を他者の手に委ねることなく、自らの手で未来を切り開ける社会を作りたいんだ」

「遠大な計画だね。そしたらぼくは〈タラパカ〉社の記者に復帰して、ピョートルの偉業を書きまくってやるよ」

「ソイツはありがたい。現代の革命はプロパガンダが重要だからな。でもエルネストは大したもんだ。吟遊詩人（トロバドール）だなんて浮き世離れした職のため、旅行作家だの新聞記者だの、なんとか食い扶持につながりそうな仕事を無理やり引っ張り出してくるんだから」

「一番なりたいのは吟遊詩人さ。ジャーナリストの文章は読み捨てられ、時代の濁流の中に消えてしまう。でも吟遊詩人の詩は、ただ一行でも永遠に輝き続けるんだ」

ピョートルは、婚約者の手紙を取り出して陽にかざす。

「できるところからやるとするか。まずはアルゼンチンのお大尽からサンパブロ療養所への援助を引っ張る。そしてペルーから革命を広げ最後はペロンをぶっ潰す」

「ああ、ピョートルならきっとやれるよ」

きっとやれるよ、という言葉が何を指すのか、わざとぼかして答えた。

こうすればピョートル自身が都合のいい主語を選び取るだろう。

ぼくは山頂の見張り小屋に立った。ワイナピチュにさしかかる陽射しは、朝は右側の稜線を照らしていたのに、夕方になった今では左側の稜線が輝いている。

まるで巨大な日時計だ。

ぼくの隣に立ってワイナピチュを眺めていたブライトさんに訊ねた。

「一昨晩、焚き火の側で書いていらした手紙はもう出したんですか？」

手紙をマチュピチュの遺跡のポストに投函すると聞いたので、訊ねてみた。

「ああ、さっき投函した。ところで君はクスコの雑感を文章にしたそうだね。よかったら読ませてくれないかな」

動揺した。焚き火に当たりながら、そんなことをブライトさんに話したことを思い出す。ブライトさんがぼくなんかの書いた文章に興味を示したことにも驚いた。

自分が書いた文章が他人に読まれるなんて想像もしなかったけど、〈タラパカ〉紙の特派員の記事で経験済みだった。それならなぜこんなに動揺するのだろうと考えたら、自分が書いた文章を目の前で読まれるという経験は初めてなのだと気がついた。

そう説明するとブライトさんは微笑する。

「吟遊詩人(トロバドール)は自分の歌を見知らぬ観客の前で歌うのが商売なんだぜ。知り合いに文章を読まれるくらいでビビっていたら、吟遊詩人になんてなれっこないぞ」

言われてみればごもっとも。意を決して宿で書き記したところを開きノートを渡す。

ブライトさんは黙々と読み、ぱたんとノートを閉じた。判決を待つ死刑囚みたいな気持ちだった。やたら感想を求めてきた文学壮年ペレイラ院長の気持ちがよくわかった。

ブライトさんはぼそりと言う。

「吟遊詩人がクスコを描くとこうなるのか。曲がりくねった修辞で街角を引き回されたクスコが何だか愛おしく思えてくる。でもこの文章は考古学者の対極にあるものだ」

ブライトさんはリュックから紙の束を取り出した。

「こいつはこれから書こうと思っている論文の出だし部分だけど、君にあげるよ」

「え？　そんな大切なもの、もらっていいんですか？」

「まだ四、五枚だからそれくらいならいつでも書ける。表紙には教室の連絡先が書いてあるから、考察を書き上げたら教室に送りなさい。論文採用されることが、考古学者になるための第一歩だからね」

びっくりした。こんな風に、目の前で夢への扉が開くなんて思いもしなかった。

ブライトさんの論文の出だしを読んでみる。

――マチュピチュがハイラム・ビンガム卿に発見され四十年が経過したが、いまだ謎は深い。著者はマチュピチュ遺跡に関連深い構築物がインカ・トレイル各所に配置され、そのシンボルとしてのマチュピチュという新たな観点から、周辺遺跡とマチュピチュ遺跡との関係性について調査、考察した。

「こんなストイックな文章、ぼくには書けそうにありません」

ぼくがそう言うと、ブライトさんは微笑した。調査旅行の意図が厳格かつ簡潔に記されていた。リュックを背負いインカ道を歩くブライトさんの背中が見える。

「これは百回は推敲したかな。初めは感傷的な文章もあったが、読み直しているうちに、全部削ぎ落とされてしまったよ。往時の神殿や食料庫は極彩色の布に覆われていたが、年月が経つと神殿の石組みだけが残ったのと似ているかもしれない」

それはぼくの文章に対する批判に思えた。ブライトさんは続ける。

「君のクスコ礼賛は、朝採りのサラダだ。だが考古学は、その瑞々しさを排除した干物だから本来は相容れないものだ。君の文章は考古学的ではないが、手帳のメモ書きには考古学者の正確さがあるから、君は干物の文章にも対応できるかもしれないね」

「ありがとうございます。頑張って論文を書いて、必ず送ります」

「楽しみにしているよ。先輩としてもうひとつアドバイスしよう。マチュピチュの論文を書くにはそれ以外の遺跡も見るべきだ。一ヵ所でいいから他の遺跡と見比べなさい」

ぼくはうなずく。ブライトさんは、走り書きのメモをぼくに手渡し、言った。

「伝えるべきことは伝えたな。それじゃあ君たちとはここでお別れだ」

「なぜ急にそんなことをおっしゃるんですか？」

突然の宣告に動揺して訊ねると、ブライトさんは微笑する。

「どこかで踏ん切りをつけないと、一緒にいるのが楽しすぎるからさ。簡易テントはプレゼントするよ。あと麓の温泉町アグアスカリエンテスに行ったらメモに書いた宿に行くといい。そこの主人は二日に一度、チチカカ湖畔の街プーノの宿に農産物を納めにいくから、頼めばそこまではトラックに乗せて行ってくれるはずだ」

そこまでやってもらったら、もうこれ以上わがままは言えない。ぼくは頭を下げた。

「何から何までありがとうございます。この寄り道は素晴らしい体験でした」

ブライトさんはちょっと複雑な表情になり、温和な微笑を吹き消した。

「そんな風に言われるとちょっと心が痛むな。これは君たちの情報の対価でもある。最初に僕はアルバイトをしていると言っただろう？　実は僕はＣＩＡ（米国中央情報局）に情報収集を頼まれた現地諜報員なんだ。今回の調査旅行は大学の審査は落ちたけど、ペルーの動静に関する情報を送るという条件でＣＩＡがプッシュしてくれたんだ」

「ＣＩＡってそんな簡単に入れるんですか、ていうかそもそもそれって何なんです？」

　ユナイテッド・フルーツ社のザイラー支社長も、パナマのＣＩＡ訓練施設を訪問しろと指図したっけ、と思い出す。ブライトさんは少壮の学者らしい正確さで説明した。

「第二次大戦中Ｆ・ルーズベルト大統領が作った戦時諜報機関の戦略事務局（ＯＳＳ）を、トルーマンが追認した組織で、当初十名程度だったが、マーシャル・プラン資金の転用が認められてから急に羽振りがよくなり、今や数千名規模だ。秘密工作部門トップのフランク・ウィズナーは拡大論者でエール、ハーバード、プリンストンなど名門大学でリクルートに励んでいる。僕はエール大のスティーブ・タナー先輩に声を掛けられた。中身は結構いい加減で、イエスノーが言え、手足を動かせるなら誰でも採用するそうだ。僕と一緒に考古学をやっているマイケル・コウは、今では任務そっちのけでマヤ象形文字の解読に夢中だ。共産主義の蔓延を防ぐのが大義名分で、チリのアジェンデやコロンビアのガイタン嬢の本音を知る君たちの武勇伝は、貴重な情報だったんだ」

「その情報はどうやってＣＩＡに伝えたんですか？」

「さっき、遺跡の入口のポストに投函した手紙で、送らせてもらったよ」

　ブライトさんはこともなげに言った。つまりぼくは米国の諜報員に貴重な地元情報をぺらぺら喋ってしまったわけだ。

「米国のスパイ組織がマチュピチュみたいな遺跡を諜報しても意味ないでしょうに」

「なかなか鋭い指摘だね。ＣＩＡはクスコ情勢を探れと依頼してきたんだ。一八七九年から四年続いた太平洋戦争の間、チリの連中は搾取されていたインディオ社会に潜入し不満を煽った。インディオが多いクスコはペルーの火薬庫さ。共産党をいち早く設立したのもクスコの連中だ。三〇年代の反米運動は首都リマでマリアテギのペルー社会党とアヤ＝デラトーレのアプラ党が分裂し、クスコでは第三極のペルー共産党が乱立した。彼らが結束していたら大変なことになっていたよ」

ブライトさんの話を聞いて、ペレイラ院長から頂戴したマリアテギの著作が少し理解できた。何だか裏切られた気分にもなったけど、それは手前勝手だろう。ブライトさんがＣＩＡの手先だということも、ピョートルが南米大陸統一国家構想を持っている身の程知らずだということも、お互い知らずに一緒に旅を始めたのだから。

「そんな国家機密を、ぼくみたいな風来坊にぺらぺら喋っていいんですか？」

「そりゃあよくないよ。でも話した理由は、君たちの話をＣＩＡに伝えたことを告白し謝罪しておきたかったからだ。僕は君たちから得た情報を諜報組織に売った。でももともとそんなつもりはなかった。だから言い訳したかったんだ」

「ブライトさんの好意には、裏はなかったと信じています」

「もちろん、そんなのは一緒に旅していればわかるだろう。でも君たちを見ていると、昔の自分を見るみたいで胸が痛くなる。他人の善意を無防備に鵜呑みにして、能天気に世の中を渡れると信じていたあの頃の自分そっくりの君たちに、世の中は裏のない善意ばかりじゃないんだぞ、と忠告したかったのかもしれないね」

改めてブライトさんの論文を眺める。これは考古学界へのパスポートであり、同時にＣＩＡへの招待状でもあったのかと思うと笑ってしまう。ぼくみたいな風来坊が東西冷戦のスパイ戦に関わるなんて、何だか出来の悪い三文小説みたいだ。

「ぼくたちの話は道端に転がっている石ころです。優れた考古学者が手に取れば太陽神殿のご神体だとわかるように、ぼくたちの笑い話もブライトさんが取り上げたから重要情報になったんです。ですから裏切られたとは思っていません」

遺跡の下の方で、ピョートルが手を振っている。ブライトさんは手を振り返す。

「そう言ってもらえると何だかほっとする。だがひとつ頼みがある。彼には僕がＣＩＡの手先だったということは伏せておいてもらえないかな」

ぼくは少し考えて、「わかりました」と言ってうなずいた。

ピョートルが〈アンデネス〉（段々畑）を駆け上ってきた。ブライトさんに別れを告げられると、ピョートルはブライトさんの手を握りしめ「ムチャス・グラシアス」（本当にありがとうございます）と繰り返す。ブライトさんはその手を握り返しながら、当惑したような微笑を浮かべた。

こうしてぼくたちは、マチュピチュの本質ときな臭い現代の世界情勢を教えてくれた恩人であり友人でもある、エドガー・ブライトさんに別れを告げたのだった。

遺跡でブライトさんと別れた後、この四日間、彼に甘えていたことを思い知らされた。

ブライトさんの配慮で、チチカカ湖までの足と今夜の宿は確保できた。

でも麓までハイラム・ビンガム道という十三回のつづら折りの道を下りるのだが、そのバス代もない。ぼんやり周囲の景色を眺めていると、大きな荷を背負った民族服姿の少年が、蛇行する道の真ん中を、串刺しのようにまっすぐ駆け下りていくのが見えた。

隣を、別の少年が通り過ぎようとしたので声を掛ける。

「この道は歩いて降りられるの？」

少年は人懐こい笑顔で、「〈シ〉(はい)」と答える。観光業に携わっているのか、カタコトだがスペイン語は話せた。聞けば、荷物は観光客の土産品だという。

「この道はインカ道の続きらしいぞ。歩いて降りてみようぜ」

駆け下りた少年の姿を眺め、ピョートルが言う。リュックを担いだぼくは、少年の人影がつづら折りの道を降りていくのと、観光客で満員のバスが交錯するのを見た。

その瞬間、アイディアが閃いた。

「いいことを思いついた。ぼくの真似をしろ。そうすれば儲けは二倍になるぞ」

ピョートルにそう言い残し、出発口でバスに乗り込む観光客に手を振った。

「〈アディオス〉(さよなら)、〈アディオース〉」

気のよさそうな乗客は手を振り返しグッバイ、と応えた。バスが発車すると同時に、走り出す。Uの字を描いて回り込むバスと、直線的に駆け降りたぼくが、バス道とインカ道の交点で再会する。ぼくは「アディオス、アディオース」と大声を上げる。

何人かの客が驚いてぼくを見た。再び道を駆け下りる。次の交錯点で「アディオス」というと、今度は乗客全員が、グッバイ、と応えてくれた。次の交錯点ではぼくの姿を乗客は総立ちで見ていた。こうして十三回目の交流の後、バスは終点に着いた。

先着していたぼくは、ぜいぜい息を切らしながら野球帽を逆さにして乗客を待つ。

老婦人が「グッバイ」と言って一ドル札を入れてくれた。それが皮切りで次々に乗客は帽子に札や硬貨を投げ入れる。最後の客が通り過ぎると、手元にはちょっとした義援金が残った。山頂で様子を眺めていたピョートルに声を掛けた。

「次はお前の番だぞ」

山頂で豆粒のようなピョートルが手を振る。バスのエンジン音、続いて「アディオス」というピョートルの声。耳を澄ますと二回目の「アディオス」がとぎれとぎれに聞こえた。でもそれきりだ。バスが到着し次々に乗客が目の前を通り過ぎていく。人影が消えた頃、息を切らしたピョートルがよろよろとした足取りで現れた。目の前に二人分の荷物を投げ出し、仰向けにばたんと倒れ天を仰ぐ。息を荒らげながら言う。

「二人分の荷物を持って坂道を駆け下りろ、だなんてヒドいぞ」

……荷物を忘れてた。

でも、ぼくだけで三日分の安宿代を確保できたから、よしとしよう。

後日。ビンガム通りにグッバイ・ボーイズなる少年が出現したという記事が『世界の街角から』に載っていた。その開祖が自社の特派員だと知ったら、〈タラパカ〉社の編集室で紫煙をくゆらせている編集長は、さぞたまげたことだろう。

ブライトさんが紹介してくれたアグアスカリエンテスの宿の主人は、チチカカ湖行きを引き受けてくれたばかりでなく、親友の友人だからと宿泊代を無料にしてくれた。

遠慮という言葉を道ばたに置き忘れてきたぼくたちは、キャンセル客の食事までご馳走になった。宿にいる間にマチュピチュの論文を書き始めた。驚くほどすらすらと筆が進み、ひょっとしてぼくは吟遊詩人(トロバドール)より考古学者の方が向いているのではないだろうか、などと誇大妄想に耽ったりした。

青年にとって、身の程知らずの妄想に浸っている時ほど、楽しいことはない。

☆

翌朝。宿の主人はトラックにトウモロコシとジャガイモを積んで出発した。

高度差のある〈アンデネス〉(段々畑)では様々な野菜や根菜類が採れる。標高二八〇〇メートルより下ではトウモロコシ、上ではジャガイモだ。その二種の作物を同時に作れる地域はないので重宝されるという。

枯草を揺らす乾いた風がビョウと鳴り、くすんだ藍色の湖がフロントガラス一杯に広がった。標高三八〇〇メートル、世界一高い場所にある古代湖チチカカ湖だ。

南米最大の湖はあまりに広く、水深も三〇〇メートルあるので、海と言われれば信じてしまいそうだ。大小二つの湖はピューマがウサギを追いかけているように見える。花畑だったチチカカ湖は、人間の暴虐が酷すぎ、激怒した神が洪水で湖底に沈めてしまう。その時逃げ遅れたのがピューマとウサギだった。人間の罪がピューマとウサギに降りかかるのは納得できないが、伝説は心に残るので成功だろう。ちなみにチチカカ湖はインカの祖マンコ・カパックと妹ママ・オクリョが生まれた地で、黄金の杖が刺さるところに帝国を打ち立てよ、という神のお告げに従い杖が刺さったのがクスコだった。

チチカカ湖はペルーとボリビアの両国に属する。面積比はペルー六割、ボリビア四割だと宿の主人が教えてくれたが、ボリビアの連中は自分たちが六割だと主張していると言う。どっちが本当なんですか、と尋ねると、宿の主人は、「どっちも」と答えた。

そういえばコロンビアのレティシアで、アマゾン河の流れの中にペルー、ブラジル、コロンビア三国の国境が接した場所にいた時も同じ気持ちになった。

国境紛争は境界線があるから起こる。境界線が水面で曖昧になるなら、お互い自分が信じる境界線を主張しても大事にならない。チチカカ湖の領有面積はペルー六割、ボリビア六割なのかもしれない。足して百パーセントを超えて困るのは地図業者だけだ。

宿の主人は、チチカカ湖の湖畔の街・プーノの宿を紹介してくれた。

そこの主人は明後日ボリビア国境に立つ露天市に連れて行ってくれるという。ここでも宿泊代と食事代はサービスだった。ブライトさんの威光がここまで及ぶとは思わなかった。あまりにとんとん拍子すぎ、自分たちの旅行ではないような気がした。

ぼくたちは傲慢だった。なぜあの時、素直に流れに身を任せなかったのだろう。

翌日は浮島観光に出掛けた。

ウロス島は葦に似たトトラという植物でできた人工の浮島で、地図にはない。

湖岸にびっしり生えているトトラは万能の植物だ。

雨季に浮かび上がる根の塊をブロックに切り分け、コンテナのようにつなげば島の土地になる。根は再生して絡み合い強固になる。その上に乾燥させたトトラを敷く。踏みしめた感触はふわふわして足下が覚束ない。島の基本は一人分の土地からなり、共同生活では土地を合わせて島を作る。共同体から弾かれたり夫婦が離婚すれば島から切り離す。まさに平和的解決だ。

家もトトラで作られる。家の中は温かく住み心地はよさそうだ。若芽はバナナのような甘みがありおやつになるが、ほんのり甘いだけで、バナナと比べられるような代物ではない。でも薬として使われたりもするので、トトラさまさまだ。

インカや先住民の生き様を見ていると非武装革命に思いが至る。スペインが攻めてきた時に、湖岸のケチュア族が浮き草で島を作り逃げ込んだのが浮島の起源だ。征服された湖岸のプーノはありきたりの街で浮島の方が印象が強い。ここでも征服者スペインは打ち負かされている。そんなインカも災厄の時代に自らの尊厳を見失い、過去の栄光を切り売りして生き延びている。それが落魄した今のペルーの姿と重なる。

地図にない浮島を離れ、地図にある本物の島タキーレ島へ向かう。

島内を歩くと小さな洞窟が目に入った。誰かに呼ばれた気がしてのぞき込むと、小さな祠があった。足を踏み入れると色彩豊かな布にくるまれた人がうずくまっていた。干からびた小柄な女性のミイラだ。ぎょっとして目を凝らすと側にお供え物がある。彼女はこの島の日常に溶け込んでいた。見ると土壁の中で何かがちかちか瞬いていた。手を伸ばしつまみあげると、指先の上で少女が微笑した。小指の先ほどの鉛色の女神像だ。

この女神は、洞窟の暗闇の中で長い間、ぼくがくるのを待っていたのだろう。

この出会いは偶然ではない。ぼくは小さな女神をポケットに忍ばせ、洞窟を出た。


遊覧船に戻り、心地よい風に吹かれて湖面を眺めていると、ピョートルが言う。

「エルネストの希望でマチュピチュやチチカカ湖に寄って、本当によかったよ」

「そう言ってもらえると嬉しいな。ピョートルはぼくの非武装革命を笑うけど、インカの遺跡を見ていると可能に思えてこないかい？」

「確かに遺跡という最終像ではインカはスペインに圧勝しているけど、遺跡になってから勝利して、一体何になるんだ？」

ピョートルの痛烈な一撃に考え込んだぼくは、ようやく言い返す。

「もちろん遺跡の勝利に意味はない。だから遺跡の勝利を前倒しすればいい。それはこの女神がぼくに教えてくれたことさ」

洞窟で見つけた女神像を見せた。ピョートルは像を陽にかざし目を細める。

「俺は考古学は素人だけど、金属学はわかる。これは〈チョンピ〉という、インカの特殊合金で作られたお宝だ。売れば数日は食いつなげるぞ」

「売るつもりはないよ。ぼくの守り神なんだから」

「冗談だよ。お前のお宝には手をつけない。俺は自分ができることをやるだけさ」

端正な横顔を盗み見て、こんな爽やかなことを照れもせずさらりと言えちゃうなんて、やっぱりコイツは英雄なんだな、としみじみ思う。ピョートルはぽつんと続けた。

「エルネストは吟遊詩人（トロバドール）として俺のことを歌うと言うけど、俺たちは入れ替わる予感がするな。いつかの〈タラパカ〉紙の記事の時みたいにさ」

あの時は直前で医学博士と助手の役を入れ替えた。どういう意味だよ、と訊ねた。

「英雄はお前じゃないのか。ブエノス大の講演会で高校生のお前がペロンに嚙みついた時から思っていた。非力も顧みず巨象の喉笛に食らいつくのは英雄の資質だろ」

「それは過大評価だよ。横着者のぼくにそんな大それたこと、できるはずないだろ」

そう言ったものの、ピョートルの言葉は、いつまでもぼくの胸に反響していた。

ぼくたちは異なった感慨を胸に、チチカカ湖を後にした。

☆

プーノの宿の主人が青空市に出店するのに便乗させてもらい、国境の街デサグアデロからボリビアに入る。街の名はスペイン語で排水路を意味する。チチカカ湖から唯一流れ出す川の名が由来だ。十九世紀中頃、バリビアン大統領がこの川に定期船を就航させようとしたが、雨季ですら水位が足らず断念した、という逸話があるくらい浅い川だ。

ここは不思議な街だ。

ペルーのイミグレを通過し国境ベルト地帯の緩衝帯を歩き、ボリビアのイミグレに到着する。緩衝帯の中にスーパーや洋品店があるが、それ以上に驚いたのはホテルがあることだ。このホテルの住所はペルーか、ボリビアなのか。どちらかを書けば国境緩衝帯でなくなる。この宿の税金はどちらに納めるのかなどと、疑問の種は尽きない。

国境の両側に青空市が立っている。色鮮やかな果物や野菜が積まれポリタンクいっぱいの油にオリーブの実が浮かぶ。皮を剝がれた鳥や魔除けのリャマの子のミイラが軒にぶら下がっている。多彩な食物や多様な商品が雑多な色や匂いを振りまき、自らの存在を主張する。そんな中を荷物や客を乗せた足こぎ三輪車が埃を巻き上げ走り過ぎる。

マーケットは、インディオの物々交換で成り立っていた。山高帽を被りカラフルな風呂敷包みを背負ったアイマラ族の女性は品物を交換し情報を受け渡し、社交に励む。

国境周辺の人の出入りは自由で、ペルー人はボリビアの青空市に出店し、ボリビア人はペルー側に店を出し、農産物をペルーの工業製品やゴム製品と交換する。

プーノの宿の主人のようにペルー人がボリビア側に農産物を出店するのは珍しいが、人気があり飛ぶように売れた。ジャガイモとトウモロコシはマチュピチュの宿の主人の作物だ。ぼくたちはインカのジャガイモやトウモロコシと一緒にボリビア入りした。

ボリビアのイミグレを通過して、チチカカ湖の宿の主人と別れた。

その瞬間、身の置き所を失ったような頼りなさに襲われた。思えばそれはぼくたちの守護神ブライトさんの庇護の効力が切れた瞬間だった。ボリビアに入ったとたん殺伐とした空気を感じたが、新しい国に入国した不安が投影されただけかもしれない、と無理やり考えた。雑踏の中、車を探しようやく隣町まで乗せてくれる車を見つけた。

運転手はラテンのノリで「ビエン、ビエン。早く乗りな」と言ってくれたが、六人乗りのワゴンにはすでに客が八人乗っていて、ぼくたちが乗る余地はなさそうに見える。

すると、運転手は空を指差し陽気に言った。

「ボーイたちのために特等席が取ってあるぜ」

屋根には麻袋に入ったジャガイモとトウモロコシが積まれていた。『インカの恵み』はどこまでもぼくたちに同行してくれるらしい。有り難迷惑この上ない。

諦めて屋根に登る。ごつごつしたジャガイモ袋の上に腰を下ろし、もぞもぞと尻を動かしフィットさせると、すぐにトラックが出発する。そして渋滞に捕まった。

麻薬や密輸品が横行しているせいで、軍隊の検問は厳しいらしい。その上、対面二車線の道なのに、焦れた車が路肩を走り三車線になった。それだけならまだしも、三車線でも渋滞が解消せず、更に対面の車線にまではみ出した。これで対面二車線道が三車線の一方通行になってしまった。もう滅茶苦茶だ。

ボリビア人の自己中心的な行動に呆れながらワゴン車の屋根から成り行きを眺めていると案の定、対向車同士がお見合いになり身動きが取れなくなる。そのため対面車線も渋滞し、行き場をなくした車はにっちもさっちも行かなくなってしまった。

ちょっと考えればそうなることくらい、幼稚園児でもわかりそうなものだけど。

「どうなっているんだ、この国は」とぼくは足下の運転手を怒鳴りつける。

「ケセラセラ、心配ないさ」

「全然動かないぞ。軍隊は何をやっているんだ」

「ボリビアの軍隊は鉄砲を撃つのは上手いけど、交通整理は下手なんだ」

解消する見込みのない渋滞にもケセラセラ、苛立たない運転手は大した忍耐力だ。

やがて渋滞の間を行商する、にわか商人も現れた。紙コップに黄色いインカコーラをいれ手製サンドイッチや民芸品を手にして車列の間を歩き回る。でもこんなカオスは、アルゼンチーノにはとても我慢できない。ピョートルは車の天井を踏みならす。

「これじゃあラパスにいつ着くか、わからないじゃないか」

すると、運転手も拳で天井を叩いて怒鳴り返す。

「タダで乗っけてやったんだ。文句を言うならさっさと降りろ、サノバビッチ」

ぼくとピョートルは顔を見合わせた。次の瞬間リュックを投げ、屋根から飛び降りる。

「グラシアス、セニョール。ここから先は歩いて行くよ」

「勝手にしやがれ、サノバビッチ」

罵声を浴びせられる理由はどこにもないが、ぼくたちは不条理な扱いを甘受した。停車した車の間を罵声が飛び交う。横入りが重なり三列縦隊が四列に膨れあがる絶望的情況の中、ぼくは口笛を吹きながら歩き始める。

向こうから自動小銃を抱えた軍人が駆け寄ってくる。確かにこの混沌とした状況を解消するには、暴力装置を活用するしかないだろう。しかし、たかが交通渋滞を解消するために兵士が小銃を抱えて走ってくるなんて……。

ぼくたちはそんな喧噪を尻目に、悠々と歩き始めた。ボリビアめ、何という国だ。

# 12　地に潜む悪意

## 一九五二年二月　ボリビア・コントラクト

人々の善意を乗り継いで、ぼくたちは母国の隣国ボリビアまで戻ってきた。

ペルーとボリビアの国境では渋滞に遭ったため、車を降りて歩き始めた直後に渋滞が解消してしまい、目の前をその車がクラクションを鳴らしながら走り去るという悲喜劇はあったものの、概ね順調だった。

ボリビア高地は空気が薄く、ちょっと動くと息切れがしてしまう。なのでぼくたちは役場の前で一休みして、看板に書かれたボリビアの現状を読んでいた。

ボリビアの人口比率はスペイン語を話す白人、ケチュア語を話すインディオ、そしてアイマラ語を話すインディオに三分される。一九五〇年の国勢調査ではボリビア人口は三百万人で、うちインディオは百七十万人と南米でもっとも比率が高い。

南米はスペイン語が標準語なので、ぼくたちの旅では言葉では苦労がなかった。旅の様相が一変したのはペルーで、ボリビアでは拍車が掛かった。何しろ〈バーニョ（トイレ）〉という言葉すら通じなくて、ほとほと参った。身振り手振りで危急の用を告げると、小柄なインディオはガラス玉のような目をして、そちらの方向を指し示した。

その意固地さはぼくたちの祖先の暴虐への反発かと思ったけど、思い過ごしだった。ブライトさんが片言のケチュア語で話しかけると、彼らはちゃんと答えていたからだ。考えてみればケチュア語かアイマラ語しか話せないインディオにスペイン語で話しかけても、返事がなくて当然だろう。スペイン語を話す〈メスティソ〉は首都ラパスやコチャバンバ、ポトシ、スクレなど産業が盛んな都市に多く、それ以外では主に現地語が使われる。つまりボリビアは言語上は多国籍国家で、六割は字が読めないわけだ。

ケチュア語とアイマラ語はお互いに通じず、どちらも多数の方言にわかれインディオを狭いコミュニティに閉じ込めている。アイマラ語は標高四〇〇〇メートルのボリビア平原、人口が多いチチカカ湖周辺と人口が少ないチューロ渓谷に分布し、その東西をケチュア語圏が挟んでいる、と役場の看板には書かれていた。その看板は現在のボリビア情勢を案内してくれると同時に、ぼくたちにその先の二本の道を指し示していた。

一本はパンアメリカン・ハイウエイを東に向かい、首都ラパスまで徒歩二日、ラパスからブエノスまで列車で三日だ。この道を選べばもはや故郷に戻ったも同然だ。

もう一本の道は左に折れ、五十キロ先のコントラクト錫鉱山へと向かう。五十キロだと徒歩一日、ヒッチハイクなら二時間。ピョートルが拾った新聞に、その鉱山で労働者ストが行なわれているという記事が載っていた。

ストは労働者の戦争で、戦場には英雄が降臨するから詩の素材になるぞ、と言われてぼくは一も二もなくスト見学しようというピョートルの提案に賛同した。

こうしてぼくたちはブライトさんが敷いてくれた道から外れ、けもの道に入った。

ペロンが情報統制していたため、ブエノスではボリビア鉱山のスト情報はなかった。ペロンは、国際的に信用度が高い〈ラ・プレンサ〉紙を接収し数ヵ月発行停止にした後、ラティーナ通信社というお抱えメディアを立ち上げ好き勝手に情報発信している。

でも国内では安泰と思われるペロン支配にも亀裂が入りつつあった。宿で読んだ新聞には先日、ペロンが大統領府の前庭で労働者に演説をしていた時、爆弾騒ぎがあったことを報じていた。どうやらペロンの検閲は、海外までは及んでいないようだ。


南米の都市のパターンは単純だ。コロニアル・スタイルは中心の噴水広場の四辺に市庁舎とカテドラルと首長府と有力者の邸宅を置き、外側に街を広げていく。碁盤の目状の道路沿いに家を作り、中心に共有スペース〈パティオ〉を置く。

街の外側に人口密度の低い中間帯が広がり、土着性が強い集落になる。そうした村落こそ、その国独自の顔だ。日が傾きかけた頃ぼくたちが到着した小村は、むき出しの赤土の上を放し飼いのニワトリが我がもの顔でうろつく、まさにボリビアそのもののような村だった。その晩は普段なら絶対泊まらないようなあばら屋に宿泊した。村のたった一軒の宿屋だから選択の余地はなかった。

ぼくたちは早々に布団にくるまり、天井に開いた穴から見える夜空を見上げた。

「確かボリビアは、二十年前にチャコ戦争でパラグアイに敗けたんだよね。ぼくが高校生の頃、国民革命運動党（ＭＮＲ）のエステンソロ党首がママンのサロンにやってきたことがあって、そんな話を聞いたんだ」

「本当にエルネストのママは女傑だよな。当時のボリビアはビヤロエル大統領がファシストのＭＮＲと良好な関係を築いていて、エステンソロ博士を財相に入閣させた。だがその後、ファシズムを叩く米国の圧力に屈し財相を罷免すると歯止めが利かなくなり、ファシストらしく自由や権利を抑圧し左派活動家を暗殺した。そこで極左と極右が手を組み四六年のラパス暴動で、ビヤロエルを殺害しムリリョ広場の街灯に吊した。民族主義の独裁者がどん詰まりになると反動勢力に降ろされるのはよくある話だけど、さすがに極右と極左の同盟は珍しい。そんな中、一九四七年の選挙で反動的暫定政権が勝利し、鉱山労働組合を弾圧した。これでは自分たちが打倒したファシスト政権と変わらないけど、所詮は身勝手な極右の連中だから仕方がない」

「すると労働者を代表する左翼革命党（ＰＩＲ）は同盟を離脱したわけだ」

「普通そう思うよな。ところがそこでＰＩＲの連中はあっと驚くチョイスをした。何とそのまま共和党と手を組み続け、鉱山労働者を弾圧する側に回ったんだよ」

「えええ？　マジかよ？」

「ああ、もともとボリビア左翼は分裂していた。労働者の即時武装等トロツキーの永続革命論に基づく過激な綱領〈プラカヨ・テーゼ〉を採用した革命労働党（ＰＯＲ）だと、モスクワに叛旗を翻すことになると危惧したアントニオ・アルセは、ＰＯＲを飛び出しＰＩＲを作った。アルセが右翼と大同連合したのは、社会主義革命が成就するためには革命前段階の資本主義の成熟が必須だとモスクワは考えていて、それに従ったんだ」

「つまりその段階ではブルジョアと利害が一致するから懐柔されてしまったわけだね」

「その通り。ＰＩＲは反ファッショ民主戦線に参画した結果、旧支配層の既得権益層代表の反動的政権にすり寄り、鉱山労働者の弾圧にも賛同してしまったんだ」

「愚かな判断をしたもんだ。するとボリビア左翼の本道はＰＯＲが守っているんだね」

「ところがぎっちょん、ＰＯＲはＭＮＲと協調路線を取っているんだ」

「何だそれ？　ＭＮＲはファシズムだろ。ボリビアの左翼って節操がないなあ」

政治活動についてはかなりいい加減なぼくですら、啞然とせざるをえなかった。

「確かにＭＮＲはかつてはファシストだったけど、指導層が亡命中に労働者を取り込んで、ＰＩＲが切り捨てた労働者の受け皿になった。今やポプリスモ運動の中心で共産主義呼ばわりされ、非合法化されている。共産主義の革命労働党（ＰＯＲ）と左翼革命党（ＰＩＲ）、そして今は穏健左派の国民革命運動党（ＭＮＲ）の三党は、政策では錫鉱山国営化など共通点も多い。違いは中流階級中心のＭＮＲが農地改革に消極的なことくらいだな。ところが最近米国は、反米国家を共産主義だと非難している。共産主義者のレッテルを貼られるのはたいてい反米主義者さ。第二次大戦時は『ナチ＝反米』だったのが、冷戦時代の今は『共産主義＝反米』になったんだ」

「確かに米国はニカラグアのソモサ、ドミニカのトルヒーヨ、ペルーのオドリアにベネズエラのヒメネスだの将軍の肩書きを持つ軍人あがりの独裁者ばかり支援しているね」

その説明に得心がいったが、トロツキー・ファンの彼をからかってみたくなった。

「でもさ、ボリビアの共産主義の分裂の原因になったトロツキーは天才なんだろうけど、組織を分裂させることで却ってレーニンが確立した共産主義の導入を邪魔しているようにも見えるんだけど」

「あれはトロツキー思想の広がりを恐れたスターリンが情報操作したんだ。『革命には段階があり社会が成熟するまで待て』というスターリンの綱領は、『世界全体が共産主義になるまで革命を継続すべし』というトロツキーの永続革命論とは相容れない。スターリンの方針に従うとボリビアでは永遠に革命できないことになる。だからPORはトロツキズムを選択した。スターリンはタマゴを割らずにオムレツを作れと命じている。

この一点だけでもトロツキーの方が世界のためを思っていたことがわかるだろ？」

「で、その存在が目障りになったスターリンがトロツキーを暗殺したわけか」

「亡命したトロツキーを執拗に追いかけ続けたスターリンの執念深さは、強欲と小心の現れだ。スターリンが得意なのは陰謀だけ。そんなヤツが権力を握り、独裁的に振る舞う社会は悲劇だよ。俺はトロツキーのファンだけど共産主義は嫌いだよ。もし共産国家になったらこんな風に勝手気儘な冒険旅行なんてできなくなるからね」

かつてベルタ姐さんに共産主義者の集会に誘われても行く気にならなかった理由がわかった気がした。ぼくは自由が阻害されると、本能的に察知していたのだろう。

「それにしてもピョートルがボリビアの歴史に詳しいのには驚いたよ」

「ボリビアは、アルゼンチンとペルーの二大大国が角突き合わせるのを避けるために建国された緩衝国家だ。その流れを把握すれば、アルゼンチンのこともわかってくる。それと俺はボリビア鉱山労働者組合みたいな組織を作りたくて、少し勉強したんだ」

「アルゼンチンには鉱山がないから農業組合になるだろうね。坑夫と比べると牧童は心優しいから、闘争に向かないいんじゃないかな」

「そんなことないさ。〈ガウチョ〉は坑夫に負けず劣らず荒くれだからな」

「あ、そうか。でも〈ガウチョ〉は〈カウディリョ〉の手下だから、やっぱりピョートルが構想している労働者連合の中核にはなれそうにないと思うな」

ぼくの総括に返事はなかった。見るとピョートルはすやすやと寝息を立てていた。

彼の横顔に月明かりが射している。天井の穴から見える星空は美しかった。


早朝、宿を出た。残り四十キロなら歩いても一日で着く距離だから、夕方には鉱山にたどりつけるだろうとたかをくくっていた。

一歩裏道に入ると、道端に死体がごろごろ転がっていた。

最初に死体を見た時は仰天したが、次々に現れるので次第に慣れた。

腕がもげて、胸に空いた穴に煮こごりのように固まった血が溜っている遺体。頭が半分吹き飛んだ遺体はさすがに正視できなかった。腐敗具合はまちまちで白骨化したものもある。足がない遺体はたぶん地雷にやられたのだろう。

ピョートルは、このけもの道を骸骨街道と名付けた。


夕方、『コントラクト錫鉱山まで二十キロ』という看板を見た。朝から十キロしか稼げなかったわけで、この調子ではあと二日はかかってしまう。二日歩くのは構わないけど、ここまで人家が一軒も見当たらなかったのは不安だ。宿は野宿でもしのげるが、食料の補給ができなければ、二進も三進もいかなくなってしまう。

「どうしようか？」とお伺いを立てると、ピョートルは胸をそらす。

「前進あるのみ。南米統一国家を打ち立てるには、これくらいでへこたれるわけにいかないだろ」

一瞬でも引き返したいと思った自分を恥じた。日暮れが近づいて、心細さが募り始めた矢先、鬱蒼とした森が拓け、目の前には夕焼けに燃える草原が広がった。

草原の先に、熟し切ったオレンジのような夕日が、地平線に沈もうとしていた。

夕日に向かって一条の煙がたなびいている。豆粒のような人影の間に、赤々とした炎がちらちら蠢いていた。

「焚き火をしている人がいるぞ。行ってみよう」

ピョートルの声に元気づけられ、歩みが早くなる。焚き火の側には夫婦がいたが、彼らの様子はインディオにも老人にも見えた。女性の腹部がぷっくり膨れている。

一緒に焚き火に当たるのを許してくれたので、炎を挟んで反対側に寝袋を広げた。風は冷たく、小さな焚き火は物足りなかったけれど、四人の距離を縮めてくれた。

夫君はルフィノ・ソラチェ＝カサス、奥方はハンナと名乗った。ピョートルがおもしろおかしくこれまでの冒険談を語り、和やかな雰囲気になった。だが、ぼくたちが錫鉱山のストを見に行くつもりだ、と告げると、空気が一変した。

夫君は、やめておきなさい、ときっぱり言った。奥方もうなずいて補足する。

「私たちはそこからやってきたんですけど、今は戒厳令が敷かれていますから」

「でも、新聞には小規模のストだと書いてありましたけど」

「この国の新聞は真実など書かない。鉱山主のアラマヨは、テハダ大統領がチャコ戦争の後始末で超党派政権を組閣した時に財相に指名されて以来、政府とべったりなので労働者を弾圧するため軍を動かせる。アルゼンチン人の君たちもストの場にいれば反体制分子だとみなされてしまう。ここに来る途中でたくさんの死体を見ただろう？　あの中のひとつに混じりたいのか？」

ピョートルは一瞬怯えた表情になる。カサスさんは続けた。

「ボリビアの錫は欧州に住む錫男爵シモン・パティニョ、ドイツ系ユダヤ人のホッチホルド、生粋のボリビア人で先の軍事政権で財相に抜擢されたアラマヨ一族の三者が牛耳っている。錫は錫男爵に富をもたらしたがボリビアの市民には還元されないので、世界の錫の四分の一を生産する錫鉱山の労働者二万人は貧しいままだ。錫の輸出は国家予算の八割を賄い、財閥は政治に力がある。そうした悪循環を打破するには労働者が団結するしかない。ここまで言えばわかるだろうが、私たちは共産主義者なんだよ」

カサスさんの言葉を嚙みしめる。自分を取り巻く世界が、これまでと違って見えてくる。現状を打ち砕く強力なハンマーはもはや共産主義くらいしかないのかもしれない。

奥方のハンナさんが夫君の言葉を引き取る。

「ラジオでは、軍が明日総攻撃を掛ける前に降伏せよと繰り返し勧告が流されています。もう急いでも仕方ないので、今夜はここで野宿することにしたのです」

「あなたがたはいつ、鉱山のスト現場を脱出してきたのですか？」

「二日前だ。夜も休まずに進んだんだが」

「鉱山へは二日もかかるんですか。道標には三十キロ先とあるから、一日で着くかと思ったんですけど」

「正規のルートなら一日だが、ルートから外れ道なき道を歩けば丸二日以上は掛かる。正規ルートには軍隊がうじゃうじゃしているから通れないんだ」

　ぼくとピョートルは顔を見合わせた。だがピョートルはすぐ強気の表情に戻る。

「とにかく俺たちはストを見に行きます。伝言があれば同志にお伝えしますよ」

「戦場での無茶は、若者の特権ではなく、馬鹿者の失態になるぞ」

　カサスさんの言葉を聞きピョートルの顔色が変わる。奥方のハンナさんが言う。

「すみません、この人は、仲間の危機に何もできないので少し気が立っているんです。私さえいなければこの人も現場を離れずに済んだのに」

「ハンナ、それは言わない約束だろう」

　ハンナさんは、膨らんだお腹を撫でながら言った。

「この人が使者に選ばれたのは、私のおなかに赤ちゃんがいるからです。これは救援依頼ではなく、同志が私たちを逃がしてくれたのだと思っています」

　その言葉の重さに、ぼくは唾を飲み込む。カサスさんがぼそりと言う。

「チョリヨ・ハリャリャ」

「え？」と聞き返すと、カサスさんは肩をすくめる。

「ボリビアの鉱山ストを手助けしたいなら、ケチュア語とアイマラ語くらい勉強しろ。こんな簡単なアイマラ語もわからないで支援など、自殺行為だ」

ぼくは唇を嚙む。まったく正論だ。ピョートルがおそるおそる訊ねる。

「ちなみに今の言葉はどういう意味ですか?」

「アイマラ語で〝コイツらをぶち殺せ〟と言ったんだ。この言葉を耳にしたら、君たちは一目散に逃げ出さなければいけなかったんだ」

カサスさんは目を細めて、ぼくたちを見た。ぼくは息を吞む。

インディオから見ればぼくたちは、自分の土地を収奪したスペイン人の末裔だ。

考え込んだピョートルは、しばらくして頭を下げた。

「俺たちは未熟です。だからこそ最前線に触れてみたい。ボリビアに学ぶべきことはたくさんある。惰眠を貪ってきたわが母国は、ボリビアよりも危機的状況にあります」

カサスさんは肩をすくめる。

「君たちも頑固だね。まあ、身体を張らなければ、血肉になる知識は得られないのも事実だが。いずれにしても出発は明朝だから、それまでは君たちを説得しよう。それでも決意が変わらなければ仕方がない。君たちは無鉄砲だが母国の未来を案じる愛国者だ。未熟でも尊敬に値するよ」

「カサスさんは左翼革命党(PIR)と革命労働党(POR)のどちらなんですか?」

ピョートルが訊ねると、夫婦は顔を見合わせた。そしてカサスさんが言った。

「共産系は他にも、一昨年PIRを飛び出したモンへを中心とした若手五十人からなる第三勢力のボリビア共産党（ＰＣＢ）があるが、我々は現段階ではＰＩＲだ」

「政権に入閣し体制派に協力するＰＩＲに属しながらストをするなんておかしいです」

「その通りだ。だから我々はＰＯＲに鞍替えしＭＮＲとの同盟に同意した。その決議を本部に伝えるために派遣された。つまり今はＰＩＲだが間もなくＰＯＲになるわけだ」

「ボリビア左翼は、モスクワ寄りの穏健派はブルジョア旧体制に、トロツキーシンパの過激派はファシズムもどきの国民大衆党に、丸呑みされてしまったんですね。どっちにしても死に体の旧勢力にすがって延命しようとしているように見えるんですが」

　ぼくが生意気に指摘すると、カサスさんはむっとした表情で言い返す。

「それは違う。ＭＮＲが解党的危機で指導層が潜伏した時、弱冠二十代でボリビア労働同盟のトップになったＰＯＲの新星ファン・レチン＝オケンド委員長は、驚くべき奇手に打って出た。小政党ＰＯＲの党首が大政党ＭＮＲを乗っ取り、革命的転換を主導し、急進的な民衆の支持を得たんだ。だから我々はレチン委員長に従うことにしたんだ」

　でもそれはＭＮＲがＰＯＲを呑み込んだとも言える。一時はファシズムを標榜しながら共産主義を取り込むだなんて、ＭＮＲは悪食すぎる。綺麗な楕円形の顔の輪郭の中、斜視気味の灰色の目が爬虫類を思わせる、エステンソロ博士の風貌が浮かぶ。

「現政権はＰＯＲと大同連合したＭＮＲの引き下ろしに必死だ。だが流れは止まらない。今はブエノスのエステンソロ博士の帰国が焦点だ。今のボリビアの鉱山ストは部外者がピクニック気分で見学するような、生やさしいものではないんだよ」

　カサスさんの言葉にピョートルはムキになって言い返す。

「アルゼンチンではブッシュ、ビヤロエル、カタビ鉱山虐殺犠牲者が国家殉教者として反動主義者の英雄的存在に祭り上げられています。でも弾圧した側とされた側を一緒にしては、殉教者に失礼です。そんな歪みを是正するために何かしたいんです」

カサスさんは腕組みをして、力なく微笑する。

「そこまで肚をくっているのなら、もう何を言ってもムダだろうな。でも最後にこれだけは言わせてもらいたい。もし私が君たちの立場なら、戦いに赴く前にもっと自分の力をつけるために、母国で自己研鑽に励むだろう」

頭ごなしの否定でない分、その言葉はずしりと響いた。

要するにカサスさんは、ぼくたちは半人前だから、現場ではクソの役にも立たないということを、婉曲に伝えてくれたのだ。

周囲には夜のとばりが降り、眠りに就く段になり、焚き火番を三分割の当番制にしようという提案をカサスさんはしぶしぶ受け入れ、ピョートル、ぼく、カサスさんの順番で番をすることにした。でもぼくとピョートルは、ふたりで見張りをすることを暗黙のうちに決めていた。身重のハンナさんを抱えて決死の逃避行をしているカサスさんに、せめて今夜だけでもぐっすり眠ってもらいたかったからだ。

焚き火の側にピョートルが残り、カサス夫妻とぼくは寝袋に入る。風もやみ、火の爆ぜる音が時折響く中、夫妻の寝息が聞こえてきた。まもなくぼくも眠りに落ちた。

息苦しくて目が覚めた。寝袋から這い出し、炎を見つめている後ろ姿の肩を叩く。

振り返ったピョートルは微笑した。

「律儀なヤツだな。今、ぴったり真夜中の十二時だぜ」

喋るのも難儀なので、黙って寝袋を指さした。

「わかったよ。交代しよう。夜明けまで頼んだぞ」

ピョートルは寝袋にもぐりこむと、あっという間にいびきをかき始めた。

焚き火が爆ぜている隣の席に、昔馴染みの黒い影が寄り添い、にいっと笑う。

鉱山労働者のストが潰されそうだというニュースを聞き、自分たちの甘さを痛感させられた挙げ句、歓迎しない古馴染みの友人まで顔を見せるとは、気分は最悪だ。

リュックから吸入器を取り出し、調合した薬を火であぶって吸入を始める。

焚き火を見守りながら吸入していると、発作が治まる前に、ごそり、と音がした。

振り返ると毛並みの荒れたイヌが暗闇で目を光らせ、ぼくたちを窺っていた。

いや、違う。イヌじゃない。オオカミだ。

ぼくはそろそろ後ずさると、燃えさかる薪を手に取り、炎で大きく輪を描く。木片が爆ぜる音と共に火花が散り、オオカミはうう、と唸りながらじりじり下がっていく。

しばらくの間、周囲をうろうろしていたが、やがて暗闇の中に消えていった。

「はぐれオオカミでよかったな」

いきなり声を掛けられて、ぎょっとして振り返ると、カサスさんが立っていた。

「ああいう時は皆を起こすものだ。あれが群れだったら一巻の終わりだ」

「すみません。でもオオカミは追い払ったので、安心してお休みください」

「気持ちはありがたいが、喘息だろ？　君こそ休め」

「起こしちゃいましたか。すみません」

「いや、気がついたのは起きた後だ。吸入が効きにくいならこれを飲むといい。最新型のテオフィリン錠剤だ。実は私は鉱山医なんだ」

　ぼくが「カサスさんは先輩なんですね」と言うとカサスさんは驚いたようだ。

「まさか医学生だったとはな。どこの国でも医学生は勉学に明け暮れるばかりで、世の中の荒波に飛び込んでいかないという傾向があるもんだが」

「ぼくたちは落ちこぼれなんです。カサスさんは医師なのにストに参加するなんて凄いです。普通、医者はブルジョアですから」

「別に大したことはないさ。偉そうなことを言ったけど、本音を言えば、あの出口のない穴蔵から逃れられてほっとしている。私は臆病者だ」

「そうした場所にいらしただけでも勇者です。革命に命を投げ出すなんてボリビアの鉱山労働者はすごいです。ぼくたちの国はぬるくて」

　カサスさんが焚き火を小枝でつつくと、炎が小さく爆ぜた。

「気儘な旅をしている恵まれた学生さんには、私たちの絶望なんてわかりはしないさ。君の目には私が何歳くらいに見えるかな？」

　カサスさんは遠い目をして、訊ねる。

　背骨は曲がり、顔には深いしわが刻まれていた。若くて五十代。奥さんが妊娠していると聞いて四十代かなと思い直す。でも、正直に言う必要もないので「三十代後半あたりですか」と答えた。

「無理しないでいい。五十代に見えるだろ？　実は私は二十九、ハンナは二十五だ」

びっくりして何も言えなくなったぼくを見ながら、カサスさんは淡々と続けた。

「鉱山労働者の生活は劣悪だ。坑道の最深部に潜ったら二、三日は掘り続ける。坑道は灼熱地獄で、粗末な食事に粉塵が降りかかる。ヤマから戻れば極寒地獄だ。仕事がなければ食いっぱぐれるから酷い環境の中でも働き続け、塵肺や珪肺になってしまう。坑夫の平均寿命は三十歳。三十歳で死ぬなら革命に命を投げ出しても惜しくないわけだ」

脳裏にチュキカマタ銅山の光景がまざまざと浮かぶ。カサスさんの口調が変わる。

「故郷の村で医者になるのが夢だった。医者になって戻ったら村は政府軍とゲリラの戦闘で全滅していた。せめて鉱山労働者に医療を提供したくて鉱山に勤めたが、ここでも医者の仕事はできなかった。現場は診療以前の状態でカネもモノもヒトもヒマもない。でも私の心が折られたのはそんなことのせいではない。私は鉱山労働者に死刑宣告をする死神役をさせられたんだ」

焚き火の炎が爆ぜた。カサスさんはうつむいて続けた。

「坑夫の八割は塵肺や珪肺で死ぬ。診断がつくと労働は禁じられ、ボロ家のような共同住居からも追い出される。だから坑夫は私にすがりつく。ドクトル、俺は病気じゃないよな、大丈夫だよな、とね。医者の仕事は診断と治療のはずなのに治療法はなく、情に流され診断を偽りたくなるが、そうすると医師としての矜恃が壊れてしまう。どっちに転んでも地獄なんだよ」

ぼくのこころにカサスさんの言葉が、重りのように巻き付いて、ぼくは小魚のように水底に沈んでいく。見上げるとはるか頭上に水面が光っている。

その光の、何と遠いことか。その息苦しさが喘息発作のせいか、それとも古い記憶とカサスさんの言葉が化学反応を起こしたせいなのか、ぼくにはわからなかった。

「君たちは準備不足だ。ケチュア語やアイマラ語も、歴史的背景も知らずに飛び込んできたんだろ？　せめて地理と歴史くらいは学んでから戻って来た方がいい」

「おっしゃる通りです。実は以前、エステンソロ博士とブエノスでお目に掛かった時にも似たようなアドバイスをもらいました」

カサスさんが目を輝かせた。

「君はエステンソロ博士を知っているのか。それは素晴しい。博士はボリビアの希望だ。その存在はボリビアーノのこころをつなぎ止めている。だがそれならますます物見遊山でストを見に行くことはお勧めしない。六年前、時の大統領ビヤロエルが財相を罷免した時、エステンソロ博士はさっさとブエノスに落ちのびたが、博士を卑怯者だと非難する者はいなかった。暴虐の都に留まって命を落とすなんて馬鹿げている。まず生き延びる、それが革命遂行の第一条件だ」

生き延びることが革命遂行の第一条件、とカサスさんの言葉を噛みしめた。

「四月になれば状況が一変するかもしれないし、何も変わらないかもしれない。ひとつだけはっきりしているのは、今のボリビアは覚悟もなく留まり続けるべき国ではないということだ。この先に希望はない。今すぐ引き返した方がいい」

ぼくは微笑して、ピョートルの寝顔を見た。

「ぼくはコイツにつきあいます。コイツは英雄で、ぼくは彼の人生を歌う吟遊詩人（トロバドール）になるんです」

「吟遊詩人か……」

カサスさんは考え込む。やがてぽつりと言う。

「今、君の覚悟を伝えた言葉は、干乾びた私の心を打った。ひょっとしたら人の世の地獄を終わらせるのは言葉なのかもしれないね。どんな猛者でも打ち倒せるのは十人程度だ。でも言葉は発すれば相手のこころの奥深く染み込み、何万人もの戦意を挫くこともできる。紙切れに書かれた言葉がそんなことも引き起こせるのはすごいことだ」

ぼくは雷に打たれたように動けなかった。

ぼくは、今の言葉を聞くためにここに導かれてきたのかもしれない。

焚き火の火が爆ぜた。天には星が降るように輝いている。


東の空がほんのりと白んできた。日の出だ。

誰の頭上にも平等に朝陽は昇る。元婚約者の家の食卓では焼きたてのクロワッサンが並びバターの香りが漂っているだろう。遠く荒野では無軌道な青年が焚き火の前で空腹をもてあましている。飢えた妊婦は夫に従い、故郷を目指し歩き続ける。

世界は不平等で不公平すぎる。

ハンナさんは一枚のビスケットを四つにわけた。固辞したけど結局は頂戴した。

ぼくはマテ茶をふるまい、カサス夫妻は断ろうとしたけれど、同じ言い方で勧めたら苦笑いして受け取った。謙譲の美徳あふれる朝食を終えると、ぼくたちは立ち上がる。

「どうしても行くつもりかい？」

念を押したカサスさんに、ピョートルはきっぱりうなずく。

「ここまで来て、ストの現実を見ないで帰ったら臆病者だと笑われてしまいます」

「勇気ある撤退も勇者の証なんだがね……。仕方ない。くれぐれも用心しなさい」

「ありがとうございます。あなたたちご夫婦のご無事をお祈りしています」

「いつかまた、どこかで再会できることを祈っているわ」

手を振って互いに背を向け、ぼくたちはカサス夫妻がたどってきた苦難の道を、身重の妻を抱えたカサスさんはぼくたちがかき分けて来たけもの道を、歩き始めた。


昨日のカサスさんとの会話で相当参ったようで、ピョートルはぽつんと言う。

「なあ、エルネスト、俺たちって、本当に何も知らないガキだったたんだな」

独裁軍事政権に反対し投獄された勇ましい行為を、ピョートルはひそかに誇っていたのだろう。でもそんなささやかなプライドはぺしゃんこに叩き潰された。

ピョートルでさえそうなのだから、彼を英雄と仰ぎ見るぼくなんて木っ端微塵だ。

重そうな足取りのピョートルの前を歩きながら、ぼくは言う。

「そうだね。でもそうじゃないと思うよ」

「どっちなんだよ」

「確かにぼくたちはちっぽけだ。でも、自分がちっぽけだとわかったことで、その先に大きな何かがあるとわかった。だから悩んだことは無駄じゃないと思う」

「そう言われると、何だかほっとする。エルネスト、今朝は元気だな」

「実はさ、ゆうべ、カサスさんからいい話を聞いたんだよね」

「なんだよ、それ。俺にも教えてくれよ」

「もちろんさ、実はね……」と言いかけた時、ポケットからインカ合金〈チョンピ〉の女神像がぽろりと落ち、草むらに紛れ見えなくなった。かがんだぼくの横をピョートルが通り過ぎ、振り返る。そして後ずさりしながら尋ねる。

「それで、そのいい話ってのは何なんだよ」

草の間に光る女神像を見つけてつまみ上げると、ピョートルを見ながら答えた。

「それはね、言葉ってヤツはどんな猛者よりも……」

その瞬間、音が消えた。爆風が身体を揺らし、言葉がかき消される。

閃光の中、人型の残像が網膜に焼き付いた。遅れて顔に大粒の雨。

手のひらでぬぐうと、赤い小さな肉片がべったりとこびりついた。

煙で曇った視界の中、残像が膝をつき、倒れた。

ピョートル、と叫びながら、硝煙に包まれた空間に走り寄る。

抱き上げたピョートルは紙よりも白い顔をして呻いた。見ると、右足の膝から下が、なくなっている。さまよう視線の先に、ごろりと下腿が転がっていた。

地雷だ。

ベルトを外し右太腿を縛る。足の断端から噴き出る動脈血の勢いが少し弱まる。医者でよかったと思った次の瞬間、目の前が真っ暗になった。

右脇腹に刺さった金属片。肝臓の位置。ひと目で手の施しようがないとわかる。

こんな風に絶望させられるなら、医学なんて学ばなければよかった。

ピョートルは「エルネスト、ごめん。ここから先は……」と呻く。

「黙ってろ。今、手当てしてやる」

空しい言葉を吐きながら頭の中は真っ白だ。ぼくの腕の中、ピョートルの震える指先が何かを探している。それが胸から下げた銀の十字架だと気がついて、その手に握らせる。ピョートルの口元に微笑が浮かんだ。灰色の瞳が、ぼくを捉えた。

次の瞬間、ピョートルの視線はぼくをすり抜けて、虚空に向かう。

唇がわななき、吐息と共にごぼっと吐血する。指先から十字架が滑り落ちる。

腕の中、友の身体は動かなくなった。何が起こったのか、理解できない。

足音。政府軍なら復讐戦だ。リュックの中にはベレッタとミゲルのナイフ。

瞬時に考え、耳を澄ます。強い足音に従う小さな足音。軍靴ではない。

顔を上げるとカサスさんが駆け寄ってきていた。

「爆発音が聞こえたから戻ってきたんだ」

息を切らしたカサスさんが言う。緊張が解けたぼくはピョートルの肩を揺する。

「しっかりしろ。お医者さんが来てくれたぞ。気を確かに持て」

少し遅れてやってきたハンナさんは、ぼくの肩に手を掛けて、首を振った。呪縛から解かれ、ぼくは友の身体を横たえた。二メートル先に草が吹き散らされた小さな赤土のクレーターができていた。ひょっとしたら地雷を踏んでいたのはぼくだったかもしれない。落とした女神像を探しているうちにピョートルが先に進んだのだから。

ぼくは、まだ温かい友の身体を平手で叩き続けた。

胸に額を押し当てると、身体の奥から噴き上がる感情が叫び声になる。

「目を覚ませ、英雄がこんなところで犬死にしていいのかよ」

天を仰いで吠えた。荒れ狂うぼくをハンナさんが懸命に抑える。カサスさんが言う。

「君は間違っている。どんな英雄も犬死にする。そんな風に失われた英雄の数は星の数より多い。君が泣き叫んでも、彼は帰ってこない。今、君がやるべきことは、この忌まわしい場所から一刻も早く立ち去って母国に帰り、勇者の死を人々に伝えることだ」

その言葉はぼくの胸の中を、焼けただれたマグマのような奔流となって駆け巡る。

痛みはあまりにも大きくて、痛みであるかどうかさえわからなくなっていた。

獣のような咆哮を上げて荒れ狂うぼくを、ハンナさんは全身で抱き止めた。

彼女の胸にすがって泣きじゃくるぼくは、呪詛のように同じ言葉を繰り返す。

ボリビアめ。何という国だ。

ピョートルを埋葬しようとして、カサスさんに止められた。

「埋葬はするな。茂みに隠すだけにしておきなさい」

「そんな薄情な……」と絶句したぼくに、カサスさんは静かに言った。

「彼を埋葬したせいで君の生命まで奪われたら、彼は喜ぶかな」

想像した。ピョートルは豪快に笑い「俺の死体なんかほっとけ」と言うだろう。

「ストは鎮圧され、私たちが逃げ出したとわかれば政府軍は追撃してくる。彼の遺体を埋葬したら仲間がいると感づかれてしまう」

冷徹な判断だが、友を失ったばかりのぼくにはその合理性がむかついた。かといってここで逆らうほどバカじゃない。ぼくはピョートルのいのちを預かっている。今、ここでぼくが斃れたら彼の勇気と無念は消えてなくなってしまう。彼の最期を、ぼくに語った英知の言葉を他者に伝え、彼を生き永らえさせることができるのはぼくしかいない。遺体を茂みに運ぶ。清らかな小川の側に遺体を置けたことはせめてもの救いだった。マリアにもらった銀の十字架を、ピョートルの手に握らせ、胸で手を組ませる。婚約指輪代わりのクロスが、友の心臓に突き刺さっているようだ。友の亡骸を投げ捨てたぼくは、カサスさんの後に従い、のろのろと歩み始める。

その時、やっと理解した。そうか、ここは戦場だったんだ。

☆

ピョートルの死によって、ぼくたちの冒険旅行に突然のピリオドが打たれた。

ラパスの街角でカサス夫妻と別れた。ブエノス行きの列車を待ち、ラパスで一晩過ごした時、偶然知り合いと出会った。〈タラパカ〉社のバルディビア支局編集長だ。きな臭いラパス情勢の取材に来たのだという。

ぼくは編集長に頼み込み、記事を一本書かせてもらうことにした。一気に書き上げた文章を何度も推敲し、最後にタイトルを記した時、部屋に朝日が射してきた。

「未来の英雄を殺したのは誰か」

編集長は、その弔辞を一言一句正確にタブロイド紙に掲載すると約束してくれた。

そしてぼくへの餞別とピョートルへの哀悼の意を込めて過分な原稿料をくれた。

これがピョートルのいのちの代価か。いくらもらっても足りない気がした。けれども一銭もほしくなかった。その夜ぼくは、小汚い居酒屋でひとり呑み潰れた。

目覚めたぼくの手元には、金貨が一枚だけ残されていた。

ひとりぼっちの帰り道。ブエノス行きの列車に乗り込む。

車窓の外を見ても何も見えない。何も聞こえない。

今のぼくには吟遊詩人（トロバドール）になりたいなどという、甘えた夢はもう許されない。

ピョートルが地雷に吹き飛ばされてしまった瞬間、ぼくには彼の人生を重ねて生きることが運命づけられてしまったのだから。

ぼくは英雄にならねばならない。

政府軍が敷設した地雷はピョートルのいのちを奪った。同時にぼくやパパやママン、弟や妹、そして愛しのエリーゼのいのちも奪った。

地雷を踏んだのがぼくでもパパでもママンでも弟でも妹でも元フィアンセでも、永遠の天使ジャスミンでも、誰であってもおかしくなかったからだ。

地雷は貧者の武器だというけれど、貧者を傷つける武器なんて許せない。

そこにあるのはぼくの真の敵、無差別の相手に向けられた剝き出しの悪意だ。

そうしてぼくは絶望にたどりつく。つまりぼくの敵は人類そのものではないか。

でも、だからといって立ち止まるわけにはいかない。

これは撤退ではない。一時退却だ、と自分に言い聞かせる。戦場に友の亡骸を投げ捨て遁走したぼくの名誉挽回は、あの国に友の墓標を立てるまで完結しない。

いつか必ず、友を殺した悪意を叩き潰し、骸骨街道に凱旋してやる。

だからそれまで、短い間のお別れだよ、ピョートル。


予定より少し早く戻ったぼくを、ママンは温かく迎えてくれた。

ママンの顔を見たら、旅した月日は一瞬で溶け、出発前の日々に戻ったように思えた。

今からエリーゼの誕生日パーティに行き、一世一代のプロポーズをし、それから……。

でも家にパパの姿はない。ぼくの放浪旅行中パパとママンは離婚していた。

ゴーグルを外し親指を立て、「バモス（行くぜ）」と声を掛けてくる友もいない。

ママンと抱擁し、部屋に入ると鍵を閉めた。それから丸二日、昏々と眠り続けた。

眠りから覚めると、部屋に籠もりペンを走らせた。

『モーターサイクル・ダイアリーズ』と題した物語の筆はすらすら進み、まるで作家になったような心持ちがした。物語の中でピョートルと語り合い、笑いこけ、罵り合い、積もり積もった思いを爆発させると筆はどんどん加速していく。

けれどもボリビアにたどり着いたところで、筆はぴたりと止まってしまった。それは仕方がないことだった。このまま未完で物語を閉じるしかないのか、と半ば諦めかけた時、素晴らしいアイディアが天から降ってきた。

再び筆が動き始める。再開した物語では、ぼくたちの旅はサンパブロ療養所で終わり、ピョートルは現地に居残る。ぼくは日和ったピョートルを罵りつつも祝福し、ひとり故郷に帰ろうと決意する。

筏に乗り込んだぼくは、アマゾンの川面にひとりぽっちの自分の肖像を映し見る。エンドマークを打った瞬間、ピョートルの笑顔が脳裏に浮かんで、消えた。

こうしてぼくとピョートルの物語は終わった。

原稿を油紙で丁寧に包み、紐で幾重にも縛った。手元に置いておくには重すぎる嘘、でも絶対に必要な幸せな嘘は、誰よりも信頼できる人物に預けることにした。

忠実なる友人にして優等生の同級生、ベルタは不思議そうな顔をしたけれど、包みの中身についても、彼女に預ける理由についても詮索せずに、黙って荷物を受け取ってくれた。

「ぼくが死んだら読んでくれよ。その後どうするかはベルタ姐さんに任せるよ」

ベルタは一瞬、怒ったような顔をしたが、すぐにその表情を吹き消して笑った。

「それなら私がこの包みを開けることは絶対にないわね。だってエルネストは、私よりもずっと長生きしそうだもの」

肩をすくめたぼくは、ベルタに聞こえないように呟いた。

——もう心配ないよ、ピョートル。いつまでもマリアとお幸せに。

こうしてぼくとピョートルの旅は本当に終わったのだった。

☆

冒険旅行の決算リストを書き上げたぼくは、しみじみと眺めた。

パパから餞別にもらったベレッタは一度も使うことなく、油紙に包んだままだ。

単なる平行移動。

知人の詩人がくれたサイン入り詩集は、餞別のナイフと等価交換された。

プラスマイナス・ゼロ。

〈アセーロ〉二号と、ピョートルを失う。

大いなるマイナス、計測不能。

チリの金貨。エクアドルの農夫の小刀。小型中古カメラ。

ユナイテッド・フルーツ社の豪華客船〈白い貴婦人号〉のプラチナチケット二枚。

レティシアのサッカー地区大会の準優勝メダル二個。

チチカカ湖のインカの特殊合金〈チョンピ〉の女神像。

アンデスの偉大なる詩人の直筆サイン本。

以上の有形の資産は、プラスなれど売却不可。

すれ違った人の横顔と言葉。

身体を吹き抜けた街角の風の記憶。

無形の財産、算定未了。

ぼくたちの旅は、南米大陸の南端の故郷を旅立ち北上し、銅山と遺跡と湖と療養所は見た。けれども、南米の国すべてを見るという野望は果たせず、南米大陸のてっぺんのカリブ海にも到達できなかった。

でも胸の中には一緒に旅した友の言葉と笑顔が息づいている。

そしてぼくの手元には、誰にも読まれることのない、そして誰にも読ませるつもりのない、一篇の物語が残された。

終わってみれば、これで全てだった。

振り返ると、大切な愛車と友の亡骸を置き去りにしてひとり、おめおめと生き存え、故郷に戻ってきた不様な自分の姿が、大きな鏡に小さく映っていた。

# 13　アルゼンチンの虹

## 一九五二年三月　ブエノス・アイレス

バディとの物語を綴り終えたぼくは勉強に集中し無事、医師国家試験に合格した。

ぼくは医師資格を取得しドクトルになった。ベルタ姐さんは、ぼくが手にした卒業証書を見て、二人の卒業番号が並んでいることを確認して微笑する。

「エルネストっていつまで経っても私の側を離れないのね。卒業番号まで隣同士だなんて、これじゃあ忘れたくても忘れられないじゃない」

「ベルタ姐さんはぼくのことを忘れたいの？」

「私はエルネストを忘れないけど、エルネストは私のことを忘れるわ。だってエルネストはどこか遠くの国に飛び去って行ってしまうような気がするんですもの」

びっくりした。アルゼンチンを去ろうと思っていることは誰にも言っていなかった。そう、ママンにさえ。だからぼくの気持ちをベルタが読み取っていたのは意外だった。

「そうかもね。でもぼくは義理堅いから、故郷を去ってもベルタ姐さんの恩は忘れないよ。ぼくがこうしてドクトルになれたのも、ベルタ姐さんのおかげだもの」

「本当？　それならひとつ、おねだりしてもいい？」

「もちろんさ。ベルタ姐さんの頼みなら、聞かないわけにはいかないよ」

ベルタは少し躊躇っていたけれど、やがて思い切って顔を上げた。

「あのね、エルネストがこの国を出て行ったら、旅先から手紙を出してほしいの」

「手紙？」と思わず聞き返すと、ベルタは顔を赤くして言った。

「私って引っ込み思案だから、外国旅行なんて一生しないと思う。でも旅先でエルネストが見た風景は一緒に見てみたいの。いつも教室で、今頃エルネストは何を見てどんなものを食べ、どんな人と出会っているのかなって想像してたわ。でも卒業したらそんな想いもできなくなるかと思ったら、胸にぽっかり穴があいたみたいになっちゃった。だから一行でいいから、手紙がほしいの」

ぼくは胸が一杯になった。

「わかった。新しい街に着くたびに手紙を出すよ。でもその代わり、返事をくれよな」

「私が、エルネストに返事を書くの？」

「そう。それこそ葉書に一行でいいからさ」

「別にそれは構わないけど……。私の書くことなんて退屈よ？」

「そんなことないさ。姐さんが旅先のぼくのことを考えてくれていたように、ぼくも姐さんが、最前列で講義を聴いている姿を想像して、安心していたんだ。旅から帰ったら、隣の席にはぼくが座っているんだろうなってね」

それは嘘ではなかった。けれどもこんなことをベルタに伝える日が来るなんて思いもしなかった。

ベルタは頬を赤らめてうなずいた。

「それなら返事を書くわ。中身がつまらなくても、がっかりしないでね」

ぼくは右手の小指を差し出した。ベルタは不思議そうにその小指の先を見つめた。

「これは極東の国、日本の神聖な儀式で指切りって言うんだ。小指を絡めて約束を言う。約束を破ったら裁縫針を千本飲むという契約なんだ」

ベルタはためらいがちに、ぼくの小指に彼女の華奢な小指を絡めた。

「私は約束を守るから平気だけど、エルネストは針を千本も飲んでも大丈夫？」

「ぼくも約束を破らないから千本でも一万本でも問題ないさ。必ず手紙を書くよ」

指切りげんまん、と声を上げると、ベルタはおずおずとぼくの言葉を復唱した。

こうしてぼくは卒業証書と医師免許を手に、仲間より一足早く母校のキャンパスを後にして、不確かな未来へと旅立って行ったのだった。


ぼくは、集中した勉強の反動の怠惰な時間の中、ぼんやり日々を過ごしていた。

新たな旅立ちを前にして、思い残しがないよう街角を歩き、本棚の本を手にとり、ぱらぱらめくっては読まずに棚に返すという、意味のないことを繰り返した。

パパは家を出、ママンはサロンで過ごし、弟妹は日中は学校であまり接触はなかった。

ぼくは、馴染んだ自宅と懐かしい故郷の街角で、ひとりひっそりと過ごしていた。

毎日、ピョートルの両親が眠る市民墓地を詣でた。旅先で息子が落命したとも知らずに逝ったお母さんは、今頃天国で早すぎる再会に驚いているに違いない。その墓前に追悼記事の原稿料のチリ十ペソ金貨を供え、ピョートルの墓にした。

故人を偲ぶために墓があるのだと知った。故人の安らかな眠りを願うために、ひとが神さまを必要とするのなら、否定する理由はない。昔ママンが教えてくれた、ひとの神さまの悪口を言わないというルールの意味が、やっと理解できた。

ただ自分は、こんな風に誰かに偲んでもらいたいとは思わない。意識が失われた時が世界が終わる時だ。そこに救いはなく、神さまもいない。

それでもぼくはピョートルの墓を詣でる。彼の身体が地の底の悪意で吹き飛ばされたあの時、ぼくは彼の夢を引き継いだ。もうぼくの人生はぼくひとりのものではない。

風に吹かれ、無記名の墓標の前で黙禱を捧げる。

地に潜む悪意が炸裂したあの瞬間、ピョートルは、ぼくの神さまになったのだ。

☆

目の前を吊された牛肉の塊がベルトコンベアに乗せられ整然と通り過ぎていく。

ペロンが鳴り物入りで建設した〈フリゴリフィコ（冷凍食肉工場）〉は悪いウワサも聞くが、公立を謳うだけあって衛生面は相当配慮されているのか、匂いはない。

その分、生命を屠（ほふ）って食するという現実は希薄だった。ここにあるのは生肉ではなく、牛肉という名称の商品だった。

検査場の逆光の窓に影が映った。一瞬立ち止まった影が近寄ってくる。

「よくここがわかったな」と、しわがれた声が地の底から響いてきた。

血のついたエプロンを脱ぎ捨て、ボルヘスさんは皮肉めかした微笑を浮かべた。

「お隣の市立図書館に行ったら、ここにお勤めだと聞いたもので」

「ふん。せいぜい笑うがいい。空威張りしても、このざまだ」

「どうしてこんなことになってしまったんですか？」

ボルヘスさんは肩をすくめた。

「ペロンのせいだ。儂の作品がヤツを誹謗中傷していると誤解しおって、配置転換しおった。確かに儂は独裁者を嗤う詩を書いた。それを自分のことだと思ったことで、ヤツは自分が独裁者だと白状したようなもの。ヤツのうぬぼれ加減にはほとほと呆れたよ。ヤツ小者のクセに、儂が書いた鳳凰のような純粋独裁者のモデルだなどと勘違いしよるんだからな」

ボルヘスさんはくぐもった声で笑い、その笑いは小さな咳になって消えた。

「わざわざこんなところまでやって来るとは、力なき道化の末路を笑いに来たのか？」

ぼくは咳き込むボルヘスさんの背中をさすった。

「御礼を言いにきたんです。以前、いただいた詩集に助けられたものですから」

ミゲルの餞別の小刀の返礼に、ボルヘスさんの詩集を謹呈した顚末を話した。ネルーダの詩集と並べたらボルヘスさんの詩集を選んだというエピソードも添えて。

「せいぜい感謝するがいい。おぬしは儂のおかげで命拾いをしたんだ。餞別の小刀には念が込められている。深い愛と濃い憎しみは表裏一体だ。もしもおぬしが対価を払わずに受け取っていたら、大いなる災厄が降りかかっただろう。だが禍々しさではひけをとらない儂の本を差し出したから、小刀の毒気と相殺されたのだ」

　相変わらずこの人の言葉は不可解だけど、妙に惹きつけられてしまう。困ったものだと思っていると、次の言葉に驚愕する。

「その小刀を携えて五体満足で報告にきたということは、言いつけを守って、儂の本を一度も開かずに手放したんだな」

　ボルヘスさんの視線の圧力に屈し、こくりとうなずいた。

　息を呑む。ボルヘスさんは愉快そうに笑う。

「それでいい。以前も言ったが、おぬしには儂の物語は不要だ。おぬしがこの本を開いていたら禍々しさが減じて釣り合いが取れなくなり、その身に災厄が降り注いだだろう。儂はおぬしの親父ゲバラ＝リンチには疫病神だが、温かく迎え入れてくれた奥方には感謝している。だから奥方が誰よりも深く愛しているおぬしは守ってやろうと思っていたが、これで借りは返せたな」

　ボルヘスさんは振り返らず、背中で言った。

「二度とおぬしと会うことはあるまい。儂自身も、そして儂が解き放った禍々しい物語の世界も、そのどちらもな。もし次におぬしが儂と出会ったらそれはたぶん、おぬしがこの世界から退場する時だろう」

　視界の中、薄暗がりの闇にボルヘスさんの姿が溶けていく。そんなぼくの目の前を、次々と新たな肉塊が通り過ぎていった。

☆

勉学から解放されたぼくは、未来を保証した権利証書を手にした輝かしさと同時に閉塞感を抱きながら、ひとり鬱々と単調な毎日を過ごしていた。

旅立ちの予感を胸に秘めながらも最終決断をしかねて、ぐずぐずと無為に過ごした。

そんなある日、電話が鳴った。受話器を握りしめたぼくの手が震えた。

電話の主はジャスミンだった。

「今すぐ坊やに会いたいの」

そのか細い声を聞いた時、自分が旅立ちを先延ばしにしていた理由がわかった。

翌日。指定されたオフィスに出向いた。

ジャスミンはペロンの支援で「エバ・ペロン財団」なる組織の理事長になっていた。

あらゆる場所に顔を出して問題を見つけ出しては、解決した。恵まれない人々への寄付や病気の人への医療援助のため、ペロンの威光を振りかざしつつカネをばらまいた。

人気取りという批判はつきまとったが、市民の支持は絶大で、巷ではジャスミンが大統領の威光を笠に着ているのではなく、大統領がジャスミンの人気にすがっていると囁かれていた。

〈プリメラ・ダマ（ファーストレディ）〉の動向は、否が応でも耳に入ってきた。

新聞には昔から大統領動静というコラム欄があったが数年前、大統領夫人動静なる欄が新設された。結構人気があって、ブエノスにはぼくみたいな熱心な読者が大勢いた。

エバ・ペロン財団を訪れるのは初めてだったが、場所はすぐわかった。大勢の人が門外に並んでいたからだ。貴族の邸宅を改造した建物の廊下で順番を待つ人の半分は、翌日の順番の整理券をもらうために並んでいた。受付に来訪を告げると中に通された。

ジャスミンは夕方六時に仕事を終えるから、それまで待つようにと告げられた。

「こんなに多勢の人を待たせたまま、お帰りになるんですか」と尋ねると、受付の女性は申し訳なさそうに説明する。

「セニョーラは朝八時から夕方六時まで昼食も取らずに面会し続け、お止めしないと明け方まで続けようとされます。なので周りの者が区切りをつけないと大変なことになるのです。幸い、ここにお見えのみなさんはセニョーラにお目に掛かりたいという気持ち以上に、セニョーラのお身体を気遣ってくださっているので、助かります」

自分の迂闊な言葉を恥じながら、待合室でひとり、ぼくはジャスミンを待つ。

夕方六時ジャスト、オフィスに呼ばれた。

久しぶりに会ったジャスミンは相変わらず輝かんばかりの美貌だったが、疲労の色も見え隠れしていた。いつも燦然と輝いている耳元の紅玉のピアスの光も弱々しい。

「お元気そうで何よりです」

紋切り型の挨拶をすると、ジャスミンはさみしそうに笑った。

「本当にそう見える?」

「〈シ〉(はい)……〈ノ〉(いいえ)。少しお加減が悪そうに見えます」

「さすがドクトルだわ。合格おめでとう。これは医師国家試験合格のお祝いよ」

ジャスミンは小さな包みを差し出した。箱を開けると腕時計が現れた。最近発売されたサファリ時計はジャングルでも南極でも狂いなしという謳い文句で、ぼくがひそかに目をつけていた逸品だった。

「こんな高そうな時計は……」

受け取れませんと言いかけて、今のジャスミンに遠慮するのは却って失礼だと思い直し、腕時計を腕に嵌めた。ぼくは腕時計を光にかざし、いろいろな角度で眺めた。

気に入った？　と訊ねられ、素直にうなずいた。

「そう、よかった。よく似合うわ」

ひとしきり時計を愛でたぼくは、ジャスミンを見た。

「今日はどういった御用でしょうか」

ジャスミンはぼくの顔を見つめた。そして言う。

「お別れの前に、坊やの顔をもう一度見てみたくなったの」

「お別れって……」

「あたしは癌でもう長くないの。これはトップ・シークレットなんだけど」

「そんな……」と言ったきり言葉を失う。

いくらなんでも早すぎる。ジャスミンはまだ三十代になったばかりのはずだ。ショックだったけれど、不思議なことに、意外には思わなかった。

「早すぎるって神さまに文句を言いたいけど、これも運命ね。あたしは後悔していない。

街角に埋もれるはずの小娘が願いを叶えたんですもの。思い残すことなんてないわ」

穏やかに笑うジャスミンの言葉はぼくの胸を打った。

「セニョーラは素晴らしい活動をされました。恵まれない人々への慈善活動、病気の子どもたちへの援助など、どれもこれもアルゼンチーノが感謝していることばかりです」

エバ・ペロン財団は市民から高い評価と支持を得ていた。それはペロンの支持率を凌駕するとも言われていた。ジャスミンは弱々しく微笑した。

「それくらいは褒められてもいいわね。でもそれなら告白しないといけないわ。貧しい子どもへの援助は、小さい頃のあたし自身を助けるためにやったことだし、病気の子どもたちへの援助は、坊や（ニーニョ）が気づかせてくれたことなのよ」

「ぼくが、ですか？」

ジャスミンは微笑してうなずいた。

「坊やがお医者さまになったとき、どんな病院なら働いてくれるかな、なんて想像したら、ある日思いついたの。坊やは小さい頃、喘息発作が辛かったと話してくれたわよね。その時、貧しい家の子どもに逃げ場がないように、病気の子どもにも行き場がないんだなと思ったの。だから子ども専門の病院を作れば、後はきっと坊やが何とかしてくれるんじゃないかな、と思ったの。そうしたことをするために、上流階級のお上品な奥様方にも嚙みついたわ。思いやり深い、着飾った奥さま方に、有閑倶楽部の建物を小児病院に提供しましょうと提案した時の、あの顔は今でも忘れられないわ」

確かに小児病院を市街地のど真ん中に作ったことはかなり話題になった。

賛否相半ばするという感じだった。〈賛〉はともかく〈否〉はどこから来たのかわからずにいたけれど、これで疑問がひとつ解けた。

「ジャスミン小児病院は国際的に高い評価を受けています。コロンビアの女性政治家が設立者のお話を伺いたいと言ってました。医者として是非、勤めてみたい病院です」

ベアトリーチェのリスペクトを伝え、そこに小さな嘘を添えた。

ジャスミンは嬉しそうに微笑しながら首を振った。

「そんな風に言ってもらえて嬉しいわ。でも、無理しないで。坊やはこの国から逃げ出そうとしているんでしょう？」

ぎょっとした。黙っているとジャスミンは続けた。

「それでいいのよ。坊やはアルゼンチンからお逃げなさい」

常にアルゼンチンへの愛を歌い続けたジャスミンの言葉と思えなかった。

ジャスミンは目を閉じた。

「あたしが死んだらペロンは暴走する。それは止められない。彼は破滅まで突っ走るわ。もう手遅れなの。最近はあたしの抑えも利かなくなってしまったわ」

意外だった。ペロンは気弱で、極悪非道に徹しきれないお人好しのところがある、と感じていた。ブエノス大の講演会の時も、ぼくの無邪気な質問は人前で徹底的に糾弾したクセに、ぼくやピョートルを黙らせるための実力行使はしようとしない。

大雑把でいい加減、ある意味では大らかだ。

「そんなことないでしょう。ペロンが復活できたのはあなたのおかげですし、高い支持率を支える労働者の支持は、あなたが推進した労働者保護法や勤労者優遇政策の結果だし、女性の支持票は婦人参政権を、欧州から戻った直後に成立させ、婦人ペロン党を作り上げたあなたの功績で、ペロンの婦人票はジャスミン票と言われるくらいですから」

それはママンのサロンでの評判だった。ペロンの悪評は大統領になっても相変わらずだったが、ジャスミン人気はとても高く、あのブルーノさんですら絶賛していた。

「坊やの言う通りよ。あたしはペロンのために頑張った。でもそれはアルゼンチーノのためでもあった。それがあたしの原則。でもペロンは変わってしまったの……」

ジャスミンは言葉を切るとうつむいた。

「この前は、医師を全員軍隊に徴用するなんて言い出した。そんなことをしたらお医者さまが逃げ出してしまい、困るのは市民よと説得しても聞こうとしない。一年前、大勢の人があたしに副大統領になってほしいと願った時は、軍の取り巻き連中の顔色を窺い立候補させなかったクセに、今になって副大統領に立候補しろと言い出した。もうじきあたしを利用できなくなるから、ぎりぎりまで使い倒そうとしているの。だから坊やを呼んだの。あたしが死んだらペロンは暴走する。その前にこの国から逃げなさい」

〝あたしが死んだら〟という言葉には、死への恐れは微塵も感じられなかった。

ジャスミンは未来を見通している。他人に無関心で、自分に向けられる愛情にしか興味がない空っぽのペロンからジャスミンの抑制が外れたら、外道に落ちるしかない。

死の瀬戸際のジャスミンは自分が不在の未来を予見し、ぼくにそのことを告げてくれた。目前の死の恐怖にも震えず他人を思い遣るとは、何という気高さだろう。

ぼくは、ぼくを取り巻いている告知に目をこらす。

ピョートルの死。医学部卒業と医師資格取得。ベルタとの約束。両親の離婚。

そしてジャスミンの、残り少ない寿命。

すべての事象が一方向を指し示していた。

——アルゼンチンを離れなさい。

気持ちは固まった。そのとき、ふと思いついて言う。

「そう言えば以前、友人を牢屋から出してくれたことがありましたね。彼のためにもうひとつ、おねだりをしたいんですけど」

「坊やにおねだりされるなんて嬉しいわ。でもお友だちのためだなんて、相変わらず欲がない子ね。まあ、いいけど。それって何なの？」

「彼は将来サンパブロ療養所というペルーのハンセン病施設で働くつもりでした。その施設は今、経営難なので、エバ・ペロン財団が援助してくれると彼も喜びます」

「それは財団の趣旨に適うおねだりだし、国外への寄付もやっているから大丈夫よ。明日、早速その療養所に寄付が届くよう手配しておくわ。よかったら一度、そのお友だちと一緒にお見えにならない？」

ぼくは一瞬、息を呑む。それから静かに首を振った。

「それは無理です。彼は死にました。ボリビアで、ぼくの目の前で地雷を踏んで」

ジャスミンは、「そうだったの」とひと言言って黙り込む。

目を閉じると、ぽつんと言う。

「ひとのいのちははかないものね。あたしも昔は贅沢をしたわ。貧しかった子どもの頃の傷を癒やすためよ。ママは大地主（エスタンシエロ）のパパの想われ人だった。パパが生きている間はひとつ農園をくれたから四人姉妹、弟一人の大家族でもやっていけた。でも、パパが亡くなると本妻さんがその農園を取り上げてしまったから、ママは苦労のし通しだった。姉はいい子で実用的な服をねだり、あたしはいつも姉のお下がりだった」

ジャスミンは遠い幼い日を思い浮かべるかのように、呟き続けた。

「ブエノスに出てきた頃も、桶に水を汲んで身体を拭き、洋服はリネンのブラウスに木綿のスカート一着きり、三日に一度のお洗濯の日は湿けて気持ちが悪かった。だからペロンと結婚して何でも買えるお金持ちになれたのが嬉しくて、パリやミラノではお洋服やバッグや靴を買いまくった。ローマでは頭のてっぺんからつま先まで宝石で飾った。でもある日気がついたの。いくらお洋服を買っても宝石を身につけても、幼い日の哀しみは癒えないってことにね。もうあたしはお腹いっぱい。今着ているお洋服を見て」

ジャスミンはふわりと立ち上がると、両手を広げくるりと回る。質素なスーツの袖口のボタンが取れかかっているのに気がついて、ジャスミンは苦笑する。

「あたしがしているのは慈善じゃなくて援助よ。慈善は金持ちの気前のいい行為で、受けた人には屈辱が残る。援助は社会的な不公平を改め励ましになる。今のあたしには、高価な洋服や宝石より、恵まれない人や病気の子どもたちに食べ物や学ぶ機会を分け与えて、その人たちが喜ぶ顔を見ることが幸せ。人々の笑顔は勇気と希望をくれるわ」

ジャスミンの浪費癖はマスコミの格好の攻撃材料だった。

でもアルゼンチーノはそんなジャスミンの贅沢を許し、ジャスミンを愛した。

そう、今のぼくのように。

ぼくはジャスミンに歩み寄り、やせ細った身体を抱きしめる。

ぼくがかつて坊や(ニーニョ)と呼ばれていた頃、いや、今もそう呼ばれているけれど、ジャスミンに抱きつかれるたびにどきどきした。でも、ぼくがジャスミンを抱きしめたことはなかった。

今、初めて自分から抱擁しながら耳元で囁いた。

「〈グラシアス(ありがとう)〉、セニョーラ」

それはアルゼンチーノを代表した、感謝の気持ちだった。抱擁の中で、細い身体は枯れ枝のようにぽきりと折れてしまいそうだ。ぼくの腕に水滴が一滴、落ちた。

「悔しいなあ。もう少し生きられたら、もっともっと、いろんなことができたのに」

すすり泣くジャスミンは絞り出すように本音を吐いた。もう思い残すことなんてない、などという強がりの仮面は外れ、幼な子のように泣きじゃくる。

腕の中で震える少女の背中を撫でながら、絶望的な気持ちで呟いた。

「あなたは去年、貧しい人々に三万軒の家と、薬や洋服、自転車や玩具入りの三万個のプレゼントを与え、子どもがいる未婚のカップル二千組の結婚立会人を務めました。家のない貧しい家族、モノがない家庭、私生児と呼ばれ悲しい思いをしている子どもたち、過去のあなたの不幸を減らすため一生懸命働きました。あなたは他人のために涙を流しました。だからもう他人の心配はしなくていい。自分のことだけ考えていいんです」

そうしてこころの中で言う。

――あなたはもうじき、そうしたこともできなくなってしまうんですから。

ぼくたちの抱擁は永遠に続いた。いや、永遠に続いてほしいと願った。

やがてジャスミンはぼくの身体を押し戻し、右の耳たぶから紅い蛍を外す。そしてぼくの左耳を指差した。「これをつけて」とかすれ声で言われ、ぼくは銀の星のピアスを外して、受け取ったピジョン・ブラッドのピアスを着けた。

姿見の中、離れ離れになった二匹の紅い蛍が、呼応するようにぼくとジャスミンの耳たぶで妖しい光を放つ。

「思った通り、よく似合うわ」

ジャスミンの言葉に、ぼくはあわてて左耳に手を遣る。

「こんな高価な物はいただけません」

ジャスミンはぼくの手を押さえて言う。

「あたしが死んだらあたしの宝石は散り散りになるでしょう。それはいいの。でもこのピアスは別。これだけは大好きな人につけてもらいたいの。でも片方だけ。もう片方はあたしがつけたままでいる。天国でこのピアスをつけたあたしを探してほしいの」

「それはペロン閣下に渡すべきではありませんか」

野暮と知りつつ言わずにはいられなかった。ジャスミンは弱々しく微笑した。

「坊やは、いつまで経っても〈ニーニョ〉なのね」

ジャスミンは、天井を見上げて目を閉じた。

「ペロンはあたしがなりたいものにならせてくれた。だからあたしはペロンのために、一所懸命に頑張ったのよ。ヨーロッパを訪問した時は、大統領になりたてだったペロンの評判を高めたくて、ローマまで出掛けていった。でもあたしが訪問すると知ったイタリアの大統領は田舎の別荘に引っ込んで、米国大使はローマを留守にしたわ。だからあたしはナポリに行って、大統領にご挨拶したいと申し出た。大統領は仕方なくローマに戻り会ってくれた。七月四日の米国独立記念日には公式レセプションに祝辞を持って出掛けたわ。米国大使はしぶしぶあたしと握手をして、その写真が世界中に流れたの」

　ジャスミンが華やかな舞台の裏で孤軍奮闘していたと知り、胸が締め付けられた。

　ジャスミンは透き通るような微笑を浮かべた。

「あたしが一等幸せだったのは、ペロンが復活して〈カサ・ロサダ〉に戻った日、中央階段のすべすべの手すりをふたりで子どもみたいに滑り降りた時だった。あの日からあたしはずっとペロンを素晴らしいと褒め称えた。でもペロンとはいつも一緒で、何でもユニゾンで考え、あまりに一途に想いすぎたから、二人は一枚のコインの裏表になってしまったの。側にいるのに、こんなに近いところにいるのに、顔を合わせることができない。あたしがペロンを崇拝すると、自分が大好きと言うことになってしまうのよ」

　そう言うと、息を深くついて、ぼくを見つめた。

「だけど坊や（ニーニョ）は違う。あたしにとって坊やは一番大切な人。どこか遠くの世界で、誰かひとりにしか会えないとしたらその時は、あたしは坊やに会いたいの」

　その言葉で、ジャスミンを巡るすべてのものが、ぼくの中で意味を与えられた。

ぼくは紅い蛍を受け取った。高貴な石、ピジョン・ブラッドをもらう資格があるなどとうぬぼれてはいない。でもいつか、それにふさわしい男になりたいと思った。

ジャスミンは、ぼくがピアスを受け取る決心をしたのを見届けて言った。

「これでもう本当に思い残すことは何もないわ。そう言えば坊やはあたしのファン第一号だったわね。最後に教えて。ジャスミンという女優は坊やの目にどう映ったかしら」

アジテーターとしては超一流。だけど女優としては二流。

さすがに本音は口にできなかった。だからと言ってお世話になったペレイラ院長の作品を酷評したぼくが、ジャスミンに節を曲げたことを言うのもぼくらしくない。

考え抜いたあげく、ぼくは言った。

「あなたは最高でした。あなた以上にジャスミンという女神を演じられる女優は、他にはいません」

ジャスミンは目を閉じ、ぼくの言葉を噛みしめた。わずかな水分しか喉を通らない身体に、その言葉の響きが染み渡っていくかのようだ。

「そうね、あたしはジャスミンという役を演じるのが、他の誰より一等上手だったわ」

ジャスミンの表情が透明になっていく。消え入るような声で言った。

「素敵な言葉をありがとう。やっぱり坊やは天才ジゴロね。さあ、もう行きなさい」

ジャスミンは目を閉じ右手を上げ、虚空を指す。唇がわななくように、動いた。

「あたしには見えるわ。坊やの天命の地が。ジャングルの奥地、ぽっかり空いた梢の間から青空を見上げて、微笑んでいる坊やの姿が……」

まばらな灌木の茂みの間から覗くうす青い空。枯れたトウモロコシの葉擦れの音。

ジャスミンが見ている映像がぼくの中に流れ込んできて、そして消えた。

「あなたがおっしゃるのなら、きっとそうなんでしょう。でもぼくにも見えます。あなたがいつか幾千もの綿毛となり、世界中の大地に降り積もっていくのが……」

ジャスミンは目を閉じた。一筋の涙が頰を伝い、聖女は透き通っていく。

「それじゃあお元気で。いつかまたどこかで」

その言葉はもはや儀礼的な挨拶以上の意味を持っていなかった。部屋を出て深々とお辞儀をする。顔を上げると、ゆっくり閉まる扉に最後の微笑は閉ざされていった。


オフィスを出ると、中庭に黒塗りの高級自動車が滑り込んできて音もなく停まった。ドアが開き、灰色の軍服を着た男性が降り立った。

ペロンだった。

目礼をして傍らを通り過ぎようとした。

「待ちたまえ。君はあのときの……」

呼び止められ、立ち止まる。

左の耳たぶに手を触れ、ピアスを外す。振り返ると真っ直ぐにペロンを見た。

「お久しぶりです、〈大統領(プレジデンテ)〉」

「家内に呼ばれたのか？」

うなずくと、ペロンは、そうか、と言って黙り込む。

その顔には、以前はなかった深い皺が刻まれていた。年を取った、と思った。

「家内と会ったのか？」

もう一度うなずく。ペロンは重ねて尋ねる。

「家内に何か、言われたか？」

ぼくは首を振り、右腕に嵌めた時計を見せた。

「お祝いをいただきました。医師国家試験に合格したので……」

「ほう、いい時計だな。羨ましい」

その時計を本気で欲しがるみたいな口調に少し驚いた。そう言うと、ペロンはほっとした顔で早口で言った。

「医師になったとは素晴らしい。私も昔は医者になるのが夢だったんだ。そうそう、私は近々医師奉仕法案を国会に提出するつもりだ。医師の軍役を義務化するから、君にも祖国に貢献してもらいたい」

黙っていようと思ったけれど、もう抑えが利かなかった。もともとぼくは高校生のクセに、副大統領ペロンに講演会で嚙みついた跳ね返りだ。

「それはアルゼンチンへの貢献ではなく、あなた個人の栄誉のためです。あなたがやることなすこと、すべてそうだ。戦中に積み上げた外貨で鉄道を国有化して、六つの路線に過去の大統領の名を冠したのだって、七番目の新線に自分の名を冠するための布石なんでしょう？」

最近の話題の的の事件に言及すると、ペロン大統領は目を細めてぼくを見た。

そしてうっすらと笑う。

「君は私に楯突いた高校生の時からちっとも進歩していないな。まあ、不当逮捕の時は骨を折ってくれたから、今の暴言は見逃そう。これからは医師として祖国への貢献が義務化される。今度の法案の服務規程には罰則もあるから逃れられないぞ」

その言葉を聞いてジャスミンの正しさがわかった。ぼくはお辞儀をする。

「昔のことを覚えていてくださり、ありがとうございます。ぼくがあなたを助けたのは、セニョーラに頼まれたからです。だからもうぼくがあなたを助けることはありません」

目を細めてぼくを見ていたペロンは付け加えた。

「そういえばあの時、釈放してやった彼はどうしてる？　元気なら今度こそ、祖国のためにその技術を役立てろ、と伝えてくれ」

ペロンにしてみれば復讐の美酒を飲み干す言葉のつもりだったのだろう。

ぼくは、ぼくの傍らに佇んでいるであろう友に語りかける。

やったな、ピョートル。お前はこの怪物に一条の傷を与えていたぞ。

「彼は国を去り、もう戻りません。遠い空の下、あなたのお役に立てないことを残念がっているでしょう」

「そうか。……それは残念だ」

そう呟いたペロンは、その呟き以上の感慨を持ち合わせていないようだった。

レコリータ墓地で再会した頃の、ジャスミンの言葉が蘇る。

——ペロンは空っぽなの。だからあたしがペロンの中身になるの。

中身を失おうとしている目の前の怪物は、これからどんな変貌を遂げるのだろう。

ぼくは踵を返し大股で歩き出す。背中からペロンの声が追いかけてくる。

「明日、五月広場でわが妻ジャスミン・エバ＝ドゥアルテの一世一代の晴れ舞台がある。私は彼女に副大統領就任要請をし、それに対する回答を国民と共にテラスで聞くのだ」

ぼくは振り返ると挑発的に微笑する。

「あなたらしい、素晴らしい演出です」

予想もしなかった返礼はペロンの隙を直撃した。

瞬間、仮面を外し、素の表情になった。そこには、高い支持率でアルゼンチンに君臨する権力者の面影はなかった。疲れ、何もかも失おうとしているひとりの男性がいた。

ペロンは弱々しい口調で言う。

「そう思ってくれるか。私はまだ、彼女から正式な受諾の返答をもらえていないのだ」

そうでしょうね、と呟いた。この人は、ジャスミンの命が間もなく消えてしまうと知りつつ、権力を維持するためだけにとことん彼女を利用しようとしている。

今のジャスミンがそんな要請を受けるはずがない。

ジャスミンはペロンのために何でもした。彼を救世主にするためだ。そしてペロンはジャスミンを女神にした。だがジャスミンがペロンの中身になれなくなる時が間もなくやってくる。次にペロンの中身になるのが天使か悪魔か、いかさま占星術師か、それは誰にもわからない。ならば今、自分がペロンを支持すると、愛するアルゼンチーノを地獄に突き落とすことになる。そんなことは今のジャスミンにはできない。

彼女の周りには、彼女を求め集まってくる貧しきアルゼンチーノが大勢いる。今の彼女は彼らを守るためだけに生きている。彼らアルゼンチーノは昔、上京したての街角で雨に打たれて震えていた、十五の小娘だった彼女自身だ。

彼女は過去の自分を救うために生き、たくさんの希望をこの国に植え付けた。

ジャスミンはペロンを愛していた。でもそれ以上にアルゼンチーノを愛している。

「頼みがある。明日、家内の晴れ姿を見届けてやってくれないか」

頭を下げた男性は絶大な権力を握る大統領ではなく、同じ女性をこころから愛したひとりの男性だった。であるならその頼みを拒絶する理由はどこにもない。

「〈シ〉。明日は遠くから見守らせていただきます」

「〈グラシアス〉」

ぼくはその場を立ち去った。まとわりつく強い視線を背中に感じながら。

翌朝。

左耳に紅いピアスを着けて家を出た。街角に出ると人の流れに呑み込まれた。流れは中心部に向かうにつれ遅くなり、やがて停滞した。それでもゆっくりした人波に流され五月広場にたどり着く。人でごったがえす中、奇跡的にバルコニーの真正面の特等席に陣取ることができた。ここからはきっと、ジャスミンの晴れ姿がよく見えるだろう。

周囲にさまざまな音が溢れていた。老夫婦の会話、子どもの泣き声、物売りの声。時折吹き抜ける風の音。梢に休らう小鳥の声。唐突に鳴り響くラッパの音。そして指笛。

見上げると、抜けるような青空に赤い風船がひとつ、天を目指して昇って行く。

ふと、すべての音が途絶えた。

顔を上げると、〈カサ・ロサダ〉のバルコニーに、純白の女神が姿を現していた。

女神は傍らに自分が長年仕えた軍神、軍服姿の最高権力者を従えていた。

片耳の紅い光が煌めき、ぼくの耳元の蛍と呼応する。

広場を埋め尽くした群衆から一斉に、ジャスミンの名を呼ぶ声がわき上がった。

大統領が側にいるのに、群衆が呼ばわるのはジャスミンの名ばかりだ。

純白のスーツが、女神の透き通る美貌を一層引き立たせていた。

両手を広げ歓声に応えると、ジャスミンを呼ばわる声は一層大きくなる。

嵐のような連呼の中、女神は目を閉じる。胸に手を当て深呼吸すると、目を見開く。

「アルゼンチーノのみなさん。高い席からご報告します。わたくしジャスミン・エバ＝ドゥアルテは先程、ファン・ドミンゴ＝ペロン大統領から副大統領職への就任要請を受けました。大統領閣下、光栄な申し出に深く感謝いたします」

ジャスミンは言葉を切ると深々と頭を下げた。ペロンの表情が戸惑いに揺れたのを、ぼくは見逃さなかった。そんなかすかな揺らぎなど群衆にはわからなかっただろう。

ジャスミンは視線を、五月広場を埋め尽くしている群衆に転じた。

「わたくしは栄誉ある申し出に震えております。初めてブエノスにやってきた時は小さな女の子で、まさかこんな日が来るとは思いませんでした。本当に嬉しいことです」

ジャスミンは言葉を切った。広場に静寂が広がる。

ジャスミンは目を閉じて、静かに告げた。

「残念ながら、わたくしは今回、副大統領指名の栄誉を謹んで辞退いたします」

その瞬間、広場を埋め尽くした群衆から吐息が漏れた。

彼らは自分たちの願いが聞き届けられるだろうと信じて疑わなかった。なのでジャスミンの言葉は意味のあるフレーズとして彼らに届かなかった。

ざわめきが広がり、ジャスミンの意図が群衆に伝わり始めた。波打ち際で波頭が白く崩れていくように、受諾して、という切望が広場いっぱいに泡立ち、さざめく。

その願いはジャスミンの名を呼ばわる声となり、五月広場に木霊した。その様を凝視していたジャスミンは今にも消え入りそうに、自分の名を呼ぶ声の海原に漂っていた。

やがて女神は面を上げた。

「私の愛するアルゼンチーノ、みなさん、どうか私の決断を理解してください。私が申し出をお断りしたのは理由があります。私はすでに副大統領の座についているのです。〈バイス・プレジデント（副大統領）〉は大統領のお側にお仕えする者です。それなら今の私はそのもので、これまでもずっとそうでした。愛する夫ファン・ドミンゴ＝ペロン閣下が大統領である間は、私以外のいかなる者も就任できない地位なのです」

広場を拍手が埋め尽くす。その拍手はジャスミンの名を呼ぶ声と一体になり天を衝く。

それは一輪の薔薇が、アルゼンチンの虹になった瞬間だった。

虹の架け橋の頂点に立った女性を見ていると、視界が滲んでくる。

バルコニーに佇む彼女の、右耳の深紅の輝きを瞼に焼き付けた。

ジャスミンは虚空を凝視した。その視線が一瞬、ぼくの姿を捕らえたように思えた。

ぼくの身体がその視線を受け止めたその瞬間、ぼくにはわかった。

ジャスミンは群衆の中からぼくを見つけるため、このピアスをぼくに渡したのだ。

彼女は再び群衆に視線を戻すと、彼らの連呼にかき消されそうなか細い声で言う。

「私はもう、みなさんの願いを叶えてあげられないの。本当にごめんなさい」

紅い蛍がジャスミンの耳元から、流れ星のように尾を曳いて落ちた。

その瞬間、満場の群衆は水を打ったように静まり返る。ジャスミンの身体はスローモーション・フィルムのように崩れ落ち、隣に佇む夫にもたれかかった。

夫に抱きかかえられたジャスミンは、バルコニーから姿を消した。

広場に悲鳴が響く。人波が氷原のように凍りつく。初めは小声で、やがて大声で群衆がジャスミンの名を呼ばわる。連呼は幾層にも重なり合い空へ昇っていく。

それはいつ止むとも知れない祈りの声だった。

そんな群衆に背を向けて、ぼくはひとり歩き出す。


街頭に飛び交う号外は、〈カサ・ロサダ〉の悲劇を報じていた。

それは重なり合ったふたつの悲劇だった。

ひとつはジャスミンが、大統領と国民に託された副大統領就任の要請を断ったこと。

もうひとつは、ジャスミンがそのことを告げたバルコニーで倒れて、意識不明の重体になっていること。

号外の記事は次の言葉で結ばれていた。

――エバ・ペロン財団の玄関には今朝も大勢の人々が詰めかけていた。いつもは両手を広げ物乞いをする貧しき人々が、今日は手にドーニャの快癒を願う心づくしの品を携えていた。それは夜を徹し織り上げた膝掛けであり、子どもが折った千羽鶴だった。

アルゼンチーノはドーニャの愛情深さに甘えていた。こころ優しきアルゼンチンの民草よ。あなたの声は、その気持ちは〈カサ・ロサダ〉に眠るドーニャに届いている。ならば今我々にできることはドーニャに祈りを捧げることだけだ。そしてドーニャが回復したその時こそ、我々は彼女に見せつけよう。我々は自立した国民であることを。そして二度と彼女が、我々を思う心労のあまり倒れたりしないように。

読み終えて吐息をつく。

なんと素晴らしい讃辞であることか。もしもジャスミンが目にしたら、感激して、その大きな瞳いっぱいに涙を浮かべたに違いない。

だが、この記事には一点だけ瑕疵がある。一番重要な事実を伝えていないのだ。

昨日、倒れたジャスミンを見て、医師に成り立てのぼくでさえ絶望的な診断を下さざるを得なかった。ジャスミンが意識を取り戻すことはないだろう。どれほど大勢の人が、どれほど深く思っても、その想いが彼女に届くことは決してない。

ではこの記事は、そして彼らの思いは、一切が無駄なのか。

いや、そんなことはない。この記事こそ、まばゆいばかりに輝く生と、底知れぬ深い闇を抱えた女性の、人生の輪郭を鮮やかに描き出した墓碑銘なのだから。

☆

一九五二年三月末。時代は風雲急を告げていた。

遠くエジプトでは軍人が王様を追い出そうとし、カリブ海では〈カイマン・ベルデ〉・キューバで、軍曹から大統領に成り上がった独裁者がクーデターで復権していた。

そして隣国ボリビアでは、市民が革命の松明を点火しつつあった。

〈カサ・ロサダ〉の悲劇の二日後、ぼくはママンに未来について報告し、散歩に出掛けるみたいにして家を出た。背中に強い視線を感じたけれど、振り返らなかった。

ピョートルと一緒だったあの時の旅立ちと、何と違うことだろう。

間もなくアルゼンチンは女神を永遠に失ってしまう。そんな祖国に未練はない。

小さな背嚢を背負い、革命の足音鳴り響くボリビア行きの列車に乗り込む。

片耳につけた、ピジョン・ブラッドのピアスに触れる。

列車が動き出した時、ぼくの肩にはジャスミンの面影、級友ベルタの思い、そして友人ピョートルから託された、南米大陸統一という無謀な夢が載っていた。

その時のこころ持ちは、アンデス越えという常識外れの戦術で、乾坤一擲の大勝負に打って出た孤高の将軍、サンマルティンその人のように高揚していた。

目を瞑ると、硝煙の香りが鼻腔の奥から漂ってくる。

ああ、革命の匂いがする。

## 対談「ゲバラは旅で成長した」

鶴田真由（女優）×海堂 尊

**鶴田**　若き日のチェ・ゲバラの青春の旅を堪能させてもらいました。海堂さんが、『ポーラースター　ゲバラ覚醒』を書こうとしたきっかけはなんだったのでしょうか。

**海堂**　二〇一一年に、NHKの『旅のチカラ』というドキュメンタリー番組から、「好きな場所に旅をして成長してください。できれば旅行中に短篇の執筆も！」というオファーがあって、これはキューバしかないと。さらにキューバに行くなら医師という共通点からゲバラを描こうと。鶴田さんもロケでキューバに行かれていますよね。

**鶴田**　私も昨年、NHKの番組（『ザ・プレミアム　鶴田真由のキューバふしぎ体感紀行』）で約一カ月間、滞在しました。サンタクララという街では、ゲバラの霊廟も特別に撮影させていただいて。

**海堂**　あの街にあるゲバラ像は本当に大きいですよね。ゲバラたちが立てこもったという山中の最前線基地も、狭苦しいところかと思ったら、風が抜けてハンモックもぶら下がったりしていて、気持ちのいい場所でしたね。

**鶴田**　ラテンの国というのもあるのかもしれないですね。

**海堂**　たしかに。中南米は時間の流れ方が違いますからね。いい加減でルーズだけれど、人間の本性にはあっているんでしょう。街中ではゲバラはどんな存在でしたか？

**鶴田**　ゲバラの肖像画がいたるところにあふれていて、どれを見ても、なんて色っぽいんだろうと。カストロがかわいそうになってしまうくらい（笑）。人々にインタビューをして感じたのは、若者にとっては、学校で習った英雄で、年配の方たちにとっては、「ゲバラとカストロのおかげで今、私たちは生きている」という存在でしょうか。

**海堂**　ゲバラは人物というよりも一つのシンボルになっているところもありますね。

**鶴田**　そういえば、海堂さんがキューバに行かれたときのディレクターさんとお仕事したことがあるんです。「取材をしている最中にゲバラに口説かれたという女性が何人も居た」という話をききました。やっぱりみんな、ゲバラに会うと恋しちゃうんですね。実際に口説かれたかどうかは分からないけど、やっぱり優しい言葉をかけてもらって、「私は今、ゲバラに口説かれたんだわ」って思っている人がいたるところにいるなんて素敵です。

**海堂**　若き日のゲバラは、女性がいたら口説いてしまうような普通のあんちゃん。そういう若者が、いろんな体験をしてストイックな英雄になっていって、きっと苦しい思いもしたんだと思う。そういうところを書きたかったんですよね。

**鶴田**　まさにそれが描かれていますが、ゲバラはもともとはヒッピー的な要素を持っている人ですよね。文章を書くことがすごくお好きだったみたいですし。革命家じゃなかったらアーティストになっていた人だと思います。一方で、カストロは政治家の気質ですよね。

**海堂**　だから面白い組み合わせなんです。「街中ゲバラだらけで、カストロさんかわいそう」とおっしゃいましたが、あれは「ゲバラを押し立てることで自分は後ろに引っ込む」というカストロの考えです。カストロは偶像化されることを嫌っていて、銅像なんて一つもないんですよ。

**鶴田**　賢明なやり方ですよね。ゲバラはやっぱり英雄になる人物だから、彼を表に出して、彼の魅力と直観力みたいなものを、政治家として利用するというか。

**海堂**　女性から見て、ゲバラという人物は魅力的でしたか？

**鶴田**　もちろんです。小説を拝読して、ゲバラは青春期から既に、生きることに覚悟を持っていたと感じました。例えば婚約者を置いてブエノス・アイレス郊外を出る場面だとか。ああいうときに自分の宿命に対してちゃんとストイックでいられる人物だった。そこがやっぱり女性にとってはたまらなく魅力的に見えるんです。あの場面で婚約者のもとに残られたら、ゲバラの魅力は半減します（笑）。いくら女性にだらしなくても、どうしようもないあんちゃんだとしても、彼は、自分が最も大切だと思うことを人生の中心に置けるストイックさがありましたから。

**海堂**　ストイックになったのは、幼少期に喘息発作で死にかけ、その後もずっと、生涯喘息に苦しめられ続けたのが大きな理由だと思います。婚約者のもとを去るエピソードをそう読み解いていただいたとは嬉しいですね。

## 表現者としての小説家と女優

**鶴田**　ゲバラが成長する青春時代の旅を描いてみていかがでしたか？

**海堂**　ゲバラって楽しそうだな、の一言です。いい相棒と自由な時間、さらに豊かな感受性があれば旅は楽しい。鶴田さんも著書『ニッポン西遊記』の中で、基本は一匹狼なんだけど、その時々に一緒に行く人がいて、遊行の魅力があると書いてらっしゃいますよね。まさに、『ポーラースター』の旅と同じだなと思ったので、今回も少しは楽しんでもらえたんじゃないかという気はしていました。

**鶴田**　ゲバラが旅で出会った人々——エビータ、相棒のピョートル、詩人のネルーダさんなど。魂と魂が出会って、それがどういうかたちに変化していくか。その魂の出会いの深さと意味が丁寧に描かれていたので、感情移入しながら、熱くなりながら読ませていただきました。そもそも海堂さんはいつからゲバラに関心を持ってらっしゃったのですか？

**海堂**　医学生時代に古本で『チェ・ゲバラ伝』を読んでいたんです。内容などはすっかり忘れていましたが、「魅かれた」ということは確かでした。ここ最近、『チーム・バチスタの栄光』をはじめとする医療小説の世界が、一区切りつきそうだということもあって、いっそ小説を書くことを止めてもいいかなぁ、なんて考えていたんです。そこへ、今のオール讀物の編集長から『チェ・ゲバラ伝』の増補版が届いた。さらに、NHKの番組で、中篇小説を書いたけれども番組では使われずボツになり……。

**鶴田**　それはもったいない。

**海堂**　その中篇「コマンダンテの海」を二〇一二年の『オール讀物』に掲載してもら

った。それから昨年前半は、中米七カ国縦断ツアー、クスコ・マチュピチュツアーに、チリ縦断ツアー、メキシコ・コロンビア・エクアドル取材旅行と、中南米を行きまくりました。そうしてゲバラの人生の軌跡をたどったんです。

**鶴田**　今作ではゲバラが生まれたアルゼンチンを始め、チリ、エクアドル、コロンビア、ペルー、ボリビアなどを描いていますが、それぞれの国の空気感が見事に描かれていると思いました。

**海堂**　埃まみれの乾いた風が吹き抜ける感じを書いたつもりでも、それが描けているかどうかは、自分では分からないので安心しました。

**鶴田**　一見平和そうも見えていても、一歩間違うと危険というような緊張感も浮かび上がってきました。

**海堂**　鶴田さんも、ご自身が映画やドラマに出演されていて、自分がどんな演技をしているか分からないこともあるんじゃないですか。

**鶴田**　ええ、ありますね。「もうちょっとできていると思っていたのに」とか（笑）。

**海堂**　小説家がいいのは、なんども書き直しができることです。映像や舞台はそれができないからむつかしいでしょう。

**鶴田**　かかわる人数も多いですし、解釈が一致しないこともありますから。海堂さんは、書き直すこともされるんですね。

**海堂**　しますよ。物語のゴールは見えているんですが、このゴールまでをどう描くか、書きすすめないと分からない。いったん書き終えて編集者に渡した後に、二週間くらい作品から離れるんです。すると、「得意げに書いているけど、全然効果的じゃないな」という部分が見えてくるんです。今回は参考文献を七百冊近く集めまして、まだまだ増殖中です。読んだのは三分の一、二百冊くらいなんですが（笑）。まあ、シリーズを書き終えるまでには読破したいなぁ、と（笑）。今でも新しく一冊読むと新しい発見があってその都度修正したり……。たとえるなら、サグラダファミリアの建築のようにどんどん付け足して、不要なところはカットしていく、というイメージです。

## 宿命を背負った人ゲバラ

**鶴田**　この本を読み終えて、一番感じたのは、「ああ、ゲバラはやっぱり、生まれたときから宿命を背負っていた人なんだな」ということです。ゲバラの青春時代を俯瞰で読んだときに、すべての点と点が線になって繋がっていくような。石の置き方というか、各地でのエピソードを、そうやって配置していらっしゃる。俯瞰した神の目線で書いていらっしゃるんだなと思いました。ゲバラと出会った人々との間に行き交う感情は、どういう目線で描いているのですか？　人物にシンクロするのか、俯瞰で駒を動かすように書かれているのか。

**海堂**　鶴田さんも文章を書かれるからでしょう、普通の人なら興味を持たないことを聞かれて驚きました。僕は作家というのは大概二重人格的な要素があるんだと思っているんです。だから答えはシンプルで、主人公ゲバラの視線と、それを上から俯瞰している神の視点と二つを持っています。楽しいのはゲバラ視点のとき。神様の視点で書くときは、本当につまらない(笑)。

**鶴田** のめり込む体質でいらっしゃる? 海堂さんは恋愛体質ですか?

**海堂** 昔はそうでしたね(笑)。

**鶴田** やっぱり! 恋愛体質の人は、ブレーキを持たずに、突っ込んでいくエネルギーを持っていて、巫女体質にもつながるものだと思うんですが。

**海堂** 女優さんでも、そういう方が多いんですか?

**鶴田** 役柄になり切って「このタイミングでこのセリフは気持ちが悪い」と敏感に感じ取る女優さんも多いと思います。私は、突っ込んでいく気質と、俯瞰で見るという、両方の要素を持っていて、もっといえば、俯瞰的に見てしまう要素が強すぎて、芝居が一向に上手くならないんです。

**海堂** 芝居が上手く思えないというのは、観客側からそう見えているのではなくて、鶴田さん自身が持っているベストイメージと離れているからだと思いますよ。

**鶴田** ゲバラに影響を与えた人物として描かれているアルゼンチン大統領夫人のエビータも印象的でした。恋人でも婚約者でもなかったけど、何かお互いの人生に深い影響を与えあっていましたよね。

**海堂** 実は、二人が恋に落ちたどころか、出会ったことがあるという資料はないんです。ただ逆に、可能性としてゼロではないとは言えます。エビータの人生を詳しく調べると、売れない女優時代に地方巡業に行っていて、ゲバラがコルドバに暮らしていた時期と重なるんです。

**鶴田**　公的にはないけれども、もしかしたらあるかもしれない！　マドンナが演じた映画『エビータ』では、ゲバラが案内役みたいな役で登場しました。アントニオ・バンデラスが演じるゲバラはもっとカッコいいはずなのに、と、私としてはとても不満だったんです（笑）。

**海堂**　小説の構想を考えているときには映画を見ていなくて、後から『エビータ』を見たときはショックでした。私のアイデアが……と（笑）。

**鶴田**　ゲバラの実家では、サロン的に周囲の大人が政治を語っていた、という部分も驚きました。

**海堂**　その部分は史実ですね。実際に父親がゲバラ少年を「反ペロン集会」に連れていったこともあるようです。ただ、日本語の資料には書いていなくて、外国語の文献でたまたま見つけたんですけど、そのときに、「ああ、スペイン語の資料が読みたい」と思いましたね。

**鶴田**　二百冊も読まれて、まだ読みたいだなんて（笑）。

**海堂**　資料の読み込みは、無間地獄ですね（笑）。

## 人生を変える旅について

**海堂**　鶴田さんはドキュメンタリー番組の取材などを含めて、四十カ国以上に旅をされていると聞きました。旅に魅了されたきっかけというのは？

**鶴田**　先日も、ＮＨＫの番組でイランに行かせていただきましたし、たくさん旅をしてきました。きっかけは、二十代後半のころ、自分が悶々としていた時期があったんです。仕事をよくご一緒する女性で、年末になるとインドやネパールに旅に出る方がいて、彼女に「私は今、いろんなことを吸収できそうな気がする。今年インドに連れて行ってくれないか」と頼んだら、「今と思うなら、今行きなさい。インドじゃなくてもいいのよ」と言われて、初めて一人旅に出たんです。

**海堂**　どこに行ったんですか？

**鶴田**　屋久島です。そうしたら、自分の腑におちるような出来事が次々に起こって、抱えていた謎が解けていったんです。このときから「今、こうしたほうがいい」と思ったときは絶対に動くようになりましたね。

**海堂**　面白いですね。自分の中でタイミングが熟していたときに、そばにメンター（人生の指導者、助言者）がいたということ。そのメンターの存在を嗅ぎ当てて、アドバイスを求めた。私たちは、なかなかその存在に気付くことができないんですよ。他には印象に残っている旅はありますか？

**鶴田**　NHKの番組（『アジア海道〝不思議の島々〟をゆく～鶴田真由　二〇〇〇キロの旅～』）で訪れた〝魔女の島〟といわれるインドネシアのライジュア島への旅が、心に残っています。この島の一番大きな祭りが、九日間に及ぶ死者供養の祭り「タオレオ」なんです。ただ、一週間以上かけて祭りをすると経済的負担も大きいですから、幻とされるくらい減ってきている中で、滞在中に偶然、長老が亡くなり、取材ができるようになったんです。滞在中のある夜に散歩に出たんですが、新月で満天の星空が広がる中、石灰でできているヤシの並木道だけが白く浮かび上がっていて、まるで宇宙の中に浮遊しているようで……。自分の軸を失って、宙を浮いている感覚になったんです。そのまま歩いていくと、突端では白い道さえなくなって、海と星空だけに。宇宙の中にポツンといる感覚を味わいました。宗教儀式というのは、こんなにも宇宙とシンクロしているんだな、と思ったんです。

**海堂**　まるで、鶴田さんのための旅ですね。

**鶴田**　そうかもしれないです。ずっとマジックにかかったような気持ちで、その島の存在が初恋の相手みたいになりました。同じ時代なのに、ライジュア島には縄文時代のような空気が流れていて、不思議な感覚なのですが、船でその島を離れると、眠りから目が覚めて夢が消えていくときのように、記憶がスーッと消えていったんです。

**海堂**　こういう話は、とても有難い。そのワンシーンを描くというよりも、数年後に新しい作品を書く根っこになるというか。そのときには、鶴田真由さんに……。

**鶴田**　「捧ぐ」と（笑）。さきほど、海堂さんが小説を書かれているときのマインドをお聞きしていて、私が旅するときの考え方や生き方と似ているなと、感じていました。自分には旅の最終地点は見えているし、ところどころ大きな石があるところは、多分こういうことかなっていうのは何となく理解できている。だけれども、その他は十秒単位で経験しながら繋げていくしかない、というような。

**海堂**　そうですよね。長期の行き先と短期の行き先があるのは大切ですが、そこをアスファルトで道路のように固めちゃうと何も生まれない。次の飛び石に飛ぼうと思って水に落ちるとか、そういうことが大事じゃないかと思うんです。鶴田さんのマインドというのは、『ニッポン西遊記』を拝読して思いましたよ。「あっ、いい加減な旅だな」みたいな（笑）。

**鶴田**　そう、いい加減なんです（笑）。でも、起こったことに反応できるような準備だけはしておこう、とは思っています。海堂さんにとって、小説を書くということは、まさに旅なんですね。書きながら、何かを感じとって、次に書くことに繋げていく、という。

**海堂**　その通りかもしれないですね。小説の世界では今、僕が神さま。何でもできるからこそ、ちゃんとしたものを作らなきゃいけないという責任もある。だからここ最近は、もっぱら一九五〇年代の中南米の世界に潜っているような生活です。たまにこうやって二〇一六年の東京で美女に会うと、タイムトラベルしてきたような感じになりますね（笑）。

**鶴田**　続編のご執筆も始められているということですが、ゲバラの旅は今後、どうなっていくのでしょうか。

**海堂**　次作となる第二部は、中米編です。ゲバラにボリビア革命を体験させて、ペルー、パナマ、コスタリカ、ニカラグア、グアテマラへ。第三部はカストロ編で、カストロが生まれてから、モンカダの反乱で挙兵してメキシコに亡命するまでを書きます。このとき、メキシコでゲバラと会うんです。第四部では、キューバ革命を描きます。

**鶴田**　革命を成功させた二人がどうなるかも気になります。カストロと別れてゲバラが亡くなるまでというのは、やっぱり相当つらい時期だったんじゃないかと思うんです。革命を成功させるまでは、辛いことが多くても実を結んでいく、という物語だったのが、キューバを出た後は、まったく実を結ばないまま、ゲバラは命を落とす、というイメージが私の中にはあって。晩年、ゲバラはどんな思いだったのかな、と考えてしまいます。

**海堂**　おっしゃる通り、この作品の完成にむけて、大切なモチーフになると思います。そのときのゲバラの思いは、これまでに積み上げてきたものの総括になるでしょう。

**鶴田**　ゲバラにとっては、革命が一つの区切りだった。自分はもともとキューバの人ではないし、もっと違う志みたいなものがあったでしょうし、カストロはやっぱりそこからキューバという国家を作っていくという、ある意味スタートだったかもしれない。革命後に、二人がずれていくというのが興味深いです。

**海堂**　実は私は、その部分を描きたくて、ゲバラを題材にしたんだと思っているんです。でも今は全然見えていない。鶴田さんのおっしゃっている通りかもしれないし、全然違うことになるかもしれない。そればっかりは、書いてみないと分からないですね。

**鶴田**　ラストまで早く読みたい。

**海堂**　鶴田さんを納得させられるものを書けるよう頑張ります（笑）。

（オール讀物二〇一六年七月号掲載）

## 【参考文献】


国境を超える革命……エルネスト・チェ・ゲバラ　世界革命運動情報編集部訳……1968　レボルト社
革命　ゲバラは語る……エルネスト・チェ・ゲバラ　長田衛・高木隆・渡部良・黒木陽子訳……1968　合同出版
革命児ゲバラ……小林富雄……1968　風媒社
ゲバラ・革命と死　知られざる青春と闘いの記録……横堀洋一編訳……1968　講談社
わが友ゲバラ……リカルド・ローホ　伊東守男訳……1968　早川書房
ゲバラを追って……ジャン・ラルテギー　岩瀬孝・根本長兵衛訳……1968　冬樹社
ゲバラの魂……ゲバラ／カストロ／ドブレ／ゴット／ボスケ／メルル他　諏訪優編……1968　天声出版
回想のゲバラ……大林文彦他編訳……1969　太平出版社
虹を追った男　チェ・ゲバラの猛烈な生涯……竹村健一……1969　講談社
現代の思想家　ゲバラ……アンドリュー・シンクレア　皆藤幸蔵訳……1971　新潮社
チェ・ゲバラ伝……三好徹……1974　文藝春秋（文庫）
チェ・ゲバラ　人間解放の人びと……フィリップ・ガヴィ　山方達雄訳……1975　福村出版
遠い旅　珍しい果実……三好徹……1980　講談社
チェ・ゲバラ　リウスの現代思想学校……リウス　西沢茂子・山崎満喜子訳……1986　晶文社
チェ・ゲバラ　モーターサイクル南米旅行日記……エルネスト・チェ・ゲバラ　棚橋加奈江訳……1997　現代企画室
Che Guevara A Revolutionary life……Jon Lee Anderson……1997　Grove Press
アサヒグラフ　1997・10・17号　ゲバラ没後三十年……林るみ・他……1997　朝日新聞社
新版　ゲバラ　最後の闘い　ボリビア革命の日々……レジス・ドブレ　安部住雄訳……1998　新泉社
チェ・ゲバラ　情熱の人生……マティルデ・サンチェス　レナーテ・ヘロルド訳……1998　スタジオ・ナダ
エルネスト・チェ・ゲバラとその時代（コルダ写真集）……ハイメ・サルスキー／太田昌国……1998　現代企画室
「ゲバラを脱神話化する」……太田昌国……2000　現代企画室
ロシナンテの肋……戸井十月……2000　集英社
エルネスト・チェ・ゲバラ伝（上・下）……パコ・イグナシオ・タイボII　後藤政子訳……2001　現代書館
フォト・バイオグラフィ　チェ・ゲバラ……イルダ・バリオ／ギャレス・ジェンキンズ　鈴木淑美訳……2003　原書房
フォト・ドキュメント　ゲバラ　赤いキリスト伝説……アラン・アマー　廣田明子訳……2004　原書房
総特集　チェ・ゲバラ……現代思想　10月臨時増刊号……2004　青土社
チェ・ゲバラ　革命を生きる……ジャン・コルミエ　太田昌国監修・松永りえ訳……2004　創元社
チェ・ゲバラ　われわれの民主主義は武装している……〈週刊100人040号〉……2004　DeAGOSTINI

ゲバラ　青春と革命……横堀洋一編……2005　作品社

CHE GUEVARA……David Sandison……2005　Bounty Books

Ernesto "Che" Guevara de la Serna
SU INFANCIA MAS ALLA DEL MITO……Francisco Jose Caligiuri, Augusto Luis Piccon……2007　Marcelo Faci

チェ・ゲバラ　革命への旅　NHK知るを楽しむ
私のこだわり人物伝……戸井十月……2007　NHK出版

チェ・ゲバラの記憶……フィデル・カストロ　柳原孝敦監訳……2008　トランスワールドジャパン

ゲバラの夢　熱き中南米
君の星は輝いているかPart 2……伊藤千尋……2009　シネ・フロント社

イコンとしてのチェ・ゲバラ
〈英雄的ゲリラ〉像と〈チェボリューション〉のゆくえ……加藤薫……2014　新評論

チェ・ゲバラと歩んだ人生……イルダ・ガデア　松枝愛訳……2011　中央公論新社

チェ・ゲバラ最後の真実……レヒナルド・ウスタリス・アルセ　服部綾乃他訳……2011　武田ランダムハウスジャパン

チェ・ゲバラ　旅、キューバ革命、ボリビア……伊高浩昭……2015　中央公論新社

卓上の生涯　チェ・ゲバラ……チャンキー松本＋いぬんこ……2017　太郎次郎社エディタス

**〈ラテンアメリカ全般〉**

世界地理風俗大系　第二十一巻　南アメリカ篇（上）……飯本信之他編著……1930　新光社

世界地理風俗大系　第二十二巻　南アメリカ篇（下）……飯本信之他編著……1930　新光社

中南米の内幕……ジョン・ガンサー　山崎博訳……1942　大日本出版

ラテン・アメリカ史……ピエール・ショーニュ　大島正訳……1955　白水社（文庫クセジュ160）

アンデスの眼　南米十ヵ国自動車踏査の記録……篁暢児……1959　講談社

中南米の研究……木内信胤編……1960　世界経済調査会

ラテン・アメリカ事典……財団法人ラテン・アメリカ協会編……1961　国際日本協会

世界の歴史11　新大陸と太平洋……中屋健一責任編集……1961　中央公論社

道の文化史　一つの交響曲……ヘルマン・シュライバー　関楠生訳……1962　岩波書店

ラテン音楽への旅……山本満喜子……1963　三一書房

ラテン・アメリカの歴史……財団法人ラテン・アメリカ協会編……1964　中央公論社

ラテン・アメリカ史……中屋健一……1964　中央公論社

南アメリカ　自然と人間……NHK特別取材班……1964　日本放送出版協会

ラテン・アメリカ報告……吉田実……1965 青林書院新社
激動する世界Ⅱ〈アフリカ・ラテンアメリカ・中東〉……岡倉古志郎監修／アジア・アフリカ研究所編……1968 新日本出版社（新書60）
ラテン・アメリカ事典 1968年版……財団法人ラテン・アメリカ協会編……1968 ラテン・アメリカ協会
中南米の革命運動 反米に生命を賭ける国ぐに……鈴木一郎……1968 三一書房
ラテンアメリカ……NHK特派員 高野悠……1968 日本放送出版協会
ゲリラ戦士の日記……アルマン・ガッティ序（著者無記名） 桑原克規訳……1969 晶文社（晶文選書）
南アメリカの内幕（Ⅰ）・（Ⅱ）……ジョン・ガンサー 土屋哲・町野武訳……1969・1970 みすず書房
ライフ大自然シリーズ21 南アメリカ……マーストン・ベイツ 今泉吉典訳……1970 タイムライフインターナショナル
ラテン・アメリカの旅 風景と文化……ディエス・デル・コラール 小島威彦訳……1971 未来社
ラテン・アメリカ その政治と社会……フェデリコ・G・ヒル 村江四郎／グスタボ・アンドラーデ訳……1971 東京大学出版会
泉靖一著作集3 ラテン・アメリカの民族と文化……泉靖一……1972 読売新聞社
エル・ドラード 大アマゾン黄金伝説……ヴィクター・W・フォン・ハーゲン 浜洋訳……1976 大陸書房
ラテンアメリカ文学史……ジャック・ジョゼ 高見英一・鼓直訳……1975 白水社
南アメリカ紀行 街角の文明考……多田道太郎／上田篤……1976 サンケイ出版
民族探検の旅 第八集
　南アメリカ―アンデス高原と緑の大アマゾン……友枝啓泰編集……1977 学習研究社
ラテン・アメリカ その光と影……塩田長英……1977 新評論
アマゾン探検記 世界探検全集6……ハーンドン 泉靖一訳……1977 河出書房新社
革命期のラテン・アメリカ ラテン・アメリカ研究3……リチャード・N・アダムス他 石井章他訳……1978 新世界社
奥アマゾン探検記（上）（下）……向一陽……1978 中央公論社（新書517・520）
講談社版・世界の歴史23 ラテンアメリカの独立……加茂雄三……1978 講談社
ライフ・ネイチュア・ライブラリー 南アメリカ……マーストン・ベイツ 今泉吉典訳……1978 タイムライフブックス
中南米の旅……内山晟……1977 三修社
南アメリカ人間旅行……米田有記……1978 あすなろ社
ラテンアメリカ（Ⅰ）総論と中部アメリカ……P・E・ジェームズ 山本正三・菅野峰明訳……1979 二宮書店
ラテンアメリカ（Ⅱ）スペイン系南アメリカ……P・E・ジェームズ 山本正三・菅野峰明訳……1979 二宮書店
すばらしい世界15 緑と情熱の南米大陸……石原恒夫・他編……1979 国際情報社
すばらしい世界16 太陽の国メキシコ・カリブ海……石原恒夫・他編……1979 国際情報社
アメリカ・南米紀行……アルベール・カミュ 高畠正明訳……1979 新潮社
ラテンアメリカの作家たち〈現代文学の最前線〉……1979年7月号 青土社 ユリイカ

ラテンアメリカ文学の現在……………………………………………………………1979年10月号　カイエ　冬樹社
世界の民族　第6巻　アマゾニア・パンパス……E・エバンズ＝プリチャード総監修　梅棹忠夫・大給近達監修……1979　平凡社
世界の伝記15　コロンブス………………榊原晃三……………………………………………1980　ぎょうせい
征服者と新世界　大航海時代叢書Ⅱ期12巻……サアグン／コルテス／ヘレス／カルバハル　増田義郎・小池佑二・大貫良夫・伊藤昌輝訳……1980　岩波書店
ラテン・アメリカの旅………………………宮坂宥勝…………………………………………1980　人文書院
もっと広く！…………………………………開高健……………………………………………1981　朝日新聞社
ラテンアメリカ現代史Ⅱ　アンデス・ラプラタ地域……中川文雄・松下洋・遅野井茂雄……1985　山川出版社
解放の神学……………………………………G・グティエレス　関望・山田経三訳…………1985　岩波書店
収奪された大地　ラテンアメリカ五百年……エドゥアルド・ガレアーノ　大久保光夫訳……1986　新評論
ラテンアメリカ変革の歴史…………………巣山靖司………………………………………1981　三省堂
敗者の想像力　インディオのみた新世界征服……N・ワシュテル　小池佑二訳……………1984　岩波書店
世界の歴史ビジュアル版13　大航海時代……増田義郎…………………………………………1984　講談社
世界の歴史ビジュアル版14　ヨーロッパの革命……遅塚忠躬………………………………1985　講談社
世界の歴史ビジュアル版15　近代のアメリカ大陸……清水知久……………………………1984　講談社
世界の歴史ビジュアル版18　帝国主義の時代……西川正雄・南塚信吾………………………1986　講談社
世界の歴史ビジュアル版19　第二次世界大戦……荒井信一…………………………………1984　講談社
世界の歴史ビジュアル版20　現代の世界……武者小路公秀…………………………………1986　講談社
シモン・ボリーバル　ラテンアメリカ解放者の人と思想……ホセ・ルイス・サルセド＝バスタルド　水野一監訳・上智大学イベロアメリカ研究所訳……1986　春秋社
雄牛とコンドル　アンデス社会の儀礼と民話……友枝啓泰……………………………………1986　岩波書店
ラテン・アメリカを知る事典………………監修　大貫良夫・落合一泰・国本伊代・福嶋正徳・松下洋……1987　平凡社
20世紀の目撃者　LIFETIME………………ジョン・フィリップス　松本清張監訳…………1987　光文社
燃える中南米…………………………………伊藤千尋……………………………………1988　岩波書店（新書・新赤23）
越境するラテンアメリカ……………………野谷文昭…………………………………………1989　PARCO出版
ラテンアメリカ　都市と社会………………国本伊代・乗浩子編著…………………………1991　新評論
ラテンアメリカとの共存……………………B・スターリングス／G・ツェケリー／堀坂浩太郎編著……1991　同文舘出版
ラテンアメリカ　家族と社会………………三田千代子・奥山恭子…………………………1992　新評論
南北アメリカの鉄道　15国最新事情………和久田康雄／廣田良輔編……………………1992　吉井書店
現代ラテンアメリカの政治と社会…………松下冽……………………………………………1993　日本経済評論社

ラテンアメリカ　自立への道……染田秀藤編……1993　世界思想社
ボリビアの伝説……アントニオ・パレーデス・カンディア　丸岡匡孝訳……1994　エピック
憎悪の樹　アングロVSイスパノ・アメリカ……フィリップ・ウェイン・パウエル　西澤龍生他訳……1995　論創社
ラテンアメリカ　文明の興亡（世界の歴史18）……高橋均・網野徹哉……1997　中央公論社
国際情勢ベーシックシリーズ⑨　ラテンアメリカ……監修　加茂雄三……1999　自由国民社
21世紀の黄金郷・ボリヴィア……平島創……1999　ロングセラーズ
世界の歴史10　新たなる世界秩序を求めて……J・M・ロバーツ　立花隆監修……2003　創元社
大陸別世界歴史地図4　南アメリカ大陸歴史地図……エリザベス・バケダーノ他　増田義郎（監訳）……2001　東洋書林
アルゼンチンを知るための54章……アルベルト松本……2005　明石書店
エクアドルを知るための60章……新木秀和……2006　明石書店
ボリビアを知るための68章……真鍋周三……2006　明石書店
バナナと日本人　フィリピン農園と食卓のあいだ……鶴見良行……1982　岩波書店（新書黄199）
バナナの世界史　歴史を変えた果物の数奇な運命……ダン・コッペル　黒川由美訳……2012　太田出版
ペルーを知るための66章……細谷広美……2012　明石書店
ボリビアの歴史……ハーバート・S・クライン　星野靖子訳……2011　創土社
ラテンアメリカ楽器紀行　historia021……山本紀夫……2005　山川出版社
ラ米取材帖……伊高浩昭……2010　ラティーナ


〈インカ〉


インカ帝国　砂漠と高山の文明……泉靖一……1959　岩波書店
インカ黄金帝国　アンデスに埋れる太陽の都市群……ハイラム・ビンガム他　浜洋訳……1968　大陸書房
世界の文化史蹟　別巻　インカの遺蹟……泉靖一編　山本正勝撮影……1970　講談社
インカ帝国探検記　ある文化の滅亡の歴史……増田義郎……1975　中央公論社
インカ最後の都　ビルカバンバ……エドムンド・ギエン　寺田和夫監訳……1977　時事通信社
講談社版・世界の歴史7　インディオ文明の興亡……増田義郎……1977　講談社
アンデス文明　石期からインカ帝国まで……L・G・ルンブレラス　増田義郎訳……1977　岩波書店
インディオの道……アタウアルパ・ユパンキ　浜田滋郎訳……1979　晶文社
古代を甦らせた人々……C・W・ツェーラム　清永昭次訳……1981　新潮社
古代インカ文明の謎……ミロスラフ・スティングル　三輪晴啓訳……1982　佑学社
黄金郷　ピサロの生涯……岡本好古……1982　集英社

インカ帝国の崩壊　世界ノンフィクション全集1……柳谷圭子……1985　ぎょうせい
敗者の想像力　インディオのみた新世界征服……N・ワシュテル　小池佑二訳……1984　岩波書店
驚異の世界史　黄金帝国の謎
　インカ　アステカ　マヤ……森本哲郎編……1986　文藝春秋（ビジュアル版文庫）
図説　インカ帝国……フランクリン・ピース／増田義郎共著……1988　小学館
ナスカ　砂の王国
　地上絵の謎を追ったマリア・ライへの生涯……楠田枝里子……1990　文藝春秋
インカ帝国　太陽と黄金の民族……カルメン・ベルナン　阪田由美子訳……1991　創元社
南米諸王国紀行　17・18世紀大旅行記叢書8……アントニオ・デ・ウリョーア／ホルヘ・フワン　牛島信明訳・増田義郎注……1991　岩波書店
インカ帝国の滅亡……マルモンテル　湟野ゆり子訳……1992　岩波書店
インカの反乱……寺田和夫……1992　思索社
先住民族インカの抵抗五百年史
　タワンティンスーユの闘い……ワンカール　吉田秀穂訳……1993　新泉社
ユネスコ世界遺産2　中央・南アメリカ……ユネスコ世界遺産センター監修……1997　講談社
世界の考古学①　アンデスの考古学……関雄二……1997　同成社
世界の民話11　アメリカ大陸（Ⅰ）……小沢俊夫編　中村志朗・青山隆夫訳……1977　ぎょうせい
世界の民話12　アメリカ大陸（Ⅱ）……小沢俊夫編　関楠生訳……1977　ぎょうせい
ペルー・インカの神話……ハロルド・オズボーン　田中梓訳……1992　青土社
アマゾン河探検記……A・R・ウォレス　長澤純夫・大曽根静香訳……1998　青土社
アンデス　風と霧の聖跡……高野潤……1998　集英社
インカ帝国の虚像と実像……染田秀藤……1998　講談社（選書メチエ129）
マチュピチュ　写真でわかる謎への旅……柳谷杞一郎……2000　雷鳥社
インカを歩く……高野潤……2001　岩波書店（新書・カラー版738）
世界遺産　ナスカ展　地上絵の創造者たち……図録　島田泉他監修……2006　TBS
アンデスミイラ……恩田陸／NHK「失われた文明」プロジェクト……2007　NHK出版
インカ……恩田陸／NHK「失われた文明」プロジェクト……2007　NHK出版
インカ　マヤ　アステカ展……松本亮三他……2007　NHK
マチュピチュ「発見」100年　インカ帝国展……増田義郎他……2012　TBS
迷宮の将軍……ガブリエル・ガルシア＝マルケス　木村榮一訳……1991　新潮社
エクアドル　ガラパゴス・ノグチ・パナマ帽の国……寿里順平……2005　東洋書店
ペルーの現実解釈のための七試論……ホセ＝カルロス・マリアテギ　原田金一郎訳……1988　柘植書房

ペルーの日本人移民……アメリア・モリモト　今防人訳……1992　日本評論社
マリアテギとアヤ・デ・ラ・トーレ
　1920年代ペルー社会思想史試論……小倉英敬……2012　新泉社
伝奇集……ホルヘ・ルイス・ボルヘス　鼓直訳……1993　岩波書店
ボルヘス詩集……ホルヘ・ルイス・ボルヘス　鼓直訳……1998　思潮社
自伝風エッセー（『ボルヘスの世界』より）……ホルヘ・ルイス・ボルヘス　牛島信明訳……2000　国書刊行会
ブエノスアイレスの熱情……ホルヘ・ルイス・ボルヘス　斎藤幸男訳……2008　水声社

**【エビータ】**
エバ・ペロン　美しき野心……ジョン・バーンズ　牛島信明訳……1982　新潮社
エバ・ペロンの帰還……V・S・ナイポール　工藤昭雄訳……1982　TBSブリタニカ
エビータ！　その華麗なる生涯……W・A・ハービンソン　正田宗一郎訳……1994　ダイナミックセラーズ出版
聖女伝説　エビータ……ニコラス・フレイザー／マリサ・ナヴァーロ　阿尾正子訳……1997　原書房
サンタ・エビータ……トマス・エロイ・マルティネス　旦敬介訳……1997　文藝春秋
エビータの真実……アリシア・ドゥジョブヌ＝オルティス　竹澤哲訳……2001　中央公論新社
アジェンデと人民連合……ホアン・ガルセル　後藤政子訳……1979　時事通信社
チリの歴史……ハイメ・エイサギルレ　山本雅俊訳……1998　新評論

**〈ネルーダ〉**
ノーベル賞文学全集24　ガブリエラ・ミストラル他……荒井正道他訳……1972　主婦の友社
愛と革命の詩人ネルーダ……大島博光……1974　大月書店（文庫）
ガブリエラ　ミストラル　風は大地を渡る……芳田悠三……1989　JICC出版局
ネルーダ詩集……パブロ・ネルーダ　大島博光訳……1975　角川書店
パブロ・ネルーダの生涯……マルガリータ・アギレ　松田忠徳訳……1982　新日本出版社
ネルーダ回想録……パブロ・ネルーダ　本川誠二訳……1976　三笠書房
マチュピチュの頂……パブロ・ネルーダ　野谷文昭訳……2004　書肆山田
ネルーダ詩集……パブロ・ネルーダ　田村さと子訳……2004　思潮社

**〈その他〉**
図説　世界の歴史6　現代世界の試練……斎藤孝他翻訳監修著……1980　学習研究社

スペインの革命と反革命……F・モロウ　山内明訳……1966　現代思潮社
カタロニア讃歌……ジョージ・オウエル　鈴木隆・山内明訳……1966　現代思潮社
燃えあがるスペイン……ヘミングウェイ、エレンブルク他　吉永瑠美・梶知子訳……1969　東邦出版社
スペイン人民戦線史……人民戦線史翻訳刊行委員会訳……1970　新日本出版社
奴らを通すな！　スペイン市民戦争の背景……ドロレス・イバルリ　久保文訳……1970　紀伊國屋書店
全集・現代世界文学の発見3　スペイン人民戦争……ドス・パソス／ヘミングウェイ他　長田弘編……1970　學藝書林
スペインの短い夏……H・M・エンツェンスベルガー　野村修訳……1973　晶文社（選書41）
さらばスペイン……ジョン・ドス・パソス　青山南訳……1973　晶文社（選書43）
ぼくはスペインで戦った……エズモンド・ロミリー　橋口稔訳……1974　平凡社
スペイン革命史……スタンリー・ペイン　山内明訳……1974　平凡社
スペイン内戦の研究……斉藤孝編……1979　中央公論社
回想のスペイン戦争……フィリップ・トインビー編　大西洋三・川成洋・結城哲・山口晴美訳……1980　彩流社
スペイン内戦　老闘士たちとの対話……野々山真輝帆……1981　講談社（現代新書603）
スペイン戦争　ファシズムと人民戦線……斉藤孝……1989　中央公論社
スペイン戦争……J・ギブス　川成洋訳……1990　れんが書房新社
スペイン内戦　政治と人間の未完のドラマ……川成洋……2003　講談社
現代スペインの歴史　激動の世紀から飛躍の世紀へ……碇順治……2005　彩流社
ロルカ選集　第一巻　詩編……フェデリコ・ガルシア・ロルカ　長谷川四郎他訳……1959　書肆ユリイカ
ロルカ詩集　世界現代詩集V……フェデリコ・ガルシア・ロルカ　小海永二訳……1964　飯塚書店
ロルカ詩集……フェデリコ・ガルシア・ロルカ　長谷川四郎訳……1967　みすず書房
ロルカ・スペインの死……イアン・ギブソン　内田吉彦訳……1973　晶文社
ガルシーア・ロルカの死……J・L・ビラ＝サン＝フワン　松田忠徳訳……1985　彩流社
ランボオ……ジャック・リヴィエール　山本功・橋本一明訳……1954　人文書院
見者ランボー……ロラン・ド・ルネヴィル　有田忠郎訳……1971　国文社
総特集　ランボオ……ユリイカ　4月臨時増刊号……1971　青土社
CIA秘録（上・下）……ティム・ワイナー　藤田博司・山田侑平・佐藤信行訳……2008　文藝春秋
わが生涯（上・中・下）……レオン・トロツキー　栗田勇・澁澤龍彦・浜田泰三・林茂訳……1961　現代思潮社
メキシコ時代のトロツキー　1937-1940……小倉英敬……2007　新泉社

初出誌
「オール讀物」二〇一五年八月号～二〇一六年六月号
「小説 野性時代」二〇一六年五月号に連載後、加筆・修正
単行本 二〇一六年六月 文藝春秋刊

この作品はフィクションです。

DTP制作 エヴリ・シンク

文春文庫



ゲバラ覚醒（かくせい）
ポーラースター1

定価はカバーに表示してあります

2019年2月10日　第1刷

著者　海堂尊（かいどうたける）
発行者　花田朋子
発行所　株式会社文藝春秋

東京都千代田区紀尾井町3-23　〒102-8008
TEL 03・3265・1211㈹
文藝春秋ホームページ　http://www.bunshun.co.jp

落丁、乱丁本は、お手数ですが小社製作部宛お送り下さい。送料小社負担でお取替致します。

印刷・凸版印刷　製本・加藤製本

Printed in Japan
ISBN978-4-16-791221-5

（　）内は解説者。品切の節はご容赦下さい。

桐野夏生
**グロテスク**（上下）
あたしは仕事ができるだけじゃない。光り輝く夜のあたしを見てくれ――。名門女子高から一流企業に就職し、娼婦になった女の魂の彷徨。泉鏡花文学賞受賞の傑作長篇。（斎藤美奈子）
き-19-9

桐野夏生
**だから荒野**
四十六歳の誕生日、身勝手な夫と息子たちを残し、家出した主婦・朋美。夫の愛車で気の向くまま高速をひた走る――。家族という荒野を生きる孤独と希望を描いた話題作。（速水健朗）
き-19-19

桐野夏生
**奴隷小説**
武装集団によって島に拉致された女子高生たち。夢の奴隷となったアイドル志望の少女。死と紙一重の収容所の少年……何かに囚われた状況を容赦なく描いた七つの物語。（白井　聡）
き-19-20

京極夏彦
**定本　百鬼夜行―陽**
『陰摩羅鬼の瑕』ほか、京極堂シリーズの名作を彩った男たち、女たち。彼らの過去と因縁を「妖しのもの」として物語る悲しく恐ろしいスピンオフ・ストーリーズ第二弾。初の文庫化。
き-39-1

京極夏彦
**定本　百鬼夜行―陰**
人にとり憑く妄執、あるはずもない記憶、疑心暗鬼、得体の知れぬ闇。それが妖怪となって現れる。『姑獲鳥の夏』ほか名作の陰にあった物語たちを収める。百鬼夜行シリーズ初の短編集。
き-39-2

熊谷達也
**邂逅（かいこう）の森**
秋田の貧しい小作農・富治は、先祖代々受け継がれてきたマタギとなり、山と狩猟への魅力にとりつかれていく。直木賞、山本周五郎賞を史上初めてダブル受賞した感動巨篇！（田辺聖子）
く-29-1

宮藤官九郎
**きみは白鳥の死体を踏んだことがあるか（下駄で）**
冬の白鳥だけが名物の東北の町で男子高に通う「僕」。ある日、ローカル番組で「おもしろ素人さん」を募集しているのを見つけた僕は、親友たちの名前を勝手に書いて応募し……。（石田衣良）
く-34-3

（　）内は解説者。品切の節はご容赦下さい。

小松左京
## アメリカの壁
アメリカと外界とが突然、遮断された。いったい何故？　四十年前にトランプ大統領の登場を予言した、と話題沸騰の表題作を含む、「SF界の巨匠の面目躍如たる傑作短編集。　（小松実盛）
こ-5-13

小森健太朗
## 大相撲殺人事件
相撲部屋に入門したマークを待っていたのは角界に吹き荒れる殺戮の嵐だった。立ち合いの瞬間、爆死する力士、頭のない前頭。本格ミステリと相撲、伝統と格式が融合した傑作。　（奥泉　光）
こ-35-2

笹本稜平
## 還るべき場所
世界2位の高峰K2で恋人を亡くした山岳家は、この山にツアーガイドとして還ってきた。立ちはだかる雪山の脅威と登山家たちのエゴ。故・児玉清絶賛の傑作山岳小説。　（宇田川拓也）
さ-41-3

笹本稜平
## 春を背負って
先端技術者としての仕事に挫折した長嶺亨は、山小屋を営む父の訃報に接し、脱サラをして後を継ぐことを決意する。山を訪れる人々が抱える人生の傷と再生を描く感動の山岳短編小説集。

さ-41-4

笹本稜平
## その峰の彼方
厳冬のマッキンリーを単独登攀中に消息を絶った孤高の登山家・津田悟。親友の吉沢ら捜索隊が壮絶な探索行の末に見た奇跡とは？　山岳小説の最高峰がここに！　（宇田川拓也）
さ-41-5

佐々木　譲
## ユニット
十七歳の少年に妻を殺された男。夫の家庭内暴力に苦しみ、家出した女。同じ職場で働くことになった二人に、魔の手が伸びる。少年犯罪と復讐権、家族のあり方を問う長篇。　（西上心太）
さ-43-1

坂木　司
## ワーキング・ホリデー
突然現れた小学生の息子と夏休みの間、同居することになった元ヤンでホストの大和。宅配便配達員に転身するも、謎とトラブルの連続で!?　ぎこちない父子の交流を爽やかに描く。

さ-49-1

（　）内は解説者。品切の節はご容赦下さい。

坂木　司
**ウィンター・ホリデー**
冬休みに再び期間限定の大和と進の親子生活が始まるが、クリスマス、正月、バレンタインとイベント続きのこの季節はトラブルも続出……。大人気「ホリデー」シリーズ第二弾。（吉田伸子）
さ-49-2

坂木　司
**ホリデー・イン**
おかまのジャスミンが拾った謎の男の正体。完璧すぎるホスト・雪夜がムカつく相手——大和と進親子を取り巻く仕事仲間たちの〝事情〟を紡ぐ、六つのサイドストーリー。（藤田香織）
さ-49-3

桜庭一樹
**私の男**
落魄した貴族のようにどこか優雅な淳悟は、孤児となった花を引き取る。内なる空虚を抱えて、愛に飢えた親子が超えた禁忌を圧倒的な筆力で描く第138回直木賞受賞作。（北上次郎）
さ-50-1

桜庭一樹
**荒野**（こうや）
恋愛小説家の父と鎌倉で暮らす少女・荒野。父の再婚、同級生からの告白、新たな家族の誕生……。十二〜十六歳、少女の四年間を瑞々しく描いた成長物語が合本で一冊に。（吉田伸子）
さ-50-8

桜庭一樹
**ほんとうの花を見せにきた**
中国の山奥から来た吸血種族バンブーは人の姿だが歳を取らない。マフィアに襲われた少年を救ったバンブーが掟を破って人間との同居生活を始めるが。郷愁誘う青春小説。（金原瑞人）
さ-50-9

桜木紫乃
**ブルース**
貧しさから這い上がり夜の支配者となった男。彼は外道を生きる孤独な男か？　女たちの夢の男か？　謎の男をめぐる八人の女の物語。著者の新境地にして釧路ノワールの傑作。（壇　蜜）
さ-56-3

柴田よしき
**風味さんのカメラ日和**
地元に戻った風味が通うカメラ教室の講師・知念は天然なイケメン。だが、彼は受講生たちの迷える心を解きほぐしていく。「カメラ撮影用語解説」も収録した書き下ろしカメラ女子小説。
し-34-17

（　）内は解説者。品切の節はご容赦下さい。

柴田よしき
**輝跡**
才能に恵まれながら、家庭の事情で一度は夢をあきらめた北澤宏太は育成ドラフトを経て、プロ野球選手になる。元恋人、記者、妻――一人の野球選手をめぐる女性群像物語。（和田　豊）
し-34-18

重松　清
**きみ去りしのち**
幼い息子を喪った父。〈その日〉をまえにした母に寄り添う少女。この世の彼岸の圧倒的な風景に向き合いながら、ふたりの巡礼の旅はつづく。鎮魂と再生への祈りを込めた長編小説。
し-38-13

重松　清
**また次の春へ**
同じ高校に合格したのに、浜で行方不明になった幼馴染み。彼の部屋を片付けられないお母さん。突然の喪失を前に、迷いながら、泣きながら、一歩を踏みだす、鎮魂と祈りの七篇。
し-38-14

朱川湊人（みなと）
**都市伝説セピア**
〝都市伝説〟に憑かれ、自らその主役になろうとする男の狂気を描く「フクロウ男」、親友を事故で失った少年が時間を巻き戻そうとする「昨日公園」などを収録したデビュー作。（石田衣良）
し-43-1

朱川湊人
**花まんま**
幼い妹が突然誰かの生まれ変わりと言い出す表題作の他、昭和三、四十年代の大阪の下町を舞台に不思議な出来事をノスタルジックな空気感で情感豊かに描いた直木賞受賞作。（重松　清）
し-43-2

朱川湊人
**いっぺんさん**
一度だけ何でも願いを叶えてくれる神様を探しに行った少年たちのその後の顛末を描いた表題作「いっぺんさん」他、懐かしさと恐怖が融合した小さな奇跡を集めた短篇集。（金原瑞人）
し-43-4

朱川湊人
**サクラ秘密基地**
仲良し四人組の少年が作った秘密基地の思い出が涙を誘う表題作ほか、〈写真〉をキーワードに、甘い郷愁と残酷な記憶が織りなす、哀切に満ちた六篇。（メッセンジャー・黒田有）
し-43-6

（　）内は解説者。品切の節はご容赦下さい。

新野剛志
**あぽやん**
遠藤慶太は29歳。旅行会社の本社から成田空港所に「飛ばされて」きた。返り咲きを誓う遠藤だが、仕事に奮闘するうちに空港勤務のエキスパート「あぽやん」へと成長していく。（北上次郎）
し-45-2

新野剛志
**恋する空港**
あぽやん2
大航ツーリストの空港所勤務二年目の遠藤は、新人教育やテロリスト騒動に今日も右往左往。更に空港所閉鎖の噂が浮上する中、恋のライバル登場でまさに大ピンチ!?（池井戸　潤）
し-45-3

新野剛志
**迷える空港**
あぽやん3
航空業界に吹き荒れる逆風の中、大航ツーリストにリストラの圧力が。エリート本社出向社員の言動にも翻弄され、遠藤が出社拒否!?　空港スタッフ奮闘シリーズ第3弾！（大矢博子）
し-45-4

白石一文
**どれくらいの愛情**
結婚を目前に最愛の女性・晶に裏切られた正平は、苦しみの中、家業に打ち込み成功を収めていた。そんな彼に晶から電話が。再会した男と女。明らかにされる別離の理由。
し-48-1

白石一文
**永遠のとなり**
妻子と別れて故郷博多に戻った精一郎。癌に冒されながら結婚と離婚を繰り返す敦。小学校以来の親友同士、やるせない人生を助けあいながら生きていく二人の姿を描く感動の再生物語。
し-48-2

白石一文
**幻影の星**
見つかるはずのない場所で見つかった「僕のコート」の謎を追う武夫は、やがてこの世界の秘密に触れる。3・11後の白石文学の新境地を示す、時間と生命の物語。（榎本正樹）
し-48-3

小路幸也
**蜂蜜秘密**
〈奇跡の蜂蜜〉を作るポロウ村にレオが転校してきた。蜂蜜の秘密に関わる旧家の娘サリーは、それから次々と不思議な出来事に出会う。美しい山間の村を舞台に描く傑作ファンタジー。
し-52-3

（　）内は解説者。品切の節はご容赦下さい。

**そこへ届くのは僕たちの声**
小路幸也
多発する奇妙な誘拐事件と、不思議な能力を持つ者がいるという噂。謎を追ううちにいきついた存在「ハヤブサ」とはいったいなんなのか。優しき心をもつ子供たちを描く感動ファンタジー。
し-52-4

**強運の持ち主**
瀬尾まいこ
元OLが〝ルイーズ吉田〟という名の占い師に転身！ ショッピングセンターの片隅で、小学生から大人まで、悩める背中をちょっとだけ押してくれる。ほっこり気分になる連作短篇。
せ-8-1

**戸村飯店 青春100連発**
瀬尾まいこ
大阪下町の中華料理店で育った兄弟は見た目も違えば性格も全く違う。人生の岐路にたつ二人が東京と大阪で自分を見つめ直す。温かな笑いに満ちた坪田譲治文学賞受賞の傑作青春小説。
せ-8-2

**幽霊人命救助隊**
高野和明
神様から天国行きを条件に、自殺志願者百人の命を救えと命令された男女四人の幽霊たち。地上に戻った彼らが繰り広げる怒濤の救助作戦。タイムリミット迄あと四十九日——。（養老孟司）
た-65-1

**炎の経営者**
高杉　良
戦時中の大阪で町工場を興し、財界重鎮を口説き、旧満鉄技術者をスカウトするなど、持ち前の大胆さと粘り腰で世界的な石油化学工業会社を築いた伝説の経営者を描く実名経済小説。
た-72-1

**広報室沈黙す**
高杉　良
世紀火災海上保険の内部極秘資料が経済誌にスクープされた。対応に追われた広報課長の木戸は、社内の派閥抗争に巻き込まれながら、中間管理職としての生き方に悩む。（島谷泰彦）
た-72-2

**勁草の人 中山素平**
高杉　良
日本興業銀行頭取・会長などを歴任、戦後の経済を、そして国を支えた「財界の鞍馬天狗」。時代を画する案件の向こうには必ず彼がいた。勁く温かいリーダーを描く。（加藤正文）
た-72-4

（　）内は解説者。品切の節はご容赦下さい。

**辞令**
高杉　良
大手メーカー宣伝部副部長の広岡修平に、突然身に覚えのない左遷辞令が下る。背後に蠢く陰謀の影。敵は同期か、茶坊主幹部か、それとも……。広岡の戦いが始まる！（加藤正文）
た-72-5

**壊れかた指南**
筒井康隆
猫が、タヌキが、妻が、編集者が壊れ続ける！　ラストが絶対読めない、天才作家の悪魔的なストーリーテリングが堪能できる短篇集。（福田和也）
つ-1-15

**繁栄の昭和**
筒井康隆
迷宮殺人の現場にいた小人、人工臓器を体内に入れた科学探偵、ツツイヤスタカを想起させる俳優兼作家……。奇想あふれる妖しげな世界！　文壇のマエストロ、最新短篇集。（松浦寿輝）
つ-1-18

**遊動亭円木**
辻原　登
真打ちを目前に盲となった噺家の円木、池にはまって死んだはずが……。うつつと幻、おかしみと残酷さが交差する、軽妙で冷やりと怖い傑作人情噺十篇。谷崎潤一郎賞受賞。（堀江敏幸）
つ-8-4

**TOKYOデシベル**
辻　仁成
騒音測定人、テレクラ嬢、レコード会社ディレクター……都会に潜む音・声、そして愛を追い求める人々。音をモチーフに、都市をさまよう青年の真情を描破した辻仁成・音の三部作完結。
つ-12-4

**永遠者**
辻　仁成
19世紀末パリ、若き日本人外交官コウヤは踊り子カミーユと激しい恋に落ちる。〈儀式〉を経て永遠の命を手にいれた二人は激動の歴史の渦に呑み込まれていく。渾身の長篇。（野崎　歓）
つ-12-7

**水底フェスタ**
辻村深月
彼女は復讐のために村に帰って来た——過疎の村に帰郷した女優・由貴美。彼女との恋に溺れた少年は彼女の企みに引きずり込まれる。待ち受ける破滅を予感しながら…。（千街晶之）
つ-18-2